C.L. Born
Awakened

C. L. BORN

AWAKENED

Roman

dtv

Die Arbeit an diesem Manuskript wurde gefördert
durch ein Stipendium der VG Wort
aus Mitteln des Bundesprogramms NEUSTART KULTUR
der Beauftragten der Bundesregierung
für Kultur und Medien 2021.

Originalausgabe
© 2024 dtv Verlagsgesellschaft mbH & Co. KG, München
Das Werk ist urheberrechtlich geschützt.
Jede Verwertung ist nur mit Zustimmung des Verlages zulässig.
Das gilt insbesondere für Vervielfältigungen, Übersetzungen
und die Einspeicherung und Verarbeitung in elektronischen Systemen.
Lektorat: Beate Schäfer
Sensitivity Reading: Sabrina Baunack, Jonah Schnür
Umschlaggestaltung: © Guter Punkt, München
Umschlagmotive: istockphoto.com / © Goja1; vatrushka67;
Rudzhan Nagiev; -1001-; Little_Airplane; Lyubov Ovsyannikova;
eduardrobert; JoyTasa; Burak Can Oztas
Vignette Innenteil: dtv nach einem Motiv von Freepik
Gesetzt aus der Adobe Caslon
Satz: Gaby Michel, Hamburg
Druck und Bindung: GGP Media GmbH, Pößneck
Printed in Germany · ISBN 978-3-423-74113-2

1

Was zur Hölle ...

Er war hochgeschreckt. Wusste nicht, ob er überhaupt schon geschlafen hatte.

Etwas rief nach ihm.

Absolut dringend.

Draußen, hinter den Gittern und der Mauer und der Mauer *hinter* der Mauer und dem Stacheldraht, schimmerte ein stahlblauer Streifen Restlicht am dunklen Horizont.

Der bekackte Rest von Tag 517.

Jason stand auf und hockte sich vor die Zellentür.

Er hatte Hunderte Freistunden damit zugebracht, die Positionen und Perspektiven der Überwachungskameras auswendig zu lernen. Egal ob auf dem Flur oder im Treppenhaus, auf dem Hof oder vor der Schleuse, die nach draußen führte – jede Kamera besaß einen toten Winkel. Bis heute hatte es ihm gereicht, in der Fantasie abzuhauen, während er in der Wirklichkeit brav die Zeit absaß. Es hatte sich gut angefühlt zu wissen, dass er abhauen *könnte*.

Aber jetzt dieses verrückte Rufen, Mann.

Er legte die Stirn gegen das kühle Holz der Tür und die Kuppen von Mittel- und Ringfinger auf den metallenen Beschlag. Der Vierkantstift, die Feder, der Riegel, alle Teile des Schlosses bildeten sich in den Rillen seiner Fingerkuppen ab. Sein Körper verschmolz mit den leblosen metallischen Komponenten. Er *fühlte* das Schloss nicht einfach nur, er *war* das Schloss. Er verschob die beiden Finger leicht gegeneinander. Ein Klicken, ein Klacken und ein sanfter Druck, dann öffnete sich die Tür.

Es hatte geklappt wie jedes Mal. Wie immer schon. Keinen Schimmer, woher er dieses Talent besaß. Es war eine Kraft ohne Namen. Keinen Schimmer auch, warum er trotz dieser Kraft immer noch kein Millionär war, sondern stattdessen im Jugendknast saß.

Bullshit, abzuhauen. Machte keinen Sinn, weil: Erstens hatte er draußen keinen, zu dem er gehen konnte, nicht mal zu seinem Alten. Dem schon gar nicht. Und zweitens wollte er auf keiner Fahndungsliste stehen. Aber dieses – was auch immer – rief nach ihm. So dringlich, wie noch nie im Leben jemand was von ihm gewollt hatte.

Er schob die Tür einen schmalen Spalt weit auf und spähte auf den menschenleeren, schwach beleuchteten Flur hinaus.

Sie griff sich unwillkürlich an den Hinterkopf, fühlte den Samt der schwarzen Handschuhe, die Seide ihres weißen Hijab und im Nacken den Ansatz der unter dem Schleier hochgebundenen Haare.

Etwas rief nach ihr.

Es stammte entweder aus ihrem Innern oder aus einer fremden Welt. Beziehungsweise aus der fremden Welt tief in ihr. Etwas, das keinen Aufschub duldete.

Das Licht des Tages war beinahe verglommen, Zeit für das Abendgebet. Fatma beschleunigte ihre Schritte. Nicht so einfach in dem knöchellangen Kleid. Sie war wieder zu lange in der Bibliothek gewesen, aber beim Lernen fühlte sie sich noch am ehesten gut. Sie bog in ihre Straße ein und die alten Arbeiterhäuser schauten müde auf sie herab.

Ein Radfahrer kam ihr entgegen, ohne Licht, in Schlangenlinien, ein Jugendlicher mit Basecap, sturzbetrunken. Genau deswegen war Alkohol *haram*. Der Junge schlingerte ihr entgegen und sie ahnte schon, was passieren würde. Sie hasste das, aber es gab kein Entrinnen.

Das Vorderrad prallte gegen den Bordstein, der Junge verlor die Kontrolle, und seine Basecap und schlug vor Fatmas Füßen auf den Asphalt.

»Hey, alles in Ordnung?« Sie beugte sich hinab.

Er setzte sich auf und stöhnte, sein Bieratem wehte ihr ins Gesicht. Auf seiner Kniescheibe klaffte eine schmutzige Platzwunde, dunkel schimmerte das Blut im Licht der Straßenlaterne.

Fatma ging in die Hocke und zupfte mit der linken Hand am rechten Handschuh. Sie hasste das. Sie hasste beinahe alles, was mit ihren Händen zu tun hatte, darum trug sie bei Tag und bei Nacht diese Seidenhandschuhe, die sie nur zum Waschen vor dem Gebet ablegte und zum Masturbieren. Und ganz ausnahmsweise, um das hier zu tun, wobei sie sich hinterher jedes Mal schwor, es niemals wieder zu tun. Aber sie wollte den Jungen ja auch nicht blutend hier sitzen lassen. Sie zog den Handschuh aus und legte ihre Finger sanft auf die Wunde. Der Junge zuckte kurz zurück, ließ sie aber gewähren. Seine Augen weiteten sich in schierem Unglauben und Fatma musste seinem Blick ausweichen. Ihre Fingerkuppen fühlten das verletzte Hautgewebe und die Flut der Blutplättchen, die die Wunde verschlossen. So wie Allah es in seiner Schöpfung vorgesehen hatte – oder gerade auch nicht, denn was hier geschah, war ja eigentlich total widernatürlich.

Der Junge klappte den Mund auf und starrte auf seine glatte Kniescheibe. Dann auf Fatmas Finger, ihre makellose hellbraune Haut, wo nicht der geringste Rest von Blut oder Schmutz zu sehen war.

Ein jähes Entsetzen erfasste den Jungen, er sprang auf, schnappte seine Basecap und schwang sich aufs Rad, als sei der Schaitan hinter ihm her.

»Gern geschehen«, murmelte Fatma, erhob sich und streifte den Handschuh wieder über. Mühsam ging sie weiter, einen Fuß vor den anderen.

Jedes Mal, wenn sie tat, was sie gerade getan hatte, war sie anschließend entsetzlich erschöpft. Die bleierne Schwüle dieser Sommernacht wog noch schwerer.

Endlich erreichte sie ihr Haus, drückte die Tür auf, die nie richtig schloss, und schleppte sich die Treppe hoch. Im Dachgeschoss lag ihr kleines Zimmer plus Küche und Bad, ein herrliches winziges eigenes Reich, herrlich außer im Juli, wenn sich die Hitze hier oben staute. Sie stürzte trotzdem hinein, riss sich die Handschuhe von den Händen und trank gierig aus dem Wasserhahn, bevor sie die Ärmel des Kleids hochkrempelte und sich behutsam zu waschen begann. Der lang gezogene Sprung im Spiegel teilte ihr Gesicht in zwei Hälften. Allah musste ja irgendwie auch jene Hälfte erschaffen haben, in der all die unerklärlichen, widernatürlichen Gefühle wohnten. Es konnte nicht falsch sein zu heilen. Es konnte auch nicht falsch sein, sich selbst schöne Gefühle zu bereiten. Aber richtig kam es ihr trotzdem nicht vor.

Sie musste dieses fremde Rufen unterdrücken. Sie musste jetzt beten und dann schlafen und morgen die Klausur schreiben. Strafrecht II, letzte Arbeit des Semesters, sie wollte auch diesmal wieder die volle Punktzahl.

O Allah, gepriesen und erhaben, bring diese Stimme in meinem Kopf zum Schweigen!

Sie wurde bloß lauter.

»Letzte Bestellung, wir machen gleich zu.«

Mo sah zu der Kellnerin hoch, als wäre die gerade aus einer anderen Welt aufgetaucht.

Dabei war es umgekehrt, denn eigentlich war Mo gerade aus einer anderen Welt aufgetaucht – Mo hatte sich im Notizbuch vergraben und die Zeit und dieses Café und alles um sich herum vergessen.

»Dann nehme ich bitte noch einen Chai Latte mit Sojamilch.«

Die Kellnerin nickte und verschwand hinter dem Tresen. Mo musterte die anderen Gäste in den Sofaecken ringsum mit ihren Laptops oder Tablets, Lerngruppen, Projektgruppen, sicher alle irgendwelche Studis. Mo registrierte, wie manche verstohlen in Mos Richtung guckten.

Eigentlich mochte Mo es ja, ein bisschen aufzufallen. Trotz des schwülheißen Wetters trug Mo das lange Haar offen und das liebste, engste Top und den kurzen schwarzen Rock. Mo hatte vieles an sich, was attraktiv machte, nur ein Personalpronomen hatte Mo nicht. Seit einer Weile schrieben Menschen *she/her* oder *he/him* oder *they/them* in ihre Insta-Bios. Doch wozu Pronomen? Es gab schließlich *Nomen*.

Mo blickte aufs Notizbuch, Mos Schatz. In dickes Leder eingeschlagen, die auf antik gemachten Blätter mit Schnüren zusammengebunden – das Buch schien selbst aus einer Fantasygeschichte zu stammen. Darin sammelte Mo Zeichnungen, Zaubersprüche, Charakterskizzen, Plot-Splitter. Die nächste Spielrunde würde wieder legendär werden.

Das war es, wofür Mo lebte: Pen-&-Paper-Rollenspielrunden, wo die Gruppe nächtelang mit Würfeln und Tabellen, Landkarten und Dokumenten um einen Tisch saß und Mo die Spieler:innen mit der Kraft der bloßen Stimme durch magische Welten führte. Sie hatten schon alles gespielt: *DSA* und *AD&D*, *Mittelerde* und *Cthulhu*, aber am meisten liebten alle die geheimnisvolle Welt von

Arkanien, die Mo selbst erschaffen hatte. Es gab Hunderte Landkarten und Figurenbeschreibungen, Zauberspruchsammlungen, ein ausgefeiltes Regelwerk, eine eigene Weltgeschichte – bloß Mos Traum blieb unerfüllt, nämlich einen Spieleverlag zu finden, der Mos wunderbare Illusionen drucken und in handliche Kartons verpacken, an die Gameshops des ganzen Landes ausliefern und zu Geld machen würde. Der Grund: Sosehr Mos Erzählungen auch die Menschen in Bann ziehen konnten – ohne Mos Stimme blieben von Mos Welt nur eine Handvoll zwanzigseitiger Würfel und ein Haufen von totem Papier.

Doch während die Kellnerin das neue Glas auf den niedrigen Tisch stellte, kam Mo wie aus dem Nichts die Erkenntnis, dass diese Ideen gar nicht tot, sondern sehr lebendig waren, aber ganz anders als jemals gedacht. Denn plötzlich hörte Mo eine Stimme, gegen die alles andere, was je durch Mos Kopf gegangen war, völlig leblos erschien.

Mo sah sich um, wusste aber schon, dass diese Stimme gar nicht aus dem Café kam oder von draußen, sondern aus Mos tiefstem Innern … oder aus einer weit entfernten Vergangenheit … oder aus der nahen Zukunft … oder alles zugleich.

Mo verstand auf einmal, dass es keine Spielrunden mehr geben würde, nie wieder vielleicht. Denn in diesem Augenblick hatte eine andere Art von Spiel begonnen. Warum auch immer Mo das wusste – es war eine absolut unumstößliche Erkenntnis. Völlig verrückt. Viel zu verrückt, um sie *nicht* absolut ernst zu nehmen.

Ohne vom Tee zu trinken, packte Mo das Notizbuch in den Rucksack und legte einen Zwanziger auf den Tisch, verließ das Café und ging hinaus in die schwüle Nacht.

Jason schlich über den stillen Flur, an den Zellen der Mitgefangenen vorbei, öffnete lautlos die Gittertür zum Treppenhaus. Warum war er trotz dieser einmaligen Fähigkeiten eigentlich kein Millionär? Es gab tausend Gründe. Zum Beispiel weil: Man sah es in seiner Branche nicht gerne, dass einer ganz für sich allein arbeitete. Radulescu und seine Gang hatten damals total Druck gemacht, auch der Wagner und sein Pack, er solle bei ihnen einsteigen oder die Stadt verlassen. Ein anderer Grund war, dass er nicht die geringste Idee hatte, was er als Millionär überhaupt mit sich anfangen sollte.

Er hatte den letzten Hof erreicht und sah die Pforte vor sich. Vier Türen hintereinander und im Glaskasten zwei Wachtmeister. Die Kraft ohne Namen konnte zwar alle Schlösser öffnen, ihn aber leider nicht unsichtbar machen. Doch neben der Pforte lag die Schleuse, die wurde nur tagsüber benutzt, wenn der Transporter mit den neuen Knackis kam oder der Direktor mit seinem fetten Volvo rein- und rausfuhr. Das große Rolltor würde er nicht unbemerkt öffnen können, aber es gab eine schmale Nebentür. Als er die Hand auf das Schloss legte, merkte er, dass seine Finger zitterten. Das war keine Aufregung, er war innerlich absolut cool. Das kam von der Anstrengung. Er hatte das noch nie so oft hintereinander getan und ihm war bisher gar nicht klar gewesen, wie kraftraubend das war.

Es klickte im Schloss, er zog die Tür einen Spalt auf und schlüpfte in die Schleuse. Das helle Licht blendete ihn und er brauchte einen Moment, um klar sehen zu können. Die linke Wand war fast komplett verglast, er sah die beiden Wachtmeister an der Pforte jetzt von hinten, wie sie vor ihren Monitoren saßen. Fuck, das war neu. Vor anderthalb Jahren, als Jason hier eingerückt war, hatte es zwischen der Schleuse und dem Kontrollraum nur ein kleines Fenster gegeben, er hätte easy drunter durchhuschen können. Aber hier war wohl umgebaut worden. Fuck. Sie würden ihn auf jeden Fall bemerken, aus dem Augenwinkel, irgendwie, er konnte in diesem grellen Licht niemals unbemerkt die Schleuse durchqueren.

Fuck, fuck, fuck. Und jetzt? Die Stimme in seinem Kopf rief immer dringlicher nach ihm, am liebsten hätte er ihr in die Fresse geschlagen. Aber diese Stimme hatte ja keine Fresse.

Da heulte eine Sirene los.

Irgendjemand hatte sein Verschwinden bemerkt und Alarm ausgelöst! Und das rettete ihm den Arsch! Während die beiden Wachtmeister aufsprangen, der eine zum Telefon griff und der andere aus dem Kontrollraum hinaus auf den Hof stürmte, rannte Jason durch die Schleuse und knackte die allerletzte Tür, spurtete hindurch und die lang gezogene Einfahrt entlang, raus aus dem Lichtkegel der Scheinwerfer und rein in die Büsche. In die Freiheit.

Fatma hatte das Gebet beendet und wartete darauf, dass ihr Kopf sich leerte. An den meisten Abenden klappte das. Heute aber nicht.

Sie berührte die Fensterscheibe mit ihren behandschuhten Fingern. Das letzte Dunkelblau am Himmel war verschwunden.

Die Stimme rief.

Sie zog einen Handschuh aus, nahm das Handy und öffnete eine Navi-App. Ihr Standort tauchte auf, aber ihr Finger strich davon weg, einmal quer durch die Stadt, und blieb in einer Gegend stehen, in der sie noch nie gewesen war. Sie vergrößerte den Ausschnitt des Stadtplans.

Archäologisches Institut.

Dort sollte sie hin, kein Zweifel.

Und nicht nur sie.

Auf einmal fühlte sie es. Zwei waren schon unterwegs. Es sollten drei sein.

Fatma wusste nicht, warum sie das dachte, aber es kam ihr absolut unumstößlich vor. Und eine Ahnung sagte ihr, dass sie sich für Überraschungen wappnen sollte. Also legte sie das Kleid und den weiten Schleier ab, zog stattdessen Jeans und Hoodie an und den schwarzen Sport-Hijab aus Stretchmaterial.

In der spätabendlichen U-Bahn fiel sie mehr auf als am helllichten Tage, sie stach richtig heraus aus der Menge der knapp bekleideten Feiernden, die auf dem Weg von den Kneipen in die Clubs waren. Natürlich glotzten alle auf ihre Handschuhe. Jeder dachte, sie trüge sie aus religiösen Gründen, darum wurde sie nie darauf angesprochen. Am liebsten hätte sie die Hände in die Taschen des weiten Hoodies geschoben, aber sie musste sich im Stehen an der Stange festhalten, wenn die Straßenbahn in die Kurve ging. Und außerdem musste sie auf dem Handy nochmals den richtigen Weg nachsehen. Sie hatte in die Finger des rechten Handschuhs leitfähige Fäden eingenäht, mit deren Hilfe sie das Handydisplay normalerweise bedienen konnte, ohne den Handschuh auszuziehen.

Aber diesmal funktionierte das seltsamerweise nicht. Diese Stimme verlangte anscheinend nach Hautkontakt. Widerwillig zupfte sie den rechten Handschuh ab und versuchte, außer dem Handy nichts zu berühren. Nackt und schutzlos fuhr ihr Finger die Straßen auf dem Stadtplan entlang. Hier musste sie schon raus! Die Bahn rauschte in die Station und aus Gewohnheit griff Fatma nach der Haltestange. Ohne Handschuh!

Hausaufgaben noch machen hoffentlich nicht wieder so feste Mara die Schlampe Song geht voll rein Aktien gefallen zu Hause fragen Scheiße nur die Mailbox verpasst lange nicht gesehen am besten mit Majo und sie sagen es ist unheilbar zwei null gegen …

Sie riss die Hand los, sprang keuchend aus der Bahn und zog

den Handschuh wieder über die Finger. Atme, Fatma! Der Chor aus den tausend Gedanken ebbte ab und kam zum Schweigen. Tausend Gedanken der Menschen, die diese Haltestange angefasst hatten. Langsam klärte sich ihr Kopf.

Ohne diese Handschuhe würde sie in einer Großstadt keine Stunde überleben. Früher oder später würde man sie in eine geschlossene Klinik einweisen. Und vielleicht, das hatte sie mehr als einmal gedacht, wäre das ja ein Segen, eine Befreiung.

Möglicherweise war es in dieser Nacht so weit, denn die Stimme rief jetzt mit absoluter Klarheit. Sie war nah dran, ganz nah.

Mo bog um eine Ecke und noch eine und erinnerte sich daran, wie sie früher bei Kindergeburtstagen Topfschlagen gespielt hatten. Warm, wärmer, heiß, heißer, noch heißer … Das Haus, vor dem Mo jetzt stand, war eine alte Jugendstilvilla. Von dort drin kam das Rufen. Neben dem Eingang prangte ein Messingschild: *Archäologisches Institut*.

Mo spähte durch die Glastür, die genau wie die Fenster mit einem verschnörkelten Gitter gesichert war. Drinnen erkannte Mo im grünen Schummerlicht der Notausgangsbeleuchtung einen verwaisten Vorraum mit Empfangstresen, von dort verzweigten sich Treppen und Gänge. Keine Menschenseele war zu sehen. Hätte es wenigstens eine:n Nachtwächter:in gegeben, dann hätte Mo anklopfen und der Person eine blumige Geschichte auftischen können. Geschichten erzählen funktionierte immer, egal ob beim Fantasy-Rollenspiel oder in der mündlichen Abi-Prüfung oder neulich in der Bahn, als Mo das Studiticket vergessen hatte. Denn Mos Zuhörer:innen hörten nicht nur, was Mo erzählte, sie sahen es auch, sie fühlten, rochen, schmeckten es, sie glaubten es.

»Der Junge hat eine blühende Fantasie«, hatte es im Kindergarten über Mo geheißen, und hinter vorgehaltener Hand: »Er verhext die anderen Kinder.«

Hier war aber niemand, der sich verhexen ließ.

Mo ließ von der Tür ab, wechselte die Straßenseite und starrte missmutig zu dem Gebäude hinüber. Da begann ein Pochen. Wie Herzschlag oder auch Schritte oder das Ticken einer übergroßen Uhr. Jemand näherte sich, der mit der Sache zu tun hatte, das wusste Mo schon, noch bevor Mo die Person sah.

Eine breitschultrige Gestalt im Muscle-Shirt, Zigarette im Mundwinkel, vielleicht Mitte zwanzig. Aber nein, als er unter einer Straßenlaterne durchging und das Licht auf sein Gesicht fiel, erkannte Mo, dass der Typ allerhöchstens so alt sein konnte wie Mo selbst. Er bewegte sich katzenartig. Sprungbereit. Wie ein Raubtier auf der Jagd. Oder ein Beutetier auf der Flucht. Das Pochen kam mit ihm näher und Mo wusste, dass er dazugehörte ... zu ... was auch immer.

Die Person hob den Kopf und ihre Blicke bohrten sich ineinander. Es war, als würden sie einander wiedererkennen, obwohl sie sich noch nie im Leben gesehen hatten.

Er verlangsamte seine Schritte, zog tief an seiner Zigarette und musterte Mo sehr misstrauisch. Als er schließlich einen Meter vor Mo stand, erkannte Mo unter dem linken Auge des Typen eine tätowierte Träne.

Jason blies den Rauch aus seinen Lungen und beäugte die Transe vor sich – es war doch 'ne Transe oder nicht? Also das Top und der Minirock und die Schminke und so. Er – oder sie – schien Jason magisch anzuziehen, genau wie das komische Haus da drüben, aus dessen Innern das Rufen kam. Fast als wollten das Haus und der geschminkte Typ ihn in Stücke reißen.

Bullshit.

Und jetzt sah er sein eigenes Spiegelbild in den glitzernd umrandeten Augen seines Gegenübers und das war wie eine Antwort auf eine Frage, die Jason nie gehabt hatte.

»Hörst du das auch?«, fragte der Typ.

»Was?«, blaffte Jason.

»Das ... keine Ahnung. Das, was da ruft. In dem Haus drin. Du hörst es doch auch, oder?« Der Typ sah ihn durchdringend an. »Wir sind aus demselben Grund hier, du und ich, hab ich recht? Ich hab dich gerade total gefühlt.«

Jason spürte den Reflex, ihm in die Fresse zu schlagen für diese Anmache, aber dann merkte er, dass er das gar nicht wollte, und darüber wunderte er sich.

Außerdem war es ihm genauso gegangen, auch wenn er das niemals so ausdrücken würde: Er hatte den Typen auch *gefühlt*.

»Okay, Transe«, sagte er. »Was geht hier vor?«

»Nenn mich nicht Transe«, erwiderte der Typ. »Ich heiße Mo. Und ich habe keine Ahnung, was hier vor sich geht. Ich habe dieses verrückte Rufen im Kopf und das hat mich hierhergeführt.« Er – oder sie oder was – streckte kurz die Hand mit den lackierten Fingernägeln aus, wie um Jason an der Schulter zu berühren, überlegte es sich dann aber doch anders und ließ die Hand sinken. »Du hast es auch gehört, oder? Das Rufen?«

»Ja«, brummte Jason. »Ich hab mich noch nie von was derart angezogen gefühlt. Ich meine – sollte gar nicht hier sein, sondern auf 'ner geilen Party. Oder bei McDonald's.« Er hatte seit achtzehn Monaten keinen Big Mac gegessen. Außerdem hatte er seit eineinhalb Jahren keine Mädchen aus der Nähe gesehen. Er war noch nie in einem Club gewesen, denn als er in den Jugendknast eingefahren war, war er erst siebzehn gewesen. Jetzt war er neunzehn und stand vor diesem piekfeinen Haus, ohne zu wissen, warum zur Hölle.

»Jason, übrigens«, schob er nach. »Irgendwas ist da drin. Was übertrieben Wertvolles, oder?« Er nickte zu dem Gebäude rüber. »Hast du 'ne Ahnung, was?«

»Nein, echt nicht.« Mo schüttelte den Kopf.

»Vielleicht ein fetter Diamant«, überlegte Jason. »Oder 'n Koffer mit Geld ...«

»Oder was ganz Unscheinbares«, warf Mo ein.

»Hä?«, machte Jason.

Mo flüsterte: »Es muss etwas Übernatürliches sein. Aber etwas, das für andere Leute ganz normal aussieht. Ein Spiegel vielleicht. Oder ein Schlüssel. Oder ein Holzkästchen – irgendwas, was man in der Erde gefunden hat. Von wegen Archäologie.«

»Übernatürlich?«, wiederholte Jason. »Hast du gekifft?«

»Wie erklärst du dir dieses Rufen, das wir beide spüren?«

Jason zuckte mit den Schultern. Bevor er in den Knast eingefahren war, also damals, im Job, hatte er manchmal so was Ähnliches gespürt wie dieses Rufen, das war dann eine Kreditkarte gewesen oder der unvorsichtig abgelegte Schlüssel eines Lamborghini. Das war aber ganz anders gewesen als das hier jetzt. Übernatürlich? Er zog noch einmal an der Kippe, aber die war fast abgebrannt, er schnippte sie weg.

»Wir können es rausfinden«, sagte Mo. »Ich schlage vor, dass wir gleich morgen früh wieder herkommen und klingeln. Und dann fragen wir einfach nach.«

»Ernsthaft?« Jason lachte. »Du klopfst da an und fragst: Hey, habt ihr irgendein Teil, das mich magisch anzieht, kann ich es mal sehen? Oder wie?«

»Ja, ziemlich genau so.« Der Typ lächelte mit seinem Lippenstiftmund. »Meistens funktioniert es. Immer, eigentlich. Ich kann gut Leute überzeugen. Also – kommst du mit, morgen Früh?«

»Hm, nö. Ich glaub, ich geh lieber jetzt gleich da rein.«

»Was? Du willst da einbrechen?« Mo musterte die vergitterte

Glastür, die vergitterten Fenster, dann ihn, Jason. »Wie willst du das anstellen?«

Jason hob eine Hand und sagte: »Damit.«

»Haha, sehr witzig, das ...« Mo brach ab und sah Jason mit großen Augen an, als wäre ihm was eingefallen. »Hast du ... so 'ne Art magisches Talent?«

»Kann man so sagen«, meinte Jason. »Hey, bleib cool, Mann, was ist denn los?«

Mos Körper hatte sich plötzlich gestrafft, er sah aus, als würde er auf ein Geräusch horchen, das aber nicht von außen kam, sondern aus seinem Innern. Im selben Moment nahm Jason es auch wahr – da gab es noch eine dritte Person und die näherte sich. Mo fuhr unwillkürlich herum und flüsterte: »Da, schau mal, sie gehört dazu.«

»Die Alte mit dem Kopftuch?« Ein Mädchen war an der Straßenecke aufgetaucht, vielleicht eher eine junge Frau als ein Mädchen, das war schwer zu sagen. Er kniff die Augen zusammen und fixierte sie. »Die? Never!«

Vielleicht hatte Mo aber doch recht, denn die Frau war stehen geblieben und starrte zurück.

Fatma hatte sie gefunden, einen Mann und eine Frau. Der Mann sah wie ein Knastinsasse aus, sie erkannte es an seiner Körperhaltung, dieses Sprungbereite, sie hatte im Praktikum mal ein Gefängnis besucht und erkannte diese Haltung wieder. Die Frau war auf seltsame Weise gleichzeitig sehr hübsch und sehr unweiblich – bei näherer Betrachtung war sie gar keine Frau, sondern ein Mann oder etwas dazwischen. Eine illustre Runde. Die beiden standen gegenüber einer alten Villa. Und aus deren Innern kam das Rufen, das verstand Fatma sofort.

Die beiden sahen ihr entgegen, als erwarteten sie sie. Fatma ging zu ihnen und der Junge in den Frauenkleidern sagte: »Du hast uns gerade noch gefehlt.«

Trotz seines mädchenhaften Äußeren war es ein *Er*, fand Fatma, schon von der Stimme her. Genauso unklar wie sein Geschlecht erschien ihr, ob er das ironisch meinte oder ernst. Er streckte ihr seine Hand hin.

»Ich bin Mo«, sagte der Junge, dann nickte er zu seinem Begleiter. »Das ist Jason. Und wie heißt du?«

Anstatt seine Hand zu schütteln, machte sie eine kleine Verbeugung.

»Fatma.«

»Hast du 'ne Ahnung, warum du hier bist?«, fragte Jason.

»Nein«, sagte Fatma.

»Wir auch nicht«, sagte Mo. »Aber wir wollen es rauskriegen. Irgendwas ist da drin, das uns so magisch anzieht. Wir werden es uns ansehen. Kommst du mit?«

Ein Spaziergänger mit Hut und Hund näherte sich.

Die beiden wollten tatsächlich einbrechen.

»Ihr beiden wollt da echt einbrechen«, stellte sie fest.

»Genau«, meinte Jason. »Bist du dabei?«

»Einbruchdiebstahl«, erwiderte Fatma, »Paragrafen 242 bis 244 StGB.« Es hörte sich vermutlich nerdig an, aber in unklaren Situationen Paragrafen zu zitieren, gab ihr Sicherheit. »Das geht nicht«, sagte sie und senkte die Stimme, als der Mann mit Hut und Hund an ihnen vorüberging, »ich kann das nicht tun, ich studiere Jura, ich will Richterin werden. Wenn ich straffällig werde, kann ich das vergessen.«

»Na und?«, flüsterte Jason. »Wir haben alle was zu verlieren.«

Der Mann, sein Hut und sein Hund entfernten sich.

Fatma zischte: »Du hast gar keine Ahnung, was ich alles zu verlieren habe.«

Sie hasste es, von anderen über ihr eigenes Leben belehrt zu werden.

»Du kannst auch draußen Schmiere stehen«, erwiderte Jason.

Fatma musterte den Eingangsbereich und die ganze Fassade.

»Keine Kameras«, stellte sie fest.

»Die verlassen sich wohl auf ihre Alarmanlage«, sagte Jason.

»Du hast recht«, sagte Mo zu Fatma. »Wir haben keine Ahnung von dir. Wir alle haben null Ahnung voneinander. Wir sind drei Fremde, die nichts verbindet außer dem unglaublich verrückten Drang nach dieser unbekannten Sache. Ich bin auch noch nie irgendwo eingebrochen.« Er warf Jason einen Seitenblick zu. »Aber ich hab das Gefühl, ich dreh früher oder später durch, wenn ich nicht rauskriege, um was es hier geht. Was immer es ist – wir müssen es nicht stehlen, nur anschauen. Vielleicht hilft uns das schon weiter?«

»Weiter – wobei?«, fragte Fatma. Dabei wusste sie genau, was er meinte.

Ihr ging es doch genauso. Auch sie wollte Antworten.

»Wie kommen wir überhaupt rein?«, fragte sie.

Wieder nickte Mo zu Jason hinüber. »Er bringt uns rein.«

Der Gassigänger war verschwunden. Weitere Menschen waren nicht zu sehen, in dieser Straße gab es keine Wohnhäuser, nur Bürogebäude, und die lagen wie ausgestorben da.

»Bringt er uns auch wieder raus?«, fragte Fatma.

»So was von«, sagte Jason.

Unter seinem Auge erkannte sie ein kleines Tattoo. Eine Knastträne.

»Inschallah«, murmelte Fatma.

Stumm überquerten sie die Straße und näherten sich dem Eingang.

Jason schloss die Augen und legte zwei Finger auf das Türschloss. Klickend nahmen die winzigen Stifte des Schließzylinders ihre Position ein, mit einem Klack drehte sich der Zylinder von selbst und gab das Schloss frei. Jason zog die Tür auf.

»Nach Ihnen, meine Damen.«

»Damen?«, knurrte Mo, huschte aber hindurch.

Fatma folgte ihm, wobei sie sich noch einmal rasch nach allen Seiten umblickte.

»Nur geradeaus gucken«, tadelte Jason. »Wer sich umguckt, sieht verdächtig aus. Du musst so in ein Haus reingehen, als würdest du da wohnen oder arbeiten oder sonst was Legales machen.«

»Noch vor einer Sekunde hat das für mich auch stets zugetroffen«, gab sie zurück.

Jasons Augen suchten die Wände ab, dann blieben sie an einem kleinen Kasten mit blinkenden Lichtern und schwarzem Display hängen. Jason wischte mit der Hand darüber. Irgendwie tat es gut, endlich wieder dem Job nachzugehen, den er am besten beherrschte. Beziehungsweise als Einziges. Das Display der Anlage erwachte aus seinem Schlaf und zeigte einen Countdown. 7 – 6 – 5 – 4 … Wieder schloss Jason die Augen, legte seine Finger darauf und der Countdown stoppte bei der 1, ein Piepen ertönte und auf dem Display stand: *Unscharf.*

»Absolut faszinierend«, murmelte Mo, sah sich um und zog eine Glastür auf, die zu einem langen, schmalen Gang führte. »Hier entlang, oder?«

»Ja, ich glaube auch«, flüsterte Fatma.

Jason nickte nur. Die wortlose Stimme in seinem Kopf war kaum noch zu ertragen. Sie waren ganz nah an … was auch immer.

Oh Scheiße, wie geil – Teppichboden. Jason konnte nicht anders, er musste sich bücken und ihn anfassen.

»Hey, was ist?«, fragte Mo leise. »Hast du was gespürt?«

»Ich bin seit achtzehn Monaten auf keinem Teppichboden mehr gelaufen«, sagte Jason. Am liebsten hätte er sich Schuhe und Strümpfe ausgezogen.

Er richtete sich wieder auf und sie liefen weiter, bis sie alle drei gleichzeitig innehielten. Sie standen vor einer Tür. *Raum B.04*, stand auf einem kleinen Schild. Und daneben: *Restauration*. Hier musste es sein! Jason öffnete die Tür.

Der Raum hatte einen Fliesenboden und teils gekachelte Wände, in der Mitte stand ein großer, spiegelblanker Metalltisch.

»Uh.« Mo kräuselte die Nase. »Sieht aus wie in der Gerichtsmedizin.«

»Nein, da sieht es anders aus«, widersprach Fatma. »Und da riecht es auch anders.«

»Woher weißt du das?«, fragte Mo.

»Von einer Exkursion mit der Uni.« Sie musterte die Regale, die voller Bücher waren. Dicke, alte, staubige Wälzer. »Hier werden keine Leichen seziert«, sagte sie, »sondern Bücher.«

»What the fuck.« Jasons Blick fiel auf einen Tresor, der in die Wand eingelassen war. Wieder legte er die Kuppen von Mittel- und Ringfinger auf das Schloss, wieder klickte und klackte es, die Tür schwang auf und Jason spürte einen Stoß in der Brust, als würde ihm das Herz von innen gegen die Rippen rempeln.

»Fuck, Alter!«, fluchte Jason. »Nee, oder?«

»Was denn?«, rief Mo. »Was ist es?«

»Hier drin ist nichts außer einem fucking Buch.«

Jason hob ein in Leder gebundenes Ungetüm aus dem Tresor und legte es auf den Tisch.

In den Umschlag war ein Pentagramm geprägt, umgeben von Schriftzeichen. Manche waren normale Buchstaben, andere kannte Jason nicht, manche waren gar keine Buchstaben, sondern irgendein Krickelkrakel.

»Hey, das sind Symbole für Sternzeichen und für Elemente, wie

Alchemisten sie im Mittelalter benutzt haben«, sagte Mo. Woher auch immer der so was wusste.

An der Seite hatte das Buch einen kleinen Metallverschluss, aber ohne Schloss, es war bloß ein winziger Riegel, den Jason jetzt öffnete, bevor er das Buch aufschlug.

Die drei steckten ihre Köpfe zusammen und lasen das Titelblatt:

Das Heptalogon der Magischen Gilde
Gethreyliche Abschrift & Commenthierung aller Sieben Kuenste
ausgeführt durch Iskander von Constantinopel,
zu Noricum im Jahre 5296 seith Erschaffung der Welt,
2288 seith der Gruendung Roms,
1536 seith der Geburt Jesu Christi, 942 seith der Hidschra des Propheten Muhammad.
Seiner teyren Agnes in Liebe zugeeignet.

»Was zur Hölle ...«, murmelte Jason, »ich schnall genau gar nichts.« Er wollte die nächste Seite aufschlagen, aber Mo legte seine Hand auf Jasons und sah Fatma an.

»Kannst du das machen? Wegen deiner Handschuhe ... Das scheint sehr alt zu sein und ist bestimmt empfindlich.«

Fatma zögerte. Doch dann streckte sie die Hand aus und begann, eine Seite nach der anderen umzublättern. Es gab eine *Eynfuehrung in die Magie* und eine Art Inhaltsverzeichnis, in der verschiedene sogenannte *Kuenste* aufgezählt wurden: *Morphomagia, Gnostomagia* oder *Magorapeutik*. Diese Wörter waren, genau wie der ellenlange Titel, in altertümlichen Buchstaben geschrieben, aber auf Deutsch, Jason konnte sie entziffern. Doch auf den nächsten Seiten kamen Sätze in fremden Sprachen und unlesbaren Schriften. Zwischen einzelnen Absätzen fanden sich Federzeichnungen von Kräutern und Dämonen, von Blitzen, Kugeln,

Kelchen, Amphoren, von Sonnen und Monden und vielköpfigen Monstern.

Komischerweise knisterten die Seiten nicht beim Blättern, sie waren starr wie ganz dünner Kunststoff und gaben eher ein leises Knattern von sich.

»Was ist das für ein verrücktes Papier?«, fragte Jason. Er hatte geflüstert und wunderte sich selbst darüber, wie ehrfürchtig ihn das Teil machte.

»Das ist kein Papier«, flüsterte Mo zurück, »das ist sicher Pergament.«

»Und was für 'ne Sprache soll das sein?«

»Latein«, erkannte Fatma, »und das hier ist Altgriechisch.«

»Woher weißt du so was?«, fragte Jason.

»Ich war auf einem sehr traditionsbewussten Gymnasium«, antwortete sie, »da legte man Wert auf alte Sprachen. Und das hier ist ... maschallah!« Sie hielt inne, dann fuhr sie mit dem im Handschuh versteckten Zeigefinger über Reihen fremdartiger Zeichen – und zwar von rechts nach links. »Das ist Arabisch«, flüsterte sie. »Das reinste und edelste Arabisch. So was wird heute in keinem Land der Erde mehr gesprochen oder geschrieben.« Sie senkte die Stimme noch weiter, bis ihre Worte kaum noch zu verstehen waren. »Es ist dieselbe Sprache wie im edlen Qur'an.«

»Aber was zur Hölle steht denn da?«, wollte Jason wissen. »Was hat es mit uns zu tun, verdammt?«

»Das ist ein Zauberbuch.« Mo hatte die Worte mehr gehaucht als gesprochen. »Es ist wirklich und wahrhaftig ein Zauberbuch.« Seine Augen wurden immer größer, Jason bekam fast Angst, sie würden ihm herausspringen und vor Begeisterung durch den Raum hüpfen. »Ein Buch voller Zauberformeln.«

»Bullshit«, machte Jason. »Und selbst wenn – was hat es mit uns zu tun?«

»Schnallst du das nicht?« Mo legte Jason eine Hand auf die

Schulter, zeigte mit der anderen auf das Buch, dann tippte er Jason gegen die Brust, während er sagte: »Jetzt ganz langsam für dich – das hier ist ein Buch voller Magie. Und wir, wir sind auch voller Magie. Du bist ein Magier, Mann!«

»Bullshit«, wiederholte Jason. Man hatte ihm schon viele Begriffe angeklebt, meistens irgendwas mit *-brecher*: *Ein-brecher, Ver-brecher, Schulab-brecher*. Aber *Magier*?

Er stemmte die Hände in die Hüften und sagte zu Mo: »Okay, wenn du meinst, dann zaubere doch mal was Schönes.«

»Hast du doch selber schon«, sagte Mo. »Vorhin, als du die Türen und den Safe geöffnet hast – war das etwa keine Zauberei?«

»Das – keine Ahnung, vielleicht, kann sein, aber dafür brauchte ich ja das Buch nicht. Zeig mir mal, was es kann, he?«

Mo beugte sich darüber. Formeln in griechischen Buchstaben standen dort. »Kannst du das entziffern?« Er sah Fatma an.

»Entziffern ja, zumindest die Buchstaben, aber ich weiß nicht, was die Wörter bedeuten.«

»Egal, sprich sie einfach aus.«

»Ich weiß nicht, es ist ... vielleicht *haram*?«

»Hast du Angst, dass du deswegen in die Hölle kommst, oder was?« Jason grinste.

Sie straffte sich, legte wieder den Finger auf das Buch, dann las sie vor: »Pyrros pyrobol.«

Mo schaute sie erwartungsvoll an, als müsse nun etwas passieren. Es passierte aber rein gar nichts.

Jason wiederholte die Worte. »Pyrros pyrobol.«

Nichts geschah.

»Vielleicht braucht es einen Zauberstab«, überlegte Mo. »Oder eine bestimmte Geste, irgendwas ...« Er fuchtelte mit den Händen herum.

Jason lachte. »Wenn schon, dann richtig«, meinte er, ballte die rechte Hand zur Faust und stieß den Arm senkrecht in die Luft, wie um die von der hohen Decke baumelnden Lampen zu boxen. »Pyrros!«, rief er und lachte, es machte Spaß. »Pyrros pyrobol!«

Im selben Augenblick fuhr eine krasse Energie durch seinen Arm hindurch und an den Knöcheln seiner Faust züngelte eine grüne Flamme, sie verdichtete sich zu einer lodernden Feuerkugel, schoss zischend empor und schlug mit einem gewaltigen Krachen durch die Zimmerdecke.

»What the fuck!«

Jason starrte auf seine Hand und pustete panisch auf seine Finger und seinen Handrücken, hielt irgendwann inne und stutzte.

»Tut gar nicht weh«, murmelte er. »Es war eher so, als würde meine Faust spucken ... Oder pissen. Oder ... na ja ... wie wenn ich mir einen ...«

»Schon gut«, sagte Fatma.

Alle drei betrachteten die Decke. Der Qualm verzog sich und gab den Blick auf ein kreisrundes Loch mit verkohlten Rändern frei, durch das der darüberliegende Raum zu erkennen war. Dann schrillte ein Rauchmelder los.

»Woohoo«, jubelte Jason und klopfte Mo so fest auf den Rücken, dass der beinahe vornüberschlug. »Wir sind Magier!«

»Und zwar ziemlich laute«, warf Fatma ein. »Vielleicht wäre jetzt ein guter Zeitpunkt, um zu verschwinden.«

»Ja, stimmt.« Mo schloss das Buch, verriegelte es und klemmte es sich unter den Arm.

»Warte«, sagte Fatma, »wir können das doch nicht einfach mitnehmen.«

»Aber wir müssen es weiter untersuchen«, gab Mo zurück. »Wir haben gerade erst begonnen, dem Geheimnis auf den Grund zu gehen.«

Alles in seinem Gesicht strahlte – der Lippenstift, die Mascara, die grünen Augen, er hätte echt 'ne hübsche Tussi sein können, dachte Jason. Wär er halt nicht ein Typ gewesen. Da hörte Jason was. Aus dem Flur. Blitzschnell sprang er zur Tür und spähte den Gang entlang. Eine Gestalt näherte sich, ein Kerl in einem langen schwarzen Mantel. Ganz sicher kein Putzmann und auch kein Security-Dienst. Ein perverser Gestank wehte vor ihm her.

»Jemand kommt«, zischte Jason. »Raus hier.«

Er zeigte auf die Fenster. Die lagen zwar ziemlich hoch, aber Mo kletterte geschickt auf eine Arbeitsfläche an der Wand, hielt das Buch unter den Arm geklemmt und öffnete mit der freien Hand eines der Fenster.

»Keine Gitter«, sagte er. »Ah – weil wir bloß auf einen Hof kommen. Da geht es nirgendwo nach draußen.«

»Egal«, rief Jason, »erst mal raus.«

Mo nahm das Buch in beide Hände, dann sprang er ab und war verschwunden.

»Nach dir, Lady«, sagte Jason. »Brauchst du 'ne Räuberleiter?«

»Das hättest du wohl gern.«

Fatma machte einen Satz auf die Arbeitsfläche und schwang sich dann aus dem Fenster. Jason folgte ihr und landete auf dem Pflasterstein. Von allen vier Seiten umgaben hohe Gebäude diesen Hof, direkt gegenüber lag eine Durchfahrt, die von einem Garagentor verschlossen war. Autos standen allerdings keine auf dem Hof, dafür Fahrräder, Müllcontainer, ein Holzschuppen und daneben ein Haufen Gerümpel wie für den Sperrmüll hingeworfen: leere Bilderrahmen, ein paar Gardinenstangen, ein Lattenrost.

In dem Augenblick tauchte der stinkende Typ auf dem Fensterbrett auf. Mit seinem kunstvoll geflochtenen blonden Zopf und dem langen schwarzen Trenchcoat sah er wie ein Wikinger aus. Und auf seiner Schulter hockte – Jason schüttelte sich – eine tote, halb verweste Ratte. Der Trenchcoat flatterte wie ein Umhang, als der Mann in den Hof sprang, und Jason erkannte, was der Typ unter dem Mantel versteckte: ein fucking Schwert! Er zog es aus der Scheide, während er auf Mo zuschritt.

»Ich bin Thore Ragnarson vom Pfad der Neun«, sagte er. »Gib mir das Heptalogon und niemandem passiert etwas.«

Mo wich langsam zurück. Dabei presste er das Buch wie ein Baby an seine Brust. Der Mann schwang mit beiden Händen sein Schwert über dem Kopf und man hörte, wie die Klinge durch die schwüle Nachtluft schnitt.

»Ich kann nicht«, sagte Mo, seine Stimme bebte.

Jason ballte die Faust. Wie ging jetzt dieser verdammte Spruch? Pyrros … pü… Scheiße.

»Ich spalte dir den Schädel!«, drohte der Angreifer. »Ich spalte deinen Körper vom Scheitel bis zur Arschritze!«

Mo war mitten im Zurückweichen eingefroren. Das Schwert sirrte in einem Kreis durch die Luft und sauste auf Mo nieder, doch der riss reflexartig mit beiden Händen das Buch hoch, als könne es ihn beschützen, und tatsächlich! Die riesige Klinge prallte mit einem dumpfen Knall auf das Buch und der Angreifer wurde zurückgeworfen, während Mo ebenfalls das Gleichgewicht verlor und hintenüberstürzte. Bewaffnet oder nicht, Jason wollte sich auf diesen Schwert-Otto werfen und ihm die Fresse eintreten. Da war plötzlich das unerklärliche Gefühl, er müsste Mo beschützen; als wär das jetzt sein neuer Job.

Doch Fatma rief: »Schnell, Jason, öffne das Tor!«

Jason zögerte und fragte sich, warum Fatma plötzlich zu dem Gerümpel lief, das neben dem Schuppen aufgestapelt war. Egal, er setzte sich in Bewegung, rannte über den Hof und zum Tor, hockte sich vor das Schloss und versuchte sich zu konzentrieren.

Mos Rücken war Schmerz, auch Mos Schultern und Arme und Hände und selbst das Buch litt Schmerzen. Wie ein Käfer auf dem Rücken strampelte Mo mit den Beinen und versuchte sich fortzuschieben, während Thore wieder auf die Füße kam, ausspuckte und erneut das Schwert hob. Mo kniff die Augen zusammen und drehte den Kopf weg und hörte das Klirren von Metall auf Metall, eine Gardinenstange hatte den Hieb des Schwertes zur Seite gelenkt. Fatma!

»Komm schon, Wikinger!« Sie stand leicht vorgebeugt und balancierte das Rohr in ihren behandschuhten Händen.

Da geschah etwas mit der toten Ratte auf der Schulter des Kriegers. In dem halb verwesten kleinen Schädel glommen rote Äuglein auf! Mit einem Satz sprang das Tier herab, schoss auf Mo zu und verbiss sich in Mos Hals. Der Schreck und der Schmerz ließen Mo erstarren, Verwesungsgestank drang direkt in Mos Gehirn und Mo konnte sich kein bisschen wehren, nur mit aller Kraft das Buch umklammern, während Fatma katzengleich um Thore herumtänzelte und seinen Schlägen entweder auswich oder sie seitlich parierte. Sie fing die Wucht der Schwertklinge nicht auf, sondern lenkte die Kraft von sich weg, bis Thore ins Straucheln kam.

»Ist offen!«, rief Jason von hinten. »Los, Leute!«

Fatma ließ den Krieger ins Leere laufen und versetzte ihm einen Schlag ins Genick, woraufhin er vorwärtstaumelte und dann der Länge nach hinstürzte. Das Schwert schepperte über die Pflastersteine und Thore blieb einen Moment wie benommen liegen. Fatma wirbelte zu Mo herum und holte zum Schlag aus. Mo erstarrte, doch Fatma ließ das Rohr knapp neben Mos Kopf niedersausen und zerschmetterte die untote Ratte, deren Zähne sich aus Mos Hals lösten. Dann warf sie das Rohr von sich und half Mo auf die wackligen Beine. Sie rannten durch die Ausfahrt auf die Straße hinaus, die sich als schmale Gasse entpuppte. Auf der nächstgelegenen Querstraße rauschte seltsam stumm ein Löschfahrzeug der Feuerwehr vorbei, sein Blaulicht flutete kurz ihre Gesichter, dann ein Polizeiwagen, ein Notarztfahrzeug.

»Wir haben Glück, die nehmen den Vordereingang«, sagte Jason. »Lasst uns verschwinden.«

Sie liefen die Gasse hinauf, weg von den Einsatzkräften und dem finsteren Schwertkrieger mit seiner untoten Ratte, stürmten in eine andere Nebenstraße und noch eine und durch eine ewig lange Bahnunterführung, hinter der eine Kleingartenanlage begann. Sie schlugen sich in die Büsche zwischen Bahndamm und Bretterzaun, folgten einer Spur aus Coladosen, Zigarettenkippen und Kondomverpackungen, bis sich der schmale Pfad zu einem kleinen kreisrunden Platz weitete, der alle Spuren längst vergangener Partynächte aufwies. Zwischen einzelnen Baumstümpfen waren umgedrehte Bierkästen und Autoreifen wie zu einem Stuhlkreis angeordnet, das erinnerte Jason komischerweise an die Meetings der Therapiegruppe im Jugendknast. Bloß dass in der Mitte keine Vase mit Blumen stand, sondern eine verrostete Tonne mit verkohlten Resten eines Lagerfeuers.

Sie ließen sich auf die Sitzgelegenheiten plumpsen.

»Wo… woher«, japste Jason, »kannst du so kämpfen?« Er sah Fatma an.

Sie atmete durch, dann lächelte sie. »Traditionsbewusstes Gymnasium, wie gesagt. Acht Jahre Fecht-AG.«

»Respekt.« Jason hob einen Daumen, dann sah er Mo an.

Dessen Atem ging immer noch flach und er presste das Buch immer noch an sich. *Heptalogon* hatte der Schwert-Otto dazu gesagt. Mo hatte das Teil mit dem Leben verteidigt. Jason musste sich eingestehen, dass er ihn – oder sie oder es – ziemlich anders eingeschätzt hatte. Ziemlich falsch. An Mos Hals klaffte eine hässliche Wunde.

»Diese Ratte!«, stieß Mo hervor und betastete vorsichtig die

Stelle, an der das halb verweste Vieh zugebissen hatte. »Die ... war doch wirklich tot. Schon fast verrottet. Und fing plötzlich an zu leben. Wirklich ein Zombie! Und was um alles in der Welt ist der Pfad der Neun?«

»Hä?«, machte Jason.

»Er hat sich so förmlich vorgestellt«, murmelte Mo. »Pfad der Neun ... Klingt wie eine Art Club.«

»Wie die Hells Angels?« Jason lachte.

»Oder eine Sekte«, meinte Fatma.

»Diese Ratte muss auch magisch gewesen sein«, sagte Mo. »Aber dieser Thore – der war kein Magier, oder? Ich hab jedenfalls nichts in der Art gefühlt. Ander als bei euch beiden.«

Jason wich Mos Blick aus. Fatma stand auf und setzte sich neben ihn. »Kann ich mal sehen?«

Mo hielt ihr das Buch hin. Doch Fatma meinte natürlich seinen Hals. Sie streifte den rechten Handschuh ab. »Darf ich?«

Mo nickte bloß. Sie schob den zerbissenen Kragen seines Tops ein Stück herab und legte ihre Finger auf die Wunde. Jason kniff die Augen zusammen, um mehr zu erkennen. Was machte die? Mo biss sich auf die Lippen, doch dann entspannte sich sein Gesicht und er sah sie verzückt an, als hätte er was eingeworfen. Als Fatma ihre Finger von Mos Hals löste, war da nichts mehr, nicht mal eine Kruste.

Mo rief: »Das ist deine magische Fähigkeit: heilen!«

»Fähigkeit.« Fatma klang verächtlich. »Eher ein Fluch.« Rasch schob sie die Hand wieder in den Handschuh.

»Wieso?«, fragte Mo. »Das ist doch eine wundervolle Gabe.«

»Nein.« Sie hob die Hände, die in dem schwarzen Samt vor der Dunkelheit der Nacht kaum zu sehen waren. »Ohne diese Handschuhe müsste ich immer alles fühlen. Den Pulsschlag von jedem einzelnen lebenden Organismus. Ich hasse es.«

»Verstehe ich«, meinte Jason. Er fummelte Blättchen und Tabak aus der Hosentasche und drehte sich eine Kippe. »Ich hab mich auch schon tausendmal verflucht für diesen Kack von einer Fähigkeit.«

»Hast du das auch?«, fragte Fatma. »Dieses Gefühl, du würdest zu allem Lebendigen in Kontakt kommen?«

»Nee.« Jason grinste, ohne dass er wusste, warum. Kontakt zu allem Lebendigen. Manchmal kam es ihm vor, als hätte das Leben seinerseits den Kontakt zu ihm abgebrochen. Er zündete seine Zigarette an.

»Ich meine«, schob Fatma nach, »weil deine Hände ja auch magische Kräfte haben.«

Jason zuckte mit den Schultern und ließ den Rauch zwischen den Lippen hindurchströmen.

»Wann hat das angefangen?«, wollte Mo wissen. »Oder konntest du das schon immer?«

»War schon immer so.« Jason zog lang an seiner Kippe und berührte mit der anderen Hand durch den Stoff seines Shirts den kleinen silbernen Engel, der um seinen Hals baumelte. »Ich war noch im Kindergarten. Mein Vater hat meine Mutter verprügelt. Wie so oft. Und ich hab geschrien, dass er aufhören soll. Da hat mein Vater mir eine geknallt und mich ins Bett gepackt. Aber ich bin wieder rausgekommen und in die Küche gelaufen, er soll endlich aufhören. Da hat er mir wieder eine geknallt und mich wieder ins Bett gepackt, aber ich wieder raus und immer so weiter. Irgendwann hat er die Zimmertür abgeschlossen. Aber ich, also, ich hab einfach von innen so das Schloss berührt«, er legte zwei Finger gegen die verrostete Tonne in der Mitte des kleinen Lagerplatzes, »seht ihr, einfach so hab ich gemacht und plötzlich ging die Tür auf. Ich also wieder in die Küche. Da war aber keiner mehr. Meine Mutter hatte sich im Schlafzimmer eingeschlossen, wie immer, wenn mein Vater sie verprügelt hat – irgendwann erwischte sie den richtigen Zeitpunkt, um aus der Küche abzuhauen und ins

Schlafzimmer zu rennen. Da blieb sie meistens drin, bis der Alte am nächsten Morgen wieder nüchtern war. Der hatte sich inzwischen auf die Couch verkrümelt. Aber ich kleines blödes Rotzkind wollte unbedingt zu Mama, also Hand auf das Türschloss zum Schlafzimmer, da ging die Tür auf und ich rein ins Bett zu Mami, ich dummes, blödes kleines Kind und …«

Jason starrte auf die Kippe zwischen seinen Fingern, sie war fast ganz runtergebrannt. Niemals, nicht mal im bekackten Stuhlkreis der Therapiegruppe im Knast, hatte er das irgendwem erzählt. Und jetzt hier zwei weltfremden komischen Zaubervögeln.

»Wie ging es weiter?«, fragte Mo. »Was ist passiert mit dir und deiner Mutter?«

Aber Jason schnaubte nur und erhob sich, warf die Kippe in die Feuertonne und sagte: »Vergesst es. Ist lange her, spielt keine Rolle mehr. Ich will nur, dass es aufhört. Diese Stimme im Kopf.«

Er drehte sich zu Mo, der immer noch dieses fucking Zauberbuch umklammerte.

Mo verstand anscheinend sofort, denn er sprang auf und machte ein paar Schritte rückwärts.

»Nein, das darfst du nicht«, rief er.

»Komm schon«, sagte Jason und machte einen Schritt auf Mo zu. »Lasst uns dieses kranke Buch zerstören, dann haben wir unsere Ruhe.«

»Wieso denn? Gerade jetzt? Ich kann das ja nachvollziehen, ich fand es auch immer verstörend, unerklärliche Dinge zu können. Doch jetzt, mit diesem Buch, sind wir in der Lage, es zu verstehen. *Uns* zu verstehen.«

»Bist du denn auch in der Lage zu verstehen, dass du wegen diesem Buch gerade fast geköpft worden wärst?«, ätzte Jason.

»Jason hat recht«, sagte Fatma sanft, aber bestimmt. Sie stand auf und beugte sich über die Tonne. »Knochentrocken. Das brennt bestimmt wie Zunder.« Sie schaute Mo an.

»Nein.« Mo presste das Buch noch fester an sich. »Nein, wir verbrennen es nicht. Auf keinen Fall! Das ist doch keine Lösung.«

»Doch«, widersprach Jason. »Dann hört es hoffentlich auf. Dieses Rufen. Dieser Sog.«

»Ja«, sagte Fatma. »Inschallah.«

»Aber ihr könnt doch nicht …«

»Scheiße, ich war lange genug gefangen.« Jason sah Mo beschwörend an. »Ich will endlich frei sein und nicht der Knacki von diesem Teil da. Es will uns beherrschen.«

»Aber vorhin fandest du das doch super, oder nicht?«, fragte Mo.

»Das war, bevor dieser Thore aufgetaucht ist«, sagte Fatma. »Das Buch hat ihn angelockt, genau wie uns. Ihn und diesen widerwärtigen Nager. Wer weiß, wen es sonst noch anlockt?« Sie machte einen Schritt auf Mo zu und streckte die Hände nach dem Buch aus. »Manchmal bleiben Geheimnisse besser ungelöst. Es gibt Dinge, die man lieber nicht weiß.«

Jason sammelte ein paar umherliegende Papiertüten auf und zündete sie mit seinem Feuerzeug an, bevor er sie in die Tonne warf. Dazu trockene Äste und Reisig, schon loderten die Flammen auf.

»Bitte nicht«, flehte Mo Fatma an. »Du hast mich geheilt, du hast mir vorhin das Leben gerettet – du kannst doch nicht das Buch vernichten.«

»Doch«, sagte Fatma, »gerade deswegen.«

Sie fasste es mit beiden Händen und Mo lockerte seinen Griff.

»Komisch«, murmelte Mo. »Fühlt sich an, als wäre das Buch irgendwie … einverstanden. Als wollte es uns dreien nicht länger zur Last fallen.«

Hier wurde eindeutig zu viel *gefühlt*, dachte Jason. Mannomann. Er sah zu, wie sich Mos Finger Glied um Glied lösten, dann hob Fatma das Buch an und warf es in die brennende Tonne. Ein leuchtender Regen aus tausend Funken stob heraus und rieselte herab, um im Schwüldunkel zu verglühen.

Über Mos Wange lief eine Träne. Doch dann gab er einen tiefen Seufzer von sich und sagte: »Tatsächlich – spürt ihr es auch? Dieser Sog, dieses Rufen. Es ist weg.«

Mo hatte recht. Jason fühlte es auch. Tat gut. Er drehte sich noch eine Kippe und rauchte, während sie eine Weile stumm um die brennende Tonne herumstanden wie ein paar Penner im Winter. Irgendwann schnippte er den Rest der Kippe in die Tonne. Jetzt, wo der Sog verschwunden war, spürte er was anderes. In seinem Bauch rumpelte es.

»Boah, hab ich Hunger«, sagte er. »So was von. Kann mir einer von euch 'n paar Euro leihen?«

»Ich hab auch Hunger«, sagte Mo. »Ich lade euch ein.« Mo grinste ironisch. »Zur Feier des Tages.«

»Was feiern wir?«, fragte Fatma.

»Dass wir fast etwas darüber herausgefunden hätten, warum wir magische Fähigkeiten besitzen«, brummte Mo.

»Gibt's hier irgendwo 'n McDonald's?«, fragte Jason.

»Frag dein Handy«, antwortete Fatma.

»Tja.« Jason kratzte sich am Hinterkopf. »Hab keins.«

»Kein Geld, kein Handy, hm?« Fatma musterte ihn. »Bist du irgendwo abgehauen?«

»Ja, vorhin erst«, brummte er, »vor so einem komischen Wikinger mit Zombieratte.«

»McDonald's find ich nicht so gut«, sagte Mo. »Wegen des Klimawandels. Außerdem bin ich Veganer:in.«

»Hä? In?«, machte Jason. »In was?«

Fatma hatte unterdessen ihr Handy gezückt und tippte mit dem schwarzen Handschuhfinger auf dem Display herum. »In der Nähe liegt ein Dönerladen, der hat noch auf.«

2

»So – einmal Döner extragroß mit doppelt Pommes, einmal die veganen Köfte.« Der Imbiss-Mann reichte zwei Teller über die Theke. »Und für dich, Schwester, den Ayran.«

Sie nahmen an einem Ecktisch Platz. Fatma mochte es eigentlich, wenn sie als *Schwester* angesprochen wurde. Aber hier kam es ihr aufgesetzt vor. Nichts in diesem Laden wirkte islamisch, die Deko war pseudomäßig auf türkische Folklore gemacht. Kitschiger Wandschmuck und eine verstaubte Teekanne auf einem Bord, darüber hing der Fernseher, auf dem ohne Ton die Wiederholung eines Fußballspiels lief. Unter der Decke drehte sich ein großer Ventilator träge durch die stickige Luft. Es ging auf drei Uhr morgens zu, aber sie waren nicht die einzigen Kunden. In einer anderen Ecke saß ein junges Pärchen eng umschlungen, an einem Stehtisch lehnten zwei junge Männer mit Rapperbärten und Goldschmuck. Neben dem Eingang saß eine alte zerlumpte Frau vor einem fast leeren Bierglas, das sie nicht austrank. Alle Gäste glotzten immer wieder zu ihnen herüber, kein Wunder. Mo in seinen Frauenkleidern, Jason mit seinem Tränentattoo. Und Fatma mit Hoodie und Hijab. Sie dachte an die Klausur, die sie in wenigen Stunden schreiben musste. Ihr war selbst nicht klar, warum sie nicht einfach heimgegangen war, um wenigstens ein paar Stunden zu schlafen. Irgendwas verband sie mit den beiden seltsamen Menschen hier und sie wollte sie noch nicht so schnell loslassen.

Jason schaufelte das Dönerfleisch in seinen Rachen, als habe er seit Wochen nichts gegessen. Mo kaute nachdenklich.

Fatma sah ihn an und fragte: »Was ist eigentlich dein Talent, Mo?«

Er blickte überrascht auf.

»Weil du vorhin gesagt hast, wir hätten alle irgendwelche unerklärlichen Fähigkeiten«, sagte sie.

»Genau«, sagte Jason. »Ich kann Türen öffnen und die Schwester kann heilen.« Er grinste ihr zu und Fatma verschoss einen bösen Seitenblick auf ihn. »Was kannst du? Oder ist diese Verkleidung deine Fähigkeit? Geschlechtsumwandlung, so was?«

»Das ist keine Verkleidung«, antwortete Mo ruhig, ohne sich provozieren zu lassen. »Ich ziehe einfach an, worin ich mich wohlfühle. Ganz unabhängig von den Zuschreibungen der Gesellschaft.« Er lächelte kurz. »Eigentlich hast du recht, es ist wirklich ein Talent, ich habe lange gebraucht, um das zu entdecken.«

Jason schlang einen großen Bissen hinunter und knurrte: »Bist du denn jetzt ein Mann oder eine Frau?«

Mo antwortete: »Ich lasse mich nicht in solche Schubladen zwängen.«

»Bullshit«, sagte Jason. »Im Leben muss man sich entscheiden, wer man ist und wo man steht. Is halt so. Hast du einen Schwanz oder hast du keinen?«

»Hör auf«, ging Fatma dazwischen. »Das ist mir zu primitiv.«

Sie wollte noch etwas zu Mo sagen, doch dann stutzte sie.

Die Blicke der Anwesenden hatten sich unmerklich verändert. Sie stierten jetzt weder Mo an noch sie, sondern ausschließlich Jason. Und der Mann hinter der Theke tippte mit einer betont unauffälligen Geste auf sein Handy und hielt es ans Ohr, drehte sich weg und warf dann noch mal einen Schulterblick zum Fernseher.

Dort lief jetzt kein Fußballspiel mehr, sondern ein Newsticker vor einem Standbild.

Gefängnisausbruch, hieß es im Ticker und das Bild zeigte Jason.

Ohne das Tattoo und deutlich jünger, mit wuscheligen Locken statt des kurz rasierten Schädels, aber er war es zweifellos.

Gerade sagte Mo: »Also, meine eigentliche – magische – Fähigkeit ist das Geschichtenerzählen.«

»Ha, ha.« Jason verschluckte sich fast an seinen Fritten. »Voll magisch. Is klar.«

Fatma leerte ihren Ayran-Becher und sagte leise zu den beiden: »Vielleicht solltet ihr den Rest eures Essens lieber einpacken.« Sie nickte zum Fernseher hinüber. »Besser, wir verschwinden hier.«

... ist Jason N. (19) flüchtig. Wenn Sie ihn sehen, sprechen Sie ihn nicht an, sondern wählen Sie den Polizeinotruf 110 ...

Mo erstarrte, sah Jason an, dann wieder den Fernseher, dann die anderen Gäste. Niemand sagte ein Wort, niemand bewegte sich. Die ganze Szene war eingefroren. Nur das Fernsehbild wechselte, Jasons Foto verschwand vom TV und ein Werbespot begann. Der echte Jason ließ die von Dönersoße triefenden Hände sinken.

Paragrafen rasselten durch Fatmas Kopf: »Fluchthilfe« gab es nicht, aber »Strafvereitelung« käme eventuell in Betracht, 258 StGB ... Sie würde das ganze Studium hinschmeißen können!

Jason leckte seine Finger ab, stand langsam auf und spannte seine Muskeln an, musterte die anderen Gäste der Reihe nach und alle senkten nacheinander den Blick, nur nicht die beiden goldbehangenen Bartträger am Stehtisch, die drückten ihre Rücken durch. Fatma befürchtete schon eine echte Schlägerei, da blitzte draußen auf der Straße Blaulicht auf.

Zwei Polizeibeamte betraten den Imbiss, ein Mann und eine Frau, deren rechte Hand auf dem Griff ihrer Pistole im Holster ruhte.

Der Mann ging auf Jason zu. »Jason Nowak?«

Jasons Blicke irrten hin und her. Er suchte eine Möglichkeit zur Flucht, aber es gab keine.

»Bleiben Sie ganz ruhig und kommen Sie mit uns.« Der Polizist griff mit einer Hand ganz langsam nach hinten an seinen Gürtel und löste ein Paar Handschellen.

Jason presste sich mit dem Rücken gegen die Wand.

Mo wischte sich behutsam mit der Serviette den Mund ab und sagte: »Wie gut, dass Sie endlich da sind. Ohne Ihre Hilfe schaffen wir es nicht.«

Jasons Hals bekam rote Flecken und Fatma fürchtete, er würde im nächsten Augenblick ausrasten. Doch Mo stand auf, legte ihm eine Hand auf die Schulter und sagte: »Mein guter Freund Jason Nowak ist nämlich in großer Sorge.«

»Aha ...«, machte der Polizist und ließ die Handschellen sinken, die er Jason gerade anlegen wollte.

»Ja«, sagte Mo, »wegen Cydnyc.«

»Hä?«, machte Jason.

»Cydnyc, dein kleiner Freund«, sagte Mo zu Jason. »Schon vergessen? Der Gnom.« Und an den Polizisten gewandt: »Deswegen hatten wir Sie ja extra angerufen.«

Der Polizist schien sich mühsam besinnen zu müssen, steckte die Handschellen weg und drehte sich zu seiner Kollegin um.

Die Beamtin nickte langsam und sagte: »Ja, richtig. Der Gnom. Wie war noch gleich sein Name?«

»Cydnyc«, wiederholte Mo.

»Das muss ich mir aufschreiben«, murmelte der Polizist und zückte einen Notizblock.

»Nicht nötig«, meinte Mo. »Es reicht, wenn Sie ihn retten.«

»Aber wo ist er?«, fragte die Polizistin.

Mo deutete mit dem Finger nach oben.

Alle Menschen in diesem Dönerladen – die alte Frau und die beiden Bärtigen und das Pärchen und die beiden Polizisten und der Mann hinter der Theke und Jason und Fatma – schauten zur Decke, wo sich der Ventilator drehte. Und auf einem der breiten

Ventilatorblätter hockte eine winzige Gestalt mit grüner Haut, spitzen Ohren und Zipfelmütze.

»Ich trau mich nicht mehr runter«, rief das Männlein mit piepsiger Stimme. »Rettet mich, bitte, ihr lieben Polizeimer.«

»Ist das der Gnom, den Sie vermissen, Herr Nowak?«, fragte die Polizistin.

Jason klappte nur den Mund auf. Mo stupste ihn leicht an und daraufhin nickte Jason.

Mo sagte: »Einstmals waren Jason und Cydnyc die besten Freunde auf der ganzen Welt, nichts konnte sie trennen. Doch dann begab es sich, dass sie in Streit gerieten. Cydnyc erklärte seinem Freund Jason, dass er ein Fabelwesen ohne bestimmtes Geschlecht sei. Da schimpfte Jason und sagte, man müsse sich im Leben entscheiden, wo man steht, Mann oder Frau.«

»Gott, wie unsensibel«, entfuhr es einem der beiden Bärtigen.

Der Polizist schluckte nur.

»Und da ist Cydnyc an die Decke gegangen«, fuhr Mo fort. »Im wahrsten Sinne des Wortes. Wird es jemals eine Rettung für ihn geben? Werden er und Jason sich wieder versöhnen?«

Fatma bemerkte, dass sie alle gebannt an Mos Lippen hingen, begierig zu hören, wie die Geschichte weitergehen würde. Auch sie selbst konnte sich dem nicht entziehen. Obwohl ihr Verstand ihr ziemlich deutlich sagte, dass es keine Gnome gab und dass da oben kein kleines Männlein mit dem Ventilator seine Kreise zog, sah sie ihn deutlich über sich und hörte sein leises Schluchzen, das ihr richtig ans Herz ging.

»Wir regeln das«, sagte der Polizist, »dafür sind wir ja da.«

Er stieg auf einen Stuhl und dann auf den Stehtisch und seine Kollegin kletterte hinterher. Sie ließ sich von ihm hochstemmen wie bei einer Tanzfigur, streckte einen Arm nach dem Ventilator aus und pflückte den Gnom herunter. Dann kletterten die beiden Beamten wieder vom Tisch herab und die Polizistin legte

Cydnyc in Jasons Armbeuge, wo das putzige grüne Wesen wohlig schnurrte.

»Und als sie endlich wieder vereint waren«, sagte Mo salbungsvoll, »vergab Cydnyc seinem Freund Jason und die beiden waren wieder so unzertrennlich wie zuvor.«

Jubel brandete auf, die Gäste klatschten und klopften den Beamten auf die Schultern, und dem Mann hinter der Theke lief eine Träne der Rührung hinab. »Lokalrunde!«, rief er. »Eistee für alle!«

Mo verbeugte sich wie ein Theaterschauspieler auf der Bühne und zwinkerte Jason und Fatma zu.

Jason betrachtete voller Zärtlichkeit das kleine Wesen in seinem Arm.

Fatma sah ihn an, nickte unmerklich und sagte: »Zu schade, dass wir schon gehen müssen.«

Damit zog sie die Tür auf und verließ mit Mo den Laden.

Jason deutete eine Verbeugung vor den Cops an und sagte: »Vielen Dank, sehr nett von Ihnen.«

Dann folgte er den beiden auf die Straße hinaus.

»Ich bin sehr beeindruckt«, sagte Fatma zu Mo. »Wie lange hält das an?«

»Also eigentlich«, sagte Mo, »dauert es nur so lange, bis die Geschichte zu Ende ist.«

Im selben Moment gab es ein lautes »Plopp« und der Gnom in Jasons Armbeuge hatte sich in ein grünes Wölkchen verwandelt, das sich im Licht der Leuchtreklame auflöste.

»Oh«, murmelte Jason. Fast hatte er das kleine Wesen schon lieb gewonnen gehabt.

»Was ist hier los? Warum …?« Das war der Polizist. Seine Kollegin und er kamen aus der Dönerbude auf die Straße gestürmt.

»Da sind die drei!«, rief die Beamtin.

»Los, weg«, kommandierte Fatma und spurtete los.

Mo und Jason folgten ihr die Straße entlang und eine Treppe hinab zur nächstgelegenen U-Bahn-Station, wo gerade eine Bahn abfahrbereit stand. Fatma sprang in den hinteren Waggon und hielt die Türen offen. Mo huschte hinein, dann Jason, Fatma trat einen Schritt zurück, und die Türen schwangen in die Öffnung. Als die beiden Polizisten den Bahnsteig erreicht hatten, fuhr die Bahn an. Die Frau zückte ihr Funkgerät, der Mann gestikulierte wild hinter ihnen her, dann rauschte die Bahn in den Tunnel, und sie waren nicht mehr zu sehen.

»Ich liebe dich, Alter!« Jason drückte Mo an sich. »Oder *Alte*. Oder *Altes*.« Er lachte. »Altes Haus, Mann, Mo, ich hab diesen Gnom wirklich gesehen, ich konnte ihn richtig fühlen, die Haut und alles.« Er musste schlucken. »Ich danke dir, Mo. Und ... ja, verdammt, es tut mir leid, dass ich dich vorhin so doof angemacht hab.«

»Schon okay«, sagte Mo. »Aber jetzt im Ernst: Bist du wirklich gerade eben aus dem Knast ausgebrochen? Warum warst du überhaupt drin? Bist du ein – na ja – richtiger Verbrecher?«

Jason sah sich unwillkürlich um, ob hier Leute mithörten. Aber da war niemand, sie befanden sich ganz allein in dieser U-Bahn, die durch den finsteren Bauch der Stadt donnerte. Bloß hinten auf der letzten Bank ... was zur ...

Jason sah es nicht, aber er konnte es *spüren*.

Eine Stimme, die nach ihm rief, tief in seinem Innern.

»Was zur Hölle ...«, flüsterte er.

Mo und Fatma hoben die Köpfe – sie hatten es auch gespürt. Zu dritt liefen sie durch die Bahn ganz nach hinten und erstarrten.

Da lag es.

Einfach so.

Als wäre nichts gewesen.

Jason ging näher ran, streckte die Hand aus und strich verwirrt über den ledernen Einband mit dem fünfzackigen Stern. Es war nicht nur das *gleiche* Buch, es war *dasselbe*. Das konnte man sogar riechen, ein Hauch von Lagerfeuer. Aber es hatte nicht die geringsten Brandspuren.

»Heptalogon«, flüsterte Mo. »Hello again.«

Da quietschten die Bremsen und die U-Bahn kam mit einem Ruck zum Stehen. Sie schnappten nach den Stangen und Haltegriffen, um nicht kreuz und quer durch den Wagen geworfen zu werden.

Wie auf ein stummes Kommando gingen alle Lichter aus.

Für einen Moment herrschten totale Finsternis und absolute Stille.

Dafür konnte Jason etwas spüren. Diese verdammten Gefühle, das hörte gar nicht mehr auf!

Dann hörten sie das Zischen und Stampfen, mit dem sich irgendwo weit vorn eine der Türen öffnete.

Schritte.

Von schweren Stiefeln.

Jemand stieg ein.

Mindestens zwei.

Etwas blitzte auf, sie kniffen die Augen zusammen. Am anderen Ende des Bahnabteils war eine Lichtkugel aufgeflammt. Sie pulsierte in einer feingliedrigen, hellhäutigen Hand und beleuchtete den mit Schlangenmotiven tätowierten Unterarm einer groß gewachsenen Frau, ihr schwarz schimmerndes Tanktop und die schwarze Pluderhose, ihren ebenfalls tätowierten blanken Schädel und spiegelte sich in ihren Augen. Das Licht dehnte sich aus und schnitt die Silhouette von Thore Ragnarson aus dem Dunkel heraus, der neben der Frau stand und eine Hand lässig auf dem Knauf seines Schwertes ruhen ließ. Meter für Meter strömte das Licht durch die leere Bahn auf Fatma, Mo und Jason zu, bis es die drei erreicht hatte. Sie rührten sich nicht.

Dafür kam die Frau nun langsam auf sie zu.

»Ihr habt euch tapfer gegen meinen Krieger geschlagen«, sagte sie. »Jetzt gebt mir das Buch.«

Mo schnappte sich das Buch und drückte es genau wie vorhin fest an sich. Er würde es nicht mehr hergeben, das wusste Fatma.

Sie stupste Jason an. »Bring uns hier raus«, zischte sie.

Jason gehorchte aufs Wort, machte einen Satz zur nächstgelegenen Tür und legte beide Hände auf die Scheiben. Er fluchte.

»Was denn?«, rief Mo.

»Es klappt nicht.« Jason spannte seine Muskeln an, als wolle er mit reiner Körperkraft das Glas aus der Fassung drücken. »Ich fühle nichts, da ist kein Schloss!«

Die Frau und Thore näherten sich weiter, aber ohne Eile, sie schienen sich ihrer Sache völlig sicher zu sein.

»Euch wird nichts geschehen«, sagte sie sanft. »Ihr gebt mir das Buch und ich gewähre euch zum Dank einen Vergessenszauber. Morgen früh werdet ihr denken, ihr hättet bloß einen seltsamen Traum gehabt.«

Fatma zögerte. Nichts an der Frau und dem Krieger war vertrauenswürdig, trotzdem erschien ihr die Aussicht verlockend, diese ganze Nacht hier einfach zu vergessen.

Jason stand vor dem Schlafzimmer seiner Mutter, war ein kleines Kind und blinzelte aus verheulten Augen zu der Türklinke hoch. Er schüttelte sich unwillkürlich, um diese Scheißkindheitserinnerung abzuwerfen, dann fiel ihm das Allernächstliegende ein. Er ließ von den Scheiben ab und drückte einfach den Knopf an der Haltestange. Es zischte und die Türen öffneten sich umstandslos.

»Oder so«, rief Jason und sprang hinaus.

Fatma und Mo folgten ihm. Sie drückten sich an der Tunnelwand entlang, bis sie das Ende des Zuges erreicht hatten, dann rannten sie los, immer den Schienen nach, die sie im schwachen Grünschimmer der Notausgangsschilder erkennen konnten. Jason hörte, dass Thore und die Frau ihnen folgten. Sie erreichten eine Abzweigung und er zögerte. Doch bevor er sich entscheiden konnte, lief Fatma bereits weiter, ignorierte die Abzweigung und rannte geradeaus.

Von hinten hörte Jason die Stimme der Unbekannten durch den Tunnel hallen, sie rief zwei Worte: »Pyrros pyrobol!«

»Runter«, kommandierte Fatma.

Sie warfen sich auf den Schotterboden und im selben Augenblick walzte ein Feuerball über ihre Köpfe hinweg, rauschte durch den Tunnel und detonierte knappe fünfzig Meter weiter in einer Biegung an der Wand. Es roch nach verbranntem Haar.

Yes, genau! So ging der fucking Zauberspruch! Jason sprang federnd auf, reckte den beiden Verfolgern die Faust entgegen und schrie aus vollen Lungen: »Pyrros pyrobol!«

Genau wie vorhin spürte er die Kraft durch seinen Arm strömen. Thore ging sofort hinter seiner Chefin in Deckung. Die Flammen lösten sich aus Jasons Faust, ballten sich zusammen und schossen los, er konnte den Rückstoß spüren. Die Glatzköpfige rief etwas, wobei sie mit dem Zeigefinger ihrer freien Hand einen großen Kreis in die Luft zeichnete, und Jasons Feuerball zerschellte an einer unsichtbaren Blase. Ein Funkenregen ging im Tunnel nieder und dichte Rauchschwaden waberten umher.

»Los, Leute!« Jason drehte sich zu Fatma und Mo um. »Ihr könnt das auch!«

Mo kam auf die Beine, zögerte, streckte die Hand aus. Auch Fatma war aufgestanden.

»Macht es einfach so wie ich«, rief Jason und verschoss den nächsten Feuerball.

Auch der prallte am Schutzschild der Glatzköpfigen ab. Jason spürte ein schmerzhaftes Ziehen im Arm.

»Wir müssen es alle zusammen versuchen«, drängte Jason. »Worauf wartet ihr?«

Fatma und Mo tauschten einen Blick. Mos war fragend, Fatmas grimmig. Dann streifte sie entschlossen ihren rechten Handschuh ab und streckte den Arm aus.

»Pyrros pyrobol!«, schrien sie zusammen. Drei Flammenbündel vereinigten sich zu einer Feuerwalze, die den ganzen Tunnel ausfüllte und auf die Frau und den Krieger zurollte. Der Knall erschütterte den Boden und hallte tausendfach von den Wänden wider, Funken und Qualm wirbelten herum und für einen Moment konnten sie kaum drei Meter weit sehen. Der Rauch brannte in ihren Augen. Jason griff sich mit der linken Hand an die rechte Schulter. Diesmal zog der Schmerz noch viel stärker durch seinen Arm.

»Haben wir sie …?«, fragte Mo.

»Egal«, sagte Fatma, »lasst uns abhauen.«

»Nein.« Jason rieb seinen schmerzenden Arm, schüttelte ihn aus und ballte die Hand wieder zur Faust. »Heute gibt es Wikinger-Barbecue.«

Allmählich verzog sich der Rauch. Jason blinzelte. Das Leuchten des magischen Lichtes schälte sich aus dem Nebel heraus, dann sah er die Glatzentussi und ihren Schwert-Otto völlig unversehrt dastehen. Der U-Bahn-Waggon hinter ihnen war nur noch ein dampfendes Metallgerippe, der Geruch von geschmolzenem Plastik lag in der Luft.

Jason fühlte eine unbändige Wut in sich aufsteigen. »Noch mal, alle!«, brüllte er. »Pyrros pyrobol!«

Der Flammenstrahl aus seiner Faust war viel schwächer als zuvor, der Schmerz dafür beinahe unerträglich.

»Es bringt nichts«, sagte Fatma beschwörend. »Wir müssen weg. Kommt!«

Damit wandte sie sich um und lief in den dunklen Tunnel, vorbei an dem gewaltigen Loch in der Wand, das der erste Feuerball hinterlassen hatte, und verschwand hinter der Kurve.

Mo, das Buch in beiden Händen, folgte ihr.

»Fuck.« Jason rang mit sich, dann rannte er hinterher.

Er überholte Mo und lief weiter, da hörte er Mo hinter sich keuchen und dann einen dumpfen Schlag. Er fuhr entgeistert herum. Mo wand sich auf dem Boden und versuchte aufzustehen, aber er konnte nicht. Sah aus, als würde er von unsichtbaren Händen niedergedrückt.

»Nimm das Buch«, stöhnte er.

»Was soll der Scheiß?« Jason war in zwei großen Sätzen bei Mo. »Steh auf!«

»Es ... geht nicht. Irgendein ... Lähmungszauber, glaub ich.«

Jason blickte auf und sah die beiden Verfolger näher kommen. Thore hatte sein Schwert gezogen, die Glatzköpfige bewegte die Finger ihrer freien Hand, als würde sie Mo an unsichtbaren Fäden zu sich ziehen.

Jason holte tief Luft und schleuderte ihr noch einen Feuerball entgegen. Er stöhnte auf vor Schmerz, doch die Flammen waren mickrig. Trotzdem zwangen sie die feindliche Magierin dazu, von Mo abzulassen und sich erneut in die schützende Blase einzuhüllen. Jason wollte Mo hochziehen, aber der knickte ein wie eine Marionette, die jemand einfach fallen ließ.

»Meine Beine«, stammelte Mo, »sind vollkommen taub. Nimm endlich das Buch!«

»Bullshit«, schimpfte Jason und bückte sich. Da war wieder dieser Beschützerinstinkt. Er packte Mo, warf ihn sich über die Schulter und rannte los. Doch da kam Fatma ihm entgegen.

»Sackgasse«, sagte sie atemlos.

»Fuck.« Jason setzte Mo ab und wollte ihn vorsichtig gegen die Tunnelwand lehnen, doch Mo klappte sofort wieder in sich zusammen. Nur das Buch hielt er weiter umklammert.

Thore und seine Chefin näherten sich.

Fatma beugte sich runter zu Mo und flüsterte: »Jetzt wäre noch so ein Illusionszauber gut.«

»Kann nicht«, stöhnte Mo.

Jason machte einen Schritt auf die Verfolger zu, rieb seinen schmerzenden Arm und presste hervor: »Wer zur Hölle seid ihr?«

»Ich bin Tyra vom Pfad der Neun«, antwortete die Frau. »Ihr wisst nicht, was das ist, aber das spielt auch keine Rolle. Ihr werdet euch morgen an nichts mehr erinnern. Und jetzt gebt uns das Heptalogon.«

»Niemals«, stieß Mo hervor.

Tyra hob kurz die Hand und zischte zwei fremd klingende Worte: »Krato soi!«

Mo stieß einen durchdringenden Schrei aus und zuckte, als liefen Stromstöße durch seinen Körper.

»Hör auf, du Fotze!«, brüllte Jason und wollte sich auf sie stürzen.

Im letzten Moment fing er sich und hielt inne, weil Thores Schwertspitze direkt vor seinem Gesicht aufblitzte. Ansatzlos war der Krieger nach vorn geschnellt, um Tyra zu beschützen.

Jason fixierte den Wikinger und machte einen Schritt rückwärts.

Da näherte sich aus dem Nichts ein Zischen, Thore riss die Augen auf und stieß einen kurzen Schrei aus, er und Tyra fuhren herum, und dann erst sah Jason, dass ein leicht gebogener Dolch in Thores linker Schulter steckte.

»Was zur ...«, entfuhr es Jason.

Weiter hinten im Tunnel waren zwei weitere Gestalten aufgetaucht: ein schmaler, sehniger Typ in einer dunklen Tarnfleckweste, unter der er völlig verrückterweise einen steifen weißen Kragen trug wie ein Priester. Noch verrückter sah nur die Frau neben ihm aus. Sie trug einen Schleier und ein langes fließendes Gewand mit einem breiten Gürtel. Und in diesem Gürtel steckten drei weitere ähnliche Dolche. Erst hielt Jason sie für eine Nonne. Doch dann erkannte er, dass der Schleier, mit dem sie ihr Gesicht verhüllte, islamisch sein musste wie der von Fatma.

Tyra rief Thore etwas in einer fremden, nordisch klingenden Sprache zu, dann packte die Frau den Krieger und zog ihn an sich. Wie die beiden so dastanden, er mit dem Schwert in der Hand und dem Dolch in der Schulter, wirkten sie kurz wie ein tragisches Liebespaar. Tyra murmelte ein Zauberwort und im nächsten Moment – waren sie nicht mehr da. Für einen Sekundenbruchteil hing der blutige Dolch in der Luft, dann fiel er klackernd ins Schotterbett des Bahngleises.

»Alhamdulillah!«, jubelte Fatma. Sie hockte neben Mo und drückte ihn an sich. »Wie hast du das nur gemacht? Du hast uns gerettet. Schon wieder.«

»Ich hab … gar nichts gemacht«, sagte Mo und deutete mit zitternder Hand auf die beiden mysteriösen Neuankömmlinge. »Die sind keine Illusion.«

Fatma stand auf. Auf ihrem Gesicht breitete sich Verwirrung aus.

Mit Tyra und Thore hatte sich auch die leuchtende Kugel in nichts aufgelöst und im Tunnel herrschte Finsternis, nur ein einziges Notausgangslicht hatte das Feuerduell überlebt und warf matten Grünschimmer auf den Priester und die Verschleierte.

»Salam alaikum, Schwester«, sagte die Messerwerferin und zog ganz im Widerspruch zu dem freundlichen Gruß einen weiteren Dolch aus ihrem Gürtel.

»Gott«, flüsterte Fatma, »allmächtiger Allerbarmer, befreie mich aus diesem absurden Albtraum.«

»Genau deswegen sind wir hier«, sagte die Frau. »Um eure Seelen zu erlösen. Händigt uns das Heptalogon aus, dann werdet ihr Frieden finden.«

Jason griff sich an den Kopf. Alles schien sich zu wiederholen.

»Du bist nicht meine Schwester«, entgegnete Fatma.

Der drahtige Typ mit dem Priesterkragen trug etwas bei sich, was wie ein großes Netz aussah. Es klirrte wie Metall, als er es aufschüttelte, und Tausende feine Kettenglieder schimmerten silbrig. Es schien, als wolle er das Netz gleich auf sie werfen wie ein Fischer auf einem Kahn – oder wie ein römischer Gladiator.

»Im Namen der Heiligen Inquisition«, rief er, »schweig oder stirb, kleine Hexe.«

Die verschleierte Frau hob ihren Dolch und kam langsam auf sie zu.

»Das Buch«, befahl sie. »Jetzt.«

Jason wischte sich mit der linken Hand über die Augen. Etwas stimmte nicht, denn er bildete sich ein, das Wrack der U-Bahn dort im Rücken der beiden Angreifer hätte sich kurz bewegt. Jetzt wieder. Er drehte sich mit einem fragenden Blick zu Mo um, doch der schüttelte nur den Kopf.

Die ausgebrannte U-Bahn schien tief zu seufzen und aufzustöhnen, setzte sich in Bewegung, kam näher, schob sich ihnen mit einem durchdringend-metallenen Schleifgeräusch entgegen.

Der Priester ließ das Metallnetz sinken und kam auf Jason zu. »Stoppe es. Sofort!«

Jason hob ganz unschuldig die Hände. »Ich mach das nicht, Mann«, sagte er. »Echt nicht. Leider.«

Der Kerl sah zu Fatma. »Du etwa?«

»Nein«, sagte an Fatmas Stelle die Messerwerferin, zog den Priester am Arm und wich mit ihm an die Tunnelwand zurück. »Es ist keiner von den dreien. So etwas kann nur ein Meister. Deckung, Juan.«

Mit trommelfellzerfetzendem Gekreische hob sich das verkohlte U-Bahn-Gerippe aus dem Gleis und schien die verschleierte Frau samt ihrem Begleiter an der Tunnelwand zerquetschen zu wollen. Fatma wandte sich entsetzt ab, Mo kniff die Augen zusammen, und auch Jason senkte für einen Moment den Blick. Doch als der entsetzliche Lärm unvermittelt abbrach, schaute er wieder hin. Die Messerwerferin und der Priester namens Juan waren leichenblass, aber am Leben. Sie standen eingeklemmt zwischen Bahn und Tunnelwand, nur ihre Köpfe waren durch die Öffnungen der ehemaligen Fenster zu sehen.

Schritte knirschten über den Schotterboden. Im schwachen Lichtkranz der Notausgangsbeleuchtung wurde ein Mann sichtbar, hager und hochgewachsen, das graue Haar zu einem Dutt gebunden, sein langer Schnurbart hing an beiden Seiten seines Mundes herab wie bei den Drachen in alten chinesischen Zeichentrickfilmen. Sein Mantel schimmerte seidenschwarz. Er musterte Jason, dann Fatma, dann Mo, dann wieder Jason. Und Jason *spürte* den Mann.

Der nickte ihnen zu, dann bückte er sich nach dem silbrigen Kettennetz, das Juan fallen gelassen hatte, und schleuderte es fort. Schließlich wandte er sich an die beiden Eingeklemmten und sprach die Frau in einer Sprache an, die Jason im Knast schon gehört hatte. Arabisch vielleicht. Die Messerwerferin antwortete.

Jason neigte sich zu Fatma hinüber. »Verstehst du, was die reden?«

»Er fragt, was sie hier macht«, flüsterte Fatma. »Als würden die sich kennen. Und er fragt, seit wann sich Muslime mit radikalen Christen verbünden würden. Sie heißt anscheinend Siham. Und sie nennt sich eine ... keine Ahnung ... Assassinin?«

Der Mann stellte eine weitere Frage, da antwortete Siham auf Deutsch: »Egal welches Wort man für Gott verwendet – das, worauf es ankommt, ist Gehorsam. Gehorsam ist universell.«

Der Schnurrbärtige lachte leise und sagte: »Die Inquisition hat sich weiterentwickelt. Das hätte ich ihr nicht zugetraut. Ich hatte nicht erwartet, dass es diesen Club überhaupt noch gibt. Was für eine Überraschung.«

»Niemand erwartet die Inquisition«, erwiderte sie. »Überraschung ist unsere stärkste Waffe. Selbst wenn du uns jetzt tötest, Meister Fong …«

»Du weißt doch, das ist nicht unser Stil«, erwiderte der Mann.

Damit wandte er sich von Siham ab, ging an Jason und Fatma vorbei und blieb vor Mo stehen, der immer noch bewegungsunfähig am Boden kauerte.

»Es tut mir leid, dass ihr drei diese Unannehmlichkeiten hattet«, sagte er. »Das hätte nicht passieren dürfen. Ich bitte dafür um Entschuldigung.« Er beugte sich zu Mo runter. »Gibst du mir bitte das Buch?«

»Nein.« Mo hielt es fest.

Jason tippte dem Mann auf die Schulter.

»Hör mal, Ching-Chong, oder wie du heißt …«

»Fong«, antwortete der Mann geduldig. »Carl Fong.«

»… ja, von mir aus. Das ist jetzt schon das dritte Mal in dieser Nacht, dass irgendwelche verrückt verkleideten Vögel uns dieses Buch abjagen wollen. Witziger Bart übrigens, kriegt man den im Karnevalsladen?«

»Ich sagte ja schon, wie sehr ich das alles bedaure«, antwortete Fong. »Aber mithilfe eines kleinen Vergessenszaubers werdet ihr euch morgen an nichts mehr …«

»Kein Vergessenszauber!«, sagte Mo. »Und ich gebe das Heptalogon nicht her.«

»Genau«, knurrte Jason und stupste Fong mit dem Zeigefinger gegen die Schulter. »Ich lasse mir nicht von so einem Chinakoch im Gehirn herummatschen.«

»Warum nicht?« Fong lächelte gütig. »Vielleicht bist du hinterher nicht mehr so rassistisch, wer weiß?«

Jason wollte was erwidern, da sagte Fatma: »Ich bin dafür. Geben wir ihm das Buch und vergessen das alles hier.«

»Aber wir haben das Buch ehrlich geklaut«, protestierte Jason.

Mo sagte: »Ich will nichts vergessen, nicht eine Minute. Das ist die krasseste, schrecklichste, schönste Nacht meines ganzen Lebens.«

»Und ich schreibe in fünf – nein, in vier Stunden eine Strafrechtsklausur«, hielt Fatma dagegen. »Ich will mit dieser ganzen Zaubersache nichts zu tun haben.« Sie überkreuzte die Arme und klemmte die Hände unter ihre Achseln. »Wir haben versucht, dieses Buch zu verbrennen, aber das ging nicht. Es ist einfach so wieder aufgetaucht. Als ... würde es uns hinterherlaufen.«

»Faszinierend!« Fong machte ein erstauntes Gesicht. »Das ändert die Sachlage erheblich.«

»Ich geb das Buch nicht her!«, beharrte Mo. »Dann müsst Ihr mich schon töten, Meister Fong.«

»So, so.« Fong griff in eine Innentasche seines Mantels.

Jason hob die Fäuste, aber der Mann zog keine Waffe hervor, sondern ein Handy.

»Kein Empfang«, sagte er. »Lasst uns woanders hingehen. Ich muss telefonieren.«

Er wandte sich zum Gehen.

Jason sah Fatma an, die zuckte mit den Schultern. Also folgten sie ihm.

»Hey«, rief Mo. »Wartet, ich kann immer noch nicht aufstehen.«

Fong machte kehrt, ging zu ihm zurück und hockte sich neben ihn.

»Was ist passiert?«, fragte er.

»Weiß nicht«, antwortete Mo. »Irgendein Lähmungszauber, vermute ich.«

Fong streckte eine Hand aus, aber Mo zog das Buch weg.

»Keine Sorge, behalte es«, sagte der Mann. »Zumindest vorläufig, bis wir wissen, woran wir sind. Ich muss aber deine Beine berühren.«

Mo ließ es geschehen. Fong murmelte ein paar Worte und fasste Mo unter den Arm. Wacklig stand Mo auf.

»Wer hat das getan?«, fragte Fong.

»Sie nannte sich Tyra«, sagte Mo. »Vom Pfad der Neun.«

»Erstaunlich!«, rief Fong aus.

»Und sie hatte einen Schwertkämpfer bei sich. Und der hatte eine untote Ratte!«

»Wie überaus erstaunlich«, wiederholte Fong. »Und dir gratuliere ich.«

»Wozu?«

»Zu deiner zweiten Geburt. Wer sich als Ungeprüfter dem Pfad entgegenstellt, überlebt es normalerweise nicht. Jedenfalls war es früher so, in historischer Zeit.« Er klopfte sich den Staub des Schotters vom Mantel. »Seit fast zweihundert Jahren ist so etwas nicht mehr vorgekommen. Und es hätte auch, wie gesagt, nicht passieren dürfen. Ich hätte verhindern müssen, dass ihr drei jemals von diesem Buch erfahrt.«

»Aber jetzt haben wir nun mal davon erfahren«, erwiderte Mo. »Und wir haben überlebt. Das kann man nicht ungeschehen machen. Sie können die Zeit nicht einfach zurückdrehen.« Er hielt inne und starrte den Mann an. »Oder? Können Sie das etwa doch?«

»Nein. Keine Sorge. Und ich sehe ein, ihr drei habt das Recht, ein paar Erklärungen zu bekommen. Also folgt mir, wir wollen diesen ungastlichen Ort verlassen.«

»Hey!«, rief Juan hinter ihnen her. Jason hatte die Anwesenheit der beiden Gestalten inzwischen fast vergessen gehabt, die da hinter der Fensteröffnung festhingen und aussahen wie ein trauriges Puppentheater. »Was wird aus uns? Wollt ihr uns hier hängen lassen?«

»Gleich kommt Hilfe«, sagte Fong. »Ein wenig Geduld, bitte.«

»Ich hoffe bloß«, rief Jason den Eingeklemmten zu, »ihr wart vorhin noch pinkeln.«

»Du machst einen Fehler, Meister Fong!«, zischte Siham. »Du wirst noch bereuen, dass du uns nicht getötet hast.«

»Das ganze Leben ist ein Fehler«, erwiderte Fong gelassen. Dann tippte er Jason, Mo und Fatma kurz gegen die Schulter und sagte feierlich: »Aóratos.«

Was immer das heißen sollte. Vielleicht war das da, wo der Typ herkam, eine Art Gruß oder so. Keiner fragte nach, sie beeilten sich lieber, zum Ausgang zu kommen.

Diesmal nahmen sie an der Abzweigung den anderen Tunnel und erreichten bald die unterirdische Station, an der sie vorhin in die U-Bahn gehetzt waren. Jetzt herrschte hier große Aufregung: Polizei, Feuerwehr, Sanitäter rannten durcheinander, es wurden Kommandos gerufen, Schläuche ausgerollt, Krankentragen herbeigeschleppt, dann sprang ein ganzer Trupp vom Bahnsteig herunter ins Gleisbett und lief den Tunnel entlang, direkt an Jason und Fatma, Mo und Fong vorbei, ohne sie auch nur im Geringsten zu beachten.

»Sind wir unsichtbar?«, flüsterte Mo.

»Scheint fast so«, flüsterte Fatma zurück.

Jason zeigte einem vorbeieilenden Polizisten den Mittelfinger, ohne dass der Beamte ihn eines Blickes würdigte.

»Still.« Carl Fong legte seinen Zeigefinger auf die Lippen.

Hintereinander kletterten sie auf den Bahnsteig und huschten die Rolltreppe hinauf, wo ihnen weitere Rettungskräfte entgegenkamen, schlängelten sich unter mehreren Absperrungen aus rotweiß flatterndem Plastikband hindurch und erreichten wieder die Straße, an deren anderem Ende der Dönerladen lag. Zügig entfernten sie sich. An der übernächsten Kreuzung blieb Fong stehen.

»Wollen wir uns dort drüben etwas ausruhen?« Er deutete auf die gegenüberliegende Straßenseite, wo ein kleiner Park begann und im matten Licht einer einsamen Straßenlaterne ein paar Bänke standen. »Halt!«, rief er plötzlich.

Jason, der gerade die Straße überqueren wollte, machte einen Satz zurück. Ein fetter BMW bretterte haarscharf an ihm vorbei.

»Wichser!«, schrie Jason hinter dem Wagen her. »Bist du blind? Hier ist ein Zebrastreifen!«

»Auf dem Zebrastreifen überfahren zu werden, ist die häufigste Unfallart bei Unsichtbarkeitsmagie«, erklärte Fong. »Es dauert noch ein paar Augenblicke, bis der Zauber nachlässt.«

Wie ein Schülerlotse führte er die drei zu den Bänken, wo sie sich hinplumpsen ließen. Mo hielt das Buch im Schoß. Jason rieb seinen Arm. Es tat nicht mehr so scheiße weh wie vorhin, war nur noch eine Art Muskelkater, nervte aber. Er drehte sich eine Zigarette.

Fong hatte wieder sein Handy gezückt, wählte eine Nummer und fing an, in einer fremden Sprache zu sprechen, die Jason noch nie gehört hatte, weder im Knast noch sonst irgendwo. Chinesisch war das sicher nicht.

»Was redet der?«

»Keine Ahnung«, sagte Fatma. »Klingt fast ein bisschen nach Latein. Und Italienisch. Und Französisch. Und Arabisch. Alles durcheinander.«

»Lingua franca«, sagte Mo nach einer Weile. »Ja, klar, das muss es sein.« Seine Augen glänzten. »Eine gemischte Sprache, die im Mittelalter von Reisenden benutzt wurde. Von Händlern, Gauklern, Söldnern, Kreuzrittern ... Magiern.«

»Kreuzritter?« Fatma hob eine Augenbraue.

»Ganz recht«, sagte Fong. »Wir sprechen Lingua franca.« Sein Telefonat war anscheinend zu Ende, er steckte das Handy ein. »Großmeisterin Aziza lässt euch grüßen. Sie bittet mich euch zu erzählen, was es mit dem Buch auf sich hat. Und mit unserer Gilde. Und mit – nun ja – euch selbst.« Er setzte sich auf eine der Bänke und strich mit der Hand über seinen langen dünnen Schnurbart. »Ich muss ein wenig ausholen.«

3

Von allen Kräften, die den Kosmos durchwirken, ist die *Essenz* wohl die geheimnisvollste: eine magische Energie, die alles Seiende umgibt, zu der aber die meisten Menschen keinerlei Zugang haben. Dennoch gab es zu allen Zeiten einige wenige, die für die *Essenz* sensibel waren. Anfangs zauberten sie rein intuitiv, wurden Schamanen, Druiden oder Hexen. Als aber am Euphrat, am Nil, am Ganges die ersten Zivilisationen entstanden, begannen Gelehrte mit der systematischen Erforschung der *Essenz*. Sie fanden heraus, dass die Essenz durch magische Formeln beherrscht werden kann. Im Reich der Perser entstanden die ersten Zauberbücher. Der Magier Propylaios von Mykene war vor zweieinhalbtausend Jahren der Erste, der den Codex der Zauberformeln systematisch in einzelne Disziplinen unterteilte: *Die Sieben Künste*. Nach dem griechischen Wort für sieben, *hepta*, wird das Zauberbuch bis heute als *Heptalogon* bezeichnet. Seine Schülerinnen und Schüler erforschten die damals bekannte Welt und sammelten weitere Zaubertechniken in China, Israel, Eritrea, Indien und leiteten eine erste Blütezeit der Magie ein. Das Zentrum der Zauberkunst verlagerte sich nach Karthago, doch nach dessen Vernichtung durch die Römer ging die Kenntnis der Magie zurück.

Erst lange nach dem Untergang des Römischen Imperiums nahm die Zauberei am Hofe der Kalifen von Bagdad einen neuen Aufschwung. Im Mittelalter war das Emirat Cordoba im heutigen Spanien ein Kristallisationspunkt der Magie. Dort versammelten sich die mächtigsten Zauberkundigen ihrer Zeit und gründeten die Magische Gilde. Unter der Großmeisterin Tariqa von Toledo umfasste die Gilde in ganz Europa, Afrika und Asien an die dreitausend Magierinnen und Magier. Das Heptalogon wurde verfeinert, ergänzt, hundertfach abgeschrieben und von Generation zu Generation weitergegeben. Es war das Goldene Zeitalter der Magie. Doch dieses endete jäh. Der Schwarze Tod hielt Einzug in der Welt. Die Pest. Viele Menschen gaben der Magie die Schuld an der Pandemie. Die Religionen, allen voran das Christentum, begannen die Magie als Feindin zu betrachten und zauberkundige Personen zu verfolgen. Die Inquisition stürzte sich mit eifrigem Hass auf alles, was mit Zauberei zu tun hatte.

Da spaltete sich die Gilde, denn eine Minderheit entschied sich angesichts von Pest und Verfolgung dafür, die geächtete achte und neunte der magischen Künste zu praktizieren: Nekromantie und Dämonologie, die Erweckung von Untoten und die Beschwörung von Dämonen. Damit hofften sie, sowohl die Seuche als auch die Widersacher der Zauberei zu besiegen. Die Mehrheit der Gilde aber verurteilte diesen Weg und verstieß jene Mitglieder. Diese bezeichneten sich selbst fortan als *Pfad der Neun*. Alle anderen nannten sie schlicht: *Schwarzmagier*.

In der anbrechenden Neuzeit begann die Gilde, sich Stück für Stück aus der Welt zurückzuziehen. Einerseits schien im Zeitalter der Vernunft kein Platz mehr für Zauberei zu sein. Andererseits fürchteten die Gildenoberen, Industrialisierung und Nationalismus könnten zum Missbrauch der Magie führen. Die Gilde bildete kaum noch neue Zauberkundige aus und zerstörte im Laufe der letzten zweihundert Jahre sämtliche Abschriften des Heptalogons bis auf sechs Exemplare, die unter der Obhut der heutigen Großmeisterin Aziza von den letzten Mitgliedern der Gilde sicher verwahrt werden – zumindest war man bislang davon ausgegangen, dass diese sechs die letzten seien. Die Gilde selbst bestand bloß noch aus einer kleinen Handvoll Eingeweihter.

»Und einer dieser Eingeweihten sitzt hier vor euch«, schloss Carl Fong seine Erzählung.

Jason zuckte mit den Schultern und begann, sich seine inzwischen dritte Zigarette zu drehen. Fatma runzelte die Stirn. Mo hingegen war vollkommen gebannt von den Worten des Zaubermeisters.

Mo zeigte auf das Buch und sagte: »Aber dieses hier ist keins von den Exemplaren der Großmeisterin, richtig? Es ist eine der Abschriften, die es eigentlich gar nicht mehr geben sollte.«

Meister Fong nickte. »Es handelt sich um ein Exemplar, von dem niemand etwas wusste. Und dessen Ausstrahlung so stark ist, dass wir es, als es plötzlich auftauchte, sofort gespürt haben. Soweit wir wissen, wurde es vorgestern bei Bauarbeiten zufällig entdeckt. Eingemauert in einem alten Brunnenschacht. Ich habe mich unverzüglich auf den Weg gemacht, um das Buch zu bergen, bevor es in die falschen Hände gerät.«

»Das waren dann wohl unsere Hände«, sagte Mo und musste grinsen. »Es hat uns richtig angezogen.«

»Magisch begabte Menschen spüren die Nähe eines magischen Artefakts«, sagte Fong. »Und sie spüren sich gegenseitig, denn wir alle haben eine magische Aura. Das habt ihr auch erlebt, oder?«

»Ja, es war unglaublich«, sagte Mo.

»Ich fand es eher unangenehm«, gab Fatma zu und sah erst Mo an, dann Jason. »Nehmt das nicht persönlich. Ich kann Nähe generell nicht gut vertragen.« Sie sah wieder zu Fong. »Das macht mir Angst, diese – wie nannten Sie es? – Essenz.« Sie hob ihre behandschuhten Hände. »Schon immer, mein ganzes Leben lang. Woher kommt das? Ist das erblich?«

»Nein«, sagte Fong. »Es gehört zu den großen Geheimnissen der Essenz, warum manche Menschen magisch begabt sind und die meisten anderen eben nicht. Im Goldenen Zeitalter der Magie hätte man euch eingeladen, als Schülerin oder Schüler in die Gilde einzutreten und euch in den Sieben Künsten der Zauberei unterweisen zu lassen. Heute bilden wir jedoch fast niemanden mehr aus. Immer nur so viele Personen, dass die Magie nicht vollständig erlischt. Um eine Keimzelle am Leben zu erhalten, falls einmal wieder ein anderes Zeitalter anbricht. Oder für den Fall, dass unsere alten Feinde ebenfalls weiterexistieren. Die Inquisition und der Pfad der Neun. Denn bis zu dieser Nacht war beides eine reine Vermutung. Ich persönlich hatte gedacht, es gäbe sie schon lange nicht mehr.« Fongs Gesicht wurde sehr ernst. »Ich wurde eines Besseren belehrt.«

»Aber ...«, begann Fatma, »für mich sah es so aus, als würden Sie diese Frau kennen. Siham.«

»Flüchtig.« Fong zwirbelte wie gedankenverloren eines der langen Enden seines Schnurrbartes.

»Und diese Tyra?«, hakte Mo nach. »Dieser Krieger – Ragnar? Mit seiner Zombieratte? Kennt Ihr diese Leute auch?«

»Zombieratte?«, wiederholte Fong und machte ein bestürztes Gesicht, als würde allein dieses Wort alles ändern.

»Eine stinkende tote Ratte«, sagte Jason. »Schon fast verwest. Plötzlich wurde die lebendig und hat Mo gebissen.«

»Sehr seltsam.« Fong sah grübelnd in den sternenklaren Nachthimmel hinauf. »Wir dachten, dass der Pfad der Neun vor fast zweihundert Jahren für immer erloschen ist. Jetzt taucht er plötzlich auf. Mit einem untoten Tier, das von einem einfachen Krieger befehligt wird. Oder ist dieser Thore ein Magier?«

Mo schüttelte den Kopf. »Ich hab nichts dergleichen gespürt. Ist das wichtig?«

»Sehr. Aber nicht jetzt und hier.« Fong wandte sich vom Himmel ab und sah die drei wieder an. »Jetzt geht es vielmehr darum, was wir nun mit euch machen.«

»Bildet mich aus!«, rief Mo ohne nachzudenken. »Das ist der Traum meines Lebens!«

»Hat dich diese Nacht nicht genügend abgeschreckt?«, gab Fong zurück. »Essenz-sensible Menschen wie euch gibt es an allen möglichen Orten der Welt. Viele von ihnen verfügen über einzelne rudimentäre Zauberkräfte. Intuitive Magie nennen wir das. Einige können das zu ihrem Vorteil nutzen, im Sport etwa oder für eine Karriere in der Wirtschaft. Aber die meisten macht es leider zu Außenseitern, weil die Welt heute mit rätselhaften Begabungen oft nicht umzugehen weiß. Sie werden für autistisch oder schizophren oder schlicht für kauzig gehalten. Und wann immer jemand der eigentlichen Magie zu nah kommt, schreiten wir ein.«

»Mit so einem Vergessenszauber oder was?«, knurrte Mo. »Wer weiß, wie oft ich Euch schon begegnet bin, Meister, ohne dass ich mich erinnern kann?«

»Keinmal.« Fong lächelte. »Daran würde zumindest *ich* mich erinnern. Aber ich sehe, du verstehst das Prinzip.«

»Außenseiter«, wiederholte Fatma nüchtern. »Kauzig. Schizophren. Autistisch. Meinetwegen. Ich glaube, ich will das alles, was Sie uns erzählt haben, gar nicht wissen. Am besten, Sie legen gleich los mit Ihrem Vergessenszauber.«

Mo wollte protestieren.

Doch bevor Mo ansetzen konnte, sagte Fong: »Das könnte ich natürlich. Allein – es wird nichts nützen. Nach dem, was ihr mir erzählt habt, ist dieses Buch an euch gebunden. Beziehungsweise eher umgekehrt. Ihr drei seid an das Heptalogon gebunden. Ihr sagtet ja, ihr habt versucht, es zu verbrennen, und doch ist es zu euch zurückgekehrt. Wer immer dieses Buch geschrieben hat, scheint es mit einem sehr speziellen Fluch belegt zu haben. Großmeisterin Aziza schlägt vor, dass ich euch mit zu ihr nehme. Nach Paris. Dort werden wir das Buch untersuchen und herausfinden, wie man diesen Fluch lösen kann. Es handelt sich um einen komplizierten Zauber, den wir nur aus der Theorie kennen. Er ist seit Jahrhunderten nicht mehr angewandt worden.«

»Ich verstehe nicht ganz«, sagte Fatma. »Wir drei sind uns nie zuvor begegnet. Wenn sich unsere Wege wieder trennen – wen von uns dreien wird das Buch verfolgen?«

»Gute Frage«, gab Fong zu.

»Ich könnte es einfach behalten«, warf Mo ein. »Ich opfere mich.«

»Sehr großzügig von dir«, meinte Fong, »doch das wäre wörtlicher, als dir lieb ist. Sowohl die Inquisition als auch der Pfad der Neun wissen nun von dem Buch. Wie ihr gesehen habt, spüren sie seine Gegenwart ebenfalls. Vor allem, als ihr gezaubert und dadurch die Essenz in Schwingung versetzt habt, habt ihr sie auf euch aufmerksam gemacht. Sie werden nicht eher ruhen, als bis sie es in ihren Besitz gebracht oder es zerstört haben.«

»Cool«, meinte Jason. »Wir geben es einfach denen, die mehr zahlen. Kleine Auktion oder so.«

»Du vergisst, dass es an euch gebunden ist«, widersprach Fong. »Um es zu besitzen oder zu zerstören, müssten unsere Feinde diesen Fluch lösen. Und ich fürchte, sie werden sich nicht damit aufhalten, nach dem richtigen Gegenzauber zu suchen. Sondern die einfachste Option wählen.«

»Und die wäre?«, fragte Mo, obwohl die Antwort eigentlich klar war.

»Uns zu töten«, sagte Fatma dumpf.

»Euch alle drei«, bestätigte Fong.

Für einen Moment herrschte Schweigen.

Dann sagte Mo entschlossen: »Ich komme mit. Nach Paris.«

Alles ergab plötzlich Sinn. Als sei alles, was Mo bisher getan, gedacht, geträumt hatte, auf diesen einen Moment hinausgelaufen.

»Ich muss los«, murmelte Fatma. »Ich muss eine Klausur schreiben.« Sie stand auf und blickte unbestimmt in die Ferne. Am Horizont deutete sich ein blasser Schimmer an. Der neue Tag.

Die Sonne, die gleich aufginge, würde auf eine völlig neue Erde scheinen. Jedenfalls für Mo. Es war unbegreiflich, dass Fatma und Jason nicht auch so empfanden. Dass sich ihre Wege hier und jetzt vielleicht für immer trennen würden. Nach allem, was sie in dieser Nacht zusammen erlebt hatten.

»Ich erwarte euch auf dem Parkplatz unter der Zoobrücke«, sagte Fong. »Punkt neun. Überlegt es euch.«

»Passt auf euch auf«, sagte Fatma und ging. »Salam alaikum.«

Mo sah ihr nach, bis sie um eine Straßenecke verschwand. Jason war ebenfalls aufgestanden.

»Tja«, meinte er. »Ich will dann auch mal los.«

»Hast du überhaupt jemanden, zu dem du gehen kannst?«, fragte Mo. »Vergiss nicht, dass du gesucht wirst.«

»Wie ich das verstanden habe, werden wir jetzt alle gesucht«, gab Jason zurück. »Wir sind verflucht, hast du doch gehört. Da ist mir die Polizei auch egal. Ich bräuchte nur 'n bisschen Geld. Kann man das auch zaubern?«

»Theoretisch ja«, meinte Fong. »Aber das entspricht nicht dem Codex der Gilde.«

»Was entspricht denn dem Codex?«, fragte Jason leicht gereizt zurück.

»Dass ich dir etwas leihe.« Fong zog aus einer Innentasche seines Umhangs einen ledernen Beutel hervor, öffnete ihn und nahm einen Hundert-Euro-Schein heraus. »Reicht dir das?«

»Aber hallo.« Jason pflückte den Geldschein aus der Hand des Meisters und schob ihn in die Tasche seiner Jogginghose.

»Hey«, rief Mo. »Sehen wir uns? Um neun? Unter der Zoobrücke?«

»Glaub nicht. Gruppenreisen sind nicht so mein Ding.«

»Warte!« Mo war aufgesprungen. »Ich wollte nur ... also, danke. Dass du mich gegen diese Schwarzmagierin verteidigt hast. Dass du mich weggetragen hast, als sie mich in ihrer Gewalt hatte. Du hast mich echt gerettet.«

»Ja, ja, schon gut«, brummte Jason. »Ich hoffe, dir ist nicht direkt einer abgegangen, als ich dich auf'm Rücken hatte.«

Mo lächelte mitleidig. »Du tust echt alles dafür, dass man dich nicht mag, oder?«

»Haut rein, Leute«, brummte Jason, marschierte breitbeinig los und verschwand in eine andere Richtung als Fatma.

»Neun Uhr«, wiederholte Mo. »Ich werde da sein, Meister Fong. Kann ich das Buch solange bei mir tragen? Oder habt Ihr Angst, dass Tyra oder Siham mir schon auflauern?«

»Ich glaube, die werden sich beide vorerst zurückziehen und jeweils neue Pläne schmieden«, antwortete Fong. »Behalte es ruhig.«

»Okay. Dann geh ich mal heim. Ein paar Sachen packen. Ähm – was denkt Ihr, Meister, für wie lange?«

»Das weiß man vorher nie«, sagte Fong, griff abermals in eine seiner Manteltaschen und holte etwas hervor. Eine Zahnbürste. »In der Welt der Magie reist man mit leichtem Gepäck. Sei offen für das Unerwartete.«

»Das bin ich, Meister.«

»Ja, das bist du. Und nun entschuldige mich, ich muss mich noch um ein paar Kleinigkeiten kümmern.«

Damit stand auch Fong auf, verbeugte sich und ging in den Park hinein.

Mo ging in die entgegengesetzte Richtung. Eigentlich würde Mo nun die U-Bahn nehmen, aber der Eingang war nach wie vor abgesperrt, die ganze Straße voller Blaulicht. Polizist:innen bewachten die Rolltreppe und blickten stoisch an den beiden Kamerateams vorbei, die sich inzwischen eingefunden hatten. Da würde vermutlich auch kein Vergessenszauber helfen, dachte Mo.

Mo lief den ganzen Weg nach Hause. Also zu dem Ort, den Mo temporär als Zuhause empfand, das Zimmer in der Zweier-WG. Mos Mitbewohnerin Biene verbrachte die Nacht offenbar woanders, denn die Tür im zweiten Stock des Altbauhauses war zweimal abgeschlossen. Im Innern der Wohnung standen Stille und stickige Dunkelheit. Mo registrierte es mit Erleichterung. Keine Lust, jetzt irgendwem irgendetwas zu erklären.

Mo legte das Heptalogon vorsichtig auf dem Schreibtisch ab. Dann zog Mo sich aus, warf das Top mit den Blutflecken bedauernd in den Müll und ging duschen. Anschließend holte Mo einen Rucksack aus dem Schrank, packte ein paar Klamotten ein und sicherheitshalber den Reisepass. Offen für das Unerwartete.

Dann schrieb Mo einen Zettel für Biene, spontaner Trip ins Ausland. Bei Mum würde Mo sich irgendwann später melden, je nachdem, wie lange die Tour dauerte.

Mo legte den Zettel zur Seite und schlug das Buch auf. Sieben Künste. Es gab die Kunst der Verwandlung und die Kunst der Bewegung, es gab Heil- und Kampfkunst, die Kunst der Beherrschung, die der Umkehrung und die der Erkenntnis. Mos Finger zuckten, als würden sie gern sofort den einen oder anderen Zauber ausprobieren. Die Überschriften und diverse Anmerkungen an den Rändern waren auf Latein oder in altertümlichem Deutsch verfasst, die Zauberformeln selbst allerdings auf Altgriechisch, teils auch auf Arabisch. Bestimmt war es nicht allzu schwer, im Internet die richtige Aussprache der griechischen Buchstaben zu finden. Aber erstens konnte das natürlich schiefgehen wie bei der Explosion im Amt für Denkmalpflege, Mo wollte nicht die WG in Schutt und Asche legen. Und zweitens wäre es ja möglich, dass Mo dadurch wieder die Essenz in Schwingung brächte, wie Meister Fong das ausgedrückt hatte, und dadurch Tyra oder Siham erneut auf sich aufmerksam machte.

Mo blätterte weiter und stellte fest, dass die hinteren Seiten des Buches komplett leer waren. Womöglich war der Verfasser, der sich im Vorwort als Iskander von Constantinopel vorstellte, bei seiner Arbeit unterbrochen worden. Oder die Seiten waren mit einer Art Geheimtinte beschrieben. Mo legte eine Hand auf eines der leeren Blätter. Es kribbelte kaum merklich in den Fingerkuppen. Als wäre das Pergament lebendig!

Vielleicht war es auch einfach so, dass Iskander die Seiten freigelassen hatte, damit seine ebenfalls im Vorwort erwähnte Freundin oder Kollegin oder Schülerin Agnes dort ihre eigenen Erkenntnisse notieren konnte.

Oder aber die Personen, die das Buch einmal finden sollten?

Also Mo?

Am liebsten hätte Mo sofort etwas hineingeschrieben. Die Erlebnisse der Nacht.

Stattdessen zog Mo das eigene Notizbuch aus der Handtasche. In seinem ledernen Einband, mit den auf alt gemachten, von Schnüren zusammengehaltenen Seiten wirkte es fast wie die kleine Schwester des Heptalogons.

Es war noch viel Zeit bis neun. Mo schlug das Buch auf. Bis jetzt füllten Mos Fantasien dieses Buch. Doch ab jetzt würde Mo die Wirklichkeit festhalten.

Wenn die ihn nach einem Ausweis fragen würden, hätte er natürlich verkackt. Er war noch nie im Leben in einem Club gewesen. Damals war er nirgends reingekommen, weil er zu jung aussah und immer kontrolliert wurde. Jetzt war er neunzehn, hatte aber seinen fucking Personalausweis nicht, denn der lag immer noch in einem Spind im Knast, zusammen mit seinem Handy und ein paar anderen privaten Sachen und wartete auf den Tag, an dem Jason auf Bewährung gehen würde. Aber die Bewährung war natürlich jetzt im Arsch, klar. Falls sie ihn kriegten, musste er Endstrafe machen, keine Frage. Innerlich hatte er sich längst drauf eingestellt. Keine Ahnung, was er jetzt tun sollte, es gab keinen, zu dem er konnte. Auf keinen Fall zu seinem Vater jedenfalls. Da hatte Mo mit seiner

Frage schon recht gehabt. Nein, Jason würde den Rest dieser Nacht noch auskosten, die eigentlich schon längst vorbei war, und den Tag und noch eine Nacht, und am nächsten Tag würde er kurz am Grab vorbeischauen, einfach Hallo sagen. Und sich dann stellen. Eigentlich war der Knast inzwischen so was wie sein Zuhause, musste er sich eingestehen. Da kannte er sich aus, da kam er klar. Und ... da wäre er ja im Zweifel auch vor diesem Fluch sicher. Vor den Wikingern und der Inquisition.

Also ein paar Stunden Freiheit. Die musste er nutzen.

Er fragte sich bei den Leuten durch, die verschwitzt und durchgetanzt, müde und besoffen lächelnd auf dem Heimweg waren. Schwamm gegen ihren Strom und erreichte im frühen Morgenlicht einen Straßenzug, wo ein Club neben dem anderen lag.

Jetzt müsste man so Illusionsdinger draufhaben wie Mo. Jasons Einbrecherkünste jedenfalls würden hier keinen überzeugen. Und dieses Pyrros pyrobol würde selbst dann nichts nutzen, wenn ihm nicht schon allein beim Gedanken daran der Arm wieder wehgetan hätte.

Er öffnete die erstbeste Tür und dumpfe Beats hämmerten gegen seinen Schädel. Der Türsteher nickte ihm nur gelangweilt zu. Die Kassiererin wollte weder seinen Ausweis sehen noch den vollen Eintrittspreis von ihm haben. »Happy Hour«, meinte sie und drückte ihm einen Stempel auf den Handrücken.

Er ging eine Treppe runter, der Musik entgegen. Nicht mal im Knast sah es so dermaßen wenig nach *happy* aus wie hier. Drei Frauen bewegten sich wie in Trance auf der Tanzfläche, sie waren locker zehn Jahre älter als er. Ein paar Typen hingen an der Bar rum, glotzten vor sich hin oder pennten mit dem Kopf auf der Theke.

Und jetzt?

Er bestellte einen Wodka, kippte ihn runter und wartete darauf, locker zu werden.

Kam aber nichts. Weil – er war schon die ganze Zeit locker, merkte er. Fiel ihm aber jetzt erst auf. Mann, er hatte in einem stillgelegten U-Bahn-Schacht gegen Wikinger-Magier gekämpft, hatte einem Typen, der kein Typ sein wollte, das Leben gerettet, hatte mit seiner Faust Feuerbälle verschossen und einen U-Bahn-Waggon abgefackelt, er war ein fucking Zauberer und hatte null Grund, irgendwie unlocker zu sein.

Da tippte ihm einer von hinten auf die Schulter.

»Was zur Hölle ...« Er fuhr herum und sah in ein vertrautes Gesicht. »Radulescu.«

»Lange nicht gesehen, Alter.« Radulescu grinste breit, sein Goldzahn blitzte im flackernden Strobolicht. Er hatte zwei von seinen Jungs dabei, die sich im Hintergrund hielten und Jason feindselig musterten. Möchtegern-Rocker in Motorradkluft. »Seit wann bist du wieder draußen?«

»Gerade erst«, antwortete Jason. »Darum hab ich jetzt auch gar keine Zeit ...«

Er wollte aufstehen und gehen, aber Radulescu packte mit eisernem Griff Jasons rechten Oberarm. Sofort kam der Schmerz zurück.

»Keine Zeit?«, höhnte Radulescu. »Keine Zeit für deinen alten Homie? Ich dachte, wir sind Freunde. Bist du ein Ehrenmann oder nicht? Wir hatten da noch was offen. Schon vergessen?«

»Kann mich nicht erinnern.«

»Ach nein? Haben dir die anderen Schwuchteln im Knast die Grütze aus dem Hirn gevögelt oder was?«

»Wer ist hier die Schwuchtel?«, entgegnete Jason und nickte zu Radulescus Kampfhunden hinüber. »Du bist doch der, der auf Typen in Lederklamotten steht.«

»Lass uns das draußen klären.«

Radulescu dirigierte Jason durch eine Hintertür, eine andere Treppe hinauf und in einen Hinterhof. Die Rocker folgten ihnen und bauten sich drohend vor Jason auf. Jason machte zwei, drei Schritte rückwärts.

»Hier können wir ungestört reden«, sagte Radulescu. »Also – was ist aus meiner Lieferung geworden?«

Statt einer Antwort streckte Jason ihm die rechte Faust entgegen und rief: »Pyrros pyrobol.«

Wie eine Messerklinge stach der Schmerz in seinen Arm, er krümmte sich. Aus seiner Faust stieg ein einsames kleines Rauchwölkchen. Sonst nichts. Er ließ den pochenden Arm sinken.

»Fuck …«

Die Dusche und das anschließende Morgengebet hätten ihr guttun sollen. Wann immer sie sich selbst fremd und falsch vorkam, half es ihr, sich außen und innen zu reinigen. Das klare Wasser, die Reinheit der Gedanken. Aber heute wirkte es nicht. Während die Sonne über die Giebel der Hausdächer gegenüber blinzelte, versuchte sie sich auf den Klausurstoff zu konzentrieren. Die Welt der Paragrafen in ihrer Unbestechlichkeit ähnelte der Welt der Suren. Qur'an und Gesetzbücher, Recht und Religion waren Geschwister. Auch wenn viele in dieser Gesellschaft sich keine gläubige muslimische Juristin vorstellen konnten.

Aber nicht mal der Druck der bevorstehenden Klausur konnte das Chaos ihrer Gedanken bändigen. Die Paragrafen tanzten in ihrem Kopf wild durcheinander. Die Lehrbücher erschienen ihr nichtssagend, weil nur dieses eine Buch ihre Gedanken beherrschte. Das Heptalogon. Mo würde mit Fong nach Paris gehen und den Fluch lösen. Es würde sie nicht mehr behelligen. Sie hätte Fong bitten sollen, diesen Vergessenszauber bei ihr anzuwenden. Andererseits … mit dem, was sie nun wusste, war ihr die beängstigende Gabe ihrer Hände nicht mehr so unheimlich, denn es gab eine Erklärung. Gleichzeitig war ihr noch mehr bewusst geworden, wie sehr sie zu einem Leben als Außenseiterin verdammt war. Das war doch der eigentliche Fluch.

Sie wolle ihre Seelen erlösen, hatte Siham, die Assassinin, gesagt. Worauf es ankomme, sei Gehorsam.

Fatma legte die Lehrbücher zur Seite und versuchte zu meditieren. Nach wenigen Augenblicken gab sie es auf. Stattdessen sah sie für eine Weile einfach nur zu, wie der Zeiger der großen Uhr in ihrer Küche seine Bahnen zog. Schließlich packte sie ihre Tasche und verließ das Haus. Viel zu früh, und das sollte ein Glück sein. Denn als sie zur Haltestelle kam, fuhr eine Leuchtschrift über die Anzeigetafel: *Der gesamte Bahnverkehr im Stadtgebiet ist bis auf Weiteres eingestellt.*

Drum herum standen ratlose Menschen und starrten auf ihre Handys.

Auch Fatma zog ihr Handy aus der Tasche. Sie hatte siebzehn WhatsApp-Nachrichten. Von ihren Eltern, ihren Brüdern, ihren Cousinen, ein paar Freunden. *Bist du okay?!??!? Bitte melde dich!*

Erschrocken fragte sie sich, woher all die Menschen von ihren Kämpfen und Begegnungen während der Nacht erfahren haben konnten. Doch natürlich meinte niemand das, was Fatma erlebt hatte, jedenfalls nicht direkt. Sie öffnete auf dem Handy eine Nachrichtenseite. Dann eine andere und eine dritte. Überall war die mysteriöse Explosion in der Kölner U-Bahn der Aufmacher. *Offenbar keine Personen zu Schaden gekommen ... Fahrer der U-Bahn nicht ansprechbar. Scheint sich zum Zeitpunkt der Explosion nicht in der Bahn befunden zu haben ... Auch die Rettungskräfte, die den Unglücksort als Erste erreicht haben, werden derzeit psychologisch betreut ... sie scheinen jede Erinnerung an den Einsatz verloren zu haben ... Ein terroristischer Hintergrund kann nicht ausgeschlossen werden ...*

Mit fliegenden Fingern schrieb Fatma allen Absendern dieselbe Antwort: dass sie eben erst aufgestanden sei und weit genug weg von allem (das wäre eigentlich gelogen gewesen, war aber irgendwie eine Frage der Interpretation). Dann steckte sie das Handy weg und marschierte los. Da sie das Haus so zeitig verlassen hatte, konnte sie problemlos zum Unihauptgebäude laufen. In der Stadt herrschte Verkehrschaos. In den Fluren der Uni hingegen gähnende Leere. Der Saal, in dem die Klausur geschrieben werden sollte, war verschlossen. Zwei Kommilitonen standen davor und lasen das eilig hingetippte Schreiben, das an der Tür klebte: *Wegen der aktuellen Verkehrsprobleme infolge der Explosion am heutigen Morgen wird die Klausur Strafrecht II verschoben. Der neue Termin wird durch das Prüfungsamt zeitnah bekannt gegeben.*

Einer der beiden drehte sich zu Fatma um, musterte sie von Kopf bis Fuß und sagte: »Umsonst gelernt. Deine Leute haben uns einen freien Tag beschert.«

»Bitte?« Fatma verstand nicht sofort, obwohl sie das doch eigentlich kannte. Wann immer irgendwo von Terrorismus gesprochen wurde, schien sie für alle Welt eine irgendwie zuständige Ansprechpartnerin zu sein. Weil sie Hijab trug.

»Lass«, sagte der andere.

Die beiden wandten sich zum Gehen.

Wut stieg in Fatma auf.

»Schon mal was von Unschuldsvermutung gehört?«, rief sie hinter ihnen her. »Von übler Nachrede, falscher Verdächtigung, Volksverhetzung? Was für Juristen seid ihr?«

Der eine wandte sich nochmals um und rief zurück: »Wenn's dir hier nicht passt, geh doch woandershin und studier die Scharia!«

Fatma merkte, dass ihre Finger zuckten. Sie wollten sich aus dem Handschuh befreien und zur Faust ballen. Und dem Rassistenpack einen Feuerball hinterherschleudern. Tatsächlich hob Fatma die Hand. Aber nur, um auf die Uhr zu sehen. Sie hatte eine knappe Stunde Zeit, um zum Treffpunkt zu gelangen. Das würde reichen. Noch nie im Leben hatte sie so spontan eine wichtige Entscheidung gefällt. Das fühlte sich gut an. Frei irgendwie.

Der Parkplatz war groß und voll besetzt, aber sie erkannte schon von Weitem Carl Fongs grauen Haardutt. Der Magier stand neben einem alten roten Renault mit französischem Kennzeichen, in dessen Kofferraum Mo soeben einen großen Rucksack wuchtete. Er hatte offenbar vorgesorgt. Fatma hingegen trug bloß eine Handtasche bei sich. Darin das Mäppchen mit den Stiften für die Klausur, außerdem das Handy, Tampons, Aspirin, Portemonnaie. Kreditkarte. Was immer sie brauchen würde, konnte sie in Paris kaufen. Sie hatte diese Kreditkarte noch nie benutzt, denn es war ihr immer so vorgekommen, als hätten ihre Eltern sie ihr nur mit der Absicht gegeben, Fatma aus ihrem jetzigen Leben gleichsam zurückzukaufen. Konsum statt Gebet, so was in der Art.

»Hey, wie cool!« Mo hatte Fatma entdeckt und winkte. »Ich freu mich voll, dass du mitkommst, Fatma.«

»Hi«, sagte sie nur und sah auf die Uhr. Eine Minute vor neun.

Fong nickte ihr freundlich zu und schloss den Kofferraum des Wagens. »Lasst uns aufbrechen.«

»Wartet, Meister«, sagte Mo. »Jason kommt. Ich spüre es.«

»Ich glaube, der hat Besseres zu tun«, erwiderte Fatma. »Lasst uns von hier verschwinden. Die Stadt gehört heute den Rassisten. Du kannst vorn sitzen.«

Sie stieg hinten ein.

Fong sah auf die Uhr. »Jetzt ist es neun«, sagte er.

»Bitte, noch eine Minute«, bat Mo. »Er kommt. Ich spüre es.«

Da spürte Fatma es auch. So wie sie seine Aura in der Nacht schon gespürt hatte, bei ihrer ersten Begegnung. Sie stieg wieder aus und sah ihn kommen. Er rannte, wobei er humpelte, er winkte ihnen zu und kam angehetzt, in üblem Zustand: Seine Nase war krumm und blutig, die Unterlippe aufgeplatzt, ein Auge zugeschwollen.

»Du lieber Himmel, was ist passiert?«, rief Mo. »Wer war das? Tyra und Thore? Oder die Inquisition?«

»Nur ein paar alte Bekannte«, japste Jason. »Lange Geschichte, müsst ihr nicht wissen.«

Sie stiegen ein, Jason und Fatma hinten, Mo setzte sich auf den Beifahrersitz und platzierte das Heptalogon auf dem Schoß. Fong startete den Wagen und fuhr los.

Während sie sich mit Stop and Go der Autobahn näherten, schrieb Fatma eine Nachricht an ihre Eltern: *Kleiner Lern-Overkill, ich brauche einen Tapetenwechsel. Fahre mit Freunden für ein paar Tage nach Paris. Melde mich.*

Anständige muslimische Eltern würden ausrasten, wenn sie eine solche Nachricht von ihrer Tochter bekämen. Aber Fatmas Eltern waren halt so typisch westliche Eltern, muslimisch höchstens auf dem Papier, jedenfalls nach Fatmas Definition von Islam. Sie steckte das Handy weg und drehte sich zu Jason.

»Deine alten Bekannten scheinen dich echt intensiv vermisst zu haben«, meinte sie. »Tut es sehr weh?«

Jason zuckte mit den Schultern.

Fatma beugte sich nach vorn und fragte: »Wollen Sie ihn nicht heilen, Herr Fong? Sie können das bestimmt.«

»Du kannst es doch auch«, sagte er nur.

Mit dieser Antwort hatte sie fast gerechnet. »Ich hasse es«, murmelte sie und streifte sich den rechten Handschuh ab.

»Das verstehe ich«, sagte Fong. »Dabei ist es eine besondere Gabe.«

»Auf die ich gut verzichten könnte«, brummte sie und legte die Hand vorsichtig auf Jasons Gesicht.

Der zuckte kurz zurück, dann entspannte er sich. »Mann, das tut gut.«

Fatma spürte, wie sich unter ihren Fingern die Schwellungen zurückbildeten, das Nasenbein sich richtete, die Wunde auf der Lippe sich schloss. Es kostete sie Kraft. Da war nicht nur die Überwindung, mit der nackten Hand fremde Haut zu berühren, männliche noch dazu. Ausgehend von ihrer Hand breitete sich auch eine starke Erschöpfung in ihr aus. Stärker als sonst, sie hatte schließlich in dieser Nacht keine Minute geschlafen.

»Kannst du dasselbe auch mit meinem Arm machen?«, fragte Jason. »Der tut mir eigentlich am meisten weh. Ich glaub, das kommt von diesen Pyrros-Dingern.«

»Wie oft hast du den Zauber angewendet?«, fragte Fong.

»Weiß nicht ... vielleicht vier-, fünfmal.«

»Oh, dann ist es kein Wunder, dass dein Arm schmerzt«, sagte Fong. »Zauberkraft ist nicht unendlich. Es braucht Jahre des Trainings und der Meditation, um sie effizient einzusetzen. Dir geht es vermutlich ähnlich, Fatma?«

»Ja.« Fatma seufzte. »Jedes Mal, wenn ich jemanden heile, fühlt es sich an, als ... würde mir ein Teil meiner eigenen Lebensenergie ausgesaugt.«

»Das trifft es tatsächlich ganz gut«, meinte Fong. »In der Magorapeutik – so nennt man die magische Heilkunst – transferierst du einen Teil deiner eigenen Kraft auf deinen Patienten. Du, Fatma, tust das rein intuitiv, das kostet dich mehr Energie, als wenn du mit den entsprechenden Zauberformeln arbeiten würdest.«

»Magorapeutik ...«, wiederholte Mo und blätterte im Heptalogon. »Hier gibt es jede Menge Zauberformeln und – wenn ich das richtig verstehe – Rezepte für magische Tränke, lauter solche Sachen. Unglaublich faszinierend! Ich wünschte wirklich, ich könnte all das lernen.«

Fong warf ihm einen Seitenblick zu, dann konzentrierte er sich auf die Straße. Sie hatten endlich die Autobahn erreicht und er beschleunigte.

»Geht das, Meister Fong?«, fragte Mo. »Könnt Ihr mich ausbilden?«

»Ich sagte ja schon, dass wir kaum noch Schüler aufnehmen«, antwortete er. »Nach dem Beschluss des Gildenkonvents von 1874 besteht die Gilde nur noch aus sechs Personen. Drei Meister, drei Schüler.«

»Oh. Das sind wirklich sehr wenige.« Fatma konnte die Enttäuschung in Mos Stimme hören.

»In der Tat«, sagte Fong. »Allerdings haben wir derzeit nur zwei Schüler.«

»Das heißt …?«, begann Mo zaghaft.

»Das heißt gar nichts«, erwiderte Fong. »Denn es gibt zur Zeit auch bloß zwei Meister.«

Fatmas Handy gab ein Ping von sich. Ihre Mutter schrieb: Großartige Idee! Lass es richtig krachen und melde dich, falls du Geld brauchst. Hab dich lieb, bis bald.

Jason erwachte und dachte kurz, er würde immer noch im Kofferraum des BMW feststecken, in den er von Radulescu eingesperrt worden war, nachdem dessen Schoßhunde ihn verprügelt hatten. Es hatte ewig gedauert, bis er die Kraft gefunden hatte, mit seiner Magie die Klappe von innen zu öffnen und abzuhauen. Er reckte sich und blinzelte hinaus. Was er sah, kam ihm überraschend bekannt vor. Eine Hochhausschlucht, gestapelte Müllsäcke neben überquellenden Containern, rumlungernde Kids, ein Wettbüro, eine Shisha-Bar. Wäre nicht die Leuchtreklame auf Französisch gewesen, hätte er gedacht, durch seine alte Hood zu fahren, wo hinter einem der tausend Fenster mit Satellitenschüsseln sein Vater wohnte.

»Paris hab ich mir anders vorgestellt«, murmelte Jason.

»Und ich mir den Sitz der Großmeisterin einer Magischen Gilde auch«, meinte Mo.

Fong steuerte den Wagen in eine Tiefgarage und sagte: »Die Magie lehrt uns, Dinge nicht nach ihrem äußeren Schein zu interpretieren.« Er räusperte sich. »Davon abgesehen befindet sich der Sitz der Gilde tatsächlich auf einer alten Burg in Burgund. Aber Aziza unterhält hier eine Zweitwohnung, weil sie ab und an Stadtluft braucht.«

Er bugsierte den Wagen in eine enge Parklücke und sie quetschten sich aus dem Auto. Mo klemmte sich das Buch unter den Arm und schulterte den Rucksack. Fong führte sie durch eine Stahltür und einen Gang voller Pissegestank zu einem Aufzug, mit dem sie in den dreizehnten Stock hinauffuhren. Dort läutete er an einer der sechs Türen. Es dauerte eine Weile, bis geöffnet wurde.

»Bienvenue«, sagte eine kleine alte Frau. Sie saß in einem elektrischen Rollstuhl und ihr schmaler Körper wirkte seltsam verknotet. Sie hatte weißes Haar und ein offenes Lächeln.

»Darf ich vorstellen?«, sagte Fong. »Aziza Azzedine, einhundertdreiundzwanzigste Großmeisterin der Magischen Gilde. Und, ohne Übertreibung, die mächtigste derzeit lebendige Magierin.«

»Was jetzt nicht so schwer ist, wenn's nur noch zwei geprüfte Zaubermeister auf der Welt gibt«, meinte sie. »Ihr seid also die drei mit dem Buch.«

»Klingt, als wären wir 'n Trupp Comedians«, meinte Jason und kam sich gerade auch tatsächlich so vor.

»Fatma Malik.« Fatma verbeugte sich knapp. »Freut mich, Sie kennenzulernen.«

»Ich bin Mo Hamann«, sagte Mo und schüttelte der Alten überschwänglich die Hand. »Es ist mir eine außerordentliche Ehre, Euch zu treffen, edle Großmeisterin Aziza.«

Die Frau zog die Augenbrauen hoch und fragte: »Du bist nicht zufällig Pen-and-Paper-Rollenspieler?«

»Doch, woher wisst Ihr das? Magische Hellsicht?«

Aziza lächelte bloß.

»Normale Leute labern nicht so«, stichelte Jason. »Nicht mal Zauberer.«

»Das ist Jason«, sagte Mo. Klang fast wie eine Entschuldigung. »Er will nicht, dass man ihn nett findet.«

»Ich werde versuchen, mich danach zu richten«, sagte Aziza.

Mo schob nach: »Und ich mag es lieber, geschlechtsneutral angesprochen zu werden.«

»Auch danach werde ich mich gerne richten«, antwortete sie, drückte einen kleinen Schalthebel und rollte einen Meter zurück, um ihren Gästen Platz zu machen. »Kommt herein.«

Sie betraten einen dunklen Flur und dann ein helles Wohnzimmer mit großen Fenstern. Der Ausblick war extrem krass. Irgendwo aus dem Gewühl der Stadt stach der Eiffelturm heraus. In der hitzeflirrenden Luft schien er zu vibrieren.

»Wir sind ja wirklich in Paris«, sagte Jason.

»Tee? Kekse?«, fragte Aziza.

Als Jason sich umdrehte, standen auf dem großen runden Tisch fünf Tassen, ein Teller mit Keksen und eine dampfende Kanne Tee. Dabei hätte er schwören können, dass der Tisch einen Moment zuvor noch leer gewesen war. Sie setzten sich und Mo legte das Heptalogon auf das Ablagepult von Azizas Rollstuhl.

»Ah, da ist es«, sagte die Großmeisterin und blätterte es auf.

Für Minuten versank sie darin, ohne dass jemand wagte, etwas zu sagen. Jason fummelte an der Tischdecke herum. Kurz hob Aziza den Kopf, nickte zu einem Wandbord und sagte: »Da steht ein Aschenbecher. Du kannst hier rauchen. Stört mich nicht.«

Dankbar kramte er Tabak und Blättchen hervor und begann sich eine zu drehen.

Aziza blätterte das Buch bis zur letzten unbeschriebenen Seite durch, schloss die Augen und ließ einen Moment lang beide Hände flach darauf ruhen. Dann klappte sie es zu, schob es ein Stück von sich und sagte: »In der Tat ein sehr seltener Fluch. Ich bin nicht sicher, ob wir ihn ohne Weiteres brechen können. Und da ist noch etwas. Hast du den Anhang bemerkt, Carl?«

»Leider nein«, antwortete Fong mit einem Seitenblick auf Mo. »Ich hatte bisher keine Gelegenheit, das Heptalogon näher zu betrachten.«

Er zog das Buch zu sich heran und öffnete es von hinten.

»Unsichtbare Schrift«, murmelte er. »Schwarze Magie.«

»Die achte und neunte Kunst«, rief Mo aus. »Die verbotenen Disziplinen!«

»Na, ihr wisst ja schon eine ganze Menge über die Magie«, sagte Aziza. »Aber es enthält keine schwarzmagischen Formeln zur Beschwörung von Untoten und Dämonen. Es ist eher eine theoretische Abhandlung über die Zusammensetzung organischer Stoffe – und wie diese aus magischer Sicht zu beeinflussen sind.«

»Klingt nicht gerade spannend«, meinte Jason.

»Wie man es nimmt«, widersprach Aziza. »immerhin geht es um nicht weniger als darum, den Tod selbst zu besiegen.«

»Das kommt mir beinahe wie eine Theorie zur Gentechnik vor«, sagte Fong, tief über die scheinbar leeren Seiten gebeugt. »Wenn auch mit dem Wissen und den Ausdrücken des sechzehnten Jahrhunderts. Absolut erstaunlich! Das ist ...« Er sah Mo an. »Diese untote Ratte, von der du berichtet hast. Sie wurde lebendig, obwohl Thore kein Magier ist.«

»Du glaubst, der Pfad experimentiert mit Genetik?« Eine tiefe Sorgenfalte bildete sich auf Azizas runzliger Stirn. »Schwarze Magie des einundzwanzigsten Jahrhunderts. Totenbeschwörung, fortentwickelt mit den Mitteln moderner Biotechnologie. Wenn das stimmt, dann muss dieses Buch hier einen unermesslichen Wert für diese Tyra haben. Die Schwarzmagier waren seinerzeit

besessen von der Suche nach dem Schlüssel zum ewigen Leben.«
Sie schüttelte den Kopf. »Und wir dachten, sie seien nur noch eine
ferne Erinnerung. Genau wie die Inquisition.« Aziza sah Fong an.
»Siham arbeitet für sie, sagst du?«

»Sie bezeichnet sich als Assassinin«, antwortete Fong. »Außerordentlich bedauerlich. Gerade sie, mit ihrer Begabung.«

»Ja.« Ein Schatten huschte über Azizas Gesicht. Dann sagte sie in einem sachlichen Ton: »In den alten Zeiten hat sich die Inquisition immer wieder magisch begabte Menschen dienstbar gemacht, um Zauberer aufzuspüren. *Hexenriecher* nannten die sich.« Sie rümpfte die Nase. »Wobei auf den Scheiterhaufen jener Zeiten nur selten echte Magierinnen landeten. Meistens lebten die Inquisitoren schlichtweg ihren Frauenhass aus ...«

Jason blies eine Rauchwolke gegen die Decke und brummte: »Für mich ist diese Tussi selber 'ne Hexe. Schon allein das Kopftuch ... sorry, Schwester, geht nicht gegen dich.«

Fatma schoss einen vernichtenden Blick auf ihn ab.

Aber dann atmete sie tief ein und aus und sagte: »Mir geht das die ganze Zeit im Kopf herum, ehrlich gesagt. Diese Frau gab sich als gläubige Muslima zu erkennen. Aber anscheinend arbeitet sie für eine ultraradikale Organisation der katholischen Kirche. Und dann soll sie auch noch Zauberfähigkeiten haben – wie geht das alles zusammen?«

Sie guckte auf ihre Hände, als wüssten die eine Antwort.

»Magie und Religion waren vor langer Zeit gute Freunde«, sagte Aziza. »Ob im Palast des Königs Salomo in Jerusalem oder in Bagdad zu Zeiten des Kalifen Harun ar-Raschid. Auch die christlichen Kaiser von Byzanz hatten Hofzauberer. Das ist lange her.«

Jason drückte den Rest seiner Kippe im Aschenbecher aus und sagte: »Jetzt mal zurück zu diesem Buch da. Und dem Fluch. Kannst du ihn nun brechen oder nicht?«

»Dazu müssen wir ihn gründlicher analysieren«, antwortete Aziza. »Das kann eine Weile dauern.«

»Fang ruhig an«, meinte Jason. »Ich hab den Rest des Tages nichts vor.«

»Der Rest des Tages wird nicht reichen«, entgegnete Fong. »Es kann Wochen dauern.«

»Wochen?«, entfuhr es Fatma. »Bedeutet das, dass wir wochenlang in Gefahr sind?«

Fong und Aziza wechselten einen Blick.

Dann sagte die Großmeisterin: »Ja, das bedeutet es. Die Inquisition kennt keine Skrupel. Und Schwarzmagier schon gar nicht.«

»Das ist doch Humbug«, wehrte sich Fatma. »Was heißt das denn konkret? Was macht diese Leute so gefährlich?«

»Nun, du kannst wählen«, sagte Fong. »Wenn dich die Inquisition in ihre Fänge bekommt, hacken sie dir als Erstes die Hände ab und …«

»Oh shit, warum das denn?«, entfuhr es Jason.

»Ist doch klar«, sagte Mo. »Ohne Hände kannst du nicht zaubern. Zu jedem Zauberspruch musst du irgendeine Geste machen. Selbst bei meinen Illusionskünsten brauche ich meine Hände.«

»Hm«, machte Jason, schaute auf Mos gepflegte Finger mit den lackierten Nägeln, dann auf seine eigenen, an denen noch Reste von getrocknetem Blut klebten.

»Und die Schwarzmagier werden sich nicht damit begnügen, euch zu töten«, fuhr Meister Fong fort. »Sie brauchen ständig frische menschliche Leichen für ihre nekromantischen Experimente. Zumindest haben sie es früher so gemacht – und wenn ich an diese Ratte denke …«

»Ist das nicht so ein typisches Fantasy-Klischee?«, fragte Mo. »Ich meine – da wollen die Schwarzmagier:innen Monster erschaffen, die Weltherrschaft an sich reißen … Das fand ich schon immer etwas eindimensional.«

»Es geht nicht um Gut oder Böse«, erwiderte Aziza. »Was schwarze Magie ausmacht, ist nicht irgendein Gruseleffekt. Sondern die Überzeugung, dass der Zweck jedes Mittel heiligt. Wirklich jedes. Wenn es dein Ziel ist, den Tod zu besiegen, ist es im Prinzip egal, wie viele Menschen du auf dem Weg dorthin umbringst. Der Tod hat für diese Leute keinerlei Bedeutung – weder ihr eigener noch der von anderen. Und wenn sie tatsächlich die Gentechnik für sich nutzen, sind ihre früheren Experimente mit Untoten wirklich nur noch lahme Fantasygeschichten im Vergleich zu dem, was sie heute tun.«

»Oh shit«, wiederholte Jason.

»Aber wir können euch schützen«, sagte Aziza mit entschlossener Miene. »Wir bringen euch nach Branzé.«

Fong widersprach. Jedenfalls klang es so, aber er sagte es in dieser komischen melodischen Sprache, in der er schon in der Nacht am Handy mit ihr geredet hatte. Aziza antwortete und der Meister nickte stumm.

»Wie viele Sprachen könnt ihr eigentlich?«, fragte Jason. »Wo kommt ihr überhaupt her?«

»Wo kommt ihr überhaupt her?«, äffte Fatma ihn nach und hatte wieder diesen Todesblick in den Augen. »Wie ich diesen Spruch hasse!«

»Schon gut«, sagte Aziza. »Ehrlicherweise muss ich zugeben, dass die Magie sehr hilfreich dabei ist, Sprachen zu erlernen. Es gehört zur Ausbildung. Spanisch, Mandarin, Englisch, Suaheli, Französisch, Farsi, Deutsch, Altgriechisch, Hebräisch, Arabisch und noch mehr – die Gilde ist eine globale Organisation. Carl wuchs in Hongkong auf, ich bin eine echte Parisienne, auch wenn manche meiner Mitbürger mir das wegen meiner Hautfarbe absprechen wollen. Unsere Schüler Liz und Fernando stammen aus Irland beziehungsweise Brasilien. Wir sind ein buntes Völkchen. Ihr werdet sie kennenlernen, wenn ihr mit uns nach Branzé kommt.« Sie musterte Mo, Fatma und Jason. »Wie entscheidet ihr euch?«

»Ich komme mit«, sagte Mo, ohne zu zögern.

»Ich weiß nicht …« Fatma schüttelte den Kopf und schaute schon wieder auf ihre Hände. »Mein Studium und all das. Ich muss die letzte Klausur nachschreiben. Und überhaupt … Ich wünschte mir, diese ganze Magiesache würde einfach aufhören.«

Aziza beugte sich vor, soweit es ihr Körper erlaubte, und griff nach Fatmas Händen.

»Du fühlst zu viel, hm?«

Fatma nickte. »Es bringt mich um den Verstand«, flüsterte sie.

»Deine Gabe ist besonders«, sagte Aziza und drückte Fatmas Hände. »Ich kann dich lehren, wie du sie kontrollierst. Damit du nicht für den Rest deines Lebens diese Handschuhe tragen musst.«

»Ernsthaft?«

Aziza nickte.

»Okay«, sagte Fatma. »Dann bin ich dabei. Inschallah.«

»Heißt das, Ihr bildet uns zu Magier:innen aus?«, fragte Mo und strahlte. »Wir werden als Schüler:innen in die Gilde aufgenommen?«

Fong wollte etwas erwidern, doch Aziza hob unmerklich eine Hand und sagte: »Darüber sprechen wir ein anderes Mal.« Dann sah sie Jason an. »Und du, Großer? Begleitest du uns?«

»Tja.« Eine Burg war so ziemlich der letzte Ort, auf den er Bock hatte. Aber vielleicht besser als der Knast. Nicht nur, weil diese Zauberzausel ihn vor den Wikingern und der verrückten Kirchenschwester beschützen wollten. Sondern auch, weil Radulescu vermutlich keine Connections dorthin hatte. In den Knast aber schon.

»Okay. Bin dabei.«

4

Das Château de Branzé liegt in den undurchdringlichen Wäldern des Morvan, einem hügeligen, menschenleeren Teil der Bourgogne, wo einst schon die Gallier:innen gegen Julius Cäsar aufbegehrten, wohin sich im Mittelalter die Eremit:innen zurückzogen und wo sich im Zweiten Weltkrieg die Résistance für den Kampf gegen die Nazis sammelte. Die Jahrhunderte sind an diesem Ort fast folgenlos vorübergegangen. Als Fatma, Jason und ich vor zwei Wochen hier ankamen, raubte mir der Anblick fast den Atem.

Der Weg zur Burg führt über einen gewundenen, steil ansteigenden Pfad bis zum Äußeren Tor. Im Vorhof liegt der Stall mit Pferden und Kühen, Hühnern und Ziegen und einem echten Mantikor! Eine Chimäre mit dem Körper eines Löwen und dem Schwanz eines Skorpions. So was kannte ich nur aus den Monsterhandbüchern von Rollenspielen – bis ich ihm leibhaftig gegenüberstand.

Neben dem Stall liegt der ausgedehnte Kräutergarten, mein Lieblingsplatz. Hier verbringe ich gern die nachmittäglichen Pausen an einem wackligen Tisch und schreibe in dieses Tagebuch, so wie jetzt. Es herrscht noch immer ein brüllend heißer Hochsommer, aber anders als in Köln oder Paris ist die Luft nicht stickig, es lässt sich aushalten. Vor allem an diesem Plätzchen hier im Schatten des mächtigen Inneren Tores.

Darüber ragt der Donjon empor, ein viergeschossiger Wohnturm, der den Magier:innen vorbehalten ist. Aber die meiste Zeit des Jahres wohnen die Magier:innen gar nicht hier, sondern bereisen die Welt, und zwar jeweils zu zweit: Meister Fong, den wir in Köln kennengelernt haben, mit seinem Schüler Fernando, einem blassen, hochgeschossenen jungen Mann meines Alters, der als Waisenjunge in den Favelas von São Paolo aufgewachsen ist, bevor die Gilde ihn als Schüler berief. Die andere Schülerin ist Liz, sie stammt aus Derry in Nordirland und hat ebenfalls schon früh ihre Eltern verloren. Anders als in meiner klischeehaften Vorstellung von einer Irin hat sie tiefschwarzes Haar und fast bernsteinfarbene Augen. Liz ist Mitte zwanzig und wird vermutlich nächsten Sommer ihre Prüfung ablegen. Dann wird sie zur Meisterin aufsteigen und das Kollegium komplett machen. Denn zurzeit gibt es nur Aziza und Fong. Die dritte Meisterin, Jeanne aus Haiti, ist vor einigen Jahren gestorben. Ein dunkles Geheimnis umgibt ihren Tod – und liegt auch auf ihrer ehemaligen Schülerin, die die Gilde vor dem Ende ihrer Ausbildung verließ. Niemand spricht von ihr, aber ich ahne, wer diese ehemalige Schülerin ist.

Jedenfalls ist das hier ein ziemlich diverser und toleranter Haufen, auch das nicht-magische Personal. Hier hat mich noch niemand gefragt, ob ich denn jetzt EIGENTLICH ein Junge bin oder ein Mädchen oder trans ... ob ich schwul oder hetero bin oder lesbisch, ob ich als Kind mit Puppen oder Autos gespielt habe, ob ich einen Penis habe, und wenn ja, ob ich wünschte, ich hätte keinen, und all dieser ganze Scheiß. Niemand kommentiert & kategorisiert mich hier, ich bin einfach ich. Ich genieße (fast) jeden Augenblick hier und ~~wünschte mir von Herzen~~ könnte mir durchaus vorstellen, für ~~immer~~ eine ganze Weile hier zu leben.

Ich habe Aziza gefragt, was die Leute in der Gegend über die Burg und deren Bewohner:innen denken. Der Morvan ist zwar nur sehr dünn besiedelt, aber in der Umgebung gibt es immerhin ein kleines Dorf und ein paar Bauernhöfe. Ich wollte wissen, ob Branzé durch einen Zauber von der Außenwelt abgeschirmt wird, so wie Hogwarts. Doch Aziza hat bloß gesagt: »Wir erzählen allen ganz offen, dass unser Château Stützpunkt einer magischen Institution ist. Die Leute halten uns einfach für Spinner, Esoteriker, Aussteiger, was weiß ich.« Dann hat sie hinzugefügt: »Es gibt ein paar wenige Vertraute, die genau wissen, was wir hier tun. Ich habe sie instruiert, dass sie die Augen offen halten. Falls ein Priester und eine Frau mit Hijab auftauchen. Oder eine mit rasiertem Schädel und Schlangen-Tattoo und ein blonder Hüne im Trenchcoat.«

Das hat mich wieder daran erinnert, dass wir hier nicht in den Ferien sind. Sondern im Asyl. Dass wir hier unter Schutz stehen, 24/7, weil wir 24/7 in Gefahr sind. Ich würde wahnsinnig gern mal die zauberhafte Gegend rund um die Burg erkunden, aber Aziza hat strengstens verboten, dass wir diese Mauern verlassen, bevor sie und die anderen es schaffen, den Fluch zu brechen. Bis dahin sind Fatma, Jason und ich Gäste der Gilde. Zu meinem extrem großen Bedauern erlauben sie uns nicht, zu zaubern. Wir sind halt nicht ausgebildet und wir sind auch keine Schüler:innen der Gilde. (Dass ich trotzdem manchmal heimlich mit dem Heptalogon übe, kriegt hoffentlich so schnell keine:r mit …)

Seit wir vor zwei Wochen eingezogen sind, bewohnen wir drei kleine, sehr einfache Kammern im Dachgeschoss des Palas, der ebenfalls zum Gebäudetrakt des inneren Hofes gehört. In dessen Erdgeschoss liegt der Große Saal, wo sich sämtliche Burgbewohner:innen bei Sonnenuntergang zum ausgedehnten Abendessen einzufinden pflegen. An den Saal grenzt die Burgküche, das Reich von Claude, dem Koch. Für die Dauer unseres Aufenthalts hier auf Branzé bin ich als seine Küchenhilfe eingesetzt. Fatma macht sich währenddessen bei Fox nützlich, dem Bibliothekar, und Jason geht der Kastellanin Jolka zur Hand, die für die IT, aber auch für alles andere Technische zuständig ist, quasi die Hausmeisterin. Anscheinend ist Jason mit Zange und Schraubschlüssel ziemlich geschickt. Wenn sein Leben anders verlaufen wäre, wer weiß, was er dann heut

»Tja, ist es aber nicht«, sagte Jason.

Mo zuckte zusammen und wäre vor lauter Schreck fast vom Schemel geplumpst.

»Sorry.« Jason musste lachen. »Hast du mich nicht gehört? Ich steh schon locker zwei Minuten hinter dir und lese mit.«

»Anscheinend war ich völlig vertieft«, brummte Mo, pustete auf die Seiten des Tagebuchs und klappte es zu. »Oder es liegt an deinem Talent zum Anschleichen. Schließlich bist du ein Einbrechergenie.«

»Ja, und ein Dieb.« Mit einer blitzschnellen Bewegung schnappte sich Jason das Buch und lief los. »Außerdem bin ich nicht nur Einbrecher, sondern auch Ausbrecher.«

Er rannte über den Hof auf das äußere Tor zu.

»Warte!«, rief Mo. »Wir dürfen nicht ohne Erlaubnis raus, schon vergessen?«

Jason rannte weiter, vorbei an Jolka, der kleinwüchsigen Kastellanin, die ihm kopfschüttelnd nachschaute, durchs Tor und über die Zugbrücke. Als er sich kurz umdrehte, sah er, dass Mo die Verfolgung aufnahm.

»Gib mir das Buch zurück, Blödmann!«

Jason lachte und lief schneller. Wusste selber nicht, warum, er hatte plötzlich Lust zu rennen. Seit zwei Wochen hockten sie hier drin. Natürlich war das Château nicht der Knast, aber auch hier war er von dicken Mauern umgeben, hauste in einer kleinen Kammer und verbrachte seine Zeit mit Leuten, mit denen er zwar klarkam, die er sich aber nicht ausgesucht hatte.

Er erreichte den schmalen Weg, der ins Tal runter führte, und hielt kurz inne. Mo kam über die Zugbrücke gelaufen – eigentlich mehr geflogen. Sein langes Haar flatterte um seinen Kopf. Er trug wieder eines seiner engen Tops, dazu Hotpants und leichte Turnschuhe, deren Sohlen kaum die Holzbohlen der Zugbrücke zu berühren schienen. Würde Jason nicht wundern, wenn das auch Magie wäre. Er hatte Mo in Verdacht, dass der sich nachts in die Bibliothek schlich und heimlich Zaubersprüche lernte, obwohl ihnen das verboten war. Genau wie das Verlassen der Burg. Ebendarum machte es ja Spaß! Jason verließ den Weg und warf sich ins Unterholz. Äste schlugen ihm ins Gesicht. Er rannte weiter und prallte gegen einen dicken, moosbewachsenen Eichenstamm. Er schüttelte sich, lachte und lief weiter. Der Wald war dicht und fremdartig, ein echter Dschungel. Völliges Neuland für einen, der sich sonst nur im Großstadtdschungel bewegte und keinen Wald mehr betreten hatte, seit er als kleiner Junge mal mit seiner Mutter zum Picknick ... Wie aus dem Nichts flog Mo heran und riss ihn von den Füßen. Doch Jason rappelte sich auf, schüttelte Mo ab und rannte weiter, das Tagebuch so fest umklammernd, wie Mo in dieser einen Nacht das Heptalogon umklammert hatte. Er kämpfte sich durch dichten Farn, blieb stehen und lauschte. Keine Schritte zu hören, kein Knacken von Zweigen, kein Rascheln von Blättern. Jason drehte sich einmal im Kreis. Mo war wie vom Erdboden verschluckt. Nein, falsch, eher vom Himmel verschluckt, denn da kam er aus einer hohen Baumkrone herabgeschossen und riss Jason mit sich zu Boden. Doch Jason ließ das Buch nicht los, auch dann nicht, als Mo sich neben ihn kniete, es mit beiden Händen packte und versuchte, es aus seinen Fingern zu winden. Mit einem Ruck wollte Jason es Mo entreißen und sich aufrappeln, doch das sorgte nur dafür, dass Mo ihm entgegenkippte und halb auf Jasons Oberkörper landete. »Du bist ein dermaßen asoziales Arschloch, weißt du das?«, rief Mo.

»Ja.« Jason musste schwer atmen, obwohl Mos Gewicht kaum der Rede wert war. »Ja, Mann, das weiß ich.«

Einen Moment lang starrten sie einander an, dann hob Mo plötzlich den Kopf.

»Spürst du das auch?«, flüsterte er. »Schwingungen in der Essenz. Du musst es doch auch spüren. Es ist ganz nah.«

Jason spürte es auch und er hasste es. Es ging ihm unglaublich auf den Sack, dass man dauernd irgendwas spüren musste. Oder *irgendwen*. Nämlich die ganzen Magier, die ständig um einen herum waren. Hier draußen im Wald sollte das alles eigentlich weit weg sein.

»Komm«, flüsterte Mo und schlich geduckt durchs Farnkraut.

Jason hatte keinen Bock, ihm zu folgen. Wusste aber auch nicht, was er stattdessen tun sollte, also schlich er hinter Mo her, wobei er versuchte, ihm nicht auf den Hintern zu starren oder diese perfekten ellenlangen Beine. Also – wenn Jason jetzt nicht gewusst hätte, dass Mo … Bullshit.

Nach weniger als fünfzig Metern erkannten sie vor sich eine Lichtung. Mitten im hohen Gras stand, mit dem Rücken zu ihnen, Liz. Mo hatte sich flach auf den Bauch gelegt und linste neugierig zu ihr hinüber. Jason ging ebenfalls in Deckung und betrachtete sie. Sie trug immer so Mittelalterkleider, die vorne und hinten weit ausgeschnitten waren, und wenn Jason ihr begegnete, abends beim Essen oder zwischendurch auf dem Hof, musste er sich immer zwingen, ihr nicht ununterbrochen auf die Titten zu glotzen. Ihr Rücken war aber fast genauso toll.

Liz schien mit irgendwem zu sprechen. Einem Unsichtbaren. Jason kniff die Augen zusammen, konnte aber wirklich niemanden erkennen. War es Fernando, der sich unsichtbar gemacht hatte? Oder Fong oder Aziza? Mit wem zur Hölle redete die da?

Na ja, vielleicht brabbelte sie auch nur vor sich hin. Trainierte wohl irgendwelche Zauberformeln. Jetzt schnürte sie ihr Kleid auf und ließ es auf die Füße fallen. Darunter trug sie: nichts. Jason schnappte nach Luft. Liz bückte sich ganz langsam, bis sie mit den Händen den Boden berührte, als würde sie gleich auf allen vieren laufen.

»Die Alte ist so dermaßen geil«, flüsterte Jason. »Dir entgeht was, als Schwuler.«

»Wer sagt, dass ich schwul bin?«, gab Mo zurück. »Solche Kategorien zählen für mich nicht. Ob ich auf eine Person stehe, ist für mich keine Frage des Geschlechts, sondern … oh.«

Liz' Beine wurden mit einem Mal dünner, ihr Hintern runder, ihre Wirbelsäule trat hervor und vom Nacken her überzog braunes Fell ihre Haut, an ihrem Steiß bildete sich ein kleines puscheliges Schwänzchen. Als sie den Kopf hob, erkannte Jason ein mächtiges Geweih.

»What the fuck«, stieß er unterdrückt hervor.

»Beziehungsweise kein Fuck.« Mo grinste. »Oder stehst du auf Paarhufer?«

Der Hirsch, in den Liz sich verwandelt hatte, machte ein paar Sprünge über die Lichtung.

»Außerdem«, flüsterte Mo, »dürfen Magier:innen keinen Sex haben.«

»Wie kommst du auf so 'n Scheiß?«

»Steht im Heptalogon.«

Plötzlich blieb der Hirsch stehen und hob den Kopf, drehte sich zu ihnen und schien sie direkt anzublicken.

»Shit«, entfuhr es Jason. »Wenn wir sie spüren konnten – denkst du, sie spürt uns auch?«

»Ich spüre euch nicht nur, ich höre auch jedes Wort von euch«, sagte der Hirsch und stellte sich auf die Hinterbeine. Sein Geweih begann zu schrumpfen, das Fell bildete sich zurück und seine Hufe wurden zu Fingern, bis schließlich Liz wieder vor ihnen stand. Sie lachte.

Mo und Jason rappelten sich auf.

Liz sah Jason an und sagte: »Klapp deinen Mund zu. Mo hat recht, Sex ist verboten für Magier. Außerdem wärst du mir zu jung. Also schlag dir aus dem Kopf, was immer darin vorgeht.«

»Der Kopf ist nicht das Problem …«, murmelte Jason.

»Das war der Wahnsinn!« Mo klatschte Applaus. »Zóon ginomai, so heißt die Formel, richtig? Oh, ich wünschte so sehr, ich könnte das auch lernen.«

»Versuche es bitte nicht auf eigene Faust«, mahnte Liz, während sie ihr Kleid wieder anzog. »Ich habe drei Jahre gebraucht, bis es ohne Anleitung von Großmeisterin Aziza geklappt hat. Beim ersten Mal hab ich mich aus Versehen in einen Hirschkäfer statt einen Hirschen verwandelt und wäre fast von einer Katze gefressen worden.«

Kurz hielt sie inne und kniff die Augen zusammen. »Jemand kommt«, sagte sie. Dann entspannte sie sich. »Ah, Fatma.«

Jason merkte es auch. Mann, ging ihm das auf den Sack! Inzwischen konnte er sogar die einzelnen Leute unterscheiden, weil das Kribbeln bei jeder Person ein kleines bisschen anders war. Fatma näherte sich, das spürte er schon, bevor er sie zwischen den Zweigen der Bäume auftauchen sah.

»Hier seid ihr«, sagte sie. »Aziza schickt mich. Ich soll euch holen. Euch alle, auch dich, Liz. Es gibt eine Besprechung im Studierzimmer. Sie hat was von einer wichtigen Entscheidung gesagt.«

»Oh nein!« Mo machte ein bestürztes Gesicht. »Die schmeißen uns doch nicht raus, nur weil wir ohne zu fragen die Burg verlassen haben? Das war doch nur ein harmloser Spaß.«

Jep, ein Spaß. Aber so was von. Jason grinste vor sich hin. Wenn auch nicht harmlos. Das Bild von Liz' nacktem Hinterteil hatte sich ihm eingeprägt. Er glaubte nicht, dass Aziza sie rausschmeißen würde. Und selbst wenn. Er war schon oft irgendwo rausgeschmissen worden, aus dem Fußballclub, aus der Schulklasse, aus der Pflegefamilie … Beim Rausfliegen war es genau wie beim Einbrechen – am besten klappte es, wenn man nichts dabei empfand.

Das Studierzimmer lag im obersten Stockwerk des Donjon. Das Sonnenlicht, das durch die farbigen Scheiben der schmalen Fenster hereinfiel, malte bunte Muster an die hohe Gewölbedecke und auf die Regale ringsum, die mit Büchern und Bündeln von Schriftrollen vollgepackt waren, mit getrockneten Pflanzen, großen Glasbehältern mit in Flüssigkeit eingelegten Skorpionen, Schlangen, Spinnen und anderem Getier. Daneben lagerten Fernrohre und Sternenkarten, Tiegel und Töpfe wie für ein Alchemistenlabor und Globen aus verschiedenen Jahrhunderten, die die Erde und ihre Kontinente jeweils so zeigten, wie die Menschen sie sich in ihrer Zeit vorgestellt hatten. Die schmale Wendeltreppe führte von hier aus weiter nach oben zur offenen Plattform des Turmes, von der aus man mehr als hundert Kilometer Fernsicht hatte.

In der Mitte des Raumes stand ein wuchtiger Eichentisch und darum herum Stühle mit hohen, reich verzierten Rückenlehnen.

An dem Tisch saß bereits Fernando, als Fatma gefolgt von Mo, Jason und Liz den Raum betrat. Liz setzte sich sofort neben Fernando, Fatma nahm gegenüber Platz, Jason und Mo rechts und links von ihr. Unabgesprochen, als sei es völlig klar, dass zwischen den beiden Magieschülern auf der einen und den drei Gästen aus Deutschland auf der anderen Seite eine unsichtbare Grenze verlaufe. Fatma legte ihre behandschuhten Hände auf die Tischplatte. Tagsüber trug sie sie nach wie vor, aber nachts legte sie sie inzwischen ab. Nicht nur, um sich zu befriedigen. Sondern einfach so. Sie schaffte es, sich zu entspannen und nichts mehr zu fühlen – also durchaus die weiche Decke und das Holz des Bettrahmens, aber nichts Übernatürliches mehr. Seit ihrer Ankunft meditierte sie jeden Abend eine halbe Stunde lang unter Azizas Anleitung. Die Großmeisterin hatte ja versprochen, ihr beizubringen, wie Fatma die Hände kontrollieren konnte, und es schien tatsächlich zu funktionieren.

Fatma blickte auf und sah in die ernsten Gesichter von Liz und Fernando. Das Schweigen knisterte im Raum. Nicht mal Jason ließ einen seiner unangebrachten Sprüche vom Stapel. Dafür schien Mo es nicht länger aushalten zu können.

»Was meint ihr, was passiert denn gleich?«, fragte er. »Ich komme mir fast vor, als würde eine Prüfung anstehen.«

»Das werden sie uns schon sagen«, erwiderte Fernando kühl.

»Seid ihr gar nicht gespannt?«, setzte Mo nach.

»Geduld gehört zu den ersten Dingen, die du als Zauberschüler lernst«, sagte Liz. »Ist nicht schlimm, dass euch das schwerfällt, ihr seid ja in einer ganz anderen Situation.«

Fatma fragte sich, wie Liz das wohl meinte. Ob sie ihr Verständnis dafür äußern wollte, dass Fatma, Jason und Mo in Lebensgefahr schwebten, solange der Fluch des Heptalogon nicht gebrochen wäre. Oder ob sie einfach nur klarmachen wollte, dass sie und Fernando Magier waren – und die drei anderen eben nicht.

Mo schien etwas Ähnliches durch den Kopf zu gehen, denn er fragte: »Warum seid ihr eigentlich nur zu zweit? Ich dachte, es gibt jeweils drei Schüler:innen?« Liz und Fernando tauschten einen Blick.

»Wir ihr wisst, fehlt uns eine dritte Meisterin«, antwortete Fernando. »Ihr habt davon gehört, dass Meisterin Jeanne vor ein paar Jahren gestorben ist.«

»Und was wurde aus ihrer Schülerin?«, hakte Mo nach.

Liz erwiderte knapp: »Das könnt ihr Aziza fragen.«

Mo schwieg.

Dafür sagte Fatma: »Es ist Siham. Hab ich recht? Die Assassinin? War sie Meisterin Jeannes Schülerin?«

Von unten hörten sie lautes Rumpeln und Scheppern. Fatma kannte das Geräusch längst, es stammte von einem altertümlichen Aufzug, der außen am Turm angebracht war und ein bisschen wie ein Käfig aussah, wenn auch die Metallgitter mit feinen Ornamenten verziert waren. Der Aufzug endete außen am Turm an einem Vorsprung, zu dem man durch eine Tür gelangen konnte. Diese Tür öffnete sich jetzt und Aziza steuerte ihren Rollstuhl in das Studierzimmer, gefolgt von Meister Fong, der das Heptalogon unter dem Arm trug.

»Du hast recht«, sagte Aziza zu Fatma, die sich wunderte, wie Aziza das Gespräch hatte mit anhören können. Offenbar waren ihre Sinne übernatürlich geschult. »Aber das ist nicht das, worüber wir heute sprechen.«

Sie platzierte sich mittig an der Stirnseite des Tisches. Fong schloss die Tür und setzte sich auf den Stuhl zur Rechten der Großmeisterin, dann legte er das Heptalogon auf den Tisch. Nicht irgendeines, sondern das Exemplar, das Fatma und die anderen in jener Nacht zwei Wochen zuvor gefunden und entwendet hatten.

Er sagte: »Wir haben es so gründlich untersucht wie noch kaum ein magisches Artefakt zuvor. Aziza hat euch rufen lassen, damit wir euch das Ergebnis mitteilen.«

Fatma empfand eine plötzliche Erleichterung. Es war also vorbei.

Doch statt die erlösende Nachricht zu verkünden, sagte der Meister: »Dieser Fluch ist an ein *Conjugum* gebunden, an ein anderes magisches Artefakt. So lange dieses Conjugum existiert, so lange hält auch der Fluch des Buches an. Aber vielleicht sollten wir der Reihe nach berichten.« Fong strich mit der Hand über seinen Schnurbart. »Jolka hat sich in den Computer des Instituts in Köln gehackt, in dessen Räumen ihr das Heptalogon gefunden habt. Sie sollte mehr darüber erfahren, wo und wie es überhaupt entdeckt wurde. Wir wussten ja bereits, dass es bei Bauarbeiten in einem alten Brunnenschacht gefunden worden ist. Dem Grabungsbericht zufolge sind Bauarbeiter mit einem Bagger auf diesen Schacht gestoßen, und zwar in der Nähe eines Turms aus römischer Zeit. Der Brunnen selbst ist aber nicht römisch, sondern aus dem Mittelalter. Die Archäologen haben sich in den Schacht abgeseilt und in seinem Innern eine Mauernische gefunden, in der eine große Bleikassette verborgen war. Darin lag das Buch. Sie haben es in ihr Institut mitgenommen und untersucht. Aus den Unterlagen des Instituts geht hervor, dass zum Zeitpunkt der Abfassung – der Verfasser, jener Iskander von Constantinopel hat es ja auf 1536 datiert – ein Clarissenkloster an dem Ort stand. Zu diesem Kloster muss der Brunnen einst gehört haben. In der Widmung des Exemplars ist von einer Geliebten die Rede ...«

»Eine gewisse Agnes«, warf Mo ein.

»Richtig«, sagte Fong. »In unserem Archiv haben wir die Chronik einer Niederlassung unserer Gilde gefunden, die damals in Köln existiert hat. Die Chronik erwähnt zwar nirgends einen Zauberer namens Iskander, dafür aber eine Clarissin namens Agnes von Schlebusch, die im Jahr 1537 aus dem Kloster ausgestoßen und als angebliche Hexe auf dem Scheiterhaufen verbrannt worden ist. Es steht zu vermuten, dass sie das Buch vor ihrer Verhaftung im Brunnen des Klosters versteckt hat, damit es der Inquisition nicht in die Hände fiel. Vielleicht zu ihrem Schutz hat dieser Iskander den Fluch auf das Buch gelegt, für den Fall, dass die falschen Leute es finden.«

»Moment mal«, meldete sich Jason. »Warum haben dann wir drei jetzt diesen Fluch am Arsch kleben und nicht die Archäologen, die das Teil aus dem Schacht geholt haben?«

»Weil ihr den Fluch quasi aktiviert habt«, antwortete Jeanne. »Dazu brauchte es die Energie der Essenz. Solange Nicht-Magier damit hantierten, war es komplett harmlos. Aber in dem Augenblick, in dem ihr eine Zauberformel aus dem Buch angewendet habt, ist der Fluch über euch gekommen.«

»Toll, Mo, danke!«, knurrte Jason.

»Wer hat denn den Feuerball abgeschossen, he?«, gab Mo zurück.

»Ja, aber nur weil du meintest, ich soll ...«

»Stopp.« Fatma, die zwischen den beiden saß, hob die Hände. Die beiden verstummten. Fatma beugte sich vor und fragte: »Was hat es mit diesem Objekt auf sich, das mit dem Fluch verbunden ist? Diesem ... wie heißt es?«

»Conjugum.« Fong blickte zu seinem Schüler. »Fernando hat erst kürzlich gelernt, wie man eines herstellt.«

Das schien als Aufforderung gemeint zu sein, die Sache zu erläutern.

Fernando nickte wissend, sah Fatma an und sagte: »Wenn du einen Gegenstand – oder auch eine Person – verzaubern willst, kostet das Energie. Kein Problem, solange du die Sache – oder Person – berührst oder zumindest Blickkontakt hast. Sobald du sie aber aus den Augen verlierst, kostet es dich viel Kraft, den Zauber aufrechtzuerhalten. Es sei denn, du findest für den Zauber eine andere Kraftquelle als dich selbst. Nämlich irgendein Artefakt, einen magischen Gegenstand, den du als Conjugum benutzen kannst. Ich demonstriere es euch.« Er stand auf, musterte kurz das Regal, dann nahm er einen der Globen heraus und stellte ihn auf den Tisch. »Darf ich?«

Aziza nickte. »Nur zu.«

Fernando versetzte den Globus mit einer festen Handbewegung in Drehung. Wie ein schräger Kreisel drehte sich der kleine Erdball um seine Achse, bis Fernando mit zwei Fingern auf ihn deutete und laut befahl: »Krýos!«

Unmittelbar hielt der Globus an und gefror zu Eis, Fatma konnte es knistern hören.

Ohne die beiden Finger seiner rechten Hand von dem Globus abzuwenden, langte Fernando mit der Linken noch einmal in das Regal, griff in ein Bastkörbchen und holte eine kleine getrocknete Frucht hervor. Eine Tollkirsche, wenn Fatma es richtig erkannte. Fernando hielt sie mit der linken Hand in die Luft, dann berührte er sie mit den beiden ausgestreckten Fingern seiner Rechten und sagte dabei die Worte: »Sýndetos prágma!«

Nichts geschah. Jedenfalls nichts Sichtbares.

»Hä?«, machte Jason. »Und jetzt?«

Fernando warf ihm die Tollkirsche zu. Jason fing sie auf.

»Zerstöre sie«, sagte der Zauberschüler.

»Na, wenn du meinst.« Jason legte die getrocknete Frucht auf den Tisch und ließ seine Faust darauf niederkrachen.

Als er die Faust wieder anhob, lag da nur ein Häufchen winziger Krümel. Und unter dem Globus bildete sich eine kleine Pfütze aus geschmolzenem Eis, das von der Erdkugel herabtropfte. Fatma musste unwillkürlich an den Klimawandel denken.

»Sehr gut, mein Schüler.« Fong nickte anerkennend.

Nicht ohne Stolz im Blick setzte sich Fernando wieder auf seinen Platz. »Habt ihr verstanden?«, fragte er.

»Du hast mit einem Zauber diesen Globus eingefroren«, stellte Fatma fest. »Und dann hast du den Zauber an die Tollkirsche gebunden. Und in dem Moment, als Jason sie zerbröselt hat, war der Zauber gelöst?«

»Genau.«

»Aber bei dem Conjugum, an das das Heptalogon gebunden ist, geht es vermutlich nicht so einfach wie hier, fürchte ich?«, fragte Fatma.

»Leider wissen wir nicht, wo es sich befindet«, sagte Meister Fong. »Nicht einmal, um was es sich eigentlich handelt. Es könnte alles sein – ein Amulett, ein Spiegel, ein Schwert, ein Trümmerteil eines Meteors ... in jedem Falle muss es ein ungeheuer mächtiges Artefakt sein, wenn es magische Energie beinahe fünfhundert Jahre lang zu speichern vermag. Ehrlich gesagt hätten wir nie für möglich gehalten, dass so ein mächtiges Artefakt überhaupt existieren könnte. Darum haben wir unsere Analysen wieder und wieder überprüft, ob uns der Fluch vielleicht in die Irre führen will. Aber es gibt keinen Zweifel. Irgendwo auf dieser Welt existiert ein Conjugum als magisches Gegenstück zu diesem Fluch. Es existiert seit fast fünfhundert Jahren und bindet den Fluch des Heptalogon an sich. Und damit auch euch drei.«

»Irgendwo auf der Welt?« Fatma war aufgesprungen. »Irgendein Ding? Ihr habt nicht den kleinsten Anhaltspunkt? Das ist alles, was ihr uns nach zwei Wochen des Wartens sagen könnt?«

»Nicht ganz.« Fong hob beruhigend die Hand. »Ich verstehe deinen Zorn, Fatma. Doch du kannst uns vertrauen. Wir werden das Conjugum finden.«

»Dieser Magier«, meldete sich Liz plötzlich. »Iskander von Constantinopel ... Wir müssen versuchen, uns in ihn hineinzuversetzen. Er hat das Heptalogon doch nicht aus Spaß mit solch einem Fluch belegt. Er hätte es ja auch einfach zerstören können. Aber das hat er nicht getan. Er muss also gewollt haben, dass es irgendwann gefunden wird, und zwar von Leuten mit magischer Begabung. Und diese Magier sollten dann nach seinem Conjugum suchen. Ganz bestimmt hat Iskander irgendwelche Hinweise darauf hinterlassen, was meint ihr?«

»Gut kombiniert«, lobte Großmeisterin Aziza. »Und wir haben bereits mit der Suche begonnen. Vielmehr du, Fatma.«

»Was, ich?« Sie ließ sich wieder auf den Stuhl plumpsen.

»In der Widmung des Buches wird auf einen Ort Bezug genommen«, sagte Aziza.

»Noricum, 1536«, rief Mo wie aus der Pistole geschossen. Fatma fragte sich, ob er Iskanders Heptalogon eigentlich auswendig gelernt hatte. Und dann fiel es ihr ein.

»Nürnberg, natürlich!«, rief sie. »Noricum ist Lateinisch für Nürnberg. Darum hat Fox mich in den letzten drei Tagen die ganze Bibliothek nach sämtlichen Schriftstücken durchforsten lassen, die irgendeinen Bezug zu dieser Stadt haben.«

»Und du hast einen wichtigen Hinweis gefunden«, sagte Aziza. »Zwar ist die Chronik zur Nürnberger Niederlassung der Gilde nicht in unserem Besitz. Aber du hast einen Brief von Meister Schlomo gefunden, meinem Vorvorvorgänger, worin dieser beschreibt, dass die alte Nürnberger Gildenchronik bei einer Auktion in London 1962 versteigert worden ist.«

»Und ihr glaubt, in dieser Chronik steht die Lösung dieses Rätsels?«, fragte Mo zweifelnd.

»Nun, zumindest sollte darin etwas über Iskander stehen, denn er muss sich 1536 mehrere Monate in Nürnberg aufgehalten haben, um das Heptalogon zu kopieren und zu ergänzen«, sagte Fong. »Damals gab es Gildenhäuser in allen Metropolen der europäischen Reiche und in deren Chroniken wurden die gegenseitigen Besuche reisender Magier festgehalten. Sie haben dokumentiert, woran sie jeweils forschten. Wenn wir also erfahren, woran Iskander in Nürnberg gearbeitet hat, bringt uns das mit etwas Glück auf die Fährte dieses Conjugums. Darum werde ich mich nach London begeben und nach dem Verbleib der Chronik forschen.«

»Das ist ja eine richtige Queste!«, rief Mo. »In so was bin ich gut. Echt jetzt. Na, okay. Zumindest im Spiel. Aber ich könnte trotzdem helfen. Kann ich dich begleiten, Meister Fong?«

»Nein«, sagte Aziza. »Carl fährt allein, auch Fernando wird sicherheitshalber hierbleiben. Und ihr drei erst recht. Alles andere ist zu gefährlich. Außerdem habe ich beschlossen, euch ein Angebot zu unterbreiten. Wie ihr wisst, fehlt uns derzeit ein dritter Schüler. Oder eine dritte Schülerin.«

Sie blickte Fatma an. Dann Mo, dann Jason, dann wieder Fatma.

»Auf gar keinen Fall«, wehrte Fatma ab. »Ich habe ein Leben, da draußen, in der Welt. Ein Studium, das auf mich wartet, eine Familie; meine Eltern schreiben mir ständig, wann ich zurückkomme. Ich kann nicht einfach alle Brücken abbrechen und … Magierin werden.«

»Ich schon«, sagte Mo. »Klar, das ist ein Riesenschritt, aber ich bin bereit. So was von. Also … falls Ihr mich auswählt, Großmeisterin Aziza.«

Jason meinte: »Ich bin raus. Ausbildung ist nicht so mein Ding. Ich hab nicht mal die Neunte zu Ende gemacht.«

»Wir werden niemanden auswählen«, sagte Aziza. »Mein Angebot geht an euch alle drei. Wenn ihr euch für die Gilde entscheidet, bilden wir euch alle drei aus.«

Liz und Fernando sahen einander an. Fatma erkannte Empörung in den Blicken der beiden.

»Genauer gesagt bieten wir euch eine Art Grundausbildung an«, präzisierte Aziza. »Die eigentliche Ausbildung dauert mehr als zehn Jahre. Aber wir werden euch dreien innerhalb eines halben Jahres zumindest so viel beibringen, dass ihr eine realistische Chance habt, auch eine zweite Begegnung mit Tyra und dem Pfad der Neun zu überleben.«

»Bei allem nötigen Respekt, Großmeisterin«, sagte Liz, »es fällt mir schwer, diese Entscheidung nachzuvollziehen.«

»Mir auch«, bestätigte Fernando.

Meister Fong antwortete: »Wir haben diesen Beschluss gemeinsam getroffen. Er steht fest.«

»Aber die Gilde hat 1874 ausdrücklich beschlossen …«, widersprach Liz.

Fong unterbrach sie: »Weil man in der Gilde davon überzeugt war, dass der Pfad der Neun bereits um 1840 herum endgültig vernichtet worden ist. Und dass sich die Inquisition auf rein kirchliche Angelegenheiten zurückgezogen hatte.«

»Jetzt haben wir eine vollkommen neue Lage«, ergänzte Aziza. »Der Beschluss von 1874 ist hinfällig.«

Liz schwieg und blickte grimmig zur Decke. Doch Fernando setzte nochmals an: »Wenn ich, bei allem Respekt, fragen dürfte, verehrtes Meister-Kollegium – wie stellt ihr euch eine solche Ausbildung in nur sechs Monaten vor?«

»Es wird hart werden«, sagte Aziza, »keine Frage. Und ihr werdet mithelfen, ihr beiden. Das können wir nur alle gemeinsam schaffen. Dürfen wir auf euch zählen? Fernando? Liz?«

Fernando senkte den Kopf und murmelte: »Selbstverständlich, Großmeisterin.«

»Wenn es euer Beschluss ist, werde ich gehorchen«, sagte Liz. »Sofern die das überhaupt wollen.« Sie musterte die drei, ihr Blick blieb an Jason hängen, der – ob gespielt oder nicht – eher gelangweilt dreinsah. Mo dagegen strahlte vor Begeisterung. Fatma schüttelte den Kopf.

»Ob ich das will, ist gar nicht die Frage«, sagte sie. »Das wäre ja, als ob ich untertauchen würde. Ein halbes Jahr aus meinem Leben verschwinden.«

»Immer noch besser, als ganz aus deinem Leben zu verschwinden«, meinte Aziza.

»Du sagst doch, dass ihr das mit dem Conjugum lösen werdet«, erwiderte Fatma bemüht ruhig. Ihre behandschuhten Hände krallten sich um die Armlehnen ihres Stuhles, sie musste sich festhalten, um nicht einfach aufzuspringen und aus dem Raum zu stürmen. »Ihr werdet das Artefakt finden und zerstören, und damit ist der Fluch gebrochen, oder etwa nicht? Wie lange wird das bitte dauern?«

»Das wissen wir eben nicht«, sagte Fong leise. »Es kann eine Weile dauern und genau aus dem Grund wollen wir, dass ihr lernt, euch im Zweifel zu verteidigen. Tyra hat sich und ihren Krieger aus dem Tunnel der U-Bahn herausteleportiert. Nur wirklich mächtige Magier beherrschen diesen Zauber. Wir müssen die Bedrohung durch den Pfad sehr, sehr ernst nehmen. Wer weiß schon, ob sie die einzige lebende Schwarzmagierin ist? Vielleicht gibt es noch weitere außer ihr? Jolka hat sich in alle möglichen Datenbanken skandinavischer Länder gehackt, um eine Spur von Tyra oder diesem Thore Ragnarson zu finden. Ohne Erfolg. Wir wissen weder, wer sie eigentlich sind und wo sie sich verbergen, noch, was überhaupt ihr Ziel ist.«

»Was *könnte* denn ihr Ziel sein?«, fragte Mo. »In Paris hast du gesagt, dass der unsichtbare Text auf den letzten Seiten des Buches von einer Art Gentechnik handelt. Aber ich krieg das nicht zusammen.«

»Wenn Schwarzmagier Leichname zu untotem Leben erwecken, dann ist das kein Leben im biologischen Sinn«, erklärte Fong. »Zombies sind eher so was wie Marionetten. Sobald der Zauber nachlässt, fallen sie in sich zusammen und sind so leblos wie zuvor. Doch vielleicht gäbe es einen Weg, mithilfe von Gentechnik lebensfähige Untote zu züchten. Was ihr uns über diese Ratte erzählt habt, deutet darauf hin, dass es ihnen schon gelungen ist. Zumindest bei einem kleinen Tier. Wenn sie das geschafft haben, werden sie es auch mit Menschen versuchen wollen.«

»Genetik?«, fragte Fernando zweifelnd. »Mit magischen Mitteln?«

»Eine Synthese von Zauberei und Biotechnologie«, sagte Fong. »Ein Horrorszenario. Darum darf ihnen das Heptalogon des Iskander niemals in die Hände fallen. Sie werden dafür über Leichen gehen.«

»Unsere«, murmelte Mo.

»Die von uns allen«, sagte Liz.

»Aber das ist doch völlig absurd«, rief Mo. »Sie wollen dem Leben dienen, indem sie uns alle töten?«

»Seit den Zeiten der großen Pest war es der Traum der Schwarzen Magie, den Tod zu besiegen«, sagte Aziza. »Auf der Suche nach ewigem Leben war diesen Leuten stets jedes Mittel recht, egal wie viele Opfer das forderte – schließlich ging es um die Erlösung der Menschheit.«

»Mao sagte einst, es wäre nicht schlimm, wenn in einem Atomkrieg die Hälfte der Menschheit stirbt«, ergänzte Fong, »solange die andere Hälfte danach ein besseres Leben hat. Gemessen daran ist die schwarze Magie schon fast human. Ihnen würde es reichen, wenn nur wir hier sterben.« Er fixierte Mo, dann Jason, dann Fatma. »Vor allem ihr drei.«

»Das ist doch alles Hokuspokus!«, rief Fatma und sprang zum zweiten Mal auf. Mit einem Krachen kippte der große Stuhl um. Für einen kurzen Moment herrschte Stille im Studierzimmer, dann rannte sie hinaus und die Wendeltreppe hinab.

Sie hörte Schritte hinter sich, stürmte auf den Hof hinaus und blieb stehen. Sie hatte keine Ahnung, wohin mit sich. Nach Hause!, dachte sie nur.

Aber wo war das?

Eigentlich hatte sie überhaupt kein Zuhause mehr, schon seit vielen Jahren nicht mehr. Sie drehte sich um. Mo war ihr nachgelaufen und kam jetzt zögernd auf sie zu.

»Was immer du sagen willst, es ist nutzlos«, rief sie ihm entgegen. »Und spar dir irgendwelche Illusionstricks. Ich weiß, für dich ist das hier dein absoluter Lebenstraum. Für mich aber nicht.«

Mo kam näher, noch näher und deutete eine Umarmung an.

Noch nie im Leben hatte sie eine andere Person umarmt, mit der sie nicht verwandt war, nicht mal Frauen und erst recht keine Männer – oder Personen, die weder das eine noch das andere waren. Und dennoch fühlte es sich plötzlich richtig an. Sie nickte leicht und ließ sich von ihm in den Arm nehmen. Dann schloss sie ganz langsam ihre Hände um seinen schmalen Körper, zupfte sich mit der Linken den rechten Handschuh von den Fingern, legte die rechte Hand auf seinen Rücken und *spürte*. Dieser Kerl – oder Nicht-Kerl, dieses non-binäre Wesen, war so ganz anders als sie selbst und gleichzeitig nicht. Eigentlich, wurde ihr bewusst, fühlten sie beide fast gleich.

Sie drückte Mo, dann löste sie sich aus der Umarmung und lächelte.

5

Am Fuß des Burgberges lag eine Scheune, in der neben dem alten Renault, der sie hergebracht hatte, ein noch älterer VW-Bus stand. In diesen Bus stiegen Mo, Fatma und Jason am folgenden Tag, um zusammen mit Ava nach Autun zu fahren, eine malerische Stadt in der Nähe, wo sie shoppen gingen. Klamotten für Herbst und Winter. Ava, die breitschultrige Burg-Marschallin, war die eigentliche Chefin auf Branzé. Während Aziza die Gilde leitete, führte Ava als Nicht-Magierin den ganz alltäglichen Betrieb der Burg und kümmerte sich um die Finanzen. Die Shoppingtour war ein Zeichen der Großzügigkeit der Gilde, denn Ava bezahlte alles – aber auch ein Zeichen dafür, dass Aziza und die anderen tatsächlich davon ausgingen, ihre drei Gäste noch für einige Zeit zu beherbergen. Jason kaufte sich einige Hoodies und eine dicke Winterjacke. Fatma, die widerstrebend mitgekommen war, erstand neben Kleidern, Hosen und ebenfalls Hoodies einen taillierten Fleecemantel, der Mo so gut gefiel, dass Mo sich dasselbe Modell kaufte, wenn auch in Karminrot statt in Anthrazit wie Fatma. Im Gegensatz zu ihr beflügelte Mo die Aussicht, vielleicht tatsächlich noch für Monate auf Branzé zu bleiben. Mo wollte so viel wie möglich lernen.

Am Nachmittag erstellte Aziza einen improvisierten Lehrplan. Fernando sollte Mo unterrichten, Liz war als Jasons Lehrerin eingeteilt und Aziza selbst übernahm Fatmas Ausbildung.

Am folgenden Morgen begann der Unterricht. Für Mo im Studierzimmer. Es war alles absolut aufregend. Aber Vorsicht, Mo durfte die Formeln nicht durcheinanderbringen: Mit *Ginomai* verwandelt die zaubernde Person sich selbst, mit *Ginesthai* hingegen ein Objekt; und zwar durch das Wort *Zóon* in ein Lebewesen, durch das Wort *Prágma* hingegen in unbelebte Materie.

Mo schloss die Augen, hielt zum x-ten Mal die Hand dicht über den tönernen Krug und versuchte, an nichts anderes zu denken als an einen Stein. Dann flüsterte Mo: »Prágma ginesthai.«

Mo öffnete wieder die Augen. Auf dem Tisch lag ein Klumpen Ton.

»Es klappt einfach nicht«, seufzte Mo und ließ sich auf einen der Stühle plumpsen.

Fernando saß Mo gegenüber und beugte sich über den Klumpen, um ihn eingehend zu betrachten. Dann richtete er sich auf und sagte: »Das war doch gar nicht so schlecht. Du hast viel Energie.« Er blickte Mo mit großen schwarzen Augen an. »Es fehlt dir bloß noch an Konzentration.«

»Ich hab mich so hart konzentriert, wie ich konnte«, beteuerte Mo. »Ich hab nichts anderes gedacht, nur: Stein!« Mo rieb sich mit den Handballen die Augen. »Stein, Stein, Stein.«

»Beschreibe ihn mir«, sagte Fernando.

»Was?«

»Den Stein. Wie sieht er aus? Eher ein Kiesel oder ein Brocken? Rund oder kantig? Hell oder dunkel? Kalkstein oder Granit oder Marmor oder was anderes?«

»Der Stein ... also.«

»Du hast einfach nur an das Wort gedacht, oder?«

Mo fühlte sich ertappt. »Stein.« Mo nickte.

»Stelle ihn dir richtig vor, in allen Einzelheiten«, sagte Fernando. »Du hast doch so viel Fantasie. Vielleicht fehlt dir bloß manchmal der Blick für die einfachen Details.«

Mo hielt abermals die Hand über den Krug oder das, was davon übrig war, und schloss wieder die Augen.

»Stelle ihn dir genau vor«, hörte Mo den Zauberschüler sagen, »wie schwer er wiegt, wie rau seine Oberfläche ist, wie er riecht. Vielleicht nach Staub, vielleicht ...« Mo tauchte ab. Fernandos Stimme entfernte sich, als würde sie fortschweben. Der ganze Raum schwebte fort, der Tisch, die Stühle, die Regale lösten sich auf, der Turm öffnete sich, und Mo schwebte frei inmitten des Nichts, da war nur noch dieser Stein, ein dunkles Braun, von weißen Kristalladern durchzogen, scharfe Kanten, als wäre er irgendwo abgebrochen, die Bruchstelle war heller als der Rest.

Mo flüsterte: »Prágma ginesthai.«

Und als Mo die Augen öffnete, lag haargenau dieser Stein vor Mo auf dem Tisch.

»Wow.«

»Nicht wahr?« Fernando strahlte, seine Augen schienen Funken zu sprühen. In diesen Augen konnte mensch sich verlieren, fand Mo und wandte rasch den Blick ab, bevor es zu intensiv wurde. Nahm stattdessen den Stein in die Hand, hob ihn hoch und spürte sein Gewicht.

»Dass so etwas möglich ist ...«, murmelte Mo. »Kann man theoretisch jedes denkbare Ding in jedes andere denkbare Ding verwandeln?«

»Je mehr sich Form und Materie verändern, desto schwieriger wird es«, antwortete Fernando. »Ein Stein und ein Tonkrug sind sich in gewisser Weise ähnlich. Eine prima Übung für Anfänger. Bald können wir zu belebten Objekten übergehen und mit Pflanzen trainieren. Aber um auf deine Frage zu antworten: Ja, theoretisch schon. Wie du weißt, besteht alle Materie aus Atomen. Und Atome sind im Grunde leer. Die Teilchen, aus denen ein Atom besteht, sind winzig klein und die Hülle eines Atoms umschließt einen fast völlig freien Raum. Magie bedeutet, diesen freien Raum zu füllen. Mit der Kraft der Essenz und mit der Energie deines Geistes. So ähnlich hat das schon Aristoteles beschrieben, obwohl er selbst kein Magier war. Zumindest soweit wir das von heute aus beurteilen können. Alles Seiende ist voller Potenzial. Wenn du das Potenzial erkennst, kannst du es erwecken. Das gilt bei toter Materie – und noch viel mehr bei Lebewesen. Wir können alles sein, was wir wollen. Theoretisch. Wenn wir uns trauen, uns selbst zu erkennen.«

Mo nickte. Ja, das erfordert Mut. Schon früh hatte Mo sich selbst erkannt. Auch wenn viele andere das nicht gelten lassen wollten. *Das ist nur eine Phase ... bla, bla ...*

Fernando lächelte. »Dieser Krug hier hat es einfacher als wir. Er muss sich nicht nach dem Sinn des Lebens fragen. Der weiß nicht, dass er nicht schon immer existiert hat und dass es ihn nicht für immer geben wird. Nun leg den Stein wieder auf den Tisch.«

Mo tat es. Fernando streckte seine Hand aus und sagte: »Mataios prágma ginesthai.«

Schneller, als Mo wahrnehmen konnte, hatte sich der Stein in den Krug zurückverwandelt.

Ein Feuerball knallte gegen die Felswand und die Flammen stiegen zum hohen, rußgeschwärzten Deckengewölbe empor. Tag 73 auf dieser Burg. Jason rieb seinen schmerzenden Arm.

Sie sollten Grundfähigkeiten in allen sieben Künsten der Magie erlernen, aber er hatte darauf bestanden, hauptsächlich Stratomagie durchzunehmen, die Kunst des magischen Kampfes. Ging ja schließlich darum, sich verteidigen zu können, darum wollte er den Pyrros-pyrobol-Zauber richtig beherrschen können. Also stieg er jeden Morgen für eine Stunde gemeinsam mit Liz in das Verlies hinab. Überirdisch mit Feuerbällen rumzuschmeißen, würde ja früher oder später Aufmerksamkeit erzeugen, darum trainierten sie hier unten.

Liz und Fernando schienen das Ganze ja eher für eine Scheißidee zu halten, meinte Jason. Jedenfalls am Anfang. Fernando hatte seine Meinung aber offenbar geändert, der verstand sich inzwischen ziemlich gut mit ihnen – na ja, zumindest mit Mo. Ihm, Jason, ging Fernando eher ein bisschen aus dem Weg, aber sie respektierten sich. Bei Liz war Jason sich nicht sicher. Falls sie immer noch dagegen war, ihn und die anderen auszubilden, dann zeigte sie es jedenfalls nicht. Sie würde ja sowieso im kommenden Sommer ihre Prüfung zur Meisterin ablegen, also selbst Schüler ausbilden können, und anscheinend war er eine Art Versuchskaninchen dafür, wie sie sich später als Lehrerin machen würde.

Auf jeden Fall ziemlich streng, fand Jason.

»Wie weh tut es diesmal?«, fragte Liz. Klang jetzt nicht so nach Mitgefühl. Eher, als würde sie das witzig finden.

»Geht schon.« Jason biss die Zähne zusammen.

Konzentration, Energie nach vorne lenken, nicht gegen sich selbst, stattdessen den Punkt fixieren. Den Punkt *fühlen*.

Jason fühlte, so gut er konnte. »Pyrros pyrobol!« Nachmittags mussten sie Sprachen pauken. Lingua franca. Spanisch. Französisch. Latein. Altgriechisch. *Pyrros.* Pyrros pyrobol, du Arschloch! Dreckskerl! »Pyrros pyrobol!« Die Feuerbälle wurden immer kleiner, während unsichtbare Dämonen ihre Reißzähne in seinen rechten Arm schlugen, in die Schulter, in seine rechte Brust, die ganze Körperhälfte tat weh. Er konnte kaum noch die Finger biegen, um eine Faust zu machen. »Pyrros pyrobol!« Ein Dreck von einem Vater. »Pyrros pyrobol!« Du hast mir nichts mehr zu sagen, du elender Scheißkerl.

»Hör auf, es bringt nichts!«, rief Liz von hinten. »Irgendwann beschädigst du deinen Arm unwiderruflich!« Er hörte sie kaum.

»Pyrros pyrobol!«

»Hör jetzt auf, es reicht für heute!«

Da fuhr Jason herum.

Liz sagte: »Da kommt nur noch heiße Luft.«

»Pyrros pyrobol!« Jason erschrak über sich selbst, er hatte in seiner hilflosen Wut einen Feuerball auf sie geschleudert.

Doch Liz hob beide Hände. »Anástrephai!«

Die flammende Kugel schoss in einem Halbkreis um Liz herum und kam dann direkt auf Jason zu. Die Kugel war winzig, aber immer noch groß genug, um ihn zu verletzen. Im letzten Augenblick fiel ihm das rettende Zauberwort ein: »Katáphraktos!«

Er spürte, wie die Schutzblase aus reiner Essenz ihn umhüllte und der Feuerball um ihn herumglitt, um irgendwo an der hinteren Wand zu verglühen. Es war derselbe Zauber, den Tyra bei dem Kampf im Tunnel angewandt hatte. Der hatte noch gar nicht auf dem Lehrplan gestanden, es war in diesem Augenblick ein Reflex gewesen. Jason fühlte die Hitze auf der Haut, war aber unverletzt. Nur der Arm pochte schmerzhaft. Liz grinste.

»Wolltest du mich umbringen?«, schrie er sie an.

»Nein«, antwortete sie gelassen. »Du mich etwa?«

»Ich wusste ja, dass du dich wehren kannst.«

»Bei dir wusste ich es auch.« Sie kam auf ihn zu und drückte seinen rechten Arm.

Der Druck war nicht fest und eigentlich hätte er es gut gefunden, dass sie ihn anfasste. Aber es schmerzte so stark, als wüsste sie haargenau, wo der wunde Punkt lag.

»Es hat keinen Zweck, solange du dich selbst so sehr hasst«, sagte sie.

»What the fuck ...« Er riss sich von ihr los und machte zwei Schritte rückwärts.

»Krieg deinen Hass in den Griff, sonst bringst du dich irgendwann selber um.«

»Ja, verdammt«, schimpfte Jason, »da ist fucking viel Hass in mir! Aber doch nicht auf mich. Auf jemand anderen natürlich.«

»Das läuft aufs Gleiche raus«, meinte Liz. »Hass zerstört dich am Ende immer selbst.«

»Und was soll dann das Gelaber von wegen konzentrieren, fixieren, bla, bla?«

»Ich sagte, du sollst dir einen Gegner vorstellen«, erwiderte Liz kühl. »Ich habe nicht gesagt, du sollst dich vom Hass überwältigen lassen. Wir werden daran arbeiten. Jetzt machen wir Frühstückspause. Ich hab Hunger.«

Damit wandte sie sich zur Treppe.

»Ich komme nach«, knurrte Jason, massierte seine schmerzende Schulter und ballte dann wieder die Hand zur Faust.

Schallend klatschte die Ohrfeige in sein Kindergesicht. Die Fresse seines Vaters verdampfte in Jasons nächstem Feuerball.

Das Kopfsteinpflaster im inneren Hof der Burg schien leicht zu beben. Stoßweise. Fatma wusste, dass Jason dort unten im Verlies trainierte. Sie stand hier oben in der angenehmen Frische des Oktobermorgens und versuchte sich an jenem Zauber, der Jason in die Wiege gelegt worden war. Jason öffnete Türen und Schlösser einfach so, rein intuitiv, so wie Fatma Wunden heilen konnte. Sie hingegen brauchte ein Zauberwort, um die schwere Eingangstür zum Großen Saal des Palas zu öffnen.

»Anóixis!« Fatma legte die nackte Hand auf das Türschloss, versuchte den Mechanismus in dessen Innern zu spüren und zog die Hand sofort wieder weg. Zum zehnten oder hundertsten Mal, sie hatte nicht mitgezählt, denn es ging auch diesmal wieder nicht. Sie drehte sich zu Aziza um und klemmte die Hand unter die linke Achsel, wie um sie zu verstecken.

»Du fühlst alles, was diese Tür erlebt hat«, stellte Aziza fest. »Es lässt sich nicht ausblenden.«

»Nein.«

»Wenn du es nicht wegschieben kannst, dann schau es dir stattdessen an. Setz dich alldem aus, betrachte es freundlich. Versöhnlich. Und dann lass es gehen. Verstehst du?«

Fatma nickte.

»Was hast du gespürt? Erzähl es mir ruhig.«

»Schlechtes Gewissen«, sagte Fatma und presste die Finger fester in die Achselhöhle. »Von jemandem, der Brot aus der Küche gestohlen hat. Vor vielen Hundert Jahren. Und Scham. Eine Magd, noch ganz jung, ein Mädchen ... der Burgherr hat sie missbraucht.« Fatma schluckte. »Ein Sterbender, von einem Armbrustbolzen durchbohrt ... es gab einen Kampf, hier im Hof, er klammerte sich an die Tür und hauchte sein Leben aus ... Alles vor langer Zeit. Aber ... da ist noch etwas, das noch nicht zu lange zurückliegt. Zwei, drei Jahre höchstens.« Wieder bebte der Boden. Manchmal beneidete Fatma Jason um seine rohen Kräfte. Und seinen Mangel an Selbstzweifel. »Ein Abschied ohne Wiederkehr«, murmelte Fatma. Ihre Finger verkrampften sich. »Eine Schülerin, die zum letzten Mal diese Tür schließt, um die Burg zu verlassen. Und die Gilde. Für immer.«

Aziza legte den Kopf schräg. »Nun frag schon«, brummte sie und wedelte mit dem großen Schlüssel, mit dem sie vorhin, zum Beginn der Übung, die mächtige Eichentür abgeschlossen hatte.

»Siham?«

Aziza nickte. »Frag weiter. Dann haben wir es hinter uns. Du willst es doch schon die ganze Zeit über fragen.«

»Gut.« Fatma zog die Hand unter ihrer Achsel hervor und straffte sich. »War es wegen der Religion? Hat Siham sich gegen die Magie entschieden, weil sie Muslima ist?«

»Ja«, sagte Aziza. »Aber das war Sihams Verständnis von Religion. Wir beide müssen das ja nicht so sehen wie sie.«

»Wir beide?«, wiederholte Fatma verdutzt. Dabei hätte sie

längst darauf kommen können. »Soll das etwa heißen ... du bist auch muslimisch?«

»Ja.«

»Und Sihams Lehrerin?«, hakte Fatma nach. »Meisterin Jeanne? Hat Siham sie getötet?«

»Nein. Das war ein sehr unglücklicher Unfall. Beim Training mit Kampfmagie. Aber Siham hat das als Zeichen gesehen, sich von uns abzuwenden.« Aziza seufzte. »Siham hätte die nächste Meisterin werden sollen. Stattdessen haben wir mit Jeannes Tod gleich zwei Magierinnen verloren. Eine entsetzliche Lücke. Sie wird sich erst nächstes Jahr schließen. Dann wird Liz ihre Meisterprüfung ablegen. Und ab da können wir zwei neue Schülerinnen oder Schüler aufnehmen.« Sie legte den Kopf schräg und sah Fatma an.

Die schüttelte den Kopf. »Nein, auf keinen Fall.«

»Darüber sprechen wir vielleicht ein anderes Mal.« Aziza lächelte. »Und nun öffne endlich diese Tür.«

»Gut.« Fatma wandte sich wieder dem Schloss zu, wollte ihre Hand darauflegen, hielt aber inne und drehte sich nochmals zu Aziza um.

Doch Aziza war verschwunden.

Stattdessen trat am anderen Ende des Hofes Liz aus dem Donjon heraus.

»Gibt es noch kein Frühstück?«, blaffte sie.

»Ich muss erst die Tür hier öffnen«, murmelte Fatma.

»Dann beeil dich«, sagte Liz. »Ich will wegen dir nicht auch noch Hunger schieben.«

Was bildete die sich ein! Als sei Fatma vorsätzlich in diese Burg eingedrungen, um Liz ganz persönlich auf den Wecker zu gehen. Das war doch nicht ihre eigene Entscheidung gewesen.

Aber Fatma schluckte ihre Antwort herunter. Versöhnlich betrachten, dachte sie. Anschauen und gehen lassen.

Sie legte die Hand auf das Schloss. Der Brotdieb und das gequälte Mädchen, der sterbende Mann und die flüchtende Siham und alle, die jemals diese Tür berührt hatten, erschienen vor ihrem inneren Auge. Fatma versuchte, an etwas Versöhnliches zu denken. Ihre Mutter kam ihr in den Sinn, mit der sie als Jugendliche so oft aneinandergeraten war. Sie waren sich nie einig geworden, hatten sich aber trotzdem irgendwann vertragen und ohne weitere Worte umarmt. Das war Versöhnung. Automatisch musste Fatma lächeln. Und in diesem Moment war es, als würden ihr all diese Menschen freundlich zunicken und sich dann in das Reich der Vergangenheit zurückziehen. Selbst der frische Zorn auf Liz verflüchtigte sich. Stattdessen spürte Fatma das Innere des Schlosses. Ein grober, simpler Mechanismus. Sie bewegte die Finger leicht gegeneinander und sprach: »Anóixis!«

Sie hörte das Klacken, mit dem der Riegel zurücksprang. Die Tür schwang auf und dahinter wartete bereits Aziza, ein breites Tablett mit Baguette und Trinkschalen auf dem Schoß.

»Na bitte«, sagte sie. »Dann können wir ja jetzt frühstücken.«

Völlig verdattert trat Fatma zur Seite und Aziza lenkte ihren Rollstuhl auf den Hof hinaus. Claude, der Koch, folgte ihr mit zwei dampfenden, altertümlichen Kaffeekannen in der Hand.

»Wie bist du hier hereingekommen?«, fragt Fatma. »Du warst doch gerade noch da drüben ...«

»Und jetzt bin ich hier.« Aziza lachte Fatma aufmunternd an und fuhr auf die kleine Tischgruppe am Rande des Kräutergartens zu, wo die greise Gärtnerin Natsumi ihr das Tablett vom Schoß nahm. Angeblich war Natsumi eine echte Samurai-Tochter und schon weit über neunzig Jahre alt. Aber dass die Trinkschalen kurz zitterten, als sie sie auf dem Tisch verteilte, lag nicht an ihrem Alter. Vielmehr erbebte der ganze Hof unter einem weiteren Erdstoß, den Jason mit seinem Training im Bauch des Burgberges erzeugte.

Die Kastellanin Jolka, der einäugige Tierpfleger Sancho und die Burgmarschallin Ava kamen dazu. Es war gegen neun, die traditionelle Frühstückszeit auf Branzé, und ebenso traditionell fand das Frühstück im Hof statt, solange es nicht gerade regnete oder schneite. Nur bei schlechtem Wetter und im Winter wechselte man in den Großen Saal. Aus der Pforte des Donjons traten Fernando und Mo.

Die Gruppe setzte sich und Ava schenkte Kaffee aus. Die Erschütterung des Bodens ließ kleine Ringe in den Trinkschalen entstehen.

Ava sagte: »Diese Gemäuer stehen seit achthundert Jahren unbezwingbar auf dem Felsen, aber wenn Jason so weitermacht, wird hier bald alles auseinanderbröckeln.«

»Er muss sich austoben«, meinte Liz und tunkte ein Stück Baguette in ihren Kaffee. »Zu viel aufgestaute Männlichkeit. Das muss erst mal raus. Hass und Magie vertragen sich nicht.«

Sie unterhielten sich in einer Mischung aus Französisch, Deutsch und der Lingua franca, die Fatma mit kleiner Unterstützung durch den Alloglótta-Zauber immer besser beherrschte. Meistens merkte sie es schon gar nicht mehr, wenn sie von einer in die nächste Sprache wechselten.

»Er hat auch andere Seiten«, sagte Mo.

Jolka nickte: »Wenn er mir beim Reparieren von Sachen hilft, stellt er sich ganz geschickt an. Hoffentlich ruiniert er sich nicht die Knochen bei seinem Training.«

Mo ergänzte: »Wenn er eine verschlossene Tür öffnet, ist er richtig versunken. Fast zärtlich.«

»Ja, das stimmt.« Fatma seufzte. »Er macht das einfach so – und ich mühe mich seit Tagen damit ab.«

»Das ist sein Initialzauber«, sagte Aziza. »Wir alle hatten am Anfang eine einzige spezielle Fähigkeit. Das, woran wir überhaupt erkannten, dass wir magisch begabt sind. Wie bei dir das Heilen,

Fatma. Und bei dir, Mo, dein Talent zum Erzeugen von Illusionen. Jedem von uns war ein bestimmter Zauber in die Wiege gelegt, alle anderen mussten wir erst lernen.«

»Was war es bei dir?«, fragte Mo.

»Telemagie«, sagte Aziza. »Ich konnte Dinge durch die Luft schweben lassen. Meine Verwandten aus Senegal meinten, in mir würde eine Loa leben, ein weiblicher Voodoo-Geist.«

»Ähnlich wie bei mir«, sagte Liz. »Die Nonnen in meinem Waisenhaus in Derry haben behauptet, ich wäre von einem Dämon besessen.« Kurz versteinerte ihr Gesicht. »Sie haben es nicht geschafft, ihn aus mir herauszuprügeln. Keine Ahnung, was aus mir geworden wäre, wenn du mich nicht da rausgeholt hättest, Aziza.«

»Hast du sie einfach so mitgenommen?«, wollte Fatma von Aziza wissen. Ihre innere Juristin war erwacht. »Wie hast du das gemacht?«

»Ich habe Liz offiziell adoptiert. War nicht einfach, aber mit den richtigen Formularen ist jede Behörde zu überzeugen.«

»Selbst die katholische Kirche in Irland«, knurrte Liz. »Leider. Von mir aus hätte die Großmeisterin ruhig etwas Gewalt anwenden dürfen.«

Die alte Natsumi lachte leise und sagte: »Von wegen Hass und Magie vertragen sich nicht.«

»Manchmal träume ich noch davon, wie ich mich an den Nonnen räche«, gab Liz zu. »Aber ich arbeite daran, dass es aufhört. Denn mein Verstand weiß ja, dass Hass unfrei macht. Genau wie Religion auch.« Sie warf Fatma einen herausfordernden Blick zu. »Jede Religion.«

Aziza sah Liz tadelnd an, was die mit einem Schulterzucken quittierte.

Fatma wollte ihr nun doch eine passende Erwiderung geben, aber bevor sie antworten konnte, fragte Mo: »Wie war es bei dir, Fernando?«

»Ich war das Phantom von São Paolo«, sagte Fernando und lächelte. »Ich war der Junge, der einfach so verschwinden konnte. Unsichtbarkeitszauber gehören zu den schwierigsten Bereichen der Magie. Vor allem, wenn es länger als ein paar Augenblicke anhalten soll. Aber es ist halt mein Initialtalent. Ich konnte mich einfach so in Luft auflösen.« Das Lächeln verschwand aus seinem Blick. »Im Grunde hat sich niemand darum geschert, denn in diesen Slums sind Waisenkinder quasi ohnehin unsichtbar; niemand interessiert sich für sie. Fong hat mich dort aufgespürt und in die Gilde eingeladen. Vermutlich werde ich bis heute von niemandem vermisst.«

»Anders als wir«, murmelte Fatma.

Anscheinend waren alle Magier Waisenkinder. Menschen, denen die Gilde ein Zuhause wurde, weil sie kein anderes hatten. Fatma selbst hatte ihren Eltern erklärt, sie habe sich bei ihrem Paris-Trip ganz spontan zu einem Auslandsemester entschieden. Ihr Vater und ihre Mutter wollten sie natürlich unbedingt besuchen kommen und Fatma wusste nicht, wie lange sie sie noch mit Ausreden hinhalten konnte. Für Mo war es dank der Illusionskünste kein Problem gewesen, Mos Mutter die abenteuerlichsten Geschichten aufzutischen – sie wähnte Mo noch immer in Köln an der Uni. Ob Jason irgendjemanden hatte, der ihn vermisste, vermochte Fatma nicht zu sagen. Zu seinem Vater schien er jedenfalls keinen Kontakt zu haben. Über seine Mutter hatte er nie wieder gesprochen, seit der kurzen Kindheitserinnerung in der Nacht ihres Kennenlernens.

In diesem Augenblick trat er aus der Pforte des Donjons. Sein Gesicht war rußig und schweißverklebt, und daran, wie krumm er sich hielt, sah Fatma, wie sehr sein Arm schmerzen musste. Er kam zu ihnen und ließ sich auf einen Stuhl plumpsen.

»Hallo, Großer«, sagte Aziza aufmunternd, »wie läuft es bei dir?«

»Kein Gespräch bitte, nur Kaffee«, brummte er und begann mit zitternden Fingern, sich eine Zigarette zu drehen.

Mo goss ihm ein.

Fatma fragte: »Woher kam Siham? Welche Fähigkeit hatte sie?«

Kurz trat ein belegtes Schweigen ein, als hätte Fatma an ein Tabu gerührt. Die anderen schauten zu Aziza.

»Sie kam aus Wien«, sagte die Großmeisterin knapp. »Ihre Initialfähigkeit war der Dianoía-Zauber.«

»Gedankenlesen«, murmelte Mo. »Passt ja zu einer Inquisitorin.«

»Und mehr gibt es nicht über Siham zu sagen«, setzte Aziza hinzu.

»Aber sie kennt Branzé«, sagte Fatma. »Sollten wir nicht damit rechnen, dass sie irgendwann mit ihren Leuten hier auftaucht, um das Heptalogon an sich zu bringen?«

»Unsere Burg ist der Inquisition schon immer bekannt gewesen«, antwortete Ava. »Aber sie haben in all den Jahrhunderten nie versucht, uns hier anzugreifen. Überall sonst auf der Welt, aber niemals hier. Und solange wir das Heptalogon hier unter Verschluss halten, wird das vermutlich auch so bleiben.«

Aziza nickte bedächtig. »Ja. Sorge macht mir eher der Pfad der Neun. Wir haben noch immer keinen Anhaltspunkt, wo diese Tyra sich verborgen hält und was sie plant. Umso wichtiger ist es, dass Carl Fong bei seiner Suche vorankommt. Ah, wie gerufen.«

Fox hatte den Hof betreten, die Perlen in seinem Haar blinkten in der Morgensonne. Bei jedem anderen hätte es peinlich ausgesehen, aber Fox war Native American und trug den Schmuck ganz selbstverständlich. Auf Branzé betreute er die Bibliothek, wo Fatma ihm zur Hand ging. An diesem Morgen war er mit Meister Fong zum Skypen verabredet gewesen.

»Der Meister lässt euch alle grüßen«, sagte er, setzte sich und griff nach einer Kaffeekanne. »Ich habe ihn am Flughafen erreicht, er ist auf dem Weg nach Australien.«

»Wieso das?«, fragte Sancho.

»Dort lebt der Sohn jenes Mannes, der vor rund sechzig Jahren in London die Nürnberger Gildenchronik ersteigert hat«, erklärte Fox. »Es hat lange gedauert, bis der Meister eine konkrete Spur finden konnte. Aber jetzt ist er sich sicher, dass sich die Chronik in Melbourne befindet.«

Fatma leerte ihren Kaffee und schob die Schale von sich. »Dann gilt es also, weiter zu warten«, sagte sie.

»Ist doch gut«, meinte Mo. »Solange wir warten, lernen wir.«

Fatma seufzte. Jason machte ein gequältes Gesicht, rieb seinen schmerzenden Arm und zog an seiner Zigarette.

Für die folgenden Wochen pausierten in Jasons Lehrplan die Kampfzauber, damit sein Arm sich erholen konnte. Stattdessen sollte er Morphomagie und Telemagie trainieren, die Künste der Verwandlung und der Bewegung. Er ließ Steine durch die Luft wirbeln und Teller in die Spülmaschine schweben, er ließ eine Kastanie zu einer Glasmurmel werden – mit Absicht – und ein Seidentuch zu einer Fledermaus – aus Versehen. Und jeden Nachmittag war er dazu verdonnert, Sancho zu begleiten, wenn dieser den Mantikor Loulou im Wald ausführte. Total bescheuert. Hatte Jason anfangs gedacht.

Doch immerhin durfte er mal aus der Burg raus. Und irgendwie verstand er sich mit diesem seltsamen Wesen. Der Löwe mit der mächtigen zotteligen Mähne und dem langen, nach oben gebogenen Hinterleib eines Skorpions passte nicht in diese Welt. Was ihm aber egal zu sein schien. Das Tier kam einfach mit sich selbst klar.

Inzwischen war es Herbst geworden und der Wald leuchtete in bunten Farben. Das gefiel Jason, ohne dass er sagen konnte, warum. Er liebte das Rascheln des Laubs unter seinen Füßen. Der Mantikor schritt in seinem stolzen Katzengang neben ihm her und hoch über Loulous Rücken wippte die Spitze seines Skorpionschwanzes, als klares Zeichen, sich lieber nicht mit ihm anzulegen. An der Spitze dieses Schwanzes trug der Mantikor keinen Stachel, sondern ein Bündel von etwa fingerlangen giftigen Dornen, die er wie Pfeile verschießen konnte. Flügel besaß er übrigens nicht, obwohl Mo behauptet hatte, dass Mantikore eigentlich fliegen und auch sprechen könnten. Sancho hatte nur gelacht und gemeint, dass sie hier ja nicht in einem Fantasy-Game seien. Chimären seien zwar magische Wesen, aber auch die würden den Gesetzen der Anatomie unterliegen. Loulou flog also nicht und er sprach auch nicht, aber trotzdem kam es Jason so vor, als könnte er ohne Worte mit ihm reden. Der Mantikor vermisste seine Mutter.

Gedankenverloren griff Jason in die mächtige Mähne und kraulte den riesigen Kopf des Geschöpfes zwischen den Ohren. Loulou mochte das, er gab ein tiefes Schnurren von sich. Doch dann hielt er inne und hob die Nase in die Luft, schloss die Augen halb und öffnete das Maul.

»Er nimmt Witterung auf«, flüsterte Sancho. »Halte etwas Abstand.«

Jason trat einen Schritt zurück. Im nächsten Augenblick machte der Mantikor einen Sprung und jagte los, eine Wolke von Herbstlaub wirbelte auf. Sancho und Jason rannten hinterher. Jason erkannte weiter vorn ein aufgeschrecktes Reh, das in einem verzweifelten Zickzack um die dicken Stämme der Eichen und Buchen zu flüchten versuchte. In der Savanne hätte es gegen Loulou null Chancen gehabt, doch hier im Wald konnte der Mantikor seine Schnelligkeit kaum ausspielen. Dafür richtete sich sein Skorpionschwanz auf, schwang nach hinten und schnellte vor. Ein Giftpfeil schoss heraus und das Reh brach getroffen zusammen. Mit wenigen Sätzen war Loulou bei seiner Beute und machte sich darüber her. Als Sancho und Jason den Mantikor eingeholt hatten, war kaum noch etwas von Loulous Schmaus übrig. Jason lehnte sich an einen Baumstamm, um zu verschnaufen, da durchzuckte es ihn.

Er spürte eine Gegenwart.

Die von Liz!

Voller Entsetzen starrte er auf den halb abgerissenen Rehkopf zwischen Loulous Pranken. Da tauchte Liz aus dem Unterholz auf.

»Oh shit«, entfuhr es ihm. »Da bist du. Ich dachte schon …«

Liz musste lachen. »Keine Sorge, Loulou würde mir nie etwas tun, egal in welcher Gestalt.«

»Was machst du hier draußen?«, fragte Jason. »Trainierst du wieder den Zóon-ginomai-Zauber?«

»Hättest du wohl gern.«

Sofort musste er an den Anblick ihres nackten Körpers denken.

Loulou schnappte sich den Rehkopf und zermalmte ihn mit Schmatzen und Krachen. Dann leckte er sich ausgiebig mit seiner riesigen Zunge über das Maul, legte sich hin und ließ sein tiefes Schnurren hören.

Sancho klopfte dem Mantikor auf die Flanke und sagte: »Komm, alter Junge, ab nach Hause. Ich muss mich noch um zweiundfünfzig andere Tiere kümmern.«

»Du kannst ruhig schon gehen, Sancho«, sagte Liz. »Wir kommen mit Loulou nach.«

»Gut.« Der Tierpfleger nickte und entfernte sich.

»Also, was machst du hier draußen?«, wiederholte Jason seine Frage. »Kontrollierst du mich?«

»Ja, ein bisschen.« Liz ließ sich neben dem Mantikor auf dem Waldboden nieder. »Ich wollte mal sehen, wie ihr beiden euch versteht. Du und Loulou.« Sie lehnte sich an den großen Bauch der Chimäre. »Setz dich zu mir.«

Jason tat es. Für einen Augenblick fühlte er sich zwischen den großen Tatzen des Mantikors geborgen wie ein kleiner Junge. Der Bauch des Geschöpfes hob und senkte sich und machte rumpelnde Verdauungsgeräusche, die etwas zutiefst Beruhigendes hatten.

»Wusstest du, dass Loulou als kleiner Welpe seine Mutter verloren hat?«, fragte Liz.

Jason nickte.

»Hat Sancho dir die Geschichte erzählt?«

»Nee. Ich hab's auch nicht richtig gewusst. Mehr so geahnt. Mo würde sicher sagen, ich hätt's *gespürt*.«

»Ihr scheint einen guten Draht zu haben, du und Loulou. Vermutlich kommst du mit Tieren besser klar als mit Menschen.«

Jason fragte sich, ob Liz ihn verarschen wollte. Wobei – eigentlich stimmte das. Seine Oma hatte eine Katze gehabt, Stupsi, die sie auf der Straße aufgelesen hatte. Stundenlang hatte er als Kind mit Stupsi spielen können. Sie war sein einziger echter Freund gewesen. Tatsächlich erinnerte ihn der Mantikor an sie.

»Sancho erzählt mir gar nichts«, sagte er. »Er redet nicht viel. Find ich ganz angenehm, ehrlich gesagt.«

»Ja, ich dachte mir, dass ihr gut miteinander auskommt.«

»Hm«, machte Jason und strich über Loulous Fell. »Erzähl mir die Geschichte.«

»Chimären sind rätselhafte Geschöpfe«, sagte Liz, »du weißt nie, was die Mischung aus verschiedenen Arten in ihnen auslöst. Es gibt Skorpionarten, bei denen die Weibchen nach der Paarung die Männchen fressen. Hier lief es allerdings umgekehrt. Loulous Vater ist immer häufiger ausgerastet und hat Loulous Mutter angegriffen. Sancho hielt das anfangs für ein Spiel, eine Art Paarungsritual, doch dann hat er sich ohne Vorwarnung auf sie gestürzt und sie getötet. Sancho ist noch dazwischengegangen, aber er konnte sie nicht retten.«

Jason griff an seine Brust und berührte durch den Stoff seines Shirts die kleine Engelfigur an seiner Halskette.

»Hat er dabei sein Auge verloren? Sancho?«

Liz nickte.

Jason legte eine Hand auf den Bauch des Mantikors. Er spürte die Traurigkeit des Tieres. Aber keinen Hass.

Er zog die Hand fort und sah Liz misstrauisch an. »Warum erzählst du mir das alles? Wird das so 'ne Psychonummer? Denkst du dir, dass ich dabei irgendwas über mich selber lernen soll oder was? Was mit meinen Eltern und so Scheiß?«

»Anscheinend ist das gar nicht nötig«, meinte sie und lächelte.

Ihr Lächeln machte ihn wütend. Das war immer so von oben runter. Sie hielt sich sicher für megaschlau und ihn für einen dummen Jungen. Aber so dumm war er nicht.

»Du willst mir den Hass austreiben«, meinte er und imitierte ihr Lächeln. »Ausgerechnet du.«

Ihr Gesicht nahm einen überraschten Ausdruck an.

»Deine Kindheit war noch beschissener als meine«, sagte er, »das Waisenhaus, die Nonnen. Ich hab es in deinen Augen gesehen. Du weißt genau, was Hass ist. Und dass man sich lebendig fühlt, solange man hassen kann, das weißt du auch.«

Liz beugte sich zu ihm vor und sagte: »Genau darum wollte Aziza, dass ich dich ausbilde. Damit ich dir zeige, wie man den Hass zähmen kann.«

»Kannst du das etwa?«, fragte er. »Den Hass zähmen?«

Sie nickte.

»Glaub ich dir nicht«, sagte er und beugte sich ebenfalls vor.

Sie hob ihren Zeigefinger und berührte damit das Tränentattoo in seinem Gesicht. Fühlte sich an, als könnte sie in ihn reingreifen, direkt in sein Herz. Er wollte sie küssen. Scheiß drauf, dass das verboten war. Scheiß drauf, was im Heptalogon stand. Sie wollte es auch. Das spürte er.

Doch da zog sie ihre Hand zurück und hob den Kopf. Sah fast aus wie bei Loulou vorhin, als der Mantikor das Reh gewittert hatte.

»Jemand kommt«, flüsterte sie.

Jetzt spürte er es auch. Andere Magier.

»Das ist niemand von uns.« Liz stand auf. »Es sind zwei. Zwei sehr mächtige. Die es eigentlich gar nicht geben dürfte.«

»Etwa vom Pfad der Neun?«

»Komm.«

Jason erhob sich ebenfalls und auch der Mantikor kam fast lautlos auf die Beine, als hätte er die Situation begriffen. Sie schlichen durchs Unterholz, bis der schmale Weg in Sicht kam.

Drei Personen näherten sich. Eine Frau, die ganz weiß war: die Schminke in ihrem Gesicht, der lange Kimono, die Schuhe, auch das lange Haar, obwohl sie nicht alt zu sein schien. Neben ihr ging ein Mann ganz in Schwarz: seine Haut, sein Hut, sein eleganter dreiteiliger Anzug. Hinter den beiden kam ein alter Bekannter mit seinem geflochtenen blonden Haar. Nur ohne Ratte auf der Schulter.

»Thore Ragnarson«, flüsterte Jason.

Die weiße Frau hob mit sparsamer Geste eine Hand und alle drei blieben stehen. Blickten sich um.

Der Mann im Anzug sah jetzt in ihre Richtung und rief: »Kommt raus. Wir spüren euch. So wie ihr uns auch spürt.«

Jason sah Liz an. Die zuckte mit den Achseln, dann trat sie auf den Weg hinaus. Jason folgte ihr, mit Loulou im Schlepptau.

»Sieh an, ein Mantikor«, sagte die Frau.

Thore erkannte Jason und sagte: »Hallo, kleiner Knabe.«

»Lange nicht gesehen«, antwortete Jason. »Wie geht's deinem Schulterblatt?«

»Wer seid ihr?«, fragte Liz. »Was wollt ihr?«

»Ich bin Meister Mapunda«, sagte der Mann im Anzug, hob seinen Hut an und machte eine vornehme Verbeugung. »Das ist Meisterin Yuki. Unser Begleiter ist Thore Ragnarson. Wir überbringen Grüße von Großmeisterin Tyra.«

»Großmeisterin von was?«, entgegnete Liz. »Ich kenne nur eine einzige Großmeisterin.«

»Großmeisterin vom Pfade der Neun«, antwortete Mapunda freundlich. »Mit wem haben wir die Ehre?«

»Elizabeth Atkinson«, sagte Liz. »Schülerin der Gilde.« Sie nickte Jason zu.

»Jason«, sagte Jason. »Jason Nowak, ähm – Aushilfsschüler der Gilde?« Klang eher wie eine Frage. »Und das ist mein Freund Loulou«, sagte er. »Der kann Giftpfeile schießen. Nur für den Fall, dass wir hier nicht klarkommen.«

Wie zur Bestätigung gab der Mantikor ein bedrohliches Grollen von sich und stellte seinen Skorpionschwanz auf.

»Keine Sorge«, entgegnete Thore, »mit euch geben wir uns gar nicht ab. Wir wollen Aziza sprechen, eure Großmeisterin.«

Liz schien kurz zu überlegen. Dann sagte sie: »Gut, kommt mit. Wir bringen euch zum Tor. Alles Weitere muss Aziza entscheiden. Folgt mir.«

Sie ging los und die drei Neuankömmlinge folgten ihr. Jason bildete mit Loulou den Schluss des kleinen Zuges, um die Typen im Auge zu behalten. Thore warf ihm einen verächtlichen Blick zu, den Jason genauso verächtlich erwiderte. Schwarze Magie, Pfad der Neun, was auch immer, diese Dinge kümmerten ihn eigentlich nicht. Aber die Arschlöcher hatten ihm seinen Kuss versaut, allein dafür betrachtete er sie als Feinde. Thore trug wieder diesen Mantel wie bei ihrer Begegnung in der Sommernacht in Köln und vermutlich hatte er auch diesmal wieder sein Schwert dabei. Wer fehlte, war Thores glatzköpfiges Frauchen. Tyra.

Als sie nach einigen Windungen die Burg erreichten, wurden sie bereits erwartet. Aziza hatte sich in ihrem Rollstuhl auf der Zugbrücke platziert, sicher hatte sie die Anwesenheit fremder Magier längst ebenfalls gespürt. Rechts und links von ihr standen Jolka, klein und gedrungen, aber angriffslustig, und die breitschultrige Burgmarschallin Ava, ihre kräftigen Arme vor der Brust verschränkt. Oben auf der Mauer, hinter den Zinnen waren Fatma, Mo und Fernando, Sancho und Fox postiert.

Vor der Zugbrücke blieb Liz stehen und die anderen hielten ebenfalls an.

Meister Mapunda hob wieder seinen Hut, verbeugte sich wie vorhin und wiederholte die Vorstellung der drei. »Großmeisterin Tyra hat uns ermächtigt, mit dir, Großmeisterin Aziza, in Verhandlungen über …«

»Wieso kommt sie nicht selbst?«, unterbrach Aziza den Mann. »Diese Tyra?«

»Sie ist leider unabkömmlich«, antwortete Mapunda.

»Aha. Nun gut.« Aziza zog die Augenbrauen hoch. »Machen wir es kurz: Ihr wollt das Heptalogon des Iskander von Constantinopel. Ihr bekommt es nicht. Au revoir.«

Sie griff zum Schalthebel ihres Rollstuhls, um sich abzuwenden.

Da meldete sich Meisterin Yuki, die Frau in Weiß: »Ihr und wir sind die letzten Magier der Welt. Nur noch eine Handvoll. Ist es nicht töricht, diese alte Feindschaft weiterzupflegen?«

Aziza wandte sich ihr zu und sagte: »Ihr wollt der achten und neunten Kunst abschwören und euch wieder mit der Gilde vereinigen? Darüber können wir reden.«

»Abschwören, vereinigen …«, wiederholte Mapunda, »das sind Vokabeln aus alten Tagen. Heute leben wir im Zeitalter der Toleranz. Wir sollten uns gegenseitig achten. Die Gilde und der Pfad, jeder nach seinen eigenen Werten. Wir schreiben euch nichts vor und ihr schreibt uns nichts vor.«

»Die Beschwörung von Dämonen und Untoten hat nichts mit Toleranz zu tun«, erwiderte Aziza. »Das ist bereits im vierzehnten Jahrhundert abschließend erörtert worden. Seither gibt es keine neuen Argumente, auch von euch nicht.«

»Die Welt hat sich seit jenen Tagen weitergedreht, Großmeisterin«, sagte Mapunda. »Inzwischen kann man Körperzellen verändern, Embryonen klonen, Organe züchten, alles ohne Magie. Und dennoch braucht die Menschheit uns Magier, um endgültig über den Tod zu triumphieren. Unser Zwist ist doch kleinlich, wenn man an das große Ganze denkt.«

Aziza lachte bitter. »Bei eurer Großdenkerei ist euch völlig egal, dass jedes einzelne Leben unendlich kostbar und unwiederbringlich ist. Uns aber nicht.«

»Dieser Disput bringt uns nicht weiter«, sagte Yuki. »Lasst es uns pragmatisch sehen. Für euch ist das Heptalogon nutzlos, uns hingegen bedeutet es viel. Gebt es uns und niemandem wird ein Leid geschehen.«

»Andernfalls?«, fragte Ava und sah die drei herausfordernd an.

»Andernfalls holen wir es uns«, sagte Thore. »Wir warten am Fuße des Berges. Bis Mitternacht. Ihr habt alle Zeit, euch zu beraten und uns das Buch auszuhändigen.«

»Beratung wird nicht nötig sein«, sagte Aziza, »ihr habt eure Antwort. Kommt gut nach Hause – wo immer das sein mag.«

Damit wendete sie und fuhr über die Brücke zurück in die Burg.

»Du besiegelst deinen Tod, Großmeisterin.« Mapunda sprach weiterhin so höflich, als wolle er alle Anwesenden zu einem Gläschen Sekt einladen. »Du besiegelst den Tod jedes einzelnen Lebewesens in dieser Burg.«

Aziza reagierte nicht auf ihn.

Ava legte den Kopf schräg und sagte: »Das Château de Branzé wurde im Laufe der Geschichte rund vierzigmal angegriffen. Und kein einziges Mal erobert.«

»Alles passiert irgendwann zum ersten Mal«, erwiderte Yuki.

Dann nickte sie Mapunda zu und gefolgt von Thore Ragnarson entfernten sich die beiden Schwarzmagier. Jason und Liz sahen ihnen nach, bis sie um die Wegbiegung bergab verschwunden waren.

Fatma stand auf der Plattform des Donjon und betrachtete den rosafarbenen Streifen am Horizont hinter den bewaldeten Hügeln. Dann wandte sie sich um, Richtung Osten, rollte ihren kleinen Teppich aus und verrichtete ihr Abendgebet. *Allah, Wender der Herzen, schenke mir Mut in dieser Nacht. Und die Klugheit, das Richtige zu tun.*

Als sie anschließend ins Studierzimmer hinabstieg, versammelten sich dort gerade die Burgbewohner zum *Kriegsrat* – außer Fox und Jolka, die das Tor bewachten. Das Wort *Kriegsrat* hatte Ava verwendet, in Fatmas Ohren klang es genauso altertümlich wie unwirklich. Dennoch zweifelte niemand im Raum daran, dass der Pfad in dieser Nacht das Château angreifen würde. Sancho und Fernando hatten im Laufe des Abends das Lager der Schwarzmagier ausgekundschaftet. Sie campierten am Fuß des Berges mit vier Wohnwagen wie ganz normale Touristen. Außer Yuki, Mapunda und Thore waren es acht weitere Personen, fünf Männer und drei Frauen, teils in paramilitärischer Kleidung, sie hatten geflochtenes Haar und Gesichtstattoos im Stile von Wikingern – oder was man zumindest heute für Wikinger-Style halten mochte. Den Umrissen zufolge, die sich unter ihren Jacken und Mänteln abzeichneten, waren sie teils mit Pistolen und Maschinengewehren, teils mit Schwertern und Streitäxten bewaffnet.

»Eine bunte Mischung«, meinte Ava.

»Sie haben gar nicht erst versucht, ihre Bewaffnung zu verbergen«, sagte Fernando. »Es kam mir eher vor wie ein Showlaufen. Vermutlich gehen sie eh davon aus, dass wir sie beobachten.«

»Und wollen uns damit beeindrucken.« Ava grinste verächtlich.

Jason meinte: »Das hier ist 'ne Burg. Braucht man da nicht bisschen was Krasseres? Raketenwerfer? Hubschrauber? Solche Sachen?«

»Yuki und Mapunda kommen mir sehr mächtig vor«, entgegnete Liz. »Deren Magie toppt konventionelles Kriegsgerät, fürchte ich.«

»Und Tyra?«, fragte Mo.

»Keine Spur von einer glatzköpfigen Magierin«, antwortete Fernando. »Natürlich hätte sie in einem von den Wohnmobilen sein können, aber dann hätte ich ihre Anwesenheit wenigstens spüren müssen.«

»Wenn sie den Kryptomoi-Zauber beherrscht, könnte sie ihre magische Aura vor uns verbergen«, gab Fernando zu bedenken.

»Richtig«, sagte Aziza. »Ich bin mir ganz sicher, dass diese Tyra in der Nähe ist. Und sie wird versuchen, das Heptalogon zu holen. Der ganze andere Zinnober dient nur als Ablenkung. Ihr habt berichtet, dass sie sich damals bei eurer ersten Begegnung einfach aus dem U-Bahn-Schacht herausteleportiert hat.«

»Ist das so besonders?«, fragte Fatma. Sie dachte an ihre Trainingseinheit neulich, als Aziza plötzlich hinter der Tür zum Palas aufgetaucht war. »Du kannst es doch auch.«

»Ja«, sagte Aziza. »Und ich dachte immer, ich sei die einzige Person auf der Welt, die den Petesthai-Zauber beherrscht.«

»Schade, dass Meister Fong ihn nicht beherrscht«, warf Mo ein. »Sonst könnte er uns unterstützen.«

»Sicher nicht von Kanada aus«, antwortete Aziza.

Fong hatte nämlich unterdessen herausgefunden, dass die Nürnberger Gildenchronik von ihrem zwischenzeitlichen australischen Besitzer zunächst an einen Antiquitätenhändler aus Kapstadt weiterverkauft worden war – und von diesem wiederum an einen Sammler seltener Bücher, der in Toronto lebte. Auf dessen Spur befand sich Fong jetzt, seine Jagd schien ihn um die ganze Welt zu führen, jedenfalls zu weit weg von Frankreich.

»Es funktioniert nur über eine Entfernung von höchstens hundert Schritten«, fuhr Aziza fort. »Darum bin ich auch sicher, dass Tyra in der Nähe ist. Ich kann kaum erwarten, sie persönlich kennenzulernen.«

»Nehmen wir an, sie ist wirklich hier«, sagte Liz. »Was wäre ihr Plan?«

Ava verschränkte wieder die Arme und sagte: »An deren Stelle würde ich einen Scheinangriff auf das Äußere Tor starten. Und wenn wir alle im Kampfgetümmel stecken, teleportiert sich Tyra hierher und holt es sich.« Sie nickte zu dem Heptalogon, das mitten auf dem Tisch lag.

Aziza nickte. »Das denke ich auch. Darum werden wir uns aufteilen. Ich werde Tyra hier im Turm erwarten, ihr anderen besetzt die Wehrgänge des äußeren Hofes. Und zur Sicherheit legen wir einen Schutzbann um das Buch.«

»Moment, bitte«, meldete sich Mo. »Wir besetzen die Wehrgänge ... und dann?«

»Kämpfen wir«, sagte die alte Natsumi mit finsterem Blick.

»Ich weiß nicht, ob ich das kann.« Mo war blass geworden. »Das ist alles so real und ... ich weiß nicht. Ihr habt vielleicht Erfahrung mit solchen Sachen, aber ich ...«

»Haben wir nicht«, unterbrach ihn Liz. »Klar, auf unseren Reisen begegnen wir manchmal Leuten, die mit der Essenz Unheil anrichten wollen, da kann es auch zu Kämpfen kommen, das hab ich schon erlebt. Aber das sind ja keine ausgebildeten Magier. Meistens reicht ein kurzer Lähmungszauber gefolgt vom Amnésis-Zauber, damit die Person alles vergisst. Aber niemand von uns hat jemals gegen Schwarzmagier gekämpft.«

»Außer euch dreien«, stellte Fernando mit einem Blick auf Fatma, Jason und Mo fest. »Klingt verrückt, aber ihr drei seid hier am Tisch diejenigen mit der meisten Kampferfahrung.«

Jason brummte: »Toll, dass ich zwei Wochen lang nicht üben durfte.«

»Du brauchst mehr als nur Kampfzauber, um dich in so einem Gefecht zu behaupten«, entgegnete Liz. »Du wirst alle deine Fähigkeiten einsetzen müssen. Vor allem dein Gehirn.«

Fatma räusperte sich und fragte vorsichtig: »Gibt es denn keine Alternative zum Kämpfen?« Sie schaute in die Runde. »Gibt es nicht irgendetwas, was wir denen anbieten können, um uns friedlich zu einigen?«

»Nein«, sagte Aziza entschieden. »Selbst wenn wir ihnen das Buch geben würden – und das dürfen wir auf keinen Fall, weil wir nicht wissen, welches Unheil sie mithilfe des geheimen Wissens aus dem Heptalogon anrichten würden –, aber selbst wenn wir es ihnen geben, dann reicht ihnen das nicht. Um es zu besitzen, müssen sie euch drei immer noch töten. Das dürft ihr nicht vergessen.«

Alle nickten stumm.

Da meldete sich Liz zu Wort: »Es klingt vielleicht ketzerisch, was ich jetzt sage, aber ... Was wäre denn so schlimm daran, wenn wir uns mit ihnen einigen würden? Welches Unheil stellst du dir denn vor, Großmeisterin? Was dieser Mapunda gesagt hat, ist doch gar nicht so falsch. Die Welt hat sich ja wirklich weitergedreht. Wir könnten uns mit ihnen einigen und ihnen das Buch geben. Wir könnten gemeinsam mit ihnen das Conjugum suchen und den Fluch brechen. Dann könnten die drei da zurück in ihr altes Leben verschwinden.«

Fatma wollte sich darüber ärgern, weil Liz über sie, Jason und Mo gesprochen hatte, als wären sie überhaupt nicht im Raum. Doch ein anderes, stärkeres Gefühl schob sich über diesen Ärger:

die Ahnung, dass es Aziza um weit mehr ging als nur darum, sie drei zu beschützen.

»Da wäre immer noch die Inquisition«, sagte Fernando zu Liz.

»Pah«, machte Liz. »Im Bündnis mit dem Pfad der Neun könnten die uns überhaupt nichts anhaben. Was ist denn letztlich so schlimm an der Schwarzen Magie? Was ist so falsch daran, den Tod besiegen zu wollen?«

Fernando machte ein empörtes Gesicht und holte schon Luft, um Liz zu antworten, doch Aziza hob die Hand, woraufhin alle schwiegen.

»Deine Frage ist absolut berechtigt«, sagte sie. »Was wäre falsch an einer Welt, die den Tod nicht mehr zu fürchten braucht?«

»Alles!« Fatma erschrak über ihre eigene Stimme. Es war richtig aus ihr herausgebrochen. »Alles wäre falsch«, flüsterte sie. »Nur weil uns bewusst ist, dass wir sterben werden, versuchen wir ein sinnvolles Leben zu führen. Weil unsere Zeit begrenzt ist, wollen wir sie nutzen.«

»Pah!«, wiederholte Liz. »So reden nur religiöse Menschen. Weil ihr alle denkt, dass ihr in den Himmel kommt, was? Aber den Himmel gibt es nicht im Jenseits. Den müssen wir uns auf der Erde selber schaffen.«

»Unsinn«, sagte Aziza schneidend. »Es geht nicht um Religion, sondern um die Menschenwürde. Abgesehen davon, dass die Bemühungen des Pfades auf Menschenversuche hinauslaufen, was per se nicht akzeptabel ist, hat Fatma vollkommen recht: In einer Welt, in der der Tod nichts gilt, gilt auch das Leben nichts. Für niemanden. In so einer Welt willst du nicht leben, Liz.«

Liz öffnete den Mund wie zu einer Erwiderung, doch dann zögerte sie.

Ava sagte: »Zweifellos eine faszinierende Diskussion. Wir sollten sie an einem anderen Tag fortsetzen. Vorzugsweise einem Tag, an dem kein feindlicher Angriff unmittelbar bevorsteht.«

»Ja, natürlich.« Liz nickte. Plötzlich funkelten ihre Augen. »Dann lasst uns diesen Leuten zeigen, dass wir kämpfen können.«

Sie stand auf, nahm das Heptalogon vom Tisch und legte es auf den Boden. Aus einem Kästchen im Regal holte sie ein Stück Kreide hervor und zeichnete um das Buch herum ein Pentagramm auf die Holzbohlen, einen in sich verschränkten fünfzackigen Stern. Auch Aziza und Fernando wandten sich dem Buch zu. Sie schlossen die Augen und sprachen gemeinsam dreimal das Wort: »Anáthema!« Und Aziza ergänzte: »Anáthema Loulou.«

Jason stand auf und näherte sich neugierig. Er streckte die Hand aus und fragte: »Wenn ich jetzt …«

»Nicht!« Liz schlug mit einer blitzschnellen Bewegung seine Hand weg. »Das Buch ist jetzt gebannt. Wenn du es anfasst, kriegst du einen magischen Schlag, der dich das Leben kosten kann.«

»Okay«, murmelte Jason, machte einen Schritt zurück und beäugte das Pentagramm. »Aber was hat Loulou damit zu tun?«

»Eine Art Codewort«, sagte Aziza. »Nur wer es kennt, kann den Bann aufheben. Eine zusätzliche Sicherheit. Nur für den Fall, dass sie es bis hierher ins Studierzimmer schaffen …«

Eine bedrückende Stille trat ein. Es schien alles gesagt.

Schließlich räusperte sich Ava. »So weit lassen wir es nicht kommen«, sagte sie. »Es sind knapp vier Stunden bis Mitternacht. Sancho, du postierst dich auf dem Turm und hältst Ausschau. Natsumi und Claude, ihr schaut bitte, was der Kräutergarten zu unserer Unterstützung hergibt.«

»Und was sollen wir anderen bis Mitternacht tun?«, fragte Fatma.

»Meditieren«, sagte Aziza.

Um Punkt Mitternacht geschah genau nichts. Jason hatte sich mit Mo, Liz und Fernando auf dem Wehrgang oberhalb des äußeren Tores eingerichtet. Auch Ava, Fox und Jolka waren bei ihnen. Ava sollte als Burg-Marschallin das Kommando führen. Ihre Bewaffnung kam Jason gelinde gesagt optimistisch vor: Ava trug ein Schwert, Fox einen Langbogen und Jolka eine Axt. Die Übrigen sollten sich auf ihre magischen Fähigkeiten verlassen. Bei den Waffen handle es sich um magische Artefakte, hatte Jolka erklärt, aber Jason fehlte die Fantasie, um sich auszumalen, wie sie damit gegen die Maschinengewehre der Angreifer bestehen wollten.

Jason spähte angestrengt in die Dunkelheit, die ab und an leichte Konturen bekam, wenn die Wolkendecke aufriss und das Mondlicht hindurchließ. Die Zugbrücke war hochgezogen und unter ihnen gähnte der Burggraben. Der Weg ins Tal, der jenseits des Grabens begann, verlor sich in der Nacht, nirgends bewegte sich irgendetwas.

»Denkt daran, eure Kräfte einzuteilen«, mahnte Liz.

»Schon klar«, brummte Jason. »Wie viele Feuerbälle kannst du verschießen, so als fast fertig ausgebildete Magierin?«

»Zwanzig«, sagte sie, »vielleicht fünfundzwanzig, bevor mein Arm zu schmerzen beginnt. Aber ich bevorzuge den Keraunós, den magischen Blitz. Das Florett unter den Kampfzaubern.«

»Okay, das probiere ich auch«, meinte Jason.

»Lieber nicht«, warnte Fernando, »der ist zu schwierig für Ungeübte.«

Claude und Natsumi erschienen auf dem Wehrgang. Sie trugen einen großen Weidenkorb, der mit kleinen zusammengeschnürten Stoffsäckchen gefüllt war.

»Die Samenbomben«, sagte Claude.

»Das kenn ich vom Guerilla Gardening«, sagte Mo, »wo man heimlich in der Stadt Blumensamen verteilt, um etwas Grün ins Grau zu bringen. Aber das hier ist wohl was anderes?«

»Das ist Capsicum impatiens«, antwortete Natsumi, während sie und Claude begannen, die Säckchen entlang der Zinnen zu verteilen. »Eine magische Hybridzüchtung aus Springkraut und Chilischoten.« Die Alte kicherte. »Kann im wahrsten Sinne des Wortes ins Auge gehen.«

»Garantiert vegan«, witzelte Jason und klopfte Mo auf die Schulter.

Mo schien sich erst über den Spruch zu ärgern, lachte dann aber. Vielleicht half ihm das Lachen gegen die Angst.

»Wo bleiben die nur?«, flüsterte Fernando. Seine Stimme zitterte. »Vielleicht haben sie nur geblufft?«

»Die kommen«, sagte Liz.

Jason sah sich um. Die ganze Burg lag im Dunkeln. Nur ganz oben im Donjon war hinter den schmalen Fenstern des Studierzimmers flackerndes Kerzenlicht zu erkennen.

Dort saß Fatma und knetete nervös ihre nackten Hände. Die Handschuhe lagen auf dem Tisch.

»Erzähl mir von zu Hause«, sagte Aziza.

»Was?« Fatma sah sie verwirrt an.

»Solange wir warten, können wir uns doch unterhalten.«

»Okay ... ähm. Was willst du wissen?«

»Erzähl mir von deiner Familie. Ich selber bin eine Waise, wie alle Magier seit Langem. Ich finde es faszinierend, wenn man eine Familie hat, über die man sprechen kann.«

»Nun ... ich bin zwar keine Waise, aber so was wie das schwarze Schaf in der Familie.« Unwillkürlich griff Fatma an den schwarzen Stoff ihres Hijab.

»Inwiefern?«, fragte Fatma.

»Ich war einfach immer schon anders. Als Kind hab ich beim

Spielen einen verletzten Vogel gefunden, bei uns im Garten, ein Flügel war gebrochen, völlig verdreht. Ich hab den Vogel aufgehoben und dabei eine Art Energie gespürt, die aus meinen Händen in den Körper des Tieres strömte. Plötzlich ist der Vogel davongeflogen. Da wusste ich, dass ich anders war. Konnte es mir aber lange nicht genau erklären. Bis ich ungefähr vierzehn, fünfzehn war.«

»Was geschah dann?«, fragte Aziza.

»Meine Eltern und meine Brüder sind zwar auch Muslime, aber nur auf dem Papier.« Fatma verzog das Gesicht. »Sie spenden im Ramadan Geld für Obdachlose und gehen am Zuckerfest in die Moschee, mehr nicht. Sie leben wie ganz normale Europäer. Richtig westlich. Mit Popmusik und Netflix und Partys und allem. Ich bin nie auf Partys gegangen. Also … wegen der Sache mit meinen Händen. Ich hab mich immer mehr zurückgezogen. Bin richtig eigenbrötlerisch geworden. Ein Nerd. Dann hab ich irgendwann die Religion entdeckt. Ich fing an, zur Moschee zu gehen, da gab es eine tolle Mädchengruppe, der ich mich angeschlossen habe. Ich begann mich zu bedecken, was meine Eltern komplett ablehnen. Für sie war das schrecklich. Aber ich hab mich unglaublich gut gefühlt, weil … na ja. Wenn du plötzlich mit Hijab in die Schule kommst, erschrecken sich die Leute richtig. Niemand achtet dann mehr auf deine Hände. Du bist dann so dermaßen anders für die meisten dort – jedenfalls an meiner Schule, ich war auf einem sehr konservativen, traditionsbewussten Gymnasium –, also du bist dann so dermaßen anders, dass deine anderen Andersheiten gar keine Rolle mehr spielen. Ähm – verstehst du ungefähr, was ich meine? Oder klingt das zu wirr?«

»Ich verstehe sehr gut.« Aziza nickte. »Du hast dich in die Religion geflüchtet, um dich nicht mit deinen magischen Fähigkeiten auseinandersetzen zu müssen.«

»Also, das …« Fatma stockte. Sie fühlte sich entlarvt. Wollte

Aziza ihr sagen, dass sie die Religion einfach nur als einen Vorwand benutzte? Dass es ihr dabei gar nicht um Gott ging – jedenfalls nicht primär? Und wenn ja, konnte Aziza damit recht haben?

Unten am äußeren Tor erstarrte Jason. Er fühlte was, aber undeutlich, fast wie Flackern. Falls Gefühle flackern können, aber so kam es ihm vor. Auch Liz hatte irgendwas gemerkt, sie und Fernando tauschten einen Blick, Mo blinzelte ins Dunkel. Jemand kam. Jetzt waren Schritte zu hören. Aber zu sehen war immer noch nichts.

»Unsichtbarkeitszauber«, flüsterte Fernando.

»Ich kann ihn brechen«, flüsterte Liz. »Soll ich?«

»Warte noch einen Moment«, sagte Ava.

Die Schritte näherten sich. Jason kniff die Augen zusammen. Tatsächlich bewegte sich etwas auf dem Weg, Jason sah Vibrationen auf dem Schotter und es knirschte, als würden viele schwere Schuhe darüberlaufen.

»Jetzt«, kommandierte Ava.

Liz sprang aus der Deckung ihrer Zinne hervor. »Mataios Aóratos!«

Im nächsten Augenblick war der schmale Platz vor der Burg voller Menschen. Jason erkannte Yuki und Mapunda, auch Thore und mehrere dunkel gekleidete Männer und Frauen. Die beiden Magier ballten ihre Hände zu Fäusten und schleuderten einen Feuerball gegen die hochgezogene Zugbrücke. Er detonierte direkt unter ihnen am magischen Schutzschild, den Fernando und Liz vor die Zugbrücke gelegt hatten. Unerträgliche Hitze stieg hoch und rauschte über ihre Köpfe hinweg in den Nachthimmel.

»Attacke!«, befahl Ava.

Sofort schleuderte Jason einen Feuerball auf die Angreifer. »Pyrros pyrobol!«

Tat gut. Echt jetzt. Das war kein Training, das war ernst. Es ging richtig um was. Nicht für ihn allein, sondern für alle. Und er war mittendrin. Geil. Auch Fernando schoss einen Feuerball ab, Liz ließ Blitze aus ihren ausgestreckten Händen fahren. Fox verschoss hintereinander vier Pfeile in atemberaubender Geschwindigkeit, während die Angreifer auseinanderstoben und hinter den umliegenden Felsen Deckung suchten. Einer von ihnen hatte es nicht geschafft, er brach mit einem Pfeil in der Brust zusammen. Ein anderer zuckte unter den Blitzen aus Liz' Händen anfallartig hin und her, bevor er vornüber in den Burggraben kippte. Armbrustbolzen kamen angeschossen, gleichzeitig knatterten Maschinengewehre los. Alle gingen in Deckung, bloß nicht Mo, der starrte wie versteinert auf die Angreifer. Jason packte ihn und zog ihn runter. »Deckung, Mann.«

»Die Samenbomben«, kommandierte Ava.

Sie griffen sich mehrere von den kleinen Säckchen und schleuderten sie ohne hinzuschauen über die Zinnen nach draußen. Alle außer Mo, Mo kauerte wie gelähmt an der harten Bruchsteinmauer der Zinne und sah aus, als könnte er nie wieder irgendwas anderes tun, als da zu hocken.

Von unten ertönte wütendes Heulen. Die Samenbomben schienen zu wirken, denn für einen Moment hörte das Gewehrfeuer auf. Jason sprang hoch, schleuderte noch einen Feuerball hinab. Er war total im Rausch. Mo starrte ihn entgeistert an, wie einen Fremden.

Jason schüttelte ihn und rief: »Komm schon, Mo, kämpfe! Das macht Bock!«

Auch Liz und Fernando waren wieder aufgesprungen und feuerten Blitze und Flammenkugeln auf die Angreifer. Zwei Krieger wanden sich in Schmerzen auf dem Boden, zwischen ihnen standen Yuki und Mapunda und wehrten scheinbar mühelos jeden direkten Angriff auf sich selbst ab. Einer der Verletzten griff nach dem Saum von Yukis Kimono und rief: »Meisterin, bitte ... heile mich!«

Doch sie zischte irgendeine unverständliche Antwort und trat nach ihm wie nach einem lästigen kleinen Hund, um sich wieder der hochgezogenen Zugbrücke zuzuwenden.

Jason beugte sich vor, streckte die Hand aus und rief: »Keraunós!« Statt eines Blitzes kamen zwei Funken aus seinen Fingern, die sofort erloschen. »Aua, fuck, das tut weh.«

»Ich hab gesagt, lass es!«, schimpfte Liz.

Das Maschinengewehrfeuer setzte wieder ein. Ava schwang ihr Schwert über den Kopf und Jason hörte, wie die Kugeln mit lautem Prasseln abgewehrt und zurückgeworfen wurden. Er sah, wie sie auf dem Schotterweg einschlugen, dann auch drüben an den Felsen. Eine Frau, mit ihrer Armbrust im Anschlag, schrie getroffen auf und kippte hintüber.

Jolka zog sich an der Zinne hoch, holte aus und schleuderte ihre Axt hinaus in die Nacht. Die scharfe Klinge des Axtblatts blinkte im Mondlicht auf, während die Axt einen Kreis beschrieb, einen Gewehrschützen ins Genick traf und im großen Bogen wie ein Bumerang zu ihr zurückkehrte. Geschickt fing Jolka sie auf.

Ein Feuerball zischte über ihre Köpfe hinweg und detonierte an der Mauer des Torhauses oberhalb des Wehrgangs, Funken regneten auf sie hinab. Der nächste Feuerball stieg auf, doch Liz war diesmal schneller.

»Anástrephai!«, brüllte sie mit ausgestreckten Händen und der Feuerball machte kehrt, um mitten unter die Angreifenden zu rollen.

Fox schoss einen Pfeil nach dem anderen ab, Claude und Natsumi ließen weitere Samenbomben über die Zinnen regnen.

»Warum machen die nichts?«, rief Fernando. »Was ist der Plan?«

Er meinte anscheinend Yuki und Mapunda, die ungerührt am Rande des Grabens standen und je eine Hand ausgestreckt hatten.

»Irgendwas machen die schon«, rief Liz zurück. »Aber was?«

Sie wich einem Armbrustbolzen aus, hüllte sich mittels Katáphraktos-Zauber in eine schützende Essenz-Blase und beugte sich weit über die Zinne hinaus.

»Sie schmelzen die Ketten der Zugbrücke!«, rief sie und streckte den Arm nach unten aus. »Krýos!«

»Ich mache es von der anderen Seite«, rief Fernando, lief zur Treppe und nach unten.

Oben im Studierzimmer war Fatma aufgesprungen, der anhebende Kampflärm hatte sie hochschrecken lassen. Sie stand an einem der schmalen Fenster und versuchte etwas zu erkennen, doch da waren nur Schattenrisse zu sehen und immer wieder kurzes Leuchten – mal kalt und grell von den Keraunós-Blitzen, dann wieder schwefelgelb bis glutrot von den Pyrros-pyrobol-Feuerbällen.

»Sollten wir nicht irgendwas machen?« Sie wandte sich zu Aziza um, die seelenruhig am Tisch saß und an einer Teetasse nippte. Auf dem Boden lag das Heptalogon sicher durch das Pentagramm geschützt.

»Wir warten auf Tyra«, sagte sie.

»Und wenn sie gar nicht kommt?«

»In dem Fall hätte ich mich geirrt.« Aziza zuckte mit den Schultern. »Ich bin ja auch nicht allwissend. Aber meine Instinkte trügen meistens nicht. Warum haben deine Eltern denn so ein Problem mit deinem Glauben?«

Fatma konnte doch jetzt nicht ernsthaft über Religion philosophieren, während alle anderen dort unten kämpften! Sie merkte, dass sie Angst hatte. Um sie alle. Vor allem um Jason und Mo.

Mo spürte ein Rütteln an der Schulter und gleich darauf die Lähmung von sich abfallen.

»Los, die Treppe runter zum Tor«, schrie Ava in Mos Gesicht, »hilf Fernando!«

»Ich ... okay.« Mo sprang hoch, lief geduckt an den Zinnen vorbei zur Treppe und hinunter ins Torhaus, wo zwei mächtige Eisenketten rechts und links die Zugbrücke hielten. Der untere Teil der Ketten war auf beiden Seiten vereist. Oben jedoch, wo die Ketten durch kleine Maueröffnungen nach draußen ragten, sah Mo rotes Glühen. Die dicken Kettenglieder begannen sich zu verformen. Fernando kämpfte keuchend dagegen an.

Mo reckte die rechte Hand und schrie mit Inbrunst: »Krýos!«

»Das hilft nicht«, rief Fernando. »Wir müssen versuchen, den Hitzezauber umzukehren. Weißt du, wie das geht?«

»Theoretisch kann ich das.« Mo schloss die Augen und konzentrierte sich. »Mataios Kóanos!«

Mo fokussierte die Kette links vom Tor, Fernando die rechte. Tatsächlich wich die Glut ein Stück zurück. Plötzlich war die lähmende Angst verschwunden, es fühlte sich beinahe gut an. Mo spürte die magische Verbindung, die sich in diesem Moment zwischen ihnen beiden aufspannte – absurderweise ein Augenblick intensivster Nähe mitten in diesem Kampf auf Leben und Tod! Doch dann begann das Glühen sich wieder auszudehnen. Sie stemmten sich mit aller Kraft dagegen und Mo meinte, die Hitze in den Fingerkuppen zu spüren. Der Schweiß rann Mo in den Nacken, in die Augen, Mos Finger brannten wie Zündhölzer und ein stechender Schmerz zog sich durch Mos Arme. Dann riss die Kette auf Mos Seite mit einem Knall entzwei und Mo musste sich zur Seite werfen, um nicht vom losen Ende erschlagen zu werden, das wie eine Peitsche durch den Torraum knallte.

Liz kam die Treppe herabgestürmt, um Fernando zu unterstützen, doch da brach auch die andere Kette und die Zugbrücke kippte nach vorn – erst wie in Zeitlupe, dann schlug sie krachend auf den Weg jenseits des Grabens auf und plötzlich sahen sie sich Auge in Auge Yuki und Mapunda gegenüber.

Ein Feuerball rauschte durch den Toreingang und Mo sah sich schon lichterloh in Flammen stehen. Doch im letzten Moment gelang es Liz, mit dem Katáphraktos-Zauber eine schützende Blase um sich, Fernando und Mo zu werfen. Mapunda gab seinen Leuten ein Zeichen und sie stürmten auf die Zugbrücke. Von oben regnete es Pfeile und Samenbomben, Pyrros-pyrobol-Feuer und Keraunós-Blitze auf sie herab, doch Yuki schien ebenfalls einen Katáfraktos gewoben zu haben, in dessen Schutz die Angreifenden das Tor erreichten und an Mo, Liz und Fernando vorbei auf den Vorhof strömten.

»Ich glaube nicht, dass die Religion für mich nur eine Flucht ist«, sagte Fatma. »Aber ich …« Sie brach ab. Flammen und Blitze erhellten den Vorhof, die Schwarzmagier hatten offenbar das äußere Tor überwunden! »Mensch, Aziza, ich kann jetzt nicht über Familie und Religion reden. Wir müssen was tun!«

»Wir tun ja nicht nichts«, erwiderte Aziza. »Sprechen ist auch eine Form von Machen. Manche Gespräche sind mächtiger als die mächtigsten Taten. Dabei ist …« Sie hielt inne.

Da merkte Fatma es auch: als würde ein Meteor aus den höchsten Schichten der Atmosphäre in den tiefsten Ozean der Erde hinabstürzen und eine gigantische Flutwelle aufbauen. In ihrem eigenen Inneren.

»Tyra?«, flüsterte sie.

»Sie ist da«, sagte Aziza, die kurz die Augen geschlossen hatte. »Ganz unten, im Verlies. Komm mit mir!«

»Ja, aber … wie?«

Aziza rief ein Zauberwort: »Dýnamis!«, öffnete die Augen wieder und sprang aus dem Rollstuhl heraus. Auf kurzen, krummen Beinen rannte sie zur Tür und die Wendeltreppe hinab. »Komm schon, Schwester!«

Fatma hatte der Großmeisterin mit weit aufgerissenen Augen und offen stehendem Mund hinterhergeschaut. Dann löste sie sich aus ihrer Starre und folgte ihr.

Jasons Arm brannte – aber noch nicht so schlimm wie zuletzt, die zwei Wochen Pause hatten ihm gutgetan. Noch einen Feuerball schleuderte er auf die Feinde, doch der zerplatzte an der Schutzblase über deren Köpfen, dann hatten auch die Letzten den Tordurchgang erreicht. Jason konnte null sagen, ob sie eigentlich welche von denen getötet hatten, und wenn ja, wie viele. Zumindest hatten sie ein paar Feinde kampfunfähig gemacht, aber sie waren weit davon entfernt, die Arschlöcher vom Pfad der Neun zurückzuschlagen. Vor allem die beiden Magier standen mitten im Hof, als wären sie komplett unverwundbar. Blitze und Feuerkugeln prallten von ihnen ab. Doch Jason fiel auf, dass sie ihren Schutzzauber immer wieder für Sekundenbruchteile aufgeben mussten, um zurückzufeuern.

»Wir müssen näher ran«, rief Ava. »Jason, mit mir nach unten, ihr anderen gebt uns Deckung.«

Sie schnellte zur Treppe und Jason folgte ihr. Hinter dem Brunnen waren zwei Frauen postiert, die mit MGs schossen, doch Ava fing die Kugeln auch diesmal mit ihrem magischen Schwert ab und die Schützinnen mussten die Köpfe einziehen, um nicht von ihren eigenen Projektilen durchsiebt zu werden.

Jason erreichte das Ende der Treppe und rannte zusammen mit Liz, Fernando und Mo auf den Hof hinaus. Von dem Mauervorsprung lösten sich die zwei Männer, einer schwang eine Doppelaxt, der andere ein breites Schwert mit gezackter Klinge.

Gleichzeitig eröffneten die Frauen hinter dem Brunnen wieder das MG-Feuer. Jason warf sich auf den Boden und rieb seinen schmerzenden Arm, inzwischen tat es wieder so grässlich weh wie bei den letzten Trainings, mindestens. Bevor er sich aufrappeln konnte, sah er direkt über sich die Doppelaxt, die gleich auf ihn niederfahren und seinen Schädel zerhacken würde – doch da wurde der Mann, der die Axt schwang, von einem eisblauen Blitz getroffen und auf den Rücken geworfen. Jason fuhr herum und sah Mo da stehen, mit ausgestrecktem Arm und entgeistertem Gesichtsausdruck.

»Warst du das etwa?«, rief Jason. »Wie hast du den Keraunós gemacht?«

»Ich hab den freien Raum in den Atomen mit meinen Gedanken gefüllt«, rief Mo. »Achtung!«

Jason drehte sich zurück zu dem Angreifer, der gerade versuchte, wieder auf die Beine zu kommen und nach seiner Doppelaxt zu greifen. Aber Jason war schneller und packte die Waffe, bevor der Mann sie erreichen konnte. Er überwand den Schmerz in seinem rechten Arm und fasste den Schaft mit beiden Händen, holte aus und traf den taumelnden Gegner zwischen Hals und Schlüsselbein. Das Krachen und Schmatzen, mit dem die Axt in den Körper des Mannes drang, ging auch Jason selbst durch Mark und Bein. Er wollte sie herausziehen, doch die Axt schien sich im Brustkorb des Mannes verhakt zu haben. Entsetzen stieg in Jason auf und das Blut des Mannes auf dem Kopfsteinpflaster mischte sich mit einem dicken Strahl von Jasons eigener Kotze.

Er sackte in die Knie und merkte erst mit Verzögerung, dass ihm seine Beine nicht nur aus dem Schreck darüber versagten, dass er einen Menschen getötet hatte. Sondern auch, weil ihn etwas in den Rücken getroffen hatte. Er schnappte nach Luft, während sich der Kotzegeschmack in seinem Mund mit seinem eigenen Blut mischte. Der Atem blieb ihm weg, er klappte den Mund auf und zu wie ein Fisch auf dem Trockenen, aber kein Hauch kam mehr in seine Lungen rein. Es war, als würde er aus dem Loch zwischen seinen Schulterblättern pfeifen. Dann schlug er neben der Leiche des Mannes auf dem Boden auf.

Fatma hatte Aziza eingeholt, die mit einer berührungslosen Handbewegung die schwere Tür zum Verlies aufschwingen ließ. Ein Feuerball schlug ihnen entgegen und stieg, von Azizas Schutzzauber abgestoßen, zur hohen Gewölbedecke empor. Durch den abziehenden Qualm erkannte Fatma die groß gewachsene Frau wieder – ihren rasierten Schädel, die Tätowierungen an den Armen und auf dem Kopf. Sie fixierte Fatma.

»Du bist Aziza Azzedine?« Tyra kniff die Augen zusammen. »Nein, Unsinn, du bist das Mädchen aus der U-Bahn. Ich erkenne dich. Du gehörst zu denen, die das Heptalogon gefunden haben. Wärt ihr nur ein paar Minuten später gekommen, wäre all das hier nicht nötig.« Dann fiel ihr Blick auf Aziza, die jetzt, da sie mit magischer Hilfe auf ihren winzigen Füßen stand, nicht mal halb so groß war wie Fatma. »Dann bist du es? Aziza, Großmeisterin der Gilde?«

»Lässt du dich von äußerlicher Größe täuschen, Tyra vom Pfad der Neun?« Aziza konnte – oder wollte – ihren Spott nicht verbergen. »Wo seid ihr die letzten zweihundert Jahre gewesen, ihr Schwarzmagier? Was habt ihr all die Zeit gemacht?«

»Was wir immer machen«, antwortete Tyra gelassen. »Wir haben geforscht.«

»Was habt ihr erforscht?«

»Das, was die Welt im Innersten zusammenhält.«

»Eurem Auftritt nach zu urteilen, seid ihr dabei nicht allzu weit gekommen«, ätzte Aziza. »Sonst würdet ihr keinen sinnlosen Krieg vom Zaun brechen.«

»Wie engstirnig du bist!« Ein Blitz schoss aus Tyras Fingerspitzen hervor und schlug zischend an der Stelle ein, an der Aziza einen Wimpernschlag zuvor noch gestanden hatte. Jetzt tauchte sie auf der anderen Seite des Raumes auf.

Tyra wirbelte herum und streckte die Hand aus, als könne sie Aziza über zwanzig Schritt Entfernung hinweg packen. »Krato soi!«

»Mataios krato soi!« Aziza hatte ebenfalls eine Hand erhoben und die beiden Frauen stemmten sich dem unsichtbaren Kraftfeld zwischen ihnen entgegen, das die Essenz zum Knistern brachte.

»Es stimmt also, was die Alten überliefert haben«, zischte Tyra. »Die Gilde ist ein Haufen von Moralisten. Knechte der Religionen. Ihr bildet sogar Kopftuchmädchen aus!«

Dieses Wort legte in Fatma einen Schalter um. Voller Zorn ballte sie die Faust, um der Schwarzmagierin einen Feuerball in den Rücken zu jagen. Doch Aziza warf Fatma einen kurzen Blick zu und rief: »Überlass das mir! Sorg dafür, dass sie hier nicht rauskommt!«

Fatma ließ den Arm sinken und drehte sich um, zog die Tür zu und legte die Hand auf das Schloss. »Kleithron!« Jetzt war es magisch verriegelt.

Mo fühlte ungeheure Wut, nichts anderes mehr. Kein zweiter Blitz wollte aus den Fingern kommen, dafür ließ Mo mit einem Bewegungszauber den schweren Eimer vom Brunnenrand auffliegen. Der Eimer traf die Frau, die Jason in den Rücken geschossen hatte, mit voller Wucht am Kopf, sie stürzte zu Boden und ihr Maschinengewehr schepperte über das Kopfsteinpflaster. Dafür hatte die andere nun ihr Gewehr im Anschlag, sie richtete es aber nicht auf Mo, sondern auf Jason, um ihm den Rest zu geben. Doch plötzlich zuckte sie zusammen, von mehreren kurzen Pfeilen in Hals und Bauch getroffen. Gleichzeitig hob ein wildes Brüllen an und ein gewaltiger Schatten rauschte heran, um sich auf sie zu werfen.

»Fass, Loulou!« Das war Sancho. Er hatte den Mantikor losgelassen.

Blitze schossen kreuz und quer über den Hof, für einen Moment fehlte Mo die Orientierung, dann spürte Mo Fernando neben sich. »Katáphraktos!«, rief er, ein Blitz prallte von ihnen ab. Hinter dem Brunnen preschte Thore hervor, das Schwert zum Schlag erhoben, seine Klinge traf auf die von Ava. Auch Fox und Jolka waren in den Hof hinabgekommen, Jolkas Axt flog, doch Yuki lenkte sie mit einer leichten Geste aus dem Handgelenk ab, sodass sie in einem Holzbalken über dem Eingang zum Stall stecken blieb. Liz wehrte einen Keraunós-Blitz von Mapunda ab und hechtete zu Jason. Sie kniete neben ihm nieder, legte eine Hand auf seinen Körper und schloss die Augen. Sie heilte seine Schusswunde, erkannte Mo. Tatsächlich begann Jason sich zu bewegen, er japste nach Luft und setzte sich wacklig auf. Yuki wollte Liz angreifen, aber Seite an Seite mit Fernando stellte sich Mo ihr in den Weg und gab Liz Deckung. Sie hatten zwar keine Chance, der Schwarzmagierin einen entscheidenden Treffer zuzufügen, doch sie konnten Yuki wenigstens beschäftigen, solange Liz sich um Jason kümmerte.

Mo spürte wieder, wie die eigenen magischen Kräfte mit denen von Fernando verschmolzen. Loulou setzte zum Sprung an, um sich auf Yuki zu stürzen. Mapunda wirbelte herum. »Adynásia!« Ein Betäubungszauber, wusste Mo. Der Mantikor erstarrte, kippte zur Seite und blieb regungslos liegen.

Mo sah sich um. Jason war verwundet, Liz und Fernando entkräftet, Jolka entwaffnet, Fox hatte seinen letzten Pfeil verschossen. Solange sie aus der Deckung des Wehrgangs dort oben gekämpft hatten, waren sie vielleicht ebenbürtig gewesen. Doch hier jetzt, in offener Schlacht auf dem Hof, hatten sie keine Chance.

»Rückzug, Leute!«, schrie Ava. »Kommt alle!«

Fox lief als Erster los, er warf sich die alte Natsumi über die Schulter, wie Jason es damals mit Mo gemacht hatte, und rannte zum Inneren Tor. Jolka folgte ihm humpelnd, sie war anscheinend verletzt. Claude stützte sie. Liz scheuchte Mo und Fernando hinterher, die beiden nahmen den noch immer geschwächten Jason in ihre Mitte, und so liefen sie zum Tor, während Liz den Rückzug deckte.

»Sancho, zum Innenhof!«, schrie sie.

Der Tierpfleger hatte Loulous Hals umklammert und löste sich nur widerwillig von seinem Schützling, um doch noch hinüberzuhechten. Dann zog auch Liz sich zurück.

Mapunda und Yuki dagegen zeigten keine Spur von Ermüdung. Sie ließen Thore und die übrigen Kämpfer:innen Aufstellung nehmen. Den beiden war egal, wenn all ihre Leute starben, solange sie nur das Buch bekamen, dachte Mo. Sie würden sich nicht mehr lange aufhalten lassen.

Azizas kleiner, verdrehter Körper wand sich unter Tyras Attacken, die sich zu einem Stakkato aus Blitzen und Feuerbällen steigerten, immer wieder unterbrochen von Tyras Versuch, Aziza mit dem Krato-soi-Beherrschungszauber niederzuringen, aber die kleine Großmeisterin hielt stand. Fatma presste sich mit dem Rücken gegen die Tür, doch sie wagte es nicht, in diesen Kampf der beiden Frauen einzugreifen. Von oben hörte sie, dass der Schlachtenlärm näher kam.

Jason sog die Luft ein, als wäre er im letzten Augenblick vor dem Ertrinken gerettet worden. Sein rechter Arm brachte keinen Kampfzauber mehr zustande, der linke erst recht nicht. Aber er war am Leben und er konnte sich mit der linken Schulter gegen einen der beiden Torflügel stemmen, um den Durchgang zum Innenhof zu schließen. Alle warfen sich gegen das Holz, aber Mapunda und Yuki erzeugten eine magische Druckwelle, der sie nichts mehr entgegenzusetzen hatten. Die MGs knatterten los und direkt neben Jason sank Sancho in sich zusammen.

Sie hatten verloren! Jasons Instinkt war untrüglich. Noch von früher her, er war immer einer gewesen, der genau wusste, wann er verkackt hatte. Jetzt war so ein Moment. Aber so was von. Da fiel ihm was ein. Er wandte sich um und rannte zum Donjon.

Mo sah ihn abhauen. Das passte nicht zu Jason, einfach wegzulaufen, aber er war gerade beinahe gestorben, wer konnte schon sagen, was in ihm vorging. Wieder kam eine Maschinengewehrsalve, diesmal wurde Jolka getroffen. Es war entsetzlich – eigentlich. Aber Mo fühlte gar kein Entsetzen, nur die Wut, die sich zu blankem Hass steigerte. Gegen alle Vernunft wollte Mo angreifen, doch in dem Augenblick erzeugte Liz noch einmal eine Schutzblase um sie herum: »Katáphraktos!«

Fernando kniete sich zwischen Jolka und Sancho, beide Hände auf deren Wunden, sein ganzer Körper bebte, während er versuchte, die beiden zu heilen.

»Atraumatós!«, sagte er immer wieder. »Atraumatós.«

Jetzt hätte Fatma hier sein müssen, die ohne Zauberworte ganz intuitiv heilen konnte, dachte Mo. Wo steckte sie, verdammt?

Blitze prallten an der Blase ab. Noch.

»Ich halte nicht mehr lange durch«, keuchte Liz.

Fernando rief: »Wir müssen uns ergeben. Und hoffen, dass Aziza es schafft, Tyra zu besiegen.«

»Noch nicht«, widersprach Ava. »Noch ein letzter Versuch. Ohnmachtszauber! Jetzt!«

Die Schutzblase platzte auf, Liz und Fernando riefen: »Adynásia!«

Mo nahm alle letzten Kräfte zusammen und verschoss stattdessen einen Blitz direkt auf Mapunda. Es funktionierte wieder! »Keraunós!«

Doch der Blitz schlug bloß ins Mauerwerk ein.

Niemand stand da.

Mapunda hatte sich in Luft aufgelöst.

Fatma spürte es sofort. Dasselbe Gefühl wie vorhin. Eine zweite Person hatte sich in den Turm teleportiert. Aber diesmal nicht ins Verlies, sondern nach ganz oben. Aziza wusste es auch, sie rief nur: »Ja, lauf! Schütze das Buch!«

Fatma löste die magische Verriegelung der Tür und rannte hoch zum Studierzimmer. Das war eine Finte gewesen, wurde ihr klar! Tyra hatte nie die Absicht gehabt, das Heptalogon selbst an sich zu bringen. Darum hatte sie sich ins Verlies teleportiert und nicht in den Turm: um Aziza im Zweikampf zu binden, während ihre Kumpane das Buch holten. Noch nie in ihrem Leben war Fatma so schnell eine Treppe hinaufgelaufen, die Kraft der Essenz trug ihre Schritte die unzähligen Stufen empor, bis sie nach nicht enden wollenden Drehungen schließlich ins Studierzimmer taumelte. Meister Mapunda fuhr herum.

»Wo ist es?«, herrschte er sie an.

Fatmas Blick fiel auf das Kreidezeichen am Boden. Das Pentagramm war leer, das Heptalogon verschwunden.

»Es ist hier noch irgendwo!«, schrie Mapunda. »Ich spüre es.« Er streckte die Hand nach Fatma aus. »Krato soi!«

Unsichtbare Klauen packten sie von allen Seiten, sie krümmte sich. Zwar fiel ihr sofort ein, mit welcher Zauberformel sie den Beherrschungszauber brechen konnte, doch sie war nicht mal mehr Herrin ihrer eigenen Stimmbänder. Mapunda zwang sie quer durch den Raum und hinüber zu der Tür, die auf den Mauervorsprung hinausführte. Dort, wo außen an der Wand des Donjons der Aufzug endete.

»Hole es!«, befahl Mapunda.

Gegen ihren Willen öffnete sie die Tür. Da draußen im Nachtwind stand Jason auf dem Mauervorsprung, das Heptalogon im Arm. Tief unter ihnen tobte die Schlacht und würde bald entschieden sein. Es war aussichtslos, das erkannte Fatma sofort.

»Hey, ihr Wichser!«, brüllte Jason. »Hier habt ihr euer magisches Scheißhauspapier!«

Unten hielten alle kurz inne und sahen hinauf. Jason holte aus und warf das Buch hinab.

Blitzschnell war Yuki zur Stelle und fing es auf.

Da fiel der Beherrschungszauber von Fatma ab. Als sie sich umdrehte, war Mapunda verschwunden. Und auch Tyra war nicht mehr da, das spürte Fatma im selben Augenblick.

Unten im Hof war eine gespenstische Stille eingetreten. Meisterin Yuki hielt das Heptalogon in ihren Händen. Ihr weiß geschminktes Gesicht glänzte im Mondlicht.

»Abzug wie besprochen«, sagte sie zu ihren Leuten. »Treffpunkt auf Hjaltland.«

Damit wandte sie sich um und ging. Thore und die anderen vom Pfad der Neun folgten ihr. Mo erwartete einen finalen Todesstoß, irgendwas in der Art. Die Wut und der Hass in Mos Innerem waren verraucht, richtiggehend aufgezehrt. Da war bloß eine entsetzliche Leere zurückgeblieben und Mo hatte sich innerlich schon dem Schicksal ergeben. Aber als die Angreifer:innen nun einfach abzogen, schwappte die totale Ermattung über Mo zusammen und Mo ließ sich einfach auf den Boden plumpsen.

»Kínesis thanásimos!«, rief Yuki über den Hof. »Kínesis thanásimos!«

Mo erkannte den ersten Teil der Formel: Kínesis – das Zauberwort, um Objekte telekinetisch zu bewegen. Das zweite Wort aber kam im gesamten Heptalogon nicht vor. Jedenfalls nicht auf den Seiten, deren Text ohne Weiteres sichtbar war.

Neben Mo hockte Natsumi, sie flüsterte: »Seht nur, sie beschwört ihre Toten.«

Dann registrierte Mo es voll Grausen. Die MG-Schützin, die von Loulous Giftpfeilen niedergestreckt worden war, erhob sich mechanisch wie ein Roboter und stapfte auf steifen Beinen hinter Yuki her. Auch der Mann, den Jason getötet hatte, wankte jetzt puppenhaft auf das äußere Tor zu. Die Doppelaxt steckte noch immer in seinem Brustkorb. Mo wollte die Augen zukneifen, aber das ging nicht. Als sei Mo dazu verdammt, die grauenhafte Szene im Detail mitzuverfolgen.

»So was hab ich noch nie …«, begann Fernando und brach ab.

Jolka und Sancho setzten sich auf und betasteten ihre Körper. Fernando hatte es geschafft, sie zu heilen. Dafür war plötzlich Ava auf dem Steinboden in sich zusammengesunken.

»Was ist mit dir?« Liz stürzte auf sie zu.

»Sie ist völlig erschöpft«, sagte Fernando.

Liz drehte die Burg-Marschallin auf den Rücken. Avas Hemd war blutdurchtränkt. »Sie wurde getroffen!«, rief Liz. Sie schob das Hemd hoch und presste beide Hände auf Avas Bauch. »Atraumatós! Los, komm schon, Atraumatós!«

Fernando tat es ihr gleich, auch Mo kniete sich dazu und versuchte einen Heilzauber zu wirken. Aber nichts schien zu helfen. Keine:r der drei hatte noch genug Zauberkraft, um etwas auszurichten.

Mit Rasseln und Rumpeln kam der Aufzug von oben herab. Fatma und Jason hatten Azizas Rollstuhl mitgebracht.

Mo sprang auf. »Fatma, schnell! Wir brauchen dich.«

»Ich muss Aziza holen, sie ist noch …«

»Später! Komm her!«

Fatma kam zu ihnen gelaufen und kniete sich neben Ava.

»Sie stirbt!«, rief Liz. »Mach schnell …« Sie packte Fatmas Hände und drückte sie auf den Bauch der Burg-Marschallin.

Fatma schloss die Augen und fühlte Avas Wunde. Sie spürte drei Projektile. Zerfetzte Organe. Unmengen Blut. »Atraumatós«, sagte sie. Aber das vertraute Gefühl des Heilens wollte sich nicht einstellen. Nicht einmal mithilfe des Zauberwortes. »Atraumatós!« Die Energie, die aus Fatmas Körper in den von Ava strömte, schien ohne Wirkung zu versickern.

»Wir verlieren sie!«, schrie Liz. »Kämpfe, Fatma!«

Fatmas Fingerkuppen wurden taub, ihre Hände, ihre Arme. Grenzenlose Verlassenheit ergriff Besitz von ihr, das Leben wich aus Ava, und es war, als stürbe Fatma mit ihr. Avas Augen wurden starr.

Die Pforte des Donjons schwang auf, aber niemand stand dort. Erst auf den zweiten Blick erkannte Mo, dass es Aziza war, die sich bäuchlings mit allerletzter Anstrengung über die Schwelle zog. Mo wollte zu ihr laufen, aber Jason war schneller. Mit einer Sanftheit, die Mo überraschte, nahm Jason die Großmeisterin auf seine Arme und trug sie hinüber zu den anderen.

»Sie haben es nicht gewusst«, sagte Aziza matt. »Sie haben nicht gewusst, dass sie euch töten müssen. Darum haben sie sich mit dem Heptalogon begnügt.«

»Was auch immer sie jetzt damit anstellen werden«, erwiderte Fernando dumpf.

»Ja, wir müssen das Schlimmste befürchten.« Aziza sah zu Jason auf. »Aber für diesen Augenblick hast du uns allen das Leben gerettet, Großer.«

»Nicht allen von uns«, widersprach Natsumi ihr mit belegter Stimme.

Fatma war über Avas leblosem Körper zusammengesunken und schluchzte.

6

Auf der Rückseite der Burg zwischen der Außenmauer und dem Abhang des Berges lag ein kleiner Friedhof. Verwitterte Grabsteine zeigten die Lebensdaten von Magier:innen der letzten dreihundert Jahre. An einem freien Flecken Gras stießen Mo und Fernando Schaufeln in den harten Boden und begannen im ersten Morgenlicht zu graben. Mo hatte gedacht, nach dem kräftezehrenden Kampf keinerlei Anstrengung mehr bewältigen zu können. Doch der Muskelkater in Armen und Beinen, der von den vielen Entladungen der Essenz herrührte, schien sich durch die körperliche Arbeit vielmehr aufzulösen. Auch Mos Gedanken sortierten sich, während Mo im Geiste nochmals die Phasen der nächtlichen Schlacht durchlebte. Die angespannte Stille während des Wartens. Die lähmende Angst beim Angriff der Schwarzmagier:innen. Der plötzliche Adrenalinrausch, mit dem Mo sich dann in den Kampf geworfen hatte, diese Euphorie – jetzt, mit etwas Abstand, fühlte sie sich verstörend an. Und dann die schiere Leere, als es unvermittelt vorbei gewesen war.

Stumm schaufelten sie Seite an Seite. Ab und zu mussten sie verschnaufen und Mo sah zu, wie ihre Atemwölkchen einander in der eisigen Herbstluft umkreisten. Den Wäldern ringsum entstieg kalter Dunst und die Talmulden füllten sich mit Nebel. Der Geruch vom Schweiß der Schlacht mischte sich in Mos Nase mit dem Geruch der frischen Erde, die sich bald zu einem kleinen Hügel auftürmte, während Mo und Fernando inzwischen Rücken an Rücken bis zur Hüfte in der Grube standen. Als der Himmel allmählich von Blau zu Rosa wechselte, stiegen sie heraus und sahen, wie sich der Beerdigungszug näherte. Liz und Jason trugen Avas Leichnam, der in weiße Tücher eingeschlagen war. Aziza folgte in ihrem Rollstuhl und dahinter kamen die übrigen Bewohner:innen der Burg.

Mit zwei Seilen ließen sie die Burg-Marschallin in das Grab hinab. Alle Anwesenden warfen eine Handvoll Erde hinein und sprachen ein paar Worte – erzählten eine kleine Anekdote oder sagten einen Segenswunsch.

Aziza würdigte Ava als umsichtige Burgchefin und treue Freundin. Einen Moment hielt sie inne und Mo dachte, sie würde weinen, doch was Aziza von sich gab, war kein Schluchzen, sondern leiser Gesang. Kaum hörbar, auf Arabisch, unendlich traurig. Fatma, die ihre Handschuhe wieder trug, schien es zu kennen. Sie stimmte ein, mit brüchiger Stimme.

Als sie geendet hatten, war nur noch das Krächzen der Raben zu hören.

Mo spürte Fernandos Hand an der Schulter. Sie nahmen wieder die Spaten in die Hände und schaufelten die Erde ins Grab, während hinter den Hügeln im Osten eine blutrote Sonne aufging. Sie waren beinahe fertig, da überkam Mo ein vertrautes Gefühl und gleichzeitig stieß die Schaufel auf einen Widerstand in den Resten des kleinen Erdhaufens. Etwas Festes, das vorhin noch nicht da gewesen war. Mo legte die Schaufel beiseite, bückte sich und grub mit den Händen, bis der Ledereinband zum Vorschein kam. Dann griff Mo zu und hob das Heptalogon hoch.

»Es ist zu uns zurückgekehrt«, flüsterte Mo.

»Es hat sich aber ganz schön Zeit gelassen«, sagte Liz. »Ich wüsste gern, was Tyra inzwischen damit angestellt hat. Ob sie es lesen konnte und ob ihr das etwas nutzt.«

»In der Tat, das …«, begann Aziza und brach ab. Ein Handy klingelte.

Verstört blickten sie alle einander an, bis Aziza schließlich hinter sich griff und ihr Mobiltelefon hervorholte.

»Es ist Meister Fong«, sagte sie heiser und meldete sich. »Carl? – Hallo? Hörst du mich, Carl?«

Sie ließ das Handy sinken und biss sich auf die Lippen.

»Weggedrückt«, sagte sie.

»Scheiße«, flüsterte Fernando. Mo hatte ihn noch nie fluchen gehört. »Da stimmt was nicht.«

»Kannst du spüren, was da los ist?«, fragte Liz.

»Fühlt sich nicht gut an«, antwortete Aziza. »Aber auf die Entfernung ist das eher mein Bauchgefühl, kein telemagisches Gespür. Ich mache mir jedenfalls große Sorgen. Am liebsten würde ich sofort hin. Aber bei Flugreisen bin ich doch ziemlich eingeschränkt. Außerdem will ich hier auf Branzé sein, falls Tyra und ihre Schergen zurückkommen.«

»Ich kann nach Toronto fliegen«, sagte Fernando. »Meister Fong ist mein Lehrer, ich werde ihn am ehesten finden.«

»Gut.« Aziza nickte. »Du fliegst gleich morgen.«

»Ich komme mit«, sagte Liz.

»Nein«, entgegnete Aziza. Und als sie jetzt weitersprach, nahm ihre Stimme unvermittelt einen feierlichen Klang an. »Ich nehme euch alle zu Zeuginnen und Zeugen. Gemäß Canon 177 Paragraf 1 des Codex der Magischen Gilde in der Fassung von 1917 stelle ich fest, dass die besonderen Umstände eine ordentliche Meisterprüfung nicht zulassen. Darum erhebe ich kraft meines Amtes die Schülerin Elizabeth Atkinson vorzeitig zur Meisterin der Magie.«

Liz klappte den Mund auf, konnte aber nichts sagen. Alle standen da wie auf Pause gedrückt. Als Erste löste sich Natsumi aus ihrer Starre und begann zu klatschen. Nach und nach stimmten die anderen in den Applaus ein. Fernando umarmte seine Kollegin stumm, aber herzlich.

»Ich bedaure, Liz«, sagte Aziza, als sich der Applaus gelegt hatte, »dass wir für dich keine richtige Feier ausrichten können. Das ist vermutlich die spontanste und unromantischste Erhebung in den Meisterinnenstand, die Branzé seit Ende der Hugenottenkriege erlebt hat. Aber das holen wir nach. Jetzt müssen wir handeln.«

»Ja, Großmeisterin.« Liz verbeugte sich vor Aziza. »Ich danke dir von ganzem Herzen für dein Vertrauen.« Sie richtete sich wieder auf. »Was soll ich tun?«

»Du wirst dich um den Pfad der Neun kümmern. Wir müssen unbedingt herausfinden, welche Erkenntnisse sie aus dem Heptalogon gezogen haben. Und zu welchen Schandtaten sie diese Erkenntnisse nutzen wollen. Du wirst ihren neuen Stützpunkt finden. Bringe so viel wie möglich über sie und ihre Pläne in Erfahrung. Immerhin haben sie uns einen Anhaltspunkt gegeben.«

»Ja, stimmt!«, rief Mo. »Was sagte Yuki, als sie den Abzug befohlen hat? *Treffpunkt auf Hjaltland*. Klingt wie eine Insel, aber ich hab den Namen noch nie gehört.«

»Jolka und ich haben es vorhin einfach gegoogelt«, berichtete Fox. »Und vermutlich haben wir ihren Stützpunkt endlich herausgefunden. *Hjaltland* ist der altnordische Name der Shetlandinseln. Nachdem wir wussten, wo wir suchen müssen, war es ganz einfach, sie zu finden. An der Südspitze der Hauptinsel hat sich auf den Ruinen einer Wikingerfestung eine Firma angesiedelt. *Helheim Genetics*. Die Inhaberin ist eine gewisse Tyra Erlindsdottír.«

Jolka ergänzte: »*Helheim* ist übrigens der Name des Totenreiches in der nordischen Mythologie.«

»Ich dachte, das wäre Walhalla«, meinte Fox.

»Walhalla ist nur für gefallene Held:innen bestimmt«, warf Mo ein. »Alle anderen Toten kommen nach Helheim, das ist ein finsteres Reich am unteren Ende des Weltenbaumes Yggdrasil.«

Jason starrte auf das Grab zu seinen Füßen. War Ava jetzt in einem düsteren Totenreich? Oder schlicht und einfach nicht mehr da? Er wollte nicht an seine Mutter denken. Tat es aber.

Liz riss ihn aus seinen Gedanken. Sie räusperte sich und sagte: »Als Meisterin habe ich das Recht und die Pflicht, eine Schülerin oder einen Schüler auszubilden, nicht wahr?«

»Allerdings«, sagte Aziza. »Wenn du eine würdige Person gefunden hast. Und wenn diese Person in die Berufung einwilligt, natürlich.«

Mo zuckte richtig zusammen. Jason konnte sehen, dass er fast vor Aufregung platzte. Bestimmt würde er am liebsten wie in der Schule mit den Fingern schnipsen. Doch Liz achtete gar nicht auf Mo.

»Jason Nowak«, sagte sie, ihre Stimme klang feierlich. »Möchtest du vollständig in die Magische Gilde eintreten und mein Schüler werden?«

Jason starrte sie entgeistert an. »Ich?«

Alle sahen ihn an.

»Das …« Er drehte sich zu Mo und sah die Enttäuschung in seinem Gesicht. Aber Mo rang sich ein Lächeln ab und sagte zu ihm: »An deiner Stelle würd ich sofort Ja sagen.«

»Okay …«, murmelte er. »Okay, ja, ich mach's. Also, das heißt, ich komme mit dir nach Shetland?«

»Das heißt es«, bestätigte Liz.

Wieder Applaus. Die anderen klatschten. Mo klopfte ihm anerkennend auf die Schulter.

Dann blickte Mo in die Runde und fragte: »Was haltet ihr davon, wenn ich Fernando begleite?«

Er erntete überraschte Blicke.

»Na ja, Liz und Jason sind zu zweit«, sagte Mo. »Ich dachte, vielleicht willst du auch jemanden bei dir haben.« Das galt Fernando.

Der schien erst überlegen zu müssen, was er davon hielt.

Aziza aber sagte: »Das ist ein sehr guter Vorschlag. Ihr vier werdet euch heute erholen, Kräfte sammeln und morgen früh aufbrechen.«

Fernando nickte ergeben.

»Und wir werden solange hier die Stellung halten«, fügte die Großmeisterin an. Sie meinte offenbar sich selbst und Fatma.

Fatma hob den Kopf. Erst jetzt fiel Jason auf, dass sie seit dem Ende der Schlacht, abgesehen von ihrem Gesang vorhin, keinen Ton mehr von sich gegeben hatte.

»Nein«, sagte sie leise. »Ich gehe.«

»Was?«, rief Mo. »Du gehst? Wohin? Warum?«

»Nach Hause.« Fatma sprach so leise, dass sie kaum zu verstehen war.

»Aber du kannst doch nicht einfach zurückgehen, nach allem, was wir hier erlebt haben«, protestierte Mo. »Das alte Leben liegt längst hinter uns, hier hat etwas ganz Neues begonnen.«

»Für euch vielleicht«, sagte sie, »und das gönne ich euch. Aber für mich ist es nach dieser Nacht vorbei.«

»Du gibst dir die Schuld an Avas Tod«, sagte Aziza. »Aber das solltest du nicht. Niemand hätte sie retten können, auch ich nicht. Wir sind Magier, keine Götter. Wir akzeptieren die Grenzen unserer Macht. Das ist es, was uns vom Pfad der Neun unterscheidet.«

»Dann akzeptiert bitte auch meine Grenzen«, erwiderte Fatma. »Ich mag euch alle sehr und ich mag auch Branzé. Aber es ist falsch für mich. *Ich* bin hier falsch.«

Jason wollte etwas sagen, um sie umzustimmen. Auch Mo setzte schon an. Doch dann sahen sie alle in Fatmas Blick, dass ihre Entscheidung endgültig war.

Als er mit Liz und Fernando, Mo und Fatma am folgenden Morgen in den alten VW-Bus kletterte, kam sich Jason fast wie bei einem Schulausflug vor, obwohl er sich an so was nur dunkel erinnern konnte. Claude nahm am Steuer Platz und fuhr die fünf Reisenden nach Autun, wo sie im Sommer schon einmal shoppen gewesen waren. Am Bahnhof händigte er ihnen diverse Tickets aus: für die gemeinsame Fahrt nach Paris und für Fatma weiter nach Köln; für Mo und Fernando Flugtickets nach Toronto; für Liz und Jason Flugtickets nach Edinburgh in Schottland, Bahntickets für die Weiterfahrt nach Aberdeen sowie Karten für die Überfahrt von dort zu den Shetlandinseln.

Jason fragte sich, wie reich diese Gilde eigentlich war. Ava hatte mal was angedeutet, dass die Zauberer durch die Jahrhunderte hindurch einen ziemlichen Berg Kohle angehäuft haben mussten. Geld schien jedenfalls keine Rolle zu spielen. Wie Jason registriert hatte, waren Liz und Fernando jeweils mit mehreren Kreditkarten ausgestattet. Er selbst hatte, wie auch Mo und Fatma, hundert Euro *Handgeld* bekommen. So konnte er sich am Bahnhof immerhin reichlich mit Zigaretten eindecken.

Im Zug nach Paris fanden sie ein freies Sechserabteil. Jason hätte gern ein bisschen gepennt oder wenigstens vor sich hin gedöst, aber das ging nicht, weil Mo die ganze Zeit redete. Zuerst sprach er auf Fatma ein, dass sie es sich doch noch einmal überlegen solle. Aber die antwortete nur einsilbig und dann überhaupt nicht mehr, sondern drehte sich zum Fenster und starrte hinaus in den grauen Morgen, der gar nicht richtig Tag werden wollte. Schließlich holte Mo das Heptalogon aus dem Rucksack und begann darin zu lesen. Das Buch konnte natürlich nicht auf der Burg bleiben, wenn sie alle drei fort waren, denn es wäre automatisch einem von ihnen gefolgt. Also hatte Mo sich angeboten, es mitzunehmen, und Aziza hatte zugestimmt. In Kanada schien das Teil jedenfalls weniger gefährdet, als wenn Jason es auf die Shetlands mitgenommen hätte, quasi auf dem Silbertablett, direkt zum Versteck von Tyra und Co. Was immer sie da ausrichten wollten. Rauskriegen, was der Pfad der Neun jetzt vorhatte, klar, das war der Auftrag. Aber Jason hatte nicht den leisesten Schimmer, wie sie das anstellen sollten. Musste er aber auch nicht, schließlich war Liz die Chefin. Also, so was in der Art jedenfalls, sie war die Meisterin und er war der Schüler. Vielleicht hatte sie ihn wegen seines Einbrechertalents ausgewählt. Klar, mit dem richtigen Zauberwort konnte das jeder von ihnen. Aber es war eine Sache, verschlossene Türen zu öffnen, und eine andere, sich in fremden Gebäuden zurechtzufinden, lautlos einen Job zu erledigen und heil wieder rauszukommen. Oder … sie hatte ihn ausgewählt, weil sie ihn eigentlich doch ganz cool fand. Sie trug heute keines ihrer sexy Mittelalterkleider, sondern Jeans und Hoodie, aber auch darin sah sie extrem scharf aus. Sie saßen nebeneinander, Jasons Knie lehnte an ihrem, sie zog es nicht zurück. Die Nähe gefiel ihm und er wollte gerade die Augen schließen, als Mo schon wieder zu reden anfing.

»Stellt euch vor, wie blöd die Schwarzmagier:innen geguckt haben müssen, als sie gemerkt haben, dass das Heptalogon weg ist«, sagte er. »Glaubt ihr, sie hatten es lange genug in ihren Händen, um seinen Inhalt zu nutzen?«

»Meister Fong hat erwähnt, dass die geheimen Abhandlungen auf den hinteren Seiten extrem kompliziert sind«, sagte Fernando. »Das ist sicher nichts, was man mal kurz überfliegt und dann verstanden hat. Wahrscheinlich sind sie jetzt gerade auf der Rückreise und beraten, was sie tun müssen, um das Heptalogon zurückzuerobern.«

»Uns töten«, sagte Mo und machte ein grimmiges Gesicht. Richtig hart. So hatte Jason ihn – oder sie oder es – noch nie gesehen, nicht vor dieser Schlacht. »Oder sie suchen das Conjugum«, schob Mo nach. »Aber uns zu töten ist wahrscheinlich sehr viel einfacher.«

»Wenn sie halbwegs logisch denken können, wird ihnen das aufgehen«, sagte Liz. »Darum ist es eine gute Sache, dass ihr drei euch aufteilt.«

Jason lachte trocken. »Du meinst, damit sie uns nicht alle drei gleichzeitig erwischen?«

»Das klingt für euch vielleicht zynisch«, meinte Liz. »Aber man muss es pragmatisch sehen. Solange nur einer von euch drei überlebt, können sie das Heptalogon nicht kriegen.«

»Und Avas Tod?«, meldete sich Fatma plötzlich. »Siehst du das auch pragmatisch?«

»Du verstehst überhaupt nichts!«, zischte Liz. »Und deshalb bin ich offen gestanden froh, dass du die Gilde verlässt, Fatma. Es wäre sowieso nicht gut gegangen.«

»Wie kannst du das sagen?«, rief Mo.

»Wegen Siham«, sagte Fatma gelassen. »Oder? Du findest, dass religiöse Menschen keine Magier sein können. Und vermutlich hast du sogar recht.«

»Gut, dass du es einsiehst.«

»Aber ...«, begann Mo wieder, »ist Aziza nicht selber irgendwie religiös? Liz, du meinst das doch bestimmt nicht so.«

Liz wollte etwas erwidern, doch in diesem Moment wurde die Tür des Abteils geöffnet. Ein junger Typ mit Trekkingrucksack steckte den Kopf herein.

»Kann ich mich zu euch setzen?« Er nickte zu dem freien Platz zwischen Mo und Fatma.

»Bedaure«, sagte Mo, »alles voll.«

Auf dem gerade noch freien Platz saß jetzt eine Oma mit lustigem Hut, die ganz in eine komplizierte Strickerei vertieft war.

»Ich ... ach.« Der Typ starrte die Alte entgeistert an. »Ich dachte ... Pardon.« Er zog den Kopf zurück, schob die Tür wieder zu und ging weiter.

Im selben Moment gab die Oma ein »Plopp« von sich und löste

sich in ein grünes Wölkchen auf, das sich unter der Gepäckablage verflüchtigte.

Sie mussten lachen. Das löste die Stimmung. Für einen Augenblick. Dann legte sich eisiges Schweigen über das Abteil, das erst endete, als sie sich am Bahnhof in Paris trennten.

»Alles Gute für dich«, sagte Liz zu Fatma, »was immer das sein mag.«

Fernando schüttelte ihr zum Abschied die behandschuhte Hand. Mo umarmte Fatma lange, und als er sie endlich losließ, waren seine Augen feucht.

Dann nickte sie Jason zu. »Salam alaikum«, sagte sie.

Jason schluckte. Was zur Hölle war aus dem coolen Knacki von vor einem halben Jahr geworden? Jetzt machte er hier plötzlich auf sentimental. Er gab sich einen Ruck.

»Komm schon her, Schwester«, sagte er und drückte sie an sich.

»Danke.«

»Wofür?«

»Fürs Heilen. Und alles.«

Er fühlte Liz' missbilligenden Blick in seinem Rücken, aber das war ihm für den Moment egal.

Fatma wandte sich um und verschwand im Gewusel des Bahnhofs. Jason schaute ihr nach und zog seine Zigaretten aus der Hosentasche.

Fernando checkte sein Handy. »Der Gare de Lyon ist direkt nebenan«, sagte er. »Von da fährt unser Zug zum Flughafen.«

Mo sah Liz an. Vorwurfsvoll irgendwie.

»Was denn?«, machte Liz.

»Warum musstest du so gemein zu ihr sein?«

»Weil ich nicht zweimal denselben Fehler mache«, sagte sie.

Jason sah sich suchend um. Irgendwo musste es in diesem fucking Bahnhof doch einen Raucherbereich geben. Sie setzten sich in Bewegung.

»Fatma ist nicht Siham«, gab Mo zurück.

»Ich hatte gedacht, sie wäre meine Freundin«, sagte Liz. »Siham, damals. Jetzt arbeitet sie für die Inquisition. Ich hätte von Anfang an begreifen müssen, dass man Frauen nicht trauen darf, die sich irgendwelche Tücher um den Kopf binden. Egal ob Nonnen oder Muslimas. Und auch Aziza hätte das früher erkennen müssen.«

Sie verließen das Bahnhofsgebäude und traten auf den Vorplatz hinaus. War die Luft im Morvan noch kalt und klar gewesen, fanden sie sich jetzt in einem etwas zu warmen Novembernieselregen wieder. Ah, Großstadtluft. Jason zündete seine Zigarette an, zog lange und ignorierte die weitere Diskussion zwischen Liz und Mo.

Als er die Packung und das Feuerzeug zurück in die Hosentasche steckte, fiel es ihm ein wie aus dem Nichts.

»Oh fuck«, rief er. »Fuck, fuck, fuck.«

Die anderen fuhren erschrocken zu ihm herum.

»Ich hab keinen Ausweis«, sagte er.

»Du hast keinen Ausweis?«, wiederholte Liz entgeistert. »Wieso hast du keinen Ausweis?«

»Der liegt noch im Knast.«

»Oh Mann«, sagte Fernando, »doof, dass dir das erst jetzt einfällt. Fox kann jedes Dokument auf der Welt nachmachen. Er hätte den perfekten Ausweis für dich hergestellt.«

»Dein Perso würde dir gar nichts nutzen«, sagte Mo, »du brauchst einen Reisepass für den Flug nach Schottland.«

»Warum zur Hölle habt ihr mir das nicht gesagt?«

»Mensch, Jason, in dem ganzen Chaos nach der Schlacht«, sagte Mo entschuldigend.

»Eigentlich versteht sich das von selbst«, meinte Fernando.

»Für dich vielleicht.« Jason wurde wütend. »Ihr tollen Magier jettet ständig um die Welt. Ich eben nicht. Ich bin nur ein kleiner Knacki, ich hab hier eigentlich gar nichts zu suchen.«

Er zog hastig an seiner Kippe.

»Na, von klein kann keine Rede sein.« Mo legte ihm versöhnlich eine Hand auf die Schulter. »Und zu suchen hast du hier eine Menge. Schließlich bist du jetzt auch ein offizieller Magier. Schüler der Gilde.«

Jason spürte den Reflex, Mo von sich zu stoßen, aber das kam ihm im selben Moment total dämlich vor. Mo erzählte keinen Scheiß. Nie. Komisch, dass ihm das jetzt durch den Kopf ging. Fast sein ganzes Leben hatte er nur Leute getroffen, die ihm einen Scheiß erzählt hatten. Das schien ewig her zu sein, dieses Leben.

»Schon gut«, murmelte er. »Aber was machen wir denn jetzt? Umkehren und Fox bitten, dass er mir so 'nen Reisepass macht?«

Fernando kratzte sich am Kopf und meinte: »Du hast doch einen deutschen Pass, Mo. Den könnten wir im ersten Schritt duplizieren und im zweiten Schritt durch einen Verwandlungszauber für Jason anpassen.«

»Aber wie lange kann das maximal anhalten?«, fragte Mo. »Ein paar Tage?«

»Ich habe mal einen Prágma-ginesthai-Zauber gewirkt, der fast zwei Monate angehalten hat«, sagte Liz. »Aber das war die alte Tonkrug-in-Stein-verwandeln-Nummer, die ihr aus eurem Training kennt. Ein Ausweis ist natürlich viel komplizierter.«

»Und wenn wir den Ausweis mit einem Conjugum belegen?«, schlug Fernando vor. »Darin bin ich inzwischen echt gut.«

Liz nickte langsam. »Das könnte funktionieren«, sagte sie. »Mit einem Conjugum hält der Verwandlungszauber locker ein Jahr lang. Allerdings ...« Sie blickte sich um und senkte die Stimme, als sie weitersprach: »Allerdings bringen wir die Essenz ganz schön in Schwingung. Wir müssen insgesamt dreimal zaubern. Und das mitten in einer Millionenstadt.«

»Sollen wir also doch noch mal zurückfahren?«, fragte Jason.

Liz schüttelte den Kopf. »Lasst es uns versuchen.« Sie deutete auf eine Eisenbahnbrücke, die knapp hundert Meter entfernt von ihnen die Straße überspannte. Im Schatten der breiten Brücke parkten Autos. Liz dirigierte die anderen drei dorthin und hinter einen Lieferwagen, wo sie vor neugierigen Blicken verborgen waren.

»Mo, deinen Pass bitte«, sagte sie.

Mo zog den Reisepass hervor, schlug ihn auf und zögerte.

»Was ist?«, fragte Jason.

»Es fühlt sich jedes Mal seltsam an, wenn ich mit meinem Deadname konfrontiert werde«, sagte Mo. »Fremd. Ich muss diesen Pass irgendwann ändern lassen.«

Jason hatte keine Ahnung, was Mo mit Deadname meinte, aber irgendwas signalisierte ihm, nicht nachzufragen.

Liz nahm Mos Pass und schien sich die einzelnen Seiten einzuprägen, klappte ihn wieder zu und legte ihn in Mos offene Hand. Dann hielt sie ihre Hand flach darüber, schloss die Augen und sagte: »Duplis ginesthai.«

Mo öffnete den Pass wieder. Darin lag jetzt ein zweiter. Genau identisch mit dem ersten.

»Wow«, flüsterte Mo.

Jason nahm ihn an sich, während Mo das Original wieder einsteckte. »Und jetzt?«

»Jetzt verwandelst du ihn in deinen eigenen«, sagte Liz. »Prágma ginesthai. Erinnere dich an unsere Übungen.«

Jason erinnerte sich dunkel. Beim Verwandeln hatte er sich leider wirklich nicht besonders gut angestellt. Der Trick lag darin, sich die Dinge genau vorzustellen. Das war eher was für Leute wie Mo. Jason hatte nicht annähernd so viel Fantasie. Und er mochte es halt nicht, sich Dinge vorzustellen. Ihm reichte die Realität vollkommen.

Er wollte den Pass an Liz weiterreichen, doch die sagte: »Mach es besser selbst. Das Passfoto muss biometrisch sein. Du kennst dich selbst am besten.«

»Schön wär's. Aber okay, ich probier's.«

Er legte den Pass wieder auf Mos offene Hand und hielt seine Hand darüber, schloss die Augen und konzentrierte sich, so gut es ging. Autos fuhren vorüber, irgendwo tropfte Wasser von der Betondecke, all das versuchte er auszublenden. Konzentrierte sich auf ... ja, verdammt, auf sich selbst. »Prágma ginesthai.«

Als er die Augen wieder öffnete, sah das Teil von außen völlig unverändert aus.

Mo blätterte den Ausweis auf und grinste. »Voll süß.«

»Hä?« Jason nahm das Dokument und schaute in sein eigenes Gesicht. Ein bisschen pausbäckig. Eindeutig er, Jason Nowak – im Alter von drei oder vier Jahren. Dieses verdammte Kind, das er einmal gewesen war, verfolgte ihn überallhin.

»Aber wer ist Felix Blume?«, fragte Mo.

»'n Typ halt«, brummte Jason. »Schon vergessen, dass ich gesucht werde? Ich dachte, ich leg mir lieber 'nen Künstlernamen zu. Aber das mit dem fucking Bild krieg ich nicht hin.«

Liz seufzte. »Komm her, Monsieur Blume.«

Sie musterte ihn eingehend, dann legte sie beide Hände mitten auf Jasons Gesicht. Ihre Fingerspitzen waren angenehm kühl. Sie wanderten von der Stirn über die Augen und fuhren an der Nase, am Jochbein, am Kiefer entlang bis zu seinem Hals. Seinetwegen hätte sie das für den Rest des Tages machen können. Doch schließlich nahm sie die Hände von ihm und hielt sie über den Pass.

»Prágma ginesthai.«

Jetzt war es sein perfektes Abbild. Von heute. Stumm und ernst blickte er sich selbst entgegen. Er kratzte sich am Kopf. Die Locken. Im Knast hatte er sich alle zwei, drei Wochen den Schädel kurz rasieren lassen, aber seit Branzé waren die einfach wild gewachsen. Fand er jetzt gar nicht mal so schlecht.

»Fehlt noch das Conjugum«, sagte Fernando. »Was nehmen wir denn am besten dafür?«

Jason griff an seinen Hals und zog an der dünnen Kette die kleine silberne Engelfigur heraus. Einen Moment lang hielt er sie in der geschlossenen Hand fest, als müsste ihm das irgendwie peinlich sein. Kam vielleicht kitschig rüber oder was. Aber als er die Hand öffnete, fragte Fernando bloß: »Ist das echtes Silber? Perfekt, Silber bindet die Essenz.« Er griff danach. »Darf ich?«

Jason zögerte kurz, als müsse er sich für immer von der Kette trennen, was natürlich Bullshit war. Er zog sie über seinen Kopf und gab sie Fernando.

»Sorry, wenn ich störe«, flüsterte Mo. »Aber ich glaube, wir werden beobachtet.« Er nickte zur anderen Straßenseite hinüber.

Durch die Fensterscheiben des Lieferwagens hindurch war dort drüben eine Frau zu sehen, die sich halb hinter einem der wuchtigen Brückenpfeiler zu verbergen schien und zu ihnen herblinzelte. Sie war nicht mehr jung, aber sicher jünger, als sie aussah. Der abgewetzte Fellmantel, das stumpfe Haar, die gebeugte Gestalt, ein Abziehbild von jahrelanger Substanzabhängigkeit. Das war jedenfalls das Wort, was die Sozialarbeiter und Psychoheinis im Knast immer benutzt hatten.

»Die denkt sicher, dass wir hier irgendein Zeugs verticken«, meinte er.

Liz betrachtete sie nachdenklich. »Weiß nicht«, meinte sie. »Wir sollten uns beeilen.«

Fernando hielt die kleine Engelfigur an der Kette hoch, berührte mit zwei Fingern der anderen Hand den Ausweis, dann die Figur und sagte: »Sýndetos prágma!«

»Das war's?«, fragte Jason. Er nahm den Anhänger rasch zurück, zog die Kette wieder über den Kopf und ließ ihn unter seinem Hoodie verschwinden. Irgendwie hatte seine Mutter da wohl doch recht gehabt – der Engel beschützte ihn.

»Das war's«, sagte Fernando. »Und jetzt los, sonst verpassen wir noch den Zug.«

Jason schob seinen neuen Reisepass in die Jackentasche, dann schulterten sie ihr Gepäck und machten sich auf den Weg. Die beiden Bahnhöfe lagen praktisch direkt nebeneinander, was für Jason keinen Sinn ergab, aber er hatte auch überhaupt keine Ahnung vom Reisen. Verrückt, dass er jetzt einen Reisepass besaß. Bisher war sein Radius immer nur Köln gewesen; okay, auch in Düsseldorf war manchmal was gegangen oder im Ruhrgebiet, aber weiter rumgekommen war er nie.

Er drehte sich um. Die Alte in dem Fellmantel folgte ihnen. Die anderen bemerkten es auch, sie gingen automatisch schneller. Trotzdem tauchte sie später am Bahngleis wieder auf, hielt etwas Abstand und glotzte immer wieder rüber. Als der Zug kam, stieg sie ebenfalls ein. Hätte ja alles Zufall sein können, doch irgendwann kam sie durch den Gang zu ihnen. Sie saßen zu viert an einem Tisch und gegenüber war ein Platz frei. Dort setzte sie sich hin und beugte sich zu ihnen vor.

Jason mochte dieses Gefühl noch immer nicht. Spätestens seit der Zug losgefahren war, hatte er es *gespürt*. Ihre Aura. Die Alte war magisch begabt, keine Frage.

Sie sagte: »Bitte halten Sie mich nicht für verrückt ... Ich muss einfach mit Ihnen reden. Ich bin Ihnen vom Gare de Bercy aus gefolgt, weil ... nun, da ist so ein Gefühl, als ob Sie mich anziehen würden ...«

»Wir halten Sie ganz und gar nicht für verrückt, Madame«, antwortete Liz, stand auf und stellte sich direkt vor sie hin. »Wir wissen genau, was Sie meinen. Aber leider endet unsere Bekanntschaft bereits jetzt.«

Sie hob eine Hand.

»Aber ich verstehe nicht ...«

»Amnésis«, sagte Liz. »Und Adynásia. Bedaure.«

Die Frau blickte sich verwirrt um, dann sank sie in sich zusammen und schlief augenblicklich ein.

»Kommt«, sagte Liz. »Wir gehen in einen anderen Wagen.«

»Hey, das ist eine Magierin«, sagte Mo. »Habt ihr das auch gespürt? Sie ist eine von uns.«

»Nein, sie ist keine von uns«, widersprach Liz. »Wir sind Magier. Sie ist bloß magisch begabt. Das ist ein Unterschied. Wenn sie nachher aufwacht, wird sie sich an nichts erinnern können. Kommt schon.«

Sie schlängelten sich durch den Gang.

»Wie hat sie uns gefunden?«, fragte Mo. »Hat sie uns gespürt? Weil sie zufällig in der Nähe war?«

»Vor allem, weil wir gezaubert haben«, antwortete Liz. »Die Schwingungen der Essenz haben sie angelockt. Etwas in der Art hatte ich befürchtet.«

Mo stupste Jason an. »Stell dir vor, Meister Fong hätte dasselbe mit uns gemacht. Nichts von dem, was wir erlebt haben, wäre jemals geschehen.«

Jason drehte sich kurz zu der schlafenden Frau um, der jetzt das stumpfe Haar ins Gesicht fiel. Er musste an Fongs Worte denken. Was er in dem kleinen Park in Köln, nachdem sie die U-Bahn verlassen hatten, über magisch begabte Leute gesagt hatte. *Sie werden für autistisch oder schizophren oder schlicht für kauzig gehalten. Und wann immer jemand der eigentlichen Magie zu nah kommt, schreiten wir ein.*

Hätte er die Wahl gehabt, die Zeit zurückzudrehen – keine Ahnung, wie er sich entschieden hätte. Noch drei Wochen von heute an, dann wäre seine Zweidrittelstrafe herum, er hätte auf Bewährung gekonnt. Kurz vor Weihnachten. Toll. An Heiligabend hätte er das Grab besucht und danach irgendeinen, den er von früher kannte und mit dem er sich volllaufen lassen konnte. Sicher hätte sein Vater angerufen, dass Jason zu ihm kommen soll. An Weihnachten hatte er schon früher immer so getan, als wär alles ganz easy, alles gut, eine normale kleine Familie.

Nee. Jason wusste, dass er sich richtig entschieden hatte. Plötzlich musste er grinsen. Das war lange nicht vorgekommen – dass er mit sich und einer seiner Entscheidungen zufrieden war.

Mo lehnte mit dem Kopf am kleinen Fenster und schaute eine Weile zu, wie der Schatten des Flugzeuges ihnen vorauseilte. Elegant glitt er über die gleißende Wolkendecke, unter deren lückenlosem Weiß sich der Ozean erstrecken musste. Unsichtbar. Auf dem Klapptisch vor Mo lag das Notizbuch und der Stift lag unberührt daneben, denn es kamen keine Worte. Dafür war in zu kurzer Zeit zu viel passiert. Mo konnte das Heptalogon spüren, das irgendwo unter ihnen im Gepäckraum in Mos Rucksack lag.

Und Mo spürte Fernando neben sich. Ziemlich deutlich sogar.

Mo räusperte sich. »Hey, du ... ich hab dich gar nicht gefragt ... Also, ich hab mich ja ein bisschen aufgedrängt, dich zu begleiten. Und Aziza hat es entschieden, ohne deine Meinung anzuhören. Ich hoffe, dass es dir recht ist.«

»Aziza ist die Chefin«, sagte Fernando bloß. Auch eine Art Antwort. »Warst du schon mal in Kanada?« Anscheinend wollte er das Thema wechseln.

»Nee, noch nie«, antwortete Mo. »Du?«

»Vier- oder fünfmal.«

»Ihr kommt echt ganz schön rum. Gibt es einen Kontinent, auf dem du noch nie warst?«

Fernando überlegte.

»Antarktis?«, fragte Mo.

»Da waren wir letztes Jahr«, sagte Fernando und wechselte von Französisch in die Lingua franca, als er fortfuhr: »Es gab da Gerüchte über einen Eis-Golem. Also ein riesenhaftes Wesen, das auf magische Weise erschaffen worden ...«

»Ich weiß, was Golems sind«, unterbrach ihn Mo. »Sie sind auch eine Erscheinungsform von schwarzer Magie, nicht wahr? Meistens werden sie aus Lehm geformt.«

»Richtig. Dieser hier bestand aber ganz aus Eis. Er war in der Nähe einer Forschungsstation gesichtet worden. Meister Fong und ich haben uns als Wissenschaftler ausgegeben und sind an Bord eines Forschungsschiffs dort hingekommen. Es stellte sich raus, dass ein Geologe, der da auf der Station arbeitet, magisch begabt ist. Er hat den Golem aus Versehen erschaffen, ohne zu wissen, was er da tut. Einen ganz schönen Brocken, wir mussten gegen ihn kämpfen und es war ein Stück Arbeit, ihn zu vernichten. Also den Golem, meine ich natürlich. Nicht den Mann.« Fernando lachte.

Mo hätte ihm stundenlang zuhören mögen. Wegen der spannenden Erlebnisse natürlich. Aber auch wegen Fernandos schöner Stimme. Mo mochte den melodischen Akzent.

»Und was war mit dem Mann? Habt ihr seine Erinnerung gelöscht wie vorhin bei der Frau im Zug?«

»Ja. Wir haben ihn mit dem Amnésis-Zauber belegt. Und die neun übrigen Bewohner der Station natürlich auch. Sie hatten entweder den Golem selbst gesehen oder die anderen davon erzählen hören.«

»Wie habt ihr überhaupt davon erfahren? Ich meine – die Antarktis ist ja nun wirklich am Arsch der Welt. Hat die Gilde etwa Spione rund um den Globus?«

»Nein.« Fernando lachte wieder. Seine dichten Augenbrauen schienen dabei zu hüpfen, dachte Mo. »Also, es gibt tatsächlich ein paar Leute auf der Welt, die die Gilde kennen, ohne selbst Magier zu sein. Leute, die uns unterstützen. Magiologen nennen sie sich. Ähnlich wie Ava und Fox, Jolka, Natsumi und Sancho. Oder Claude. Und tatsächlich kriegen wir ab und an Tipps von denen. Aber meistens kommen solche Informationen schlicht aus dem

Internet. Es gibt Tausende Foren, wo Menschen von übernatürlichen Phänomen berichten.«

»Die könnt ihr doch nicht alle überwachen.«

»Jolka hat eine Software geschrieben, die das macht. So ähnlich wie das Zeug, mit dem Geheimdienste arbeiten. Wenn sich irgendwo Hinweise verdichten, dass tatsächlich etwas Magisches vor sich geht, filtert die Software das heraus. Manchmal spürt man aber auch über große Entfernungen die Schwingungen der Essenz. So wie Meister Fong es gespürt hat, als das Heptalogon des Iskander aufgetaucht ist. Wenn wir also irgendwas in der Art mitbekommen, kümmern wir uns darum.«

»Indem ihr es eliminiert«, stellte Mo fest.

»Hm. Ja. Meistens.«

»Dieser Mann tut mir leid«, murmelte Mo. »Dieser Geologe. Er wird niemals rausfinden, wer er wirklich ist. Genau wie die Frau im Zug.«

»Wer du wirklich bist, hängt doch nicht von der Magie ab«, widersprach Fernando.

Mo sah ihn überrascht an.

»Die magische Begabung ist nur eine von etlichen Eigenschaften, die uns ausmachen«, erklärte Fernando. »Meister Fong sagt immer, wir dürfen uns nicht darüber definieren, dass wir Magier sind. Die Versuchung ist zu groß, dass wir uns dadurch für was Besseres halten. Als wären wir irgendwie Auserwählte, eine Elite oder so, verstehst du?«

Mo nickte und dachte an Azizas Worte tags zuvor: *Wir sind keine Götter.*

Und dann an den Klang von Liz' Stimme vorhin, als sie über die Frau im Zug sagte: *Sie ist keine von uns.* Der Stolz, der da mitgeschwungen hatte. Vielleicht teilten nicht alle Magier:innen die Ansicht von Aziza und Fong.

»Du hast recht«, sagte Mo nach einer Weile. »Seit Meister Fong uns im Sommer aufgespürt hat, bin ich völlig verrückt nach Magie. Ich hab mich dadurch total bestätigt gefühlt, weißt du? So als hätte ich endlich die Erklärung für alles gefunden, was mich ausmacht. Was mich *anders* macht.«

Fernando sah Mo von der Seite an. »Brauchst du denn überhaupt eine Erklärung? Reicht es nicht, dass du einfach so bist, wie du sein willst?«

»Doch.« Mo nickte. »Das hat mir immer gereicht. Und eigentlich sollte es mir auch jetzt genügen. Trotzdem … hm.«

»Trotzdem bist du traurig, dass Liz nicht dich berufen hat, sondern Jason?«

»Na ja, ich wäre schon gern ein richtiger Schüler der Gilde«, gab Mo zu. »Immerhin hab ich von dir eine Menge gelernt. Es wäre komisch, das einfach so zu beenden und nach Hause zu gehen, wenn irgendwann der Fluch gebrochen ist. Ich kann mir gar nicht richtig vorstellen, wieder in mein altes Leben zurückzukehren. Glaubst du, Aziza würde mich eines Tages ausbilden? Ich wette, sie wollte eigentlich Fatma als Schülerin, aber die hat sich ja leider anders entschieden. Was echt schade ist. Sie fehlt mir jetzt schon.« Mo schaute wieder aus dem Fenster, als könne es sein, dass sie in diesem Moment auf einem Besen angeflogen käme, weil sie es sich anders überlegt hatte. Aber fliegende Besen gab es wohl nur in der Fantasie. Sogar für Magier:innen. Mo wandte sich wieder zu Fernando um. »Traurig bin ich aber nicht. Hätte Liz mich ausgewählt, säße ich jetzt mit ihr im Flugzeug. Stattdessen reise ich mit dir. Und das gefällt mir.« Mo lächelte.

»Mir auch.« Fernando hatte geflüstert, als sollte das ein Geheimnis bleiben. »Das als Antwort auf deine Frage vorhin. Ich bin froh, dass ich nicht alleine reise. Und ich finde schön, dass du bei mir bist. Aber …« Wenn Mo sich nicht täuschte, wurde Fernando rot. »Nur einfach so, als Freunde.«

»Klar.« Mo konnte sich ein Lächeln nicht verkneifen. Meistens hatte es einen Grund, warum es Leuten so wichtig war, das extra zu betonen. »Logisch.«

Dann blickte Mo wieder aus dem Fenster und fragte sich, ob Jason und Liz auf ihrem Flug wohl ein ähnliches Gespräch miteinander führten.

»Und dann fliegt ihr so herum und knipst irgendwelchen Leuten das Gedächtnis aus, ja?«, fragte Jason.

»Nicht nur«, sagte Liz. »Manchmal machen wir auch Experimente, bergen magische Artefakte oder erforschen die Zauberkräfte von alten, längst versunkenen Kulturen, so ein bisschen Indiana-Jones-mäßig. Es gibt so viele verschiedene Orte, so viele wundervolle Menschen. Die Magie könnte zwischen ihnen allen eine Brücke schlagen. Aber leider müssen wir ständig ... nun ja, wie du es sagst, den Leuten das Gedächtnis ausknipsen. Das gehört zu den Aspekten der Gildenarbeit, die mir nicht so gefallen.«

»Fändest du es besser, wenn es haufenweise ausgebildete Magier geben würde?«, fragte Jason.

»Stell dir vor, was die Magie alles erreichen könnte, wenn die Gilde eine richtig große Organisation wäre, so wie im Mittelalter«, sagte Liz. »Wir würden mit den besten Wissenschaftlern der Welt zusammenarbeiten. Wir könnten ein Medikament gegen Krebs finden. Kriege verhindern. Den Hunger auf der Welt beseitigen. Wer weiß, den Klimawandel aufhalten. Solche Sachen.«

Was sie sagte, erinnerte Jason ein bisschen an das, was Liz am Abend vor der Schlacht gesagt hatte. Dass man sich doch vielleicht mit dem Pfad einigen könnte. Allerdings war er sich nicht sicher, ob das jetzt wirklich zusammenpasste oder nicht. Er verstand sowieso nicht viel von diesen Zusammenhängen, aber vor allem hatte er, seit das Flugzeug gestartet war, schon zwei Wodka Lemon getrunken.

»Möchtest du eigentlich, dass ich jetzt auch *Meisterin* zu dir sage?«, fragte er.

»Das ist mir gleich«, sagte sie. »Ob du ein guter Schüler bist, hängt nicht daran, wie du mich nennst.«

»Sondern woran?«

»Dass du lernst. Du könntest den Flug nutzen, um das nächste Kapitel im Heptalogon durchzuarbeiten.«

Jason seufzte und bückte sich zu seinem Rucksack, aus dem er das alte Buch hervorholte, das Fox ihm in der Bibliothek zu Beginn seines Trainings damals im Sommer ausgehändigt hatte. Die Seiten waren über und über mit Anmerkungen vollgekritzelt – an den Rändern und zwischen den Zeilen. Notizen der Zauberer, die das Buch vor ihm einmal besessen hatten. Es war wohl knappe hundert Jahre alt, jedenfalls stand auf der ersten Seite, dass es im Jahr 1931 von einer Meisterin namens Ljudmila Fjodorowna Aksakowa hergestellt worden war. Handschriftlich natürlich, kopiert von einem älteren Exemplar.

Jason hatte aufgeschnappt, dass die Zauberwörter angeblich nicht wirkten, wenn man sie aus gedruckten Büchern lernen würde. Für Jason klang das eher nach einer Strafarbeit. Er selber hatte in seinem Leben nie mehr als ein paar Sätze am Stück geschrieben, nicht mal im Knast, wo er dafür ja genug Zeit gehabt hätte. Auch gelesen hatte er nie zuvor so viel wie in den paar Monaten auf Branzé. Anders als er immer gedacht hatte, war das Lesen aber tatsächlich keine Frage von angeborenem Talent, sondern reine Übungssache. Inzwischen ging es ziemlich flüssig, auch die griechischen, hebräischen und arabischen Buchstaben waren kein Fliegendreck mehr für seine Augen, sondern formten Wörter und die Wörter hatten Wirkung.

Es war Jahre her, seit er zuletzt ein Lehrbuch in Händen gehalten hatte. Herr Schmidt tankt 43 Liter Benzin zu je 1 Euro 80. Frau Meier kauft 7 Äpfel und 5 Birnen ... Dass immer die Männer tanken und immer die Frauen Obst kaufen, hatte ihm nie ganz eingeleuchtet, und erst recht nicht, warum die immer alle Schmidt oder Meier hießen und nicht Nowak, Gültekin oder Onischtschenko oder wie seine anderen Bros. Er hatte damals begriffen, dass die Welt der Schmidts und Meiers ihn und seine Homies ganz einfach nicht haben wollte, die Bücher waren gar nicht für ihn und seinesgleichen geschrieben, weil: Ehrlicherweise erwartete doch niemand von ihm, dass er wirklich was lernte. Er war als Versager abgestempelt, genau wie die gesamte Klasse, überhaupt die ganze Schule. Versagerschule für alle, die woanders nur störten. Die Gilde war der erste Ort, wo ihn keiner für einen Versager hielt. Es war sein Geistesblitz gewesen, das Heptalogon des Iskander vom Turm zu werfen und damit die Schlacht zu beenden. Er war ein fucking Held.

Er klappte das Buch zu, sah Liz an und fragte: »Was ist eigentlich unser Plan?«

Liz zuckte mit den Schultern. »Erst mal sehen wir uns diese Firma von außen an und checken, ob es tatsächlich der Stützpunkt von Tyra und ihren Leuten ist. Was wir dann tun, ergibt sich.«

»Guter Plan«, sagte Jason. »Gefällt mir.«

»Hilfreich wäre, wenn du dich noch mal mit dem Kryptomoi beschäftigst«, sagte Liz, beugte sich zu ihm und klappte das Buch wieder auf, das auf seinem Schoß lag.

Er atmete den Duft ihres Haares ein, während sie die richtige Seite aufblätterte.

»Okay?« Sie richtete sich wieder auf.

»Klar, okay.«

Er vertiefte sich ins Buch. Mit dem Kryptomoi-Zauber ließ sich die eigene magische Aura verbergen und damit verhindern, von anderen Magiern in der Umgebung *gespürt* zu werden. Er gehörte zu den schwierigsten Zaubern überhaupt und Jason bezweifelte, dass es ihm in wenigen Stunden gelingen würde, ihn zu beherrschen, wenn selbst Profis wie Liz dazu viele Jahre gebraucht hatten. Andererseits beruhte der Zauber vor allem darauf, sich selbst zu vergessen. Quasi die eigene Anwesenheit im Geiste so weit auszublenden, dass man sich selbst nicht mehr richtig wahrnahm. Das wiederum war ja schon irgendwie sein Ding.

7

Mo erwachte von einem Rumpeln. Es war das Geräusch, mit dem das Fahrgestell des Flugzeugs ausfuhr. Flugbegleiter:innen verteilten Erfrischungstücher. Draußen war zwar immer noch eine Wolkendecke zu sehen, aber diesmal von unten. Über den Sitzen wurde die Flugzeit von acht Stunden angezeigt, örtliche Uhrzeit kurz vor zwei, Eastern Standard Time, Toronto. In Paris wäre es jetzt bald sechs Uhr abends. In Schottland fast fünf. Jason und Liz würden bald in Aberdeen auf der Fähre einchecken. Und Fatma ... wo sie gerade war, das wusste nur sie selbst. Mo stellte sich vor, wie sie jetzt vielleicht mit dem gleichen Fleecemantel durch Köln lief, nur in Anthrazit statt in Karminrot wie der von Mo.

Als die Maschine auf dem Rollfeld aufsetzte, wurde auch Fernando wach und rieb sich die Augen. Das Flugzeug kam zum Stehen, sie ließen die Gurte aufklicken und reckten sich beide mit fast derselben Bewegung, wie bei einer unabgesprochenen Übung im Synchronturnen. Doch dann hielt Fernando plötzlich inne.

»Spürst du was?«, fragte er.

»Nee.« Mo ließ die Arme sinken, schloss die Augen und fühlte in sich hinein. »Nichts, und du?«

»Ich auch nicht. Aber das ist es ja gerade.«

»Du meinst Meister Fong? Fernando, die Stadt ist riesig, wir wissen ja gar nicht, wo er sich im Moment aufhält. Über welche Entfernungen kannst du denn die Aura anderer Magier:innen wahrnehmen?«

»Über nicht mehr als drei- oder vierhundert Schritte eigentlich«, sagte Fernando. »Dich zum Beispiel. Aber Meister Fong ist mein Lehrer. Da haben wir natürlich eine besondere Beziehung. Ich würde ihn auch in New York oder in der Sahara oder im Urwald von Borneo mit verschlossenen Augen finden.«

Mo senkte kurz den Blick und bedauerte, dass Fernando zu Mo keine solche besondere Beziehung zu haben meinte. Was aber hier nun wirklich nicht hingehörte.

»Es kommt mir vor, als hätte der Meister die Stadt verlassen«, sagte Fernando nachdenklich. »Aber ein Teil von ihm ist noch … als wäre er …«

Er brach ab, stand auf und holte seine Tasche aus dem Gepäckfach. Mo verstaute das Notizbuch im Rucksack, ohne während des ganzen achtstündigen Fluges auch nur ein Wort hineingeschrieben zu haben.

Eine Stunde später checkten sie in jenem Hotel ein, das sie als Fongs letzten Aufenthaltsort kannten. Brachten ihre Sachen aufs gemeinsame Zimmer und machten sich dann auf die Suche nach dem Zimmer des Meisters, das drei Stockwerke über ihnen lag. Alles, was Mo spüren konnte, war Fongs Abwesenheit. Die beiden wechselten einen Blick, dann legte Fernando die Hand auf den Türknauf. »Anóixis.«

Es klickte und sie traten ein. Mo schloss die Tür von innen. Sie schauten sich um.

Auf der Kofferablage sahen sie den aufgeklappten Trolley, im Schrank hingen vier Hemden, zwei Hosen, ein Jackett, im Bad waren Zahnbürste, Rasierer, Waschzeug aufgereiht. Das Bett war ordentlich gemacht, der Schreibtisch leer.

Mo rechnete im Kopf zurück. Vor etwa sechsunddreißig Stunden hatte Meister Fong auf Azizas Handy angerufen, bevor die Verbindung jäh unterbrochen worden war. Ob er seither noch einmal dieses Zimmer betreten hatte oder nicht, ließ sich nicht ausmachen. Mo setzte sich auf den Stuhl und zog die Schreibtischschublade auf. Darin lag eine kleine Plastikbox. Eine Brotdose, wie Mo sie früher fürs Schulfrühstück benutzt hatte. Mo holte sie heraus. Der Inhalt raschelte.

»Das ist es«, sagte Fernando und nahm sie Mo aus der Hand, öffnete sie und schüttete den Inhalt auf die lederne Schreibtischunterlage.

Es war ein Häuflein Asche.

»Was hat das zu bedeuten, Fernando?« Mo betrachtete es näher. Offensichtlich waren es die Überreste von Papier. »Kannst du dir darauf irgendeinen Reim machen?«

»Allerdings. Der Meister und ich kommunizieren manchmal auf diese Weise, wenn es um besonders geheime Dinge geht. Wir schreiben Nachrichten auf einen Zettel und verbrennen ihn dann.«

»Aber wie ... Moment!« Mo hatte eine Idee. »Der Anastrokaúsimos-Zauber! Klar, damit lässt sich ein verbranntes Objekt in seinen vorherigen Zustand zurückverwandeln.«

»Bingo«, sagte Fernando. »Hast du ihn schon mal versucht?«

»Nein, den kenne ich nur aus der Theorie, aus dem Heptalogon.«

»Dann schau zu.« Er hob die Hand und schnipste in Richtung der Zimmerdecke. »Sbennýo!«

Mo erkannte nicht gleich, was Fernando getan hatte.

Fernando grinste. »Regel Nummer eins, Rauchmelder ausschalten. So. Und nun zum eigentlichen Zauber.« Er hielt die Hand über das Aschehäufchen und flüsterte: »Anastrokaúsimos!«

Aus dem Nichts erschien eine kleine Rauchfahne in der Luft, die sich auf das Aschehäufchen hinabsenkte. Plötzlich züngelten Flammen aus der Asche und gaben ihr eine Struktur. Etwas Braunes wuchs daraus hervor, das rasch weiß wurde und sich kreisförmig ausbreitete. Ein Blatt Papier entrollte sich vor ihren Augen, dessen brennende Mitte in sich zusammenschmolz, bis die Flamme immer kleiner wurde und verlosch. Ein unversehrter Zettel lag vor ihnen.

Darauf standen zwei Worte: Vladas Navardauskas. Darunter das Datum des vorgestrigen Tages und die Uhrzeit: 9 p. m. Es folgten ein Straßenname und eine Hausnummer.

»Vladas Navardauskas«, las Mo. »Klingt wie ein Name.«

»Das muss der Sammler sein, von dem Meister Fong bei unserem letzten Gespräch berichtet hat«, sagte Fernando. »Ich erinnere mich, dass er von einem alten Litauer gesprochen hat. Mit einem Faible für antike Bücher. Der in Kapstadt die Chronik aus Nürnberg gekauft hat.«

Mo rechnete wieder zurück. »Als Fong bei Aziza angerufen hat, muss es hier ungefähr ein Uhr nachts gewesen sein. Also vier Stunden nach diesem Termin. Ob er da schon wieder hier zurück im Zimmer war?«

»Ich denke nicht«, meinte Fernando. »Wäre er anschließend hier gewesen, hätte er die Asche in den Müll geworfen. Er hat die Überreste von diesem Notizzettel extra als Hinweis hinterlassen, falls er *nicht* zurückkommt.«

Mo tippte die Adresse ins Handy ein. »Eine Dreiviertelstunde mit der Subway.«

Das Handy führte sie in eine ruhige Wohngegend im Stadtteil East York, wo sie schließlich an der angegebenen Adresse ein anderthalbgeschossiges Haus aus rotem Backstein fanden. In der Einfahrt stand ein alter Ford. Sie betraten die Veranda und spähten durch die Glastür ins Innere. Eine Türklingel fanden sie nicht. Mo klopfte.

Nichts geschah. Mo klopfte wieder. Nichts.

»Wir müssen reingehen, oder?«, meinte Mo. »Sollen wir mal hinten im Garten schauen?«

Fernando überlegte, dann schüttelte er den Kopf. »Damit machen wir uns nur verdächtig, fürchte ich. Wenn wir einfach ganz selbstverständlich reingehen, erregt das am wenigsten Aufmerksamkeit. Willst du?«

»Okay. Ich hab den Anóixis noch nicht oft geübt, aber ich denke, ich kriege das hin.« Mo legte die Hand auf den Türknauf und wollte gerade das Zauberwort sagen, als Mo auffiel, dass der Knauf sich auch ganz ohne Magie drehen ließ. Verblüfft öffnete Mo die Tür.

»Gar nicht abgeschlossen.«

Sie gingen hinein und Fernando schloss die Tür hinter sich. Zur Rechten führte eine hölzerne Treppe nach oben, zur Linken lagen die offene Küche und das Wohnzimmer. An allen Wänden ragten überquellende Bücherregale bis zur Decke. Erst auf den zweiten Blick erkannte Mo, dass in dem großen Sessel vor dem Kamin jemand saß, mit dem Rücken zu ihnen. Mo sah eine von Altersflecken übersäte Glatze, hielt erschrocken inne und räusperte sich laut.

»Entschuldigung?« Keine Reaktion. »Entschuldigung, Mister, dass wir hier einfach so eindringen und ... scheiße.«

»Ist er tot?«, fragte Fernando. Er ging an Mo vorbei quer durch den Raum, umrundete das hohe Sofa und stieß einen Schrei aus. »Nein!« Dann ging er in die Knie.

Mo näherte sich vorsichtig. Auf dem Boden vor dem Kamin lag Meister Fong. In seiner Brust steckte ein gebogener Dolch, der starre Blick seiner toten Augen ging ins Nichts. Dem alten Mann im Sessel hatte jemand die Kehle durchgeschnitten. Ein Auge stand halb offen und aus seinem ebenfalls halb geöffneten Mund hing die Zungenspitze heraus. Seine Haut wirkte wie die einer Wachsfigur, ebenso bei Carl Fong.

Fernando kniete stumm neben dem Leichnam seines Lehrers. Er weinte nicht. Wut stand in seinem Gesicht.

»Siham«, stieß Mo hervor. »Die Assassinin. Von der Inquisition. Das muss sie gewesen sein. Wer sonst tötet mit so einem Dolch?«

Fernando nahm Fongs rechte Hand. Die Finger des Toten hielten das Handy umklammert. Fernando versuchte, es herauszulösen, aber er schaffte es nicht, Fongs Finger waren offenbar zu steif.

»Kennst du sie eigentlich?«, fragte Mo. »Siham?«

»Nein. Als ich zur Gilde kam, war sie gerade weg. Wie nur konnte sie Meister Fong finden? Hier in Kanada?«

Fernando stand auf. Er schluckte, dann sah er Mo an. Jetzt füllten seine Augen sich doch mit Tränen.

Mo nahm ihn in den Arm und drückte ihn. »Es tut mir so leid.«

Fernando murmelte: »Irgendwie hab ich die ganze Zeit über schon gefühlt, dass er nicht mehr lebt. Ich bin fast froh, dass wir jetzt immerhin Gewissheit haben.« Er löste sich von Mo, wischte die Tränen fort und straffte sich. »Zum Trauern ist keine Zeit«, sagte er. »Wir müssen herausfinden, was passiert ist.«

»Ich frage mich, worum es Siham ging.« Mo versuchte sich an die Begegnung in der U-Bahn vor fast einem halben Jahr zu erinnern. »Ob sie sich schlicht rächen wollte, weil Meister Fong damals Fatma, Jason und mich vor ihr gerettet hat. Oder ob sie von der Nürnberger Gildenchronik wusste und deshalb hier war. Um die Chronik zu rauben.«

Mo blickte sich um. Auf dem niedrigen Tisch vor dem Sofa standen eine halb leere Flasche Cognac und zwei Gläser mit eingetrockneten Resten. Sonst nichts. Die Regale waren mit Büchern vollgestopft, die meisten sehr alt, aber ohne dass irgendeine Struktur oder Ordnung erkennbar war.

»Vielleicht ist das Buch hier noch irgendwo?«, überlegte Mo. »Lass uns mal sehen, ob wir es irgendwo finden.«

Fernandos Blick haftete an dem gebogenen Dolch, der in Fongs Brust steckte. »Wir sollten uns darauf gefasst machen, dass sie zurückkommt«, meinte er.

»Wieso?«

»Den Meister zu töten bringt ihr doch keinen Vorteil«, sagte

Fernando. »Aber stell dir vor, sie wollte dich auf diese Weise hierherlocken.«

»Mich?« Mo runzelte die Stirn.

»Dich oder Fatma oder Jason oder euch zusammen. Irgendwie hat sie ja anscheinend herausgefunden, dass wir diese Chronik brauchen, um das Conjugum zu finden. Und dass die Chronik hier in Toronto ist. Was, wenn sie den Meister nur getötet hat, um uns aus Branzé fortzulocken?« Er riss seinen Blick von dem Dolch los und sah Mo an. »Die Inquisition will das Heptalogon vernichten. Und dazu müssen sie das Conjugum vor uns finden – oder, um es sich einfacher zu machen, euch drei töten. Genauso wie der Pfad. Das darfst du nicht vergessen.«

»Nein, aber ...« Mo lachte bitter. »Es ist nicht leicht, den Überblick zu behalten, wenn dir gleich zwei kryptische Organisationen nach dem Leben trachten.« Das sollte witzig und leicht klingen, doch in Mos eigenen Ohren hörte sich das nur wie Galgenhumor an – im wahrsten Sinne des Wortes. »Gut«, sagte Mo. »Ich suche die Regale nach der Chronik ab und du bewachst den Eingang, okay?«

Bevor Fernando antworten konnte, wurde mit einem Scheppern die Haustür aufgerissen, schwere Schritte stampften herein. Das Gepolter schien nicht zu Siham und ihren Leuten zu passen, fuhr es Mo durch den Kopf, ob etwa Tyra ...? Stattdessen stürmten zwei, drei, vier Polizist:innen in dunkelblauen Uniformen und schwarzen Schusswesten ins Zimmer, drei Männer und eine Frau, drei trugen dunkelblaue Mützen, einer einen dunkelblauen Turban. Alle hatten ihre Pistolen im Anschlag.

»Polizei!«, schrie einer überflüssigerweise. »An die Wand. Hände nach oben. Beine auseinander.«

Bevor Mo richtig begriff, was geschah, wurde Mo gegen eines der Bücherregale geworfen und spürte ein paar Hände am Bauch, an den Beinen, in den Manteltaschen. Jemand zog den Reisepass und das Handy hervor. Mo wollte was sagen. Erklären, dass sie auch keine Ahnung hatten, was hier geschehen war, dass sie ja selbst gerade erst gekommen waren und nichts mit dem Mord an den beiden Männern zu tun hatten. Doch jedes Wort klang schal und hilflos, noch bevor Mo es in den Mund nehmen konnte.

Dann wurden Mos Arme nach unten gebogen und hinter dem Rücken mit Handschellen gefesselt. Fernando erging es genauso. Mo drehte sich vorsichtig um.

Zwei Polizisten untersuchten die leblosen Körper von Fong und Navardauskas und kamen rasch zu dem Schluss, dass hier nichts mehr zu retten war.

»Die sind mindestens vierundzwanzig Stunden tot«, stellte einer fest.

Ein anderer Polizist verstaute die Handys von Mo und Fernando in einem durchsichtigen Plastikbeutel. Die Polizistin musterte die Ausweise.

»Wen haben wir hier?«, fragte der Mann, der statt der Polizeimütze einen Turban trug. Auf dem Turban prangte dasselbe Polizeiabzeichen wie auf den Mützen seiner Kolleg:innen.

»Fernando Borges«, sagte die Frau. »Französische und brasilianische Staatsangehörigkeit. Und ein Deutscher. Samuel Hamann.«

Fernando warf Mo einen überraschten Blick zu.

Der Polizist im Turban sah die Verdächtigen an. »Sie sind beide festgenommen. Wünschen Sie konsularischen Beistand?«

Die eisernen Fesseln drückten schmerzhaft auf die Handgelenke. In dieser Position war nicht die kleinste Geste möglich. Keine Chance, irgendetwas zu zaubern.

»Was sollen wir tun?«, fragte Mo in der Lingua franca.

»Sprechen Sie bitte Englisch«, sagte der Mann. »Oder Französisch.«

»Wir machen erst mal nichts«, entschied Fernando. Und auf Englisch sagte er: »Nein, wir brauchen keinen Beistand.«

Der Mann nickte, musterte Mo, ließ sich von seiner Kollegin Mos Ausweis zeigen und musterte Mo nochmals. Mo trug den taillierten Mantel aus dem Damenmodengeschäft in Autun, war dezent geschminkt und hatte die langen Haare zu einem Zopf gebunden.

Der Polizist zog die Augenbrauen hoch. »Sir ... oder Ma'am, ich muss Sie fragen, wie Sie Ihr Geschlecht definieren.«

Mo sah ihn verwirrt an. »Wozu ist das wichtig?«

»Nach den Gesetzen des Staates Ontario hängt es von Ihrer Selbstdefinition ab, ob wir Sie später in ein Untersuchungsgefängnis für Männer oder eines für Frauen bringen.«

Das überraschte Mo. Offenbar war das Justizwesen in Kanada zumindest in dieser Sache fortschrittlicher als das Deutsche, wo sogar Transfrauen im Zweifel im Männerknast landen, jedenfalls hatte Mo das mal gelesen. Andererseits ärgerte Mo sich darüber, wieder einmal von irgendwem gezwungen zu werden, sich für ein Geschlecht zu entscheiden. Während Mo noch überlegte, sagte Fernando schnell: »Er definiert sich als Mann.«

Und auf Mos irritierten Blick flüsterte er: »Ich will nicht, dass wir getrennt werden.«

»Stimmt«, murmelte Mo. Und fügte laut für die Polizist:innen hinzu: »Also stimmt, ich sehe mich als Mann.«

Widerstandslos ließen sie sich aus dem Haus führen, vor dessen Einfahrt zwei Polizeiwagen standen. Getrennt wurden sie nun doch, Mo musste in den vorderen Wagen steigen und Fernando in den hinteren.

Anders als Mo erwartet hatte, brachte man sie aber zunächst nicht ins Gefängnis, sondern zum Police Department, wo sie abwechselnd verhört wurden. Da sie sich nicht hatten absprechen können, beschloss Mo, beharrlich zu schweigen.

Staff Sergeant Singh, der Mann mit dem Turban, kam Mo richtig unglücklich vor, während er eindringlich sagte: »Mister Hamann, wir haben inzwischen Ihre Einreise in unser Land überprüft und sind uns sehr sicher, dass Sie und Ihr Freund zum Zeitpunkt des Todes dieser beiden Männer noch gar nicht kanadischen Boden betreten hatten. Sie brauchen also keine Sorge zu haben, dass wir Sie wegen Mordes anklagen. Aber wenn Sie hier herauswollen, Mister Hamann, dann müssen Sie endlich kooperieren und uns sagen, was Sie mit der Sache zu tun haben.«

»I would prefer not to«, antwortete Mo.

»Außerdem haben wir inzwischen den einen Mann als Vladas Navardauskas identifiziert, den Besitzer des Hauses«, fuhr der Staff Sergeant fort. »Aber zur Identifikation der anderen Person fehlt uns noch jede Spur.«

Mo schwieg.

»Dann behalten wir Sie eben in Haft«, sagte Singh und blickte auf die Uhr. »Es ist heute zu spät, um Sie noch ins Untersuchungsgefängnis zu bringen, darum müssen Sie leider bis morgen früh auf dem Department bleiben. Nachher bringt Ihnen jemand was zu essen.« Er gab einer Kollegin einen Wink. »Abführen, bitte.«

Die Polizistin brachte Mo zurück in die kleine Zelle, in der es nichts gab als eine an der Wand festmontierte Liege und eine ebenfalls festmontierte Edelstahlkonstruktion, die das Klo und ein Waschbecken enthielt – alle Kanten waren abgerundet. Vermutlich, damit sich hier niemand ohne Weiteres selbst verletzen konnte. Nicht mal das. Hier drin war eine Person jeglicher Handlungsmöglichkeit beraubt und auf ihre pure Existenz zurückgeworfen.

Dass man jemals so viele Sterne sehen konnte, hätte Jason nicht gedacht. Sie überzogen den eiskalten Nachthimmel wie Glitzer. Als hätte ein Kindergartenkind wild damit um sich geworfen. Wo der Glitzer endete, begann das Meer. Es war tiefschwarz, man konnte es nur hören. Jason lehnte an der Reling der Fähre, die ihn und Liz zu den Shetlandinseln trug. Liz hatte sich vor Stunden in ihre Kabine zurückgezogen, es war mitten in der Nacht.

Jason sollte eigentlich den Kryptomoi-Zauber üben.

Seine Aura verbergen. Sich selbst auslöschen. Er beugte sich vor und lauschte den Wellen, die an die Schiffswand klatschten.

Wie leicht wäre es, zu springen und zu versinken. Sich auszulöschen.

Er beugte sich noch weiter vor und rieb sich die Augen. Ihm war, als hätte ihm eine Hand aus der schwappenden Schwärze dort unten gewunken. Verschwommen sah er einen Moment lang das Gesicht seiner Mutter. Reglos, entspannt, so wie er sie damals gefunden hatte.

Und plötzlich fühlte er es.

Er war weg.

Mo hockte auf der Pritsche und starrte an die Zellenwand. Nackter Beton, völlig unverrückbar – oder aber nicht? Mo blinzelte, rieb sich die Augen, sah wieder hin. Aus der Wand trat eine kleine Wölbung hervor, fast wie eine Nase. Tatsächlich! Umrisse eines Gesichts formten sich im Beton, weiter unten wurde eine Hand sichtbar, dann öffnete sich die Wand und Mo sah Fernandos Kopf.

»Hey«, sagte Fernando. »Alles klar bei dir?« Er nickte zu der Kamera, die gegenüber der Zelle unter der Decke des Flurs hing. »Kannst du sie ausschalten?«

»Was?« Mo musste erst die Überraschung abschütteln. »Ja, klar.«

Mo sprang auf, schnipste mit dem Finger in Richtung der Kamera und sagte: »Sbennýo!«

Nichts geschah, jedenfalls war äußerlich nichts zu sehen, aber

Mo vertraute darauf, dass das Überwachungsauge jetzt für eine Weile blind war.

Fernandos linker Fuß erschien, danach sein linkes Bein und dann, als würde er durch eine Schicht aus Wackelpudding hindurchsteigen, flutschte Fernandos Körper aus der Wand heraus.

»Hammer«, sagte Mo. »Der Diábeino-Zauber! Wie ist das nur möglich? Ich weiß, du hast mir mal erklärt, dass Atome ja quasi komplett leer sind. Aber dass das …«

»Können wir später darüber reden?«, unterbrach ihn Fernando. »Lass uns erst mal hier abhauen. Ich vermute, du hast noch nie den Aóratos-Zauber angewendet?«

Der Unsichtbarkeitszauber. Carl Fong hatte sie damals mithilfe dieses Zaubers aus der U-Bahn herausgelotst. Mo schüttelte den Kopf. »Nicht mal ansatzweise. Ist das nicht einer der schwierigsten Zauber überhaupt?«

»Schon. Aber es ist meine Initialfähigkeit. Ich krieg das für uns beide hin. Bist du bereit? Dann lass uns gehen.«

Mo nickte und legte die Hand auf die vergitterte Zellentür. »Anóixis.«

Die Tür glitt zur Seite.

»Okay.« Fernando sammelte sich, fasste Mo an der Schulter und sagte: »Aóratos.«

So leise wie möglich schlichen sie die Treppe hinauf, durch Türen und Flure und passierten unbehelligt den Eingangsbereich, wo eine Polizistin vor mehreren Bildschirmen saß und nebenher ein Eishockeymatch verfolgte.

Draußen herrschte bereits Dunkelheit. Mo fragte sich, wie spät es sein mochte, und wollte gewohnheitsmäßig aufs Smartphone schauen.

»Kacke!«, rief Mo aus. »Die haben doch noch unsere Handys. Und unsere Ausweise.«

Fernando grinste. »Du erinnerst dich, wie wir den Epipháno-

Zauber geübt haben? Jetzt kannst du zeigen, wie gut du ihn beherrschst.«

»Hm ... okay.« Mos zweifelnder Blick wanderte an der Fassade des Police Departments hinauf.

»Konzentriere dich«, mahnte Fernando.

Also konzentrierte sich Mo. Versuchte, das Handy und den Reisepass zu fühlen, ihre Formen und wie das Material in der Handfläche lag. Dann rief Mo: »Epipháno!«

»Epipháno«, wiederholte Fernando.

Da klappte irgendwo im zweiten Stock des Gebäudes ein Fenster auf. Ein kaum hörbares Sirren näherte sich, als würde die Luft vibrieren, dann schossen zwei Handys von oben herab. Mo und Fernando schnappten die Geräte aus der Luft. Wobei es sich so anfühlte, als hätte Mo das Handy in Wahrheit gar nicht gefangen, sondern als hätte es von allein den Weg gefunden. Im nächsten Augenblick kamen die beiden Pässe angeflattert wie kleine Vögel, die sich in ihren geöffneten Händen niederließen.

»Hammer, es hat geklappt!« Mo steckte den Ausweis weg und schaute aufs Handy. »Aziza. Sieben unbeantwortete Anrufe. Aber keine Nachricht hinterlassen.«

»Bei mir auch«, sagte Fernando. »Sie macht sich sicher Sorgen, weil wir uns seit unserer Ankunft noch gar nicht gemeldet haben. Wir müssen sie zurückrufen und ihr berichten, dass Meister Fong tot ist.« Fernando schluckte. »Aber erst mal sollten wir uns von diesem Polizeirevier entfernen. In ein paar Augenblicken werden wir wieder sichtbar.«

»Wo sollen wir hin?«, fragte Mo. »Eigentlich will ich sofort ins Hotel und endlich schlafen. Aber ich könnte mir vorstellen, dass die Polizei uns genau dort suchen wird.«

»Stimmt. Außerdem müssen wir rausfinden, was mit Fong und Navardauskas passiert ist. Und ob Siham die Chronik gefunden und mitgenommen hat.«

»Aber wo fangen wir da an?« Mo drehte sich einmal um die eigene Achse, als gäbe es spontan einen Menschen oder einen Ort zu entdecken, wo sie Hilfe finden konnten.

Fernando begann auf seinem Handy herumzuwischen und zu tippen. »Meister Fong hatte Freunde auf der ganzen Welt«, sagte er. »Meistens Leute aus der chinesischen Community. Ich war vor ein paar Jahren schon mal mit ihm in Toronto, da haben wir auch jemanden getroffen. Einen Magiologen, eingeweiht in das Geheimnis der Gilde – ich hab dir ja im Flugzeug von diesen Leuten erzählt. Irgendwo hab ich bestimmt den Kontakt gespeichert. Warte … hier. Charles Chow.«

»Okay«, sagte Mo. »Und wie könnte er uns helfen?«

»Zumindest kann er uns fürs Erste eine Unterkunft besorgen, hoffe ich jedenfalls. Einen sicheren Platz für die Nacht. Und vielleicht kann er uns auch helfen, mehr über den Mord und das Schicksal der Chronik rauszufinden.« Er kam näher an Mo heran und sagte leise: »Ich erinnere mich, dass Charles Chow ein sehr spezielles Haustier besitzt. Einen Longgui.«

»Eine Drachenschildkröte?«, entfuhr es Mo. »So ein magisches Wesen, das hellsehen kann? So etwas existiert? In der Realität? Oh wow, das ist so hammermäßig cool!«

Fernando legte den Kopf schräg und fragte: »Gibt es irgendwas über Magie, das du noch nicht weißt?«

»Sehr viel sogar«, antwortete Mo. »Ich muss noch viel über Magie lernen. Und über Magier.«

Mo sah Fernando an und hatte plötzlich das Gefühl, seinem Blick ausweichen zu müssen.

Jason zündete sich eine Zigarette an und lehnte sich an die Reling. Irgendwo da draußen trennte ein schmaler Lichtstreifen den schwarzen Himmel vom schwarzen Wasser. Und während er rauchte, schob sich zwischen das Licht und das Meer ein weiterer Streifen aus Grau und Braun, der langsam deutlicher wurde.

»Guten Morgen.« Liz war zu ihm heraus an Deck gekommen.

»Hey«, sagte er.

Sie legte den Kopf schräg und musterte ihn, als sähe sie ihn zum ersten Mal.

»Diese Nacht«, sagte sie, »warst du plötzlich weg. Da gab es ein paar Minuten, in denen ich deine Aura nicht gespürt habe. Im ersten Moment hatte ich schon Sorge, dass du aus irgendeinem Grund von Bord gesprungen bist. Aber dann habe ich verstanden, dass du den Kryptomoi-Zauber angewendet hast. Das ist erstaunlich. Du scheinst ein Talent dafür zu haben.«

»Ja«, sagte er. »Oder eine gute Lehrerin.«

»Stimmt.« Sie lächelte.

Das Graubraun bekam die Umrisse von Hügeln. Eine Küste schälte sich heraus und eine Stadt. Während das Schiff in den Hafen von Lerwick einlief, holten sie ihr Gepäck aus den Kabinen. Die Fähre machte am Pier fest und sie gingen mit den anderen Passagieren von Bord.

Jason sog tief die Luft ein. Sie schmeckte wunderbar nach Meer und Fisch und Dieselabgasen, sie war viel milder als erwartet. Er hatte auf der Karte gesehen, wie weit im Norden diese Inseln lagen, und sich darum auf arktische Kälte eingestellt. Allmählich wurde es hell und zwischen den rasch dahinziehenden Wolken tauchten Flecken von Rosa auf.

Liz holte ihr Handy aus der Tasche und dirigierte ihn durch die engen Straßen der kleinen Stadt. Zuerst luden sie ihr Gepäck in einem B&B ab, einem windschiefen alten Haus aus Bruchstein, dessen Inneres ein wenig an die Kammern auf der Burg Branzé erinnerte. Dann liefen sie ein paar Straßen weiter zur Autovermietung.

Liz legte ihren Ausweis und ihren Führerschein vor, füllte Formulare aus, dann bekamen sie einen Autoschlüssel ausgehändigt.

»Ein fucking Kia«, sagte Jason, als sie draußen im Hof vor dem kleinen weißen Auto standen. »Können wir nicht was Cooleres nehmen?« Er sah sich um, fand aber auch nichts, was ihm cooler vorkam.

»Kannst du so was fahren?«, fragte Liz.

»Geht so«, sagte er. »Früher, wenn ich in ein Haus eingestiegen bin, wo die Besitzer in Urlaub geflogen waren, und wenn in der Garage eine geile Karre gestanden hat, mit dem Autoschlüssel an einem Haken gleich neben der Tür, dann bin ich manchmal ein paar Runden gecruist. Aber richtig gelernt hab ich das nicht. Was ist denn mit dir? Du hast doch einen Führerschein.«

»Ja, den hat Fox für mich gemacht. Wie alle Dokumente, die ich benutze.« Sie musterte den Wagen. »Ein paarmal bin ich aber auch in echt Auto gefahren. Wird schon klappen.«

Sie wollten einsteigen, dann registrierten sie gleichzeitig, dass sie jeweils an der falschen Tür standen, weil das Lenkrad des Wagens natürlich auf der rechten Seite war statt auf der linken. Also tauschten sie die Seiten, stiegen ein und Liz ließ den Wagen an.

»Das ist ja ein Automatik«, sagte Jason aufmunternd. »Easy.« Irgendwie gefiel es ihm, Liz bei einer Sache zu beobachten, bei der sie ihm nicht völlig selbstsicher und überlegen vorkam. »Also, ich würde es jedenfalls hinkriegen, glaub ich. Sollen wir tauschen?«

»Ich mach das schon«, knurrte sie und reichte ihm ihr Handy. »Zeig mir den Weg.«

»Okay.« Jason öffnete die Navi-App. Jolka hatte die Koordinaten markiert, an denen sie den Stützpunkt des Pfades der Neun vermutete. »Nach rechts bitte. Beziehungsweise – erst mal auf die Straße raus.«

In Zeitlupe rollten sie vom Hof.

»Gibt's da keinen Zauberspruch oder so?«, fragte er. »Fürs Autofahren?«

»Nicht so richtig«, antwortete sie und tastete sich auf die Straße vor. »Noch nicht, jedenfalls.« Sie wich einem entgegenkommenden Auto aus. »Linksverkehr, klar«, murmelte sie. »Wie zu Hause.«

»Was meinst du mit *noch nicht*?«

»Solche Geräte gibt es ja noch nicht so lange«, sagte Liz. »Maschinen. Fahrstühle. Telefone. Computer, Autos, diese Dinge.«

»Ich dachte, Autos gibt es seit über hundert Jahren.«

»Eine lächerlich kurze Zeitspanne in den Dimensionen der Magischen Gilde. Neue Zaubersprüche zu entwickeln, das dauert gern mal ein paar Generationen. Und es ist knifflig, die Energie der Essenz zum Beispiel mit elektrischer Energie zu synchronisieren.«

»Ich versteh kein Wort«, brummte Jason. »Ah – Vorsicht!«

Liz trat auf die Bremse und legte den Rückwärtsgang ein. Beinahe wäre sie falsch herum in den Kreisverkehr gefahren. Sie wendete und gab wieder Gas.

»Strom halt«, sagte sie. »Zaubern mit Strom ist schwierig. Leider hat die Gilde das auch vernachlässigt, weil die Meisterinnen und Meister der letzten Jahrzehnte das nicht so wichtig fanden. Die einzige Formel, die wirklich funktioniert, ist der Sbennýo-Zauber, mit dem man Geräte ausschalten kann. Aber um Geräte *produktiv* zu benutzen, haben wir noch nichts. Meister Nagy hat wohl früher damit experimentiert, er war der Lehrer von Meister Fong – ist also schon lange her. In der Telemagie, also im Bereich der Bewegungszauber, gibt es ein paar Ansätze zur Weiterentwicklung des Kínesis-Zaubers, aber nach Nagys Tod hat das niemand aufgegriffen. Was ich für einen Fehler halte. Ich finde, die Gilde sollte sich viel mehr mit der heutigen Welt auseinandersetzen. Und jetzt? Da vorne?«

»Ähm – links. Und dann geradeaus.«

Sie folgten einer lang gezogenen Straße, die aus der Stadt heraus- und über baumlose Hügel führte. Ab und an war das Meer zu sehen. Zwischendurch wurde die Straße so schmal, dass sich die Frage nach Rechts- oder Linksverkehr erübrigte. Auf beiden Seiten zogen sich Mauern entlang, die aus losen Steinen aufgeschichtet waren. Sie passierten ein Dorf aus kleinen, geduckten Häusern, dann kam noch ein einsamer Bauernhof und danach keine Spur von Siedlungen mehr, nur noch eine wellige Landschaft aus erdigen Grüntönen unter einem endlosen Himmel: Die Mauern gingen in Zäune über und auch die Zäune endeten irgendwann. Nur die Stromleitung am Rande der Straße wies darauf hin, dass irgendwo noch etwas käme. Und ein Hinweisschild: *Sumburgh Airport*. Anscheinend gab es irgendwo in dieser Einöde tatsächlich einen Flughafen. Das Schild zeigte an einer Weggabelung nach Osten, aber sie bogen nach Westen ab, wo gar nichts mehr kam. Außer dem markierten Ziel auf dem Handy.

»Hinter dem nächsten Hügel müssten wir es schon sehen«, sagte Jason.

Liz verlangsamte die Fahrt. Schade eigentlich. Seinetwegen hätten sie ruhig ewig so dahinrollen können, über die sanften Hügel unter dem endlosen Himmel, sie beide, Liz und er.

Sie passierten ein kleines Tal und fuhren in Windungen den nächsten Hügel hoch. Kurz vor der Kuppe lenkte Liz den Wagen zur Seite und ein Stück in die Wiese hinein, wo sie anhielt.

Sie stellte den Motor ab und wandte sich zu ihm. Für den Bruchteil einer Sekunde dachte er, sie wollte ihn küssen, aber das war natürlich Bullshit, sie sah ihn bloß ernst an.

»Bist du bereit? Achte auf deine Atmung. Werde dir deines Körpers bewusst, deines ganzen Seins. Und dann, wenn es dir bewusst ist: Blende alles aus.«

Jason tat es, auch wenn es ihm schwerfiel, so dicht neben ihr, weil er sich eigentlich gerade jetzt seines Körpers gern bewusst gewesen wäre und seines ganzen Seins.

»Kryptomoi«, sagte Liz.

»Kryptomoi«, wiederholte Jason.

Sie stiegen aus und gingen schweigend die letzten fünfzig Meter bis zur Hügelkuppe, von der aus sie auf die andere Seite hinabsehen konnten. Dort unten, auf einer steilen Klippe über dem Meer, lag eine seltsame Ansammlung von Gebäuden. Als Erstes fiel Jason ein lang gezogener, nach oben hin gewölbter Bau auf, der mehrheitlich aus Stahl und Glas bestand. Die Wolken spiegelten sich darin. Sein Erdgeschoss aber schien aus den Resten einer alten Burg herauszuwachsen. Als wäre ein Raumschiff aus dem Weltall gekommen und in einer mittelalterlichen Ruine gelandet, um mit ihr zu verschmelzen. Daneben gab es noch ein großes Bruchsteinhaus, das aussah wie die meisten Häuser, die sie auf der Insel bis jetzt gesehen hatten. Im Vorfeld dieser beiden Gebäude standen Mauerreste, die Rechtecke und Kreise bildeten und vor sehr langer Zeit einmal Burgmauern und Türme getragen haben mussten.

»Eine alte Wikingerfestung«, stellte Liz fest. »Wie Fox gesagt hat. Das muss Helheim Genetics sein. Anscheinend sind sie alle drei zu Hause. Tyra, Mapunda und Yuki. Spürst du sie?«

Jason versuchte sich zu konzentrieren. Tatsächlich war da ein ungutes Gefühl, das ihn sofort an die Schlacht erinnerte. Er nickte.

»Komm.« Liz ging zum Auto zurück und nahm ihren Rucksack von der Rückbank.

Jason folgte ihr und schaute zu, wie sie ein schwarzes Tuch herauszog.

»Weißt du noch, wie du mal aus Versehen daraus eine Fledermaus gezaubert hast?«, fragte sie.

Er nickte wieder.

»Kriegst du es noch mal hin?«

»Hm.« Jason kratzte sich am Kopf. »Nee, glaub nicht.«

»Egal.« Sie schwenkte das Tuch hin und her, schloss die Augen und sagte: »Zóon prágma ginesthai!« Sie ließ das Tuch fallen und plötzlich flatterte es von allein in die Luft. Es hatte sich nicht in eine Fledermaus, sondern in einen schwarz-weißen Vogel verwandelt.

»Érchesthai«, rief Liz und streckte die Hand aus. Der Vogel ließ sich darauf nieder. Er hatte einen lustigen runden Kopf und einen knallroten Schnabel.

Jason beäugte ihn. »Was ist das?«

»Ein Papageientaucher«, sagte Liz. »Ganz typisch für die Küste hier, der fällt nicht weiter auf.«

Sie zog den Vogel zu sich heran und flüsterte: »Aisthánestai xénos!« Dann warf sie ihn in den Wind. »Flieg, mein Kleiner.«

Jason sah dem Vogel nach, wie er über den Hügel hinweg in Richtung der alten Wikingerfestung flog. »Ich schnall genau gar nichts«, sagte er.

»Ich habe mich mit dem Vogel verbunden«, sagte Liz. »Ich kann durch seine Augen sehen. Er wird für uns eine kleine Runde um diese Siedlung drehen.«

»Und wenn die das mitkriegen? Diese Schwarzmagier haben's doch ziemlich drauf – würden sie so einen magischen Vogel, der gar kein echter Vogel ist, nicht bemerken?«

»Früher oder später schon. Ich gebe uns drei Minuten.«

»Und wenn ...«

»Halt jetzt die Klappe.«

Liz lehnte sich gegen das Auto und schloss die Augen. Jason schwieg und betrachtete sie. Die blasse Haut und das schwarze Haar, das im Wind um ihren Kopf flatterte. Er fragte sich, ob es pervers war, auf die eigene Lehrerin zu stehen. Bevor er den Gedanken weiterverfolgen konnte, kam der Papageiendings schon wieder angeflattert. Liz öffnete die Augen, streckte den Arm aus und der Vogel landete auf ihrer Hand. Liz drehte den Arm ein wenig, woraufhin das Tier verschwand. Sie faltete das schwarze Tuch zusammen und verstaute es wieder im Rucksack.

»Was hast du rausgekriegt? Hast du Tyra und die anderen gesehen?«

»Zumindest Meisterin Yuki. Glaub ich. Bin mir nicht sicher.«

Jason lachte hohl. »Die erkennt man doch von Weitem, in ihren weißen Klamotten.«

»Das ist es ja. Fast alle Personen, die ich gesehen habe, waren in Weiß. Laborkittel oder Schutzanzüge oder so, mit Hauben und Handschuhen und Mundschutz. Dieses futuristische Gebäude dort, dieser gewölbte Bau, das scheint eine Art riesengroßes Labor zu sein.«

Jason musste an das Ende der Schlacht denken: wie Yuki die Toten zu sich gerufen hatte. Der Pfad bräuchte ständig frische menschliche Leichen, hatte Meister Fong mal gesagt. Jason schüttelte sich.

»Drei oder vier von diesen Wikingerkriegern sind auch da«, fuhr Liz fort. »Jedenfalls habe ich sie auf den Mauern stehen sehen. Wie viele Leute sonst noch da sind, also im Innern, weiß ich natürlich nicht. Darum werde ich mir das aus der Nähe ansehen.«

»Aber …«

»Unsichtbar. In Kombination mit dem Kryptomoi-Zauber kann ich mich dort unten ein bisschen umschauen, ohne dass die mich bemerken.« Sie überlegte kurz. »Zwei Zauber zu kombinieren ist ziemlich herausfordernd. Aber ich bin sicher, dass ich das für eine halbe Stunde durchhalte.«

»Und ich?«, fragte Jason. »Was mache ich?«

»Warten«, sagte sie. »Und vor allem – deinen eigenen Kryptomoi aufrechterhalten. Falls ich in spätestens einer Stunde nicht wieder hier bin, fährst du zurück in die Stadt, okay?« Sie deutete auf ihr Handy auf der Ablage hinter der Windschutzscheibe des Autos. »Du rufst Aziza an und tust, was immer sie dir sagen wird.«

»Soll ich nicht lieber ...«
»Nein. Du bleibst beim Auto.«
»Okay.«
»Okay?«
»Ja, okay, zur Hölle.«
»Gut. Bis später. Aóratos!«

Damit drehte sie sich um und marschierte wieder den Hügel hinauf. Noch bevor sie die Kuppe erreichte, begannen ihre Konturen zu verschwimmen. Kurz wirkte sie wie ein Gespenst, dann löste sie sich einfach so auf. Jason rieb sich die Augen. Es war, als wäre sie niemals hier gewesen.

Er drehte sich zum Auto um. Der Schlüssel steckte noch. Er bekam Lust, ein bisschen rumzufahren. Einfach nur als Übung, falls sie beide nachher schnell abhauen mussten. Aber vielleicht würde das doch noch die Aufmerksamkeit der Schwarzmagier wecken. Am Himmel zogen ein paar Vögel dahin. Er fragte sich, ob das wohl auch Spione waren. Die Vögel flogen aufs Meer hinaus. Im Dunst war eine kleine Insel zu erkennen, ein einsamer Felsen draußen vor der Küste, vielleicht wohnten die da.

Freiheit.

Jason fiel auf, dass dieses Wort für ihn nie eine echte Bedeutung gehabt hatte, obwohl man im Knast andauernd darüber redete. Also, man sagte nicht *Freiheit*, man sagte *draußen*, aber das meinte dasselbe, und dauernd ging es darum, was man *draußen* alles so getrieben hatte, bevor man *eingefahren* war, und was man alles tun würde, wenn man wieder *draußen* wäre. Für ihn war klar gewesen, dass man ihn draußen in eine betreute Wohngruppe gesteckt und außerdem zu irgendeiner Schule geschickt hätte, und dass er vermutlich früher oder später einen Weg gefunden hätte, sich zu verpissen. Irgendwo anders unterzukommen und wieder seinem alten Job nachzugehen. Also in Häuser einzusteigen. Kohle zu haben und die zu verballern. Kippen, Bier, irgendwelche Partys. Wie

Freiheit hatten sich diese Vorstellungen nie angefühlt. Er breitete die Arme aus und fühlte den Wind. Der rüttelte an Jasons Haaren, an seiner Jacke, er strich um seine Beine wie früher Stupsi, die Katze seiner Oma. Bis er plötzlich zusammenzuckte. Verdammt, war er sich etwa seines Körpers bewusst geworden? Bloß nicht den Zauber stören!

Er verschränkte die Arme vor der Brust, wie um seinen Körper ruhigzustellen, und beamte sich in Gedanken weg.

Kryptomoi, zur Hölle!

Er ging zum Auto und setzte sich hinein, um den Wind nicht mehr zu fühlen, fummelte die Zigaretten aus der Hosentasche und zündete sich eine an. Auf den Atem konzentrieren. Das ging beim Rauchen viel einfacher. Er konzentrierte sich so sehr, dass ihn mit einem Mal ein böses Gefühl überkam. Eine Aura. Eine Gegenwart. Von dem Mann, der sich zwei Nächte zuvor plötzlich im Studierzimmer des Donjons von Branzé materialisiert hatte – nur Sekunden nachdem Jason das Heptalogon des Iskander aus dem Bann des Pentagramms gelöst hatte und damit auf den Mauerabsatz draußen am Turm geflüchtet war.

Meister Mapunda!

Hastig stieg Jason aus dem Auto aus, warf die Kippe weg und stand ihm direkt gegenüber.

Mapunda hob höflich seinen Hut und sagte: »Willkommen auf Hjaltland, junger Freund.«

Jason ballte die Faust für einen Pyrros pyrobol, doch der Schwarzmagier war schneller. Mapunda hob die Hand und sagte: »Adynásia!«

Jasons Faust erschlaffte, sein ganzer Arm, seine Beine, ihm wurde wohlig weich im Kopf, dann kippte die ganze Welt zur Seite und er versank in angenehmer Dunkelheit.

8

Fatma schlug die Augen auf und wunderte sich, dass in ihrer kleinen Dachkammer ein Poster von Shuhada Sadaqat hing. Mit Verzögerung wurde ihr bewusst, dass diese Kammer gar nicht im Palas der Burg von Branzé, Morvan, Frankreich, sondern im Dachgeschoss ihres Elternhauses, Biberach, Oberschwaben, Deutschland, lag.

Shuhada Sadaqat blickte von ihrem Poster auf Fatma herab und schien sich ebenfalls zu wundern, Fatma hier zu sehen, in ihrem alten Kinderzimmer. Die schöne Frau mit dem markanten Gesicht und dem eng anliegenden Schleier hatte einst den Namen Sinéad O'Connor getragen und war mit Songs wie *Nothing Compares 2 U* zum Weltstar geworden, bevor sie den Islam angenommen und ein neues Leben begonnen hatte. Die unvergleichliche Stimme trug Fatma seit vielen Jahren über manche Höhen und durch noch mehr Tiefen ihres Lebens. *Nothing can take away these blues.*

Fatma vermisste die anderen, wurde ihr jäh bewusst. Sie bereute es nicht, aus der Gilde ausgestiegen zu sein. Genau darum tat es ja so weh. Es war die richtige Entscheidung gewesen und trotzdem schmerzte es, dass sie Mo und Jason niemals wiedersehen würde, Aziza nicht und nicht Meister Fong – mochte Gott auf ihn aufpassen, was immer mit ihm geschehen war. Selbst Liz fehlte ihr, diese blöde, arrogante … Liz war Irin wie Shuhada und mindestens so wütend wie sie, nur leider konnte Liz aus ihrer Wut überhaupt nichts Kreatives erschaffen.

Nein, es war völlig richtig, dass Fatma ausgestiegen war. Gestern Nachmittag war sie in Köln angekommen, aber nur zu einem kleinen Zwischenstopp. Ihr Studentinnenzimmer, auch unter dem Dach gelegen – warum wohnte sie eigentlich andauernd irgendwo unter dem Dach? –, hatte vor allem nach ihrer eigenen Abwesenheit gerochen, nach Stille und Stillstand. Und irgendwann musste sie ihre Familie eh besuchen. Also war sie gleich weitergefahren. Spät am Abend war sie angekommen und ihre Eltern hatten spontan ein Festmahl gezaubert. Es war schön gewesen, von ihnen und von ihren Brüdern in den Arm genommen zu werden. Kein schlechtes Wort von ihnen darüber, dass sie sich so selten gemeldet und so unvermittelt das *Auslandssemester* in Frankreich abgebrochen hatte. Und ausnahmsweise auch kein schlechtes Wort von ihr selbst; etwa über den Adventskranz auf dem Tisch und die Weihnachtsdeko im Fenster. Und auch auf das übertriebene Lob ihrer Mutter dafür, dass sie die schwarzen Handschuhe nicht mehr trug, hatte sie nur mit einem kurzen Nicken geantwortet.

Ihr Blick fiel auf die unterste Etage ihres Bücherregals. Dort standen die Kinderbücher aus der Grundschulzeit, die sie natürlich nicht mehr las, die ihr aber zu kostbar waren, um sie fortzugeben. Sie zog *Die kleine Hexe* von Otfried Preußler hervor und strich mit den Fingern über den Einband. Da hockte sie auf ihrem Besen, die kleine Hexe, und rauschte durch die Nacht, im Gesicht ein zuversichtliches Lächeln und um das feuerrote Haar ein dunkles Kopftuch gebunden. Als Grundschulkind hatte Fatma kaum Frauen mit Kopftüchern gekannt, eigentlich nur die Mütter einiger weniger Freundinnen – Gülay, Yeliz, Aysun –, und war absolut selbstverständlich davon ausgegangen, dass auch die kleine Hexe muslimisch war.

Sie schüttelte den Kopf und schob das Buch ins Regal zurück, ging ins Bad und machte sich frisch, zog sich an und packte ihre

Sachen. Es stimmte ja, was Mo gesagt hatte: Das alte Leben lag hinter ihr, etwas Neues hatte begonnen. Aber anders als für Mo war es für Fatma nicht die Magie. Es musste irgendetwas anderes sein. *Was* es werden sollte, würde sie hier zu Hause nicht herausfinden. Sie musste zurück nach Köln, in ihr kleines, einsames Zimmer, und sich besinnen. In der Stille den Stillstand überwinden. Früher oder später würde ihr eine Idee kommen.

Als sie hinunterging, war im Wohnzimmer noch der Frühstückstisch gedeckt. Die Jungs saßen natürlich längst in der Schule und ihre Mutter stand sicher schon seit drei Stunden am OP-Tisch, es war kurz nach zehn. Aber ihr Vater kam aus seinem Arbeitszimmer.

»Guten Morgen, Habibti. Gut geschlafen?«

»Ja, sehr, danke. Darf ich?« Sie setzte sich.

»Natürlich. Du brauchst dich doch nicht wie ein Gast zu benehmen. Du bist hier zu Hause.«

»Ich will dich nicht bei der Arbeit stören.«

»Im Homeoffice freu ich mich über jede Ablenkung.« Er schenkte sich Kaffee ein und setzte sich zu ihr. Dann bemerkte er ihren Rucksack und sein Blick bekam etwas Trauriges. »Du willst uns schon wieder verlassen?«

»Ja. Die Uni, du weißt schon.«

»Was ich weiß, ist, dass ich eine sehr fleißige und ehrgeizige Tochter habe«, entgegnete er. »Ich weiß aber auch, dass das Semester schon fast zur Hälfte herum ist. Willst du dir nicht stattdessen eine kleine Auszeit gönnen? Einfach mal runterkommen, vielleicht noch ein bisschen reisen. Und dann steigst du zum Sommersemester wieder ein.« Er tätschelte ihre Schulter. »Wenn du magst, kannst du eine Weile hierbleiben. Mal den Druck rausnehmen. Würde dir guttun.«

»Ach, Baba, das ist total nett von dir, aber ...«

»Wir würden uns alle freuen«, setzte er nach. »Sehr sogar.«

Von wegen Druck rausnehmen. Sie goss sich Orangensaft ein und trank das Glas in einem Zug leer. Liebe konnte auch Druck machen. *Sehr sogar.* Ihre Fingerkuppen fühlten die Spuren der vielen Hände auf diesem Glas, die Sehnsüchte und Ängste ihrer Brüder und ihrer Eltern, die keine Spülmaschine der Welt fortwaschen konnte … Nur kurz, denn sie hatte von Aziza gelernt, die Flut der Eindrücke zu bändigen und abzustellen. Im nächsten Moment war es einfach nur noch ein Glas. Sie stellte es ab und sagte: »Das war eine turbulente Zeit in Frankreich. Ich brauch ein paar Tage für mich, dann sehe ich weiter. Gibst du Mama einen Kuss von mir?« Sie stand auf.

»Mach ich, Habibti«, sagte er und stand ebenfalls auf. »Erlaube mir wenigstens, dass ich dich mit dem Auto zum Bahnhof fahre.«

Sie erlaubte es und verabschiedete sich im Vertrauen darauf, jederzeit, in jedem Zustand zurückkommen zu können. Und sie bekam ein schlechtes Gewissen, weil sie all das nicht angemessen wertschätzen konnte. Familie mochte anstrengend sein, übergriffig, helikopterartig, all das. Aber Familie war auch ein absolut reißfestes Sicherheitsnetz. Sicherer als jeder Bannzauber mit einem Kreidepentagramm. Ein unerhörtes Privileg im Vergleich zu Menschen wie Jason. Oder auch Liz. Fatma sagte sich, dass sie eigentlich kein Recht hatte, über Liz zu urteilen.

Es war noch nicht mal später Nachmittag, als sie in Köln ankam, aber es dämmerte bereits. In allen Straßen blinkten Weihnachtsschmuck und Produktwerbung um die Wette. Sie ging durch ihre Straße und erinnerte sich an jenen Abend im Sommer, als sie dem Jungen geholfen hatte, der vom Rad gestürzt war.

Ein ungutes Gefühl stieg in ihr auf. Das verwirrte sie, denn sie fand die Erinnerung an jenen Abend und jene Nacht und alles, was danach kam, gar nicht so unangenehm. Dann begriff sie, dass das unangenehme Gefühl einen anderen Grund hatte. Es verstärkte sich mit Macht, als sie die Haustür aufdrückte, die nie richtig schloss. Sie hielt inne und erwog umzukehren. Wegzulaufen. Aber wohin? Außerdem war sie mutiger als noch vor ein paar Monaten. Kampferprobt sozusagen. Und vor allem sehr, sehr neugierig.

Sie lief die Treppen hoch und öffnete die Wohnungstür.

Siham saß am Küchentisch und lächelte Fatma an.

»Salam alaikum, Schwester.«

»Was willst du hier?«, zischte Fatma. »Wie bist du hier hereingekommen?«

»Anóixis«, sagte Siham. »Sicher hat man dir erzählt, dass ich mal zur Magischen Gilde gehört habe. Ein paar kleine Tricks kann ich noch.«

Fatmas Blick scannte die Küche ab. Auf der Anrichte lag ein breiter, zusammengerollter Gürtel, aus dem die Griffe von vier gebogenen Dolchen hervorlugten. Fatmas Magen krampfte sich augenblicklich zusammen, als hätte Siham bereits zugestochen. Im Angesicht der Bedrohung durch den Pfad hatte Fatma überhaupt nicht mehr an die Inquisition gedacht. Doch auch Siham jagte das Heptalogon! Auch die Assassinin würde dafür über Fatmas Leiche gehen! Und über die von Mo und Jason.

»Setz dich doch«, forderte Siham sie auf.

»Was willst du?«, wiederholte Fatma und bemühte sich, ihre Stimme möglichst selbstbewusst klingen zu lassen. Ihr musste jetzt dringend irgendein Kampfzauber einfallen! »Wenn du mich töten willst, versuch es lieber gleich.«

»Ich will nur reden«, erwiderte Siham.

»Worüber sollten wir schon reden, du und ich?«

»Über den Fluch, der dich und deine Freunde an das Heptalogon des Iskander von Constantinopel bindet. Und über das Conjugum, das diesen Fluch seit fünfhundert Jahren aufrechterhält.«

Fatma kniff die Augen zusammen. »Was weißt du darüber? Wieso weißt du überhaupt was über den Fluch und das Conjugum?«

»In den historischen Akten der Inquisition wird das Heptalogon des Iskander erwähnt«, sagte Siham. »Das mit dem Fluch und dem Conjugum haben wir erst von Carl Fong erfahren.«

»Meister Fong hat euch …?«

»Nein, nein.« Siham lächelte. »Wir haben sein Handy gehackt. Auch altehrwürdige Organisationen müssen moderne Mittel nutzen. Dadurch haben wir erfahren, dass ihr euch nach Branzé begeben habt, du und deine beiden Freunde. Und dass Carl Fong auf der Suche nach der Chronik des Nürnberger Gildenhauses aus dem sechzehnten Jahrhundert war und dass …«

»War? Wieso war?«

»Ach so. Das weißt du wohl noch gar nicht. Fong ist tot.« Siham seufzte theatralisch. »Wirklich bedauerlich, ich hätte das gern vermieden. Der Meister ist um die halbe Welt gereist, um diese Chronik an sich zu bringen. Er dachte, er hätte sie bei einem Sammler in Toronto endlich gefunden. Ich wollte ihm zuvorkommen. Leider tauchte er im falschen Moment auf …«

Fatma merkte, dass ihr Körper zu beben begann. Sie ballte eine Hand zur Faust.

Siham legte den Kopf schräg und fragte: »Willst du es auf ein Duell mit Feuerbällen ankommen lassen? Hier in deiner Wohnung? Ich glaube nicht.«

»Was hast du mit der Chronik gemacht?«, zischte Fatma.

»Die war leider nicht da. Ich weiß auch nicht, ob der Sammler sie überhaupt noch in seinem Besitz hatte. Vielleicht wurde sie längst weiterverkauft. Ich habe Juan – du erinnerst dich an meinen Kollegen? Von unserer kurzen Begegnung im Tunnel der U-Bahn im Sommer? Ich habe Juan in Toronto zurückgelassen, damit er weitere Nachforschungen anstellt.«

Fatma ließ die Hand zur Faust geballt, tat aber nichts. Mo und Fernando kamen ihr in den Sinn. Sie waren gestern nach Toronto geflogen – sie musste sie irgendwie warnen!

»Deine Freunde sind auch schon vor Ort«, sagte Siham, als hätte sie Fatmas Gedanken gelesen. Vermutlich hatte sie das tatsächlich; Fatma erinnerte sich, dass Aziza Sihams Fähigkeiten auf diesem Gebiet erwähnt hatte. »Und sie haben den Leichnam des Meisters gefunden. Praktischerweise war Juan in der Nähe und konnte der Polizei einen kleinen Tipp geben …«

Fatma hob die Faust. Zugleich versuchte sie ihren Atem zu kontrollieren. Bestimmt hatte sie bloß einen einzigen Versuch und der musste ins Ziel treffen. Doch sie war viel zu wütend, um sich darauf konzentrieren zu können.

»Wenn dieser Priester meinen Freunden auch nur ein Haar krümmt …«, zischte sie.

»Wird er nicht«, sagte Siham. »Die Inquisition hat keinen guten Ruf, ich weiß, aber im Grunde ist es die menschenfreundlichste Institution, die es gibt.«

»Lächerlich!«

»Doch, doch. Wir sind dafür da, die Menschen zu beschützen. Alle. Wir schützen die Menschen an Leib und Seele. Vor allem Letzteres natürlich. Ja, ich mag Fongs Körper getötet haben, aber seine Seele habe ich dadurch vielleicht gerettet. Und darum habe ich den Auftrag, das Heptalogon zu vernichten. Wir wollen im Prinzip dasselbe, du und ich.«

Fatma lachte höhnisch.

»Etwa nicht?«, fragte Siham. »Du willst doch auch, dass das Conjugum gefunden und der Fluch gebrochen wird.«

»Ja, aber daran arbeitet die Gilde. Warum mischt ihr euch da ein? Indem ihr Meister Fong getötet habt, erreicht ihr doch das Gegenteil.«

»Nun – das Brechen des Fluches ist das eine. Die Zerstörung

des Heptalogons das andre. Wenn das Conjugum erst einmal identifiziert und zerstört sein wird, dann seid ihr frei, deine Freunde und du. Das Heptalogon aber ebenfalls. Aziza kann damit tun und lassen, was sie will. Ich denke nicht, dass sie es vernichten wird. Doch genau das muss geschehen. Wusstest du, dass das Buch ein geheimes Kapitel über Nekromantie enthält?«

»Ja. Und darum bin ich sicher, dass Aziza es zerstören wird. Wenn du unbedingt Magier bekämpfen willst, dann kümmre dich lieber um Tyra und diese Leute vom Pfad der Neun. Das sind echte Schwarzmagier.«

»Wir bekämpfen alle Magier. Das macht keinen Unterschied. Die Gilde, der Pfad … schwarze und weiße Magie …«

»Du bist völlig verblendet«, erwiderte Fatma. »Es gibt nicht nur Gut und Böse, sondern eine Menge dazwischen.«

»Du bist doch Juristin, wenn ich das richtig verstehe? Dann weißt du, dass man sich entscheiden muss. Man muss Urteile fällen. Schuldig oder nicht schuldig. Halb schuldig gibt es nicht.«

»Doch, natürlich. Das hier ist ein Rechtsstaat. Jeder Fall, jede Tat, jeder Mensch vor Gericht wird individuell behandelt.«

Siham lächelte spöttisch. »Du glaubst tatsächlich an den Rechtsstaat, ja?«

»Ich glaube an Gott – er ist groß und erhaben«, antwortete Fatma entschieden. »Und ja, ich glaube an den Rechtsstaat.«

»Tja«, machte Siham. »Wie schade für dich, dass dieser Rechtsstaat seinerseits nicht an dich glaubt.«

Das traf Fatma an einem wunden Punkt. Als hätte Siham das ganze Gespräch von Anfang an auf diese Stelle hingeführt.

»Schau dich an«, sagte Siham. »Mit deinem Schleier wirst du niemals als Richterin arbeiten können.«

»Ich kann als Juristin in etlichen Berufen arbeiten«, widersprach Fatma. Zugleich ärgerte sie sich darüber, dass sie überhaupt hier stand und mit dieser Frau diskutierte, mit dieser Mörderin.

»Du willst aber nicht *in etlichen Berufen* arbeiten«, sagte Siham, als hätte sie in Fatmas Innerstes geblickt. »Dein Traum ist es, einmal Richterin zu werden. Und das lassen sie dich nicht. Dieser Staat, den du so toll findest, vertraut dir mit Hijab vielleicht seine Toiletten an oder eine Supermarktkasse und in Ausnahmefällen auch ein paar Kinder in der Kita – aber auf keinen Fall seine Gesetze und seine Rechtsprechung. Sag mir: Wenn du Richterin werden willst und sie würden dich zwingen, den Hijab abzulegen, wie entscheidest du dich? Einen halben Hijab gibt es nicht.«

Fatma löste ihre Faust, lockerte ihre Finger und verschränkte die Arme. »Sag mir endlich, warum du hier bist. Was willst du von mir?«

»Dir einen Job anbieten. Eine juristische Tätigkeit. Ich will, dass du für uns arbeitest. Für die Heilige Inquisition.«

Fatma lachte schallend.

»Diese Reaktion habe ich erwartet«, meinte Siham gelassen. »Aber wenn du klug bist, schließt du dich uns an. Nicht nur, weil ich dir Wege der Juristerei zeigen kann, von denen du bisher nicht mal geträumt hast. Sondern auch, weil es für dich die Chance ist, deine Freunde und dich von dem Fluch zu befreien. Wir haben nämlich einige Informationen über Iskander von Constantinopel und sein Zauberbuch, die Aziza und die Gilde ganz bestimmt nicht haben. Keiner von euch dreien muss sterben – wenn du kooperierst.«

Fatma atmete aus. Und wieder ein und wieder aus.

»Ich gebe dir eine Minute, mir zu erklären, was du damit meinst.« Fatma setzte sich. »Danach verlässt du meine Wohnung.«

Als sie am späten Abend aus der Subway stiegen und auf einen belebten Platz hinaustraten, kam Mo sich vor, als seien sie tatsächlich in einer chinesischen Mega-City gelandet. Natürlich gestand sich Mo ein, noch nie in China gewesen zu sein – und irgendwo war da der vernunftgesteuerte Vorsatz, andere Menschen und Gegenden nicht zu *exotisieren*. Andererseits war es einfach zauberhaft, sich der Flut der Eindrücke hinzugeben. Von überall her blinkten ihnen rätselhafte Schriftzeichen entgegen, Straßenküchen verbreiteten Duftwolken von Koriander und Kurkuma, unter altertümlichen Laternen mit Drachenmotiven pulsierte das Leben und nur die am unteren Rand der Schilder angebrachten englischsprachigen Übersetzungen erinnerten daran, dass diese Chinatown mitten in Toronto lag.

Fernandos Handy führte sie durch die Straßen, bis sie schließlich vor einem Imbiss stehen blieben. *24 Dim Sum*, stand klein gedruckt unter der großen Reklame aus chinesischen Zeichen.

»Hier treffen wir Charles Chow?«, fragte Mo.

»Hoffentlich«, meinte Fernando. »Jedenfalls ist diese Adresse in den Kontakten von Meister Fong gespeichert – wir synchronisieren das regelmäßig ... also, wir *haben* regelmäßig unsere Daten synchronisiert.« Er blinzelte eine Träne weg. »Ich hab nicht immer verstanden, was es mit all diesen Leuten und Kontakten auf sich hatte. Und ich kann mich überhaupt nicht erinnern, wie dieser Charles Chow aussieht. Wir haben in all den Jahren so viele Menschen getroffen ...«

»Wir finden ihn schon«, sagte Mo entschlossen. »Komm.«

Sie betraten den Imbiss, der gut besucht war. Mo hätte sich am liebsten an einen der Tische gesetzt und sämtliche Speisen der ganzen Karte bestellt, denn sie hatten ewig nichts gegessen, abgesehen von einem trockenen Bagel auf dem Police Department.

Fernando beugte sich an der Theke zu einer älteren Frau vor und fragte nach Charles Chow.

»Es ist wichtig«, sagte er. »Sagen Sie ihm, wir sind Freunde von Carl Fong und müssen ihn dringend sprechen.«

»Sag es ihm doch selbst«, entgegnete sie und deutete auf einen hageren alten Mann, der am Fenster saß und gerade mit seinen Essstäbchen ein Gemüsebällchen in seinen Mund bugsierte.

Sie gingen zu dem Mann hinüber und Fernando verbeugte sich. »Mister Chow? Ich bin Fernando Borges, der Schüler von Carl Fong. Erinnern Sie sich?«

»Was denn – der kleine Fernandinho?« Der Mann legte seine Stäbchen zur Seite und breitete die Arme aus. »Natürlich, du bist es. Du bist ein Mann geworden. Und mit wem habe ich noch das Vergnügen?«

Mo stellte sich kurz vor und Chow lud die beiden ein sich zu setzen.

»Wo steckt denn nun unser guter Fong?«, wollte er wissen. »Carl hat mir geschrieben, dass er nach Toronto kommt. Er wollte sich mit mir auf einen Tee treffen, sobald seine Mission beendet ist.«

»Leider wird er seine Mission nicht mehr beenden können«, sagte Fernando. »Meister Fong ist tot. Ermordet.« Er schilderte, wie er und Mo die beiden Toten in Navardauskas' Haus gefunden hatten, wie sie von der Polizei verhaftet worden und aus dem Gewahrsam entkommen waren.

Chow sah sie bestürzt an. »Die Inquisition?«, fragte er dann. »Die echte, alte Inquisition ist wieder da? Beziehungsweise immer noch?«

»Nicht nur die«, sagte Fernando. »Auch der Pfad der Neun.«

Und dann erzählte Mo die ganze Geschichte von Mos, Fatmas und Jasons Begegnung mit dem Heptalogon, von der Schlacht um Branzé bis zu ihrer beider Ankunft in Toronto am Nachmittag.

Chow hatte gebannt zugehört. Dann richtete er sich unvermittelt auf und sagte: »Bitte entschuldigt meine Unachtsamkeit. Nach allem, was ihr erlebt habt, müsst ihr doch wahnsinnig hungrig sein.«

Ohne eine Antwort abzuwarten, orderte er für sie Tee und eine riesige Auswahl an veganen Dim Sum, was im Wesentlichen eine Bezeichnung für verschiedenste Teigtaschen von jeweils überraschendem Inhalt war, wie Mo feststellte. Es schmeckte jedenfalls köstlich und Mo meinte: »Es ist bestimmt sehr praktisch, solch einen Imbiss zu besitzen.«

»Ach so, du denkst, der Laden gehöre mir?« Chow wirkte belustigt. »Klar, alle Chinesen haben entweder einen Imbissladen oder eine Wäscherei.«

»Sorry, Mister Chow«, sagte Mo. Von wegen *Exotisieren*. Dabei war es doch Mos wichtigstes Anliegen, nicht in Schubladen gesteckt zu werden – und selbst auch keine Menschen aufgrund von Äußerlichkeiten in Schubladen zu stecken. Trotzdem passierte es einfach immer wieder, sosehr Mo sich auch dagegen wehrte.

Chow lachte und sagte: »Macht nichts. In meinem Falle trifft das ausnahmsweise zu, sogar beides. Ich habe drei Restaurants und zwei Wäschereien und außerdem zwei Clubs und eine Import-Export-Firma.«

Entschuldigend sagte Mo: »In Meister Fongs Kontakten war unter Ihrem Namen diese Adresse gespeichert, Sir.«

»Ja, hier esse ich jeden Abend«, antwortete Chow, »nie in meinen eigenen Restaurants. Hier habe ich Ruhe vor meinen Angestellten. Aber bitte sagt doch einfach Charly zu mir. Carls Freunde sind auch meine Freunde.« Er blickte zur Decke. »Sieht ihm ähnlich, dass er nicht die Adresse meiner Wohnung gespeichert hat, sondern die von meinem bevorzugten Dim-Sum-Imbiss. Alter Geheimniskrämer.« Er schaute wieder Mo und Fernando an. »Wir haben uns als junge Männer in Lagos kennengelernt. Ich war dort mit meinem Vater auf Geschäftsreise und Carl stieg mit seinem Lehrer im selben Hotel ab. Meister Nagy, ein strenger Mann, aber auch sehr humorvoll. Und mit einem großen Herzen. Ohne ihn säßen wir jetzt nicht hier. Fong und ich haben uns rasch angefreundet, er stammte wie die Familie meines Vaters aus Hongkong. Eher aus Zufall bin ich hinter sein Geheimnis gekommen.« Charles Chow senkte die Stimme. »Ich habe herausgefunden, dass Carl über Zauberkräfte verfügt. Die Gesetze der Gilde hätten verlangt, dass er mir mit einem Amnésis-Zauber jede Erinnerung daran nimmt. Aber er brachte es nicht übers Herz, denn das hätte ja auch unsere Freundschaft ausgelöscht. Auf Carls Bitten hin gab Meister Nagy ihm die Erlaubnis, dass er mich in das Geheimnis der Magischen Gilde einweiht. Leider fehlt mir selbst jede Spur von magischer Begabung. Aber seitdem ist meine heimliche große Leidenschaft die Magiologie. Doch genug von mir.« Er breitete wieder die Arme aus. »Sagt mir lieber, was ich tun kann, um euch in eurer misslichen Lage zu unterstützen. Es ist für jeden Magiologen die größte Ehre, der Magischen Gilde Hilfe anbieten zu können.«

Mo beugte sich vor. »Fernando erwähnte, dass Sie einen Longgui besitzen? Eine Drachenschildkröte?«

Charly nickte. »Ihr fragt euch, ob sie einen Hinweis auf Carls Mörder geben kann? Wobei ihr doch sicher seid, dass es diese Assassinin gewesen ist.«

»Vor allem brauchen wir einen Hinweis auf den Verbleib der Chronik, wegen der Meister Fong nach Toronto kam«, sagte Fernando. »Ob sie noch im Haus des Litauers ist oder ob Siham sie gestohlen hat. Tja, und außerdem brauchen wir wohl einen Schlafplatz, wo uns die Polizei nicht sucht.«

»Ich würde mich glücklich schätzen, euch zu beherbergen«, sagte Charly.

Er bewohnte ein großzügiges Penthouse, dessen bodentiefe Fenster einen faszinierenden Rundblick erlaubten. Obwohl es inzwischen nach Mitternacht war, schien die Stadt voller Lichter zu sein, als trieben sie in einem Schiff über ein Meer aus Glitzer. Allerdings bezweifelte Mo, dass man in einer solchen Wohnung eine Drachenschildkröte halten konnte.

»Ist ein Longgui nicht riesig groß?«, fragte Mo. »In Filmen und Games kann man darauf reiten.«

»Das würde ich nicht empfehlen«, meinte Charly und lächelte.

»Oder geht es nicht wirklich um eine Drachenschildkröte?«, hakte Mo nach. »War das eher symbolisch gemeint?«

Von irgendwoher fragte eine tiefe Stimme: »Warum siehst du einen Gegensatz zwischen Symbol und Wirklichkeit?«

Verwirrt sahen Mo und Fernando sich um. Charly hatte nicht gesprochen.

Am Ende des Raumes stand, von grünlichem Dämmerlicht beleuchtet, ein ausgedehntes Terrarium. Von dort war die Stimme gekommen. Die beiden traten neugierig an die Glaswand heran, hinter der sich eine Landschaft aus Sand und Gras, Steinen, Baumstämmen, Pflanzen und einem kleinen Tümpel ausbreitete. Unter einem Stein kam jetzt eine Schildkröte hervor, nicht viel größer als solche, wie Mos Schulfreund Sergio sie früher in seinem Garten gehalten hatte. Doch der Kopf passte wahrhaftig zu keiner Schildkröte, sondern zeichnete sich durch Hörner an der Stirn, eine große Nase und ein breites Maul mit spitzen Zähnen aus. Er hatte tatsächlich etwas Drachenhaftes, aber nicht nach den in Europa verbreiteten Darstellungsweisen; stattdessen trug er buschige Haarpartien über den Augen, an den Backen und am Kinn sowie einen langen dünnen Schnurrbart, der Mo fast ein wenig an Meister Fong erinnerte.

Das Wesen musterte Mo aus großen, glühenden Augen und sagte: »Du bist doch selbst beides. Symbol und Wirklichkeit in einem. Gibst dir einen eigenen Namen, definierst dein eigenes Geschlecht, erschaffst fantastische Welten, in denen du mehr zu

Hause bist als in der einen stofflichen, durch die dich deine Füße tragen.«

Mo beugte sich vorsichtig über die Glaswand und sagte: »Verzeih, Longgui. Im Gegenteil ist die stoffliche Welt fantastischer als alles, was ich mir in meinem Kopf ausmalen kann. Du zum Beispiel. Und du scheinst einiges über mich – über uns – zu wissen.«

»In der Tat«, antwortete die Drachenschildkröte wie zur Bestätigung, kam vollständig unter dem Stein hervorgekrochen und schien nun Fernando anzusprechen. »Junge vom Berg aus Müll. Kind toter Eltern, Schüler eines toten Meisters. Wie viele Verluste kannst du tragen?«

»Das ist das Doofe an Hellseherei«, brummte Fernando. »Man wird immer gleich so durchleuchtet.« Er versuchte cool zu wirken. »Der Tod meines Lehrers ist der Grund, warum wir dich sprechen müssen. Was kannst du uns darüber sagen, Longgui?«

»Der Meister kam zu spät.« Das Wesen verzog seine Schnauze zu einer Grimasse, die Mo als Ausdruck von Bedauern deuten wollte. »Das Buch war nicht mehr in dem Haus. Nur der Tod.«

»Du weißt, welches Buch Meister Fong gesucht hat?«, fragte Mo.

»Ein Buch, das von sechshundert Jahren erzählt«, sagte Longgui. Nun wirkte es, als würde der Drachenkopf nicken. »Sechshundert Jahre in einer Stadt, die großes Unrecht sah und großes Recht.«

»Nürnberg«, sagte Mo, als sei das eine Prüfung. »Die Hassgesetze der Nazis gegen jüdische Menschen. Und nach dem Krieg die Prozesse gegen die Nazis.«

»Schon lange zuvor war die Chronik geschlossen worden«, fuhr die Drachenschildkröte fort. »Wanderte von Hand zu Hand, von Jahrhundert zu Jahrhundert.«

»Wo ist sie jetzt?«, fragte Fernando.

»Findet ihr die Tochter, dann findet ihr die Chronik«, sagte Longgui und riss das Maul auf, um herzhaft zu gähnen. Es schien so ansteckend, dass Mo beinah mitgegähnt hätte und daran denken musste, wie müde sie beide eigentlich waren.

Die Drachenschildkröte zog den gehörnten Kopf ein und kroch zurück unter den Stein.

»Wessen Tochter?«, fragte Mo schnell. »Die Tochter von Navardauskas? Warte doch, Longgui. Wo finden wir die Tochter?«

Kurz schien Longgui mit der kurzen Schwanzspitze zu winken, dann war das Mischwesen ihren Blicken entschwunden.

»Das war's wohl«, meinte Fernando.

»Absolut faszinierend«, murmelte Mo. »Wir haben gerade wirklich mit einer Drachenschildkröte gesprochen. Dass solche Wesen existieren!«

»Nun, es ist im Grunde gar nicht so sensationell«, meldete sich Charly. »Schildkröten gehören stammesgeschichtlich zu den Diapsiden, sie sind eng verwandt mit einigen Dinosaurierarten. Genau wie Vögel oder Krokodile oder eben auch Drachen. Leider sind Letztere seit Äonen ausgestorben. Doch manchmal, unter dem Einfluss der Essenz, bisweilen ganz unabsichtlich, gebiert die Natur Mischwesen mit erstaunlichen Fähigkeiten. Aber ich will euch nicht mit magiologischer Fachsimpelei langweilen.«

»Das ist ganz und gar nicht langweilig«, widersprach Mo. »Ich muss direkt an Loulou denken, den Mantikor auf Branzé. Gibt es noch viele solcher Chimären?«

»Eigentlich ist doch jeder von uns ein Mischwesen«, sagte Charly. »Alles Lebendige, das aus mehr als nur einer Zelle besteht, war irgendwann einmal eine Mutation, ein Irrtum der Natur sozusagen, das nennen wir Evolution. Die Natur wertet nicht. Nur wir Menschen beurteilen Dinge als normal und andere Dinge als Abweichung. Dabei ist das ganze Universum eine einzige Abweichung. Der Normalzustand der Welt wäre schlicht das Nichts.«

Fernando zwinkerte. »Hatte ich erwähnt, dass die meisten Magiologen zugleich auch Philosophen sind?«

»Ich mag den Gedanken«, sagte Mo. »Es erinnert mich an etwas, was Meister Fong damals zu Siham sagte, als er uns in der U-Bahn gerettet hat. Er sagte, *das ganze Leben* sei ein Fehler.«

»Was meinst du, von wem ich gelernt habe, die Dinge so zu sehen?« Charly lächelte.

Unvermittelt sagte Fernando: »Wir müssen endlich Aziza anrufen und es ihr berichten.« Er schaute auf die Uhr. »In Frankreich ist es früher Morgen. Und wir müssen mit Jolka sprechen. Vielleicht kann sie im Internet irgendetwas über diesen Navardauskas herausfinden. Ob er eine Tochter hat und wo sie lebt.«

»Tu das«, sagte Charly. »In der Zwischenzeit zeige ich dir, wo ihr schlafen könnt, Mo.«

Mo folgte ihm in ein großes Gästezimmer. Auch hier bodentiefe Fenster, in der Ferne reckte sich der rot und blau beleuchtete CN-Tower dem schwarzen Nachthimmel entgegen. Es gab nur ein Bett, das aber mindestens zwei Meter breit war.

»Ich hoffe, das passt für euch?«, sagte Charly. »Ich werde euch gleich morgen früh frische Kleidung besorgen lassen. Und mich erkundigen, ob ich irgendwas tun kann, um euer eigenes Gepäck aus eurem Hotel herzuschaffen.«

»Eigentlich brauchen wir aus dem Hotelzimmer nur eine einzige Sache wirklich, nämlich … obwohl …« Mo hielt inne, folgte einem plötzlichen Impuls und schlug die Tagesdecke auf dem Bett zurück.

Da lag es.

»Ist es das?«, fragte Charly ehrfürchtig.

»Ja.« Mo hob das Heptalogon vom Bett auf und nahm es in die Arme. »Es kehrt immer wieder zu uns zurück.«

Wenig später kam Fernando ins Zimmer. »Aziza lässt euch grüßen«, sagte er. »Sie hat es einigermaßen gefasst aufgenommen.

Und Jolka beginnt sofort mit Recherchen über die Familie von Vladas Navardauskas.« Er hielt das Handy noch in der Hand und ergänzte: »Wir sollten außerdem Liz anrufen. Sie weiß es ja auch noch nicht.«

»Stimmt«, sagte Mo. »Vielleicht schreibst du ihr lieber zuerst? Nicht dass sie gerade unauffällig die Leute vom Pfad der Neun beschatten und auffliegen, weil ihr Handy klingelt.«

Fernando nickte und tippte eine Nachricht in sein Handy.

Einen Augenblick später kam die Antwort.

»Kann gerade nicht reden, melde mich später«, las er vor. »Bei uns auf Shetland ist alles in Ordnung.«

Jason schnappt sich den Schulranzen und rennt los, ab nach Hause. Eigentlich ist er gar nicht in der Schule, er hat geschwänzt und darum auch fast die Zeit vergessen, aber ohne Schulranzen geht er nicht aus dem Haus, weil: Das soll ja wenigstens so aussehen, als wär er da gewesen. Bis irgendwann wieder die Anrufe kommen, *Siebtklässler und schon Schulverweigerer*, bla, bla, egal, Mama legt dann einfach das Telefon weg und nimmt noch eine Tablette. Man kann nämlich Tabletten nehmen. Man kann auch den Bus nehmen oder einen Big Mac, man kann abnehmen oder Rücksicht nehmen und man kann sich, auch wenn man erst zwölf ist, einfach ein Red Bull von der Tanke mitnehmen, wenn keiner guckt, scheiß drauf. Aber sich das Leben nehmen – was für ein Kackwort soll das sein, das gibt doch keinen Sinn. Er klingelt zigmal, aber Mama öffnet einfach nicht. Zum Glück hat Jason einen Schlüssel. Mama liegt auf dem Sofa und schläft so tief, dass sie nicht mal atmet. Sie sieht so friedlich aus. Aber der Schulranzen lässt sich nicht abschütteln, das Teil krallt sich an Jasons schmalen Rücken, hält ihm von hinten die Hände fest. Er kann sich nicht wehren gegen seinen Vater, wenn der wieder zuschlägt. Kann sich nicht wehren, als sie ihn weiterschieben, damit er nicht ewig am Grab stehen bleibt. Oder als ihn die Alte vom Jugendamt mit sich fortzieht oder Radulescus Leute ihn verprügeln. Oder wenn Tyra ihn anguckt, als ob er eine Laborratte wäre; er kann sich nicht wehren, seine Arme nicht bewegen, wälzt sich rum, schweißgebadet – und schreckte hoch.

Sein Körper bestand nur aus Schmerz. Er wollte sich aufstützen, ging aber nicht. Er rollte sich von einer Pritsche voll Stroh runter und kam auf die Knie, dann auf die Füße. Seine Hände waren mit einem rauen Strick auf den Rücken gefesselt, die Streckung seiner Arme strahlte schneidend in den Rücken, den Nacken, die Brust, sogar den Hintern und die Oberschenkel aus. Sein Kopf pochte. Sicher von dem Ohnmachtszauber. Er sah nackten Fels und eine massive Holztür. Die Tür hatte ein kleines vergittertes Fenster, durch das von außen etwas künstliches Licht in die Zelle fiel. Jason blinzelte hindurch, konnte aber nur eine gegenüberliegende Felswand erkennen und den kleinen Ausschnitt eines niedrigen Ganges. Keine Ahnung, wie lange er in diesem verfickten Loch steckte. Wohl ein Kerker in den Gewölben der alten Wikingerfestung von Helheim Genetics. Irgendwo da oben liefen sie rum. Tyra, die Schädeltussi. Und Yuki und Mapunda. Er spürte sie. Und irgendwo war auch Liz. Vielleich steckte sie auch in so einem Felsenloch wie diesem. Jedenfalls lebte sie.

Zaubern ging ohne freie Hände natürlich null. Er versuchte es trotzdem, mit dem Rücken gegen die Tür, irgendwie eine Hand auf das Schloss legen, es magisch öffnen, aber keine Chance. Seine Hände waren fest verschnürt und außerdem komplett taub. Er drückte das Gesicht gegen das kleine Gitterfenster in der Tür und rief nach Liz. Dreimal, dreizehnmal, dreihundertmal. Nichts, nicht mal ein Echo antwortete ihm.

Irgendwann, nach Stunden vielleicht, spürte er Meisterin Yuki näher kommen. Dann erschien ihr weißes Gesicht vor dem kleinen Fenster und die Tür wurde geöffnet. Yuki trat ein, in Begleitung eines Typen in Wikingerklamotten, als wäre Karneval. Aber sie kamen nicht zum Feiern. Der Typ brachte einen Krug Wasser und einen Teller mit einer undefinierbaren Suppe sowie einen Blecheimer. Er stellte alles auf dem Boden ab, dann ging er zu Jason und löste ihm die Fesseln.

Jason funkelte ihn bloß hasserfüllt an und schwieg. *Wo bin ich hier? Was habt ihr jetzt mit mir vor?* Solche Sätze waren Bullshit. Wenn du Schwäche zeigst, kannst du nur verlieren.

»Iss und trink«, sagte Yuki bloß. »Und erleichtere dich.« Sie deutete auf den Eimer.

»Und ihr guckt mir dabei zu oder was?«, knurrte Jason. »Was für kranke Spanner seid ihr?«

»Wir wollen ja nicht, dass du aus Versehen einen Zauber wirkst«, sagte Yuki.

Jason rieb seine schmerzenden Handgelenke. Seine Finger prickelten, während langsam das Blut zurückkehrte. Kurz machte er eine Faust und überlegte, ob er einen Pyrros pyrobol zustande kriegen würde. Yuki lächelte und schüttelte unmerklich den Kopf. Nee, er hatte keine Chance gegen sie. Und erst recht keinen Plan, wie er hier rauskommen sollte. Was er stattdessen hatte, war klar: Hunger und Durst. Also kippte er das Wasser runter, schlang die Suppe in sich rein und hockte sich anschließend unter der Aufsicht von Yuki und ihrem Krieger auf den Eimer. Es war natürlich total erniedrigend, aber er hatte ja Übung, weil: Auch im Knast hatte er vor anderen scheißen müssen. Krass, woran du dich alles gewöhnen kannst. Yuki reichte ihm ein Tuch zum Saubermachen. Als er fertig war, legte ihm der Typ wieder die Fesseln an. Dann sammelte er den Krug, den Teller und den Eimer ein, bevor Yuki und er die Zelle wieder verließen.

So ging das die nächste Zeit. Wobei – Zeit ist ja relativ. Jason versuchte, anhand der Besuche von Yuki und dem Typen abzuschätzen, ob Tag oder Nacht war und wie lange er wohl schon hier drinsteckte. Ließ sich aber überhaupt nicht sagen.

Das hier war definitiv das beschissenste Loch, in dem er je abgekackt hatte. Meistens tigerte er herum. Im Kreis, im Viereck, im Zickzack. Schritte zählen. Hilft gegen Panik. Kannte er noch von früher, war er gut drin. Zwischendurch blieb er immer wieder stehen, drehte sich mal hierhin und mal dahin, kriegte es aber nicht hin, irgendwie in eine entspanntere Position zu kommen. Seine Arme waren nur noch überflüssige Anhängsel seines Körpers. Zwischendurch rief er immer wieder mal nach Liz. Es kam aber nie eine Antwort.

Er versuchte, sich ihr Gesicht vors innere Auge zu rufen. Aber das verschwamm immer, als wäre sie nicht zu fassen. Besser klappte es mit Loulou. Wenn er sich an das warme Fell des Mantikors erinnerte und wie sie durch die Wälder gestreift waren oder wie er an den Bauch der Chimäre gelehnt geschlafen hatte, dann konnte er für eine Weile ganz ruhig werden und sich aus diesem Drecksloch wegträumen.

Vielleicht war ein Tag vergangen oder drei oder viele Wochen, als er irgendwann ganz in der Nähe Tyra spürte. Und Liz! Schritte näherten sich. Dann tauchte Tyras Fratze vor dem kleinen Fenster auf. Der eiserne Riegel wurde umgelegt, die Tür schwang quietschend auf. Tyra kam rein, gefolgt von Liz.

»Na, hast du dich eingelebt?«, fragte Tyra.

»Fick dich«, zischte Jason.

»Ich mag dieses Lodern in seinem Blick«, sagte Tyra zu Liz.

Jason starrte Liz an. Warum war sie nicht gefesselt?

»Was haben sie mit dir gemacht?«

»Mich eingeladen«, sagte Liz, »Mitglied des Pfades zu werden. Und ich habe angenommen.«

»Du hast ... was?«

»Du kannst es auch.«

»Spinnst du? Haben die dich verhext? Na klar, Liz, diese Schlampe hat dich umgedreht!«

Liz wandte sich an Tyra. »Kann ich einen Moment allein mit ihm sprechen?«

»Gut.« Tyra nickte, dann verließ sie die Zelle, schloss von außen die Tür und entfernte sich.

Liz streckte die Hand nach Jason aus. Der machte einen Schritt zurück. Und noch einen.

»Pack mich bloß nicht an.«

»Jason.« Sie ließ die Hand sinken. »Ich weiß, das ist nicht leicht zu verstehen. Aber ich glaube, dass die Zukunft der Magie beim Pfad der Neun liegt, nicht bei Aziza und der Gilde. Die Gilde tut seit Jahrhunderten nichts anderes mehr, als jede Fortentwicklung der Magie zu verhindern. Die Essenz ist das mächtigste Medium im Kosmos, aber die Gilde unterdrückt und versteckt und verleugnet sie vor der Welt. Das ist Betrug, verstehst du? Sie betrügt die Menschheit um all die Möglichkeiten, die wir durch die Magie besitzen.«

»Und das alles hast du dir mal eben so überlegt?«, fragte er höhnisch. »Seit ... wie lange bin ich eigentlich hier drin?«

»Drei Tage«, sagte sie. »So wie ich. Mich haben sie kurz nach dir entdeckt, denn nachdem Mapunda dich aufgespürt hatte, war ihnen klar, dass du nicht allein hier sein konntest.«

»Warum eigentlich nicht, he?«

»Sie haben das Gelände mit einem Bann belegt und meinen Kryptomoi-Zauber gebrochen«, fuhr Liz fort. »Aber ehrlich gesagt habe ich nicht erst vor drei Tagen damit angefangen, über schwarze Magie nachzudenken. Ich würde es dir gern in Ruhe erklären – soll ich dir nicht endlich diese Fesseln abnehmen?«

Jason machte noch einen Schritt rückwärts, bis er mit dem Rücken und den gebundenen Händen an die Wand stieß. Tat weh.

»Hast du keine Angst, dass ich dich mit einem Pyrros pyrobol wegballere, sobald ich die Hände frei habe?«

»Ich könnte mich im Zweifel wehren«, sagte sie und lächelte. »Erinnere dich an unser Training. Aber du wirst das nicht tun, sondern mir zuhören. Ich bin immer noch deine Lehrerin.«

»Das glaub ich nicht. Ich bin nämlich Schüler der Gilde. Und du bist eine Verräterin.«

»So idealistisch auf einmal?« Sie legte den Kopf schräg.

Er wunderte sich selber. Hatte er das gerade echt gesagt? Klang wie Heldengelaber. War er an sich null der Typ für. Aber, fuck, die Gilde hatte ihn ausgewählt. Zum ersten Mal im Leben war er *jemand* gewesen. Und jetzt war das alles nur Verarsche oder was.

Andererseits – es war ja nicht die Gilde gewesen, die ihn gewählt hatte. Liz hatte ihn gewählt.

»Komm schon, dreh dich um«, sagte sie.

Er tat es. Sie trat von hinten an ihn ran und legte eine Hand auf die Fesseln. »Konia!«

Ein Zauberspruch, der Gegenstände zu Staub zerfallen lässt, erkannte Jason. Der Strick lockerte sich und begann zu zerbröseln. Jason spannte seine Muskeln an und zerriss ihn, von dem Strick blieb nichts als ein Häufchen Fasern zurück, das zu Boden rieselte.

Er drehte sich zurück und für einen Moment standen sie Stirn an Stirn. Dann stieß er sie von sich weg und rief: »Jetzt erklär es mir. Seit wann gehörst du zu denen? Warte ...« Plötzlich sah er in der Erinnerung den Hirsch vor sich. Dachte an den Moment, als Liz sich verwandelt hatte. Beziehungsweise an ein paar Augenblicke *vor* diesem Moment. »Du hast mit einem von denen geredet, damals im Wald! Als Mo und ich dich beobachtet haben. Ich hab damals gedacht, du würdest einfach Zaubersprüche üben oder was. Aber da war einer von denen, richtig? Unsichtbar, mit verborgener Aura. Kryptomoi-Zauber. Wer war es? Tyra?«

»Ja. Sie hat mich abgepasst. Hat mir angeboten, von der weißen zur schwarzen Magie zu wechseln und ihre Schülerin zu werden. Aber ich hab Nein gesagt.«

»Oh, wie toll von dir«, knurrte Jason. Er schüttelte seine schmerzenden Arme aus und rieb seine linke Schulter, die eher juckte als schmerzte. »Ganz toll. Warum hast du nie was gesagt? Du hättest uns alle vor dem Angriff warnen können!«

»Ich wollte mir die Option offenhalten.« Ihre Stimme war total kalt geworden. »Ich fand die schwarze Magie schon immer faszinierend, schon als Teenager. Natürlich dachte ich all die Jahre, schwarze Magie wäre eine vor langer Zeit ausgestorbene Kunst. Erst als ihr drei nach Branzé gekommen seid und wir anderen von eurer Begegnung mit Tyra erfahren haben, ist mir klar geworden, dass es diese Möglichkeit tatsächlich gibt. Ich war ... hin- und hergerissen. Bis zum Morgen nach der Schlacht. In der Nacht hatten wir erlebt, wie mächtig sie sind. Und am nächsten Tag schickt Aziza mich – uns! – ausgerechnet hierher, nach Hjaltland. Das Schicksal hat es quasi entschieden.«

»Ich versteh kein Wort«, rief Jason. Er schrie fast. »Die haben unsere Burg angegriffen, die haben Ava getötet! Schon vergessen?«

»Nein«, sagte Liz leise. »Und meine Trauer ist immer noch groß. Aber vielleicht ist das ein Opfer, das ich akzeptieren muss. Weil es das wert ist. Ich würde dir gern etwas zeigen.«

»Was?«

»Das, was der Pfad tut. Du musst es mit eigenen Augen sehen. Komm mit nach oben.«

»Und was, wenn ich da oben alles kurz und klein schlage?«

»Das machst du nicht. Nicht, wenn du alles gesehen hast.«

»Und wenn ich mich weigere?«

»Dann ... keine Ahnung.« Sie näherte sich ihm wieder und strich mit einem Finger über seine Schulter. »Ich will nicht, dass sie dich wieder fesseln. Und dich hier drin verrotten lassen.«

Noch vor drei Tagen wäre diese Berührung mehr gewesen, als er je zu träumen gewagt hätte, aber jetzt fühlte es sich an wie ätzende Säure. Er schob ihren Finger weg.

»Wenn du gesehen hast, was ich gesehen habe«, sagte sie, »und du danach immer noch alles kurz und klein schlagen willst, dann kannst du es ja versuchen.«

Was hatte er zu verlieren? Im Gegenteil – wenn sie ihn mit nach oben nahmen, konnte er vielleicht Fluchtmöglichkeiten abchecken. Hauptsache, erst mal raus aus diesem Drecksloch.

»Von mir aus«, brummte er.

Liz klopfte gegen das Holz.

Tyra öffnete. »Und? Bereit für eine kleine Führung?«

Liz nickte.

Jason rieb seine immer noch schmerzenden Handgelenke und folgte den beiden Frauen durch den niedrigen Gang und eine Wendeltreppe rauf, die anfangs aus Stein war und dann aus Metall. Irgendwann fiel helles Tageslicht auf sie herab und Jason musste die Augen zusammenkneifen, um sich nach den Tagen im Kerker an die Helligkeit zu gewöhnen. Sie befanden sich in der langen Halle mit dem gewölbten Glasdach, die sie am Tag ihrer Ankunft vom Hügel aus gesehen hatten.

Fein säuberlich in Reih und Glied, fast wie in der Knastwerkstatt, waren Arbeitstische aufgestellt. Auf manchen standen Computer, auf anderen Kisten aus Metall oder Kunststoff, und an wieder anderen waren Menschen in weißen Schutzanzügen damit beschäftigt, mit langen Pipetten irgendwas in winzige Paletten voll Hunderter noch winzigerer Röhrchen zu tröpfeln.

Eine Frau kam auf sie zu und reichte ihnen ebensolche Schutzanzüge, die sie sich überstreiften.

»Ist ja wie bei Corona«, knurrte Jason. Aber er schlüpfte brav in seinen Anzug, zwang seine Haare unter eine dünne Haube und zog eine OP-Maske über Mund und Nase.

»Und was genau machen die da?«, fragte er.

»Genom-Editierung mithilfe von CRISPR/Cas9«, antwortete Tyra. Sie ging zwischen den Tischreihen hindurch. Liz und Jason folgten ihr.

»Ich versteh kein Wort, echt nicht«, meinte Jason.

»Wir nehmen Veränderungen im Erbgut einiger Lebewesen vor«, erklärte Tyra. »Um sie zu optimieren.«

»Lebewesen? Du meinst Pflanzen? Oder auch Tiere?« Die Ratte fiel ihm ein, die Thore damals auf Mo losgelassen hatte.

»Beides. Es gibt zum Beispiel Pilzarten, die greifen Weizen an und vernichten die Ernte. Aber mit Gentechnik kann man Weizen so verändern, dass er auf dem Feld gegen schädliche Pilze immun wird. Wusstest du, dass alle zehn Sekunden irgendwo auf der Erde ein Kind verhungert?«

Jason hatte das nicht gewusst. Und er konnte sich nicht vorstellen, warum es gegen das Verhungern helfen sollte, in komischen Röhrchen und Glasschälchen herumzurühren. Stattdessen wäre ihm spontan als Lösung dazu eingefallen, den Reichen dieser Welt so lange in die Fresse zu schlagen, bis sie was abgeben würden von ihrem Reichtum. Aber wen interessierte schon seine Meinung?

»Und Tiere?«, fragte er. »Verändert ihr auch Tiere?«

»Oh ja«, sagte Tyra. Sie zeigte auf einen jungen Mann, der sich gerade über ein Mikroskop beugte. »Snorre hat eine Kobra-Art gezüchtet, deren Zähne kein Gift enthalten. Wir haben auch Schafe, die pinke Wolle tragen. Wobei ich zugebe, dass andere Forscher solche Dinge schon vor uns gemacht haben. Unser Ziel ist es aber, in den nächsten drei Jahren Drachen zu züchten.«

»Drachen ...«, wiederholte Jason.

»Seit Urzeiten ist der Pfad im Besitz von Drachenknochen.« Tyra nickte zu einer jungen Frau. »Mathild hier hat sie vor einiger Zeit aus den Ruinen unserer früheren Burg in Chorasan geborgen und inzwischen haben wir das Erbgut fast vollständig sequenziert. Wir werden einiges davon in die Zelllinien von Komodowaranen einbauen. Und aus deren Eiern werden dann irgendwann die ersten Drachenbabys seit vielen Tausend Jahren schlüpfen.«

»Krass. Aber …« Ihm kam eine fiese Ahnung. »Wenn ihr das alles könnt, züchtet ihr etwa auch Menschen?«

»Teilweise.«

»Teilweise?«

»Komm mit.«

Tyra führte sie in den hinteren Teil der Halle. Dort sah Jason eine Batterie aus übergroßen Einmachgläsern, in die Schläuche und Drähte hinein- und wieder herausführten, und im Innern der Gläser waren glitschige Klumpen aufgehängt, die wie Schlachtabfälle aussahen.

»Hier züchten wir Organe«, sagte Tyra. »Das hat nichts mit der CRISPR-Technik zu tun, ist aber auch faszinierend. Wir benutzen Stammzellen. Das da wird ein Lungenflügel. Dort drüben wächst eine Leber.« Sie ging zwischen den Tischen umher, beugte sich hinter einem der Behälter ein Stück nach unten und sah Jason direkt durch das Glas hindurch an. »Und hier«, sagte sie, »haben wir ein Herz. Noch ganz klein, aber siehst du, wie es schon pumpt?«

Es schauderte ihn.

»Was wir hier machen, ist gar nicht so neu, bloß etwas ausgereifter als bei anderen, nicht-magischen Forschern. Bei denen gilt es schon als Erfolg, wenn sie einer Ratte eine künstlich gezüchtete Lunge einsetzen, mit der das Tier dann ein paar Stunden atmen kann, bevor es erstickt. Aber wir konnten die Technik mithilfe der Magie deutlich weiterentwickeln.«

»Ich weiß«, knurrte Jason. »Ich hab es gesehen. Ich schnall nur nicht, wofür das gut sein soll«, sagte Jason und starrte auf die pulsierende rote Knolle und auf Tyras vom runden Glas scheinbar in die Länge gezogenen Schädel.

»Zeige ich dir«, sagte sie, richtete sich wieder auf und winkte die beiden zum Hinterausgang der Halle, wo eine andere Wendeltreppe nach unten führte. Anders als der niedrige Gang aus rohem Felsen, aus dem sie von der anderen Seite aus gekommen waren, waren die Wände hier gekachelt und sie liefen an nummerierten Stahltüren entlang. Dann bogen sie um eine Ecke und Jason stutzte. Vor einer der Türen stand Thore Ragnarson, eine Hand am Griff seines Schwertes. Er erkannte Jason und warf ihm feindselige Blicke zu.

»Wir wollen zu Gorm«, sagte Tyra.

»Sehr wohl, Meisterin«, antwortete Thore und klopfte an die Metalltür. »Besuch für dich, Junge.« Noch ein Blick auf Jason. »Ein alter Bekannter möchte Hallo sagen.«

Von drinnen antwortete ein dumpfes Grunzen. Thore drehte den großen Riegel und öffnete die Tür. Ein süßlich-fauler Geruch schlug ihnen entgegen.

What the fuck ...

Jason musste den Kotzreflex unterdrücken. Nicht so sehr wegen des Geruchs oder wegen der Gestalt, die jetzt aus der kleinen Kammer herausgetappt kam, sondern weil ihn die Erinnerung an die Schlacht um die Burg so unerwartet überfiel. Fast spürte er wieder den Schaft der Doppelaxt in seinen Händen und das Gefühl, wie die scharfe Klinge in den Körper des Mannes fuhr. Gorm hieß er also. Aus leeren Augen starrte Gorm sie an. Der Mann sollte doch tot sein! Und war es ja auch ... irgendwie. Der Kopf schien halb abgetrennt und in seinem Brustkorb klaffte die tiefe, tödliche Wunde, die Jason ihm zugefügt hatte. Die offene Jacke des Mannes war von altem Blut schwarz verkrustet, darunter konnte Jason zersplitterte Rippen und verfärbte Eingeweide erkennen. Er wollte wegsehen, zwang sich dann aber, wieder hinzugucken. Wenn du Schwäche zeigst, kannst du nur verlieren.

Fuck. Er stand original einem Zombie gegenüber.

Gorm klappte den Mund auf und zu, gab gurgelnde Laute von sich und streckte fahrig die Hand nach Jason aus. Jason machte einen Schritt rückwärts. Gorm ließ den Arm sinken.

»Für ihn züchtet ihr diese Organe?«, fragte Jason.

»Wir wollen die Nekromantie auf eine neue Stufe heben«, sagte Tyra. »Die Beschwörung von Untoten hat ihre Grenzen. Schwarze Magie kann Tote nur für kurze Zeit erwecken. Und der Verwesungsprozess schreitet trotzdem weiter fort. Wir züchten die Organe, die du oben gesehen hast, aus Gorms Stammzellen. Bald werden wir sie ihm einpflanzen und sehen, ob sein Körper sie annimmt und dann ohne magische Beschwörung weiterleben kann.«

Gorms gebrochener Blick irrlichterte hin und her, ohne dass er einen Augenkontakt zu irgendwem herstellen konnte.

»Weiß er, dass ich es bin, der ihn – na ja ...« Jason brach ab.

»Nein, vermutlich nicht«, sagte Tyra. »Das ist das Problem der Nekromantie seit jeher – dass Untote keinen Geist mehr haben, keine Seele, wenn du es so nennen willst. Sie sind nur leere Hüllen.«

»Wie Marionetten«, sagte Jason.

Tyra nickte. »Jahrhundertelang gab es keinen Ansatz, diese Schwelle zu überwinden. Jetzt aber schon.«

»Jetzt? Wieso jetzt – warte!« Jason sah sich selbst, wie er das Heptalogon vom Turm geworfen hatte. »Ihr habt in dem Buch einen Zauber dafür gefunden!«

»Dank deiner Tat konnten wir zumindest einen Blick in den geheimen Anhang des Buches werfen, bevor es sich vor unseren Augen in Luft auflöste«, sagte Tyra. »Und – ja, es gibt einen Zauber.«

»Na, Glückwunsch«, brummte Jason. »Dann könnt ihr mich doch gehen lassen. Ihr braucht das Buch nicht mehr. Dann müsst ihr auch den Fluch nicht mehr lösen und mich also nicht mehr töten.«

Klang kompliziert, aber total logisch, fand Jason.

»Im Prinzip richtig«, sagte Tyra. »Aber du kannst trotzdem nicht gehen. Denn der Zauber, den wir gefunden haben, erfordert neben der Kraft der Essenz noch eine weitere Kraft. Die uns im Fall von Gorm leider nicht zur Verfügung steht. Denn es gibt niemanden auf der Welt, der ihn bedingungslos liebt. Niemanden, dem sein Tod hinreichend großen Schmerz bereitet.«

»Schade für ihn«, meinte Jason.

»In der Tat. Darum wollen wir als Nächstes etwas Neues versuchen. Aus den Überresten einer Verstorbenen werden wir nicht einzelne Organe züchten, sondern einen ganzen Körper. Durch die Kombination aus Gentechnik und Magie wird ein toter Leib wiedererstehen. Und eine magisch begabte Person wird ihr ihren Geist zurückgeben. Ihre Seele wieder einhauchen. Jemand, der diese Tote bedingungslos liebt und unter ihrem Verlust schmerzhaft leidet. Die Liebe eines Paares zum Beispiel oder einer Freundschaft reicht dazu nicht. Es muss die Liebe eines Kindes sein, weil nur diese Liebe naiv genug ist, um die nötige Kraft zu entfalten.«

Tyra sah Jason an.

»Du ...« Jason hatte es eigentlich sofort begriffen, aber es dauerte einen Moment, bis er es in Worte fassen konnte. »Du warst in meinem Traum! Im Kerker, als ich ohnmächtig war. Du weißt das von meiner Mutter!«

»Wir können sie dir zurückgeben«, sagte Tyra. Auf einmal lag Sanftheit in ihrer Stimme. »Wir wollen es zumindest versuchen. Es wird das gewagteste Experiment in der Geschichte des Pfades, ja der ganzen Magie. Vielleicht der gesamten Menschheit. Aber dazu brauchen wir dich.«

»Mich? Warum mich zur Hölle? Jeden Tag sterben Menschen, überall auf der Welt. Es gibt Milliarden Tote, an denen ihr rummachen könnt.«

»Es muss das Elternteil eines Magiers sein«, sagte Liz an Tyras Stelle. »Und du bist der einzige Magier hier, der seine Eltern überhaupt kennt. Tyra, Yuki und Mapunda sind Waisen, genau wie ich und die anderen aus der Gilde.«

»Aber ... meine Mutter ist vor sechs Jahren gestorben. Ihr wisst doch gar nicht, was überhaupt noch von ihr ... übrig ist.«

»Es wird genug sein«, sagte Tyra. »Wenn du uns sagst, wo wir das Grab finden, werde ich Yuki hinschicken. Du musst dich damit nicht belasten. Du kannst dich in Ruhe auf den entscheidenden Moment vorbereiten. Auf das Wiedersehen.«

Wie um Tyras Worte zu unterstreichen, gab Gorm ein Röcheln von sich.

»Du kannst ihn wieder reinbringen«, sagte Tyra zu Thore. Und zu Jason: »Ich gebe dir Bedenkzeit bis Sonnenuntergang. Liz wird dir eure Unterkunft zeigen. Dort kannst du wohnen, falls du dich entscheidest, mit uns zusammenzuarbeiten.«

»Und wenn nicht?«, fragte er. »Steckt ihr mich dann wieder unten in das Loch? Oder bringt ihr mich einfach um?«

»Sicher wird mir ein Experiment einfallen, bei dem du uns auf andere Weise nützlich sein kannst«, sagte Tyra. »Zumindest ... teilweise. Also, ich erwarte deine Antwort.«

»Komm«, sagte Liz.

Sie führte ihn aus dem Keller zurück in die Halle, wo sie die Schutzanzüge ablegten, und dann aus der Halle heraus ins Freie. Der Himmel war grau, trotzdem stach das Licht in seine Augen. Nieselregen wehte in sein Gesicht, das fühlte sich gut an. Zum ersten Mal sah er jetzt die ganze Festung von innen. Den großen Hof umgab eine Ansammlung von Ruinen und intakten Häusern, nach außen lediglich durch einen Weidezaun gesichert. Ein alter

Bentley fiel ihm auf, der vor dem großen Haupthaus aus Bruchstein parkte. Ein paar Pferde standen auf einer Koppel und auf der Wiese daneben grasten Schafe mit pinker Wolle.

Er folgte Liz zu dem Haupthaus und durch eine hohe Eingangshalle eine Treppe hinauf, den Flur entlang und in ein Gemach. Bett, Tisch, Schrank. Davor stand sein Rucksack. Eine Tür führte zu einem kleinen Badezimmer.

»Thore hat unsere Sachen aus dem B&B geholt.« Liz kräuselte die Nase. »Du solltest dringend duschen und dir was Frisches anziehen. Er ist übrigens ganz okay, wenn man ihn erst mal näher kennenlernt.«

»Wer, Thore?«, knurrte Jason. »Wie viel näher hast du ihn denn kennengelernt?«

»Eifersüchtig?« Liz lachte. »Keine Sorge, ich steh nicht auf Schwertkrieger. Los, geh duschen.«

»Willst du mir etwa dabei zugucken?«

»Ich soll aufpassen, dass du nicht zauberst oder versuchst abzuhauen.« Liz zuckte mit den Schultern. »Sieh es als Revanche.«

»Hä, wofür?«

»Damals im Wald hast du mich angeglotzt, als ich nackt war.«

Kurz schwappte eine mächtige Welle von Lust durch Jasons Unterleib. Im nächsten Moment verlief sich die Woge in Jasons dumpfem Gefühl, dass er nichts weiter als eine Spielfigur war.

Er zog sich aus, stieg in die Dusche und ließ das Wasser über sich laufen. Am liebsten hätte er nie wieder was anderes getan, als unter diesem heißen Strahl zu stehen. Er spürte Liz' Blicke auf seiner Haut, während er sich einseifte.

»In Büchern und Filmen sind Schwarzmagier meistens die Bösen«, sagte sie, während sie in Jasons Rucksack kramte. »Dabei hat schwarze Magie zum Ziel, der Menschheit weiterzuhelfen. Hier, deine Zahnbürste.«

Er nahm seine Zahnbürste aus ihrer Hand und kam sich dabei

kurz vor, als seien sie ein steinaltes Ehepaar. Wie unendlich beknackt. Aber Zähneputzen fühlte sich gut an.

»Als vor sechshundert Jahren die Pest über Europa kam und Millionen hinraffte, haben die Menschen sich in religiösen Wahn geflüchtet«, redete sie weiter. »Oder sie haben sich verkrochen, ihre Dörfer verbarrikadiert und jeden Fremden erschlagen. Haben sich die Pandemie mit einer ungünstigen Sternenkonstellation erklärt oder die Juden zum Sündenbock gemacht. Die Ärzte wussten keinen anderen Rat als Aderlass. Nur die Magier vom Pfad der Neun haben ernsthaft versucht, die Ursache der Krankheit herauszufinden.«

»Und? Haben sie es geschafft?«

»Nein, denn sie wurden von der Gilde ausgestoßen und konnten nur noch im Verborgenen arbeiten. Vielleicht wäre es gelungen, wenn alle zusammengearbeitet hätten. Aber immerhin haben sie eine wichtige Lektion gelernt.«

»Ach ja?«

»Ja, nämlich dass man Tabus brechen muss, um die Menschheit voranzubringen. Grenzen sprengen. Das Undenkbare denken. Und nicht nur denken, sondern auch tun.«

Jason stellte das Wasser aus. Das Undenkbare tun. Undenkbar war für ihn gewesen, Liz derart nah zu kommen wie jetzt im Augenblick. Noch undenkbarer war bloß noch das, was Tyra mit Jasons toter Mutter plante.

»Der Tod ist die letzte, die größte Grenze«, sagte Liz. »Ist es nicht der älteste Traum der Menschheit, diese Grenze zu überwinden?«

Sie reichte ihm ein Handtuch.

»Diese ganze Freakshow, die wir da vorhin gesehen haben, kam mir aber eher wie ein Albtraum vor«, sagte er und begann sich abzutrocknen.

»Stell dir vor, die Magie könnte den Tod besiegen«, sagte sie beschwörend und machte einen Schritt auf ihn zu. »Und wir würden dazu beitragen, du und ich.« Sie kam noch näher. »Jetzt riechst du wieder gut«, sagte sie und küsste ihn.

Ihre Finger wanderten über seine Brust und spielten kurz mit der silbernen Engelfigur, bevor sie abwärtswanderten über den Bauch und tiefer.

Er fühlte nichts. Also schon was. Aber nur äußerlich.

»Lass das«, sagte er. »Ich will das nicht.«

Sie grinste. »Dein Schwanz ist offenbar ganz anderer Meinung.«

»Hör auf.«

»Schon gut.« Sie verließ das Bad und setzte sich aufs Bett.

Jason nahm seinen Rucksack, um seine Klamotten rauszuholen und sich anzuziehen. Stattdessen fand er seine Zigaretten und zündete sich erst mal eine an. Oh my fucking God – tat das gut! Er nahm noch einen tiefen Zug. Seine andere Hand strich über den kleinen Silberengel.

Liz sagte leise: »Es tut mir leid. Ich wusste nur, dass etwas mit deiner Mutter nicht stimmt. Aber nicht, dass sie sich umgebracht hat.«

»Ich hasse Tyra und ihre Leute«, sagte Jason. »Und ich glaube, ich hasse dich auch. Weil du einfach so die Seiten wechselst.« Er blies den Rauch aus und betrachtete den Engel. »Aber ich würde alles dafür geben, sie noch einmal wiederzusehen.«

»Brauchst du gar nicht«, sagte sie. »Du musst mir einfach nur vertrauen.«

9

Alles schwankt. Es ist der dritte Abend auf See und ich habe mich noch immer nicht daran gewöhnt. Aber der Reihe nach.

Jolka ist es gelungen, an Daten aus dem Computersystem des Toronto Police Service zu kommen. Dadurch wissen wir Folgendes: Vladas Navardauskas hat eine Tochter, Neringa, sie lebt in Litauen. Die hatte ihren Vater vor knapp einem Monat in Toronto besucht. Nach den Andeutungen von Longgui, der Drachenschildkröte, gehen wir davon aus, dass Neringa Navardauskas die gesuchte Chronik mitgenommen hat. Vielleicht hatte der alte Navardauskas das Buch als Geschenk für sie erstanden.

Erst hatten Fernando und ich die Idee, die Frau abzupassen, wenn sie zur Beerdigung ihres Vaters nach Toronto zurückkehrt. Aber aus dem Mailverkehr zwischen ihr und der Polizei geht hervor, dass sie gar nicht kommen wird. Der Leichnam ihres Vaters soll nach Litauen überführt und dort beigesetzt werden. Wir werden sie also zu Hause aufsuchen, in Kaunas.

Fernando und ich haben uns mit Charly beraten, ob wir uns zunächst der Polizei stellen und eine Aussage machen, damit nicht weiter nach uns gefahndet wird. Charly hätte uns einen Anwalt besorgt. Aber uns fiel leider keine plausible Geschichte ein, die nicht früher oder später mit Magie zu tun gehabt hätte. Na ja, ich muss dabei immer an Jason denken, nach ihm wird ja seit Monaten gefahndet. (Ich würde gern wissen, wie es ihm und Liz geht. Aber Liz hat nur noch mal kurz geschrieben, dass sie die Schwarzmagier:innen »engmaschig beschatten« und dass wir uns nicht wundern sollen, falls wir länger nichts von ihnen hören. Und hier, mitten auf dem Atlantik, haben wir eh keinen Handyempfang.)

Wir haben uns also entschieden, weiterhin untergetaucht zu bleiben. Unsere Klamotten aus dem Hotel hatte die Polizei konfisziert. Immerhin ist es mir mit dem Epipháno-Zauber gelungen, dieses Notizbuch hier wieder an mich zu bringen. Die anderen Sachen waren uns nicht so wichtig. Doch aus dem Land herauszukommen, stellte sich schwieriger dar. Wir konnten ja nicht einfach zum Flughafen marschieren und uns Tickets zurück nach Europa kaufen. Stattdessen hat Charly uns nach Halifax und an Bord dieses Schiffes gebracht. Georgios Anastasiadis, der Kapitän der »Achilles«, ist ein alter Bekannter von ihm, weil die Reederei viele Waren für Charlys Firma transportiert. Der Skipper stellte keine Fragen.

Eigentlich ist die »Achilles« natürlich ein Frachtschiff, aber auf vielen Frachtschiffen gibt es auch Passagierkabinen. Wir teilen uns eine. Leider geht das kleine Fenster nicht aufs Meer hinaus. Unser Ausblick sind 4.000 Container, Fracht für die Häfen in Antwerpen, Rotterdam und Hamburg. Rote, gelbe, grüne, blaue Container, ordentlich auf- und nebeneinandergestapelt wie Duplosteine. In der Abenddämmerung verschwimmen alle ihre Farben. Das Bett, auf dem ich gerade liege, und der Schrank, das Sofa und der Tisch sind fest eingebaut; der Stuhl ist mit einer Kette gesichert, damit er bei hohem Seegang nicht durch die Kabine fliegt. Bisher ist das Meer aber ziemlich ruhig, es schwankt nur halt permanent alles ein bisschen.

Die Crew besteht aus 20 Leuten, die meisten stammen von den Philippinen. Alle sind supernett, aber sie haben doch irgendwie eine ziemlich starre Vorstellung von Geschlechterrollen, da tun sie sich mit mir manchmal ein bisschen schwer, kommt mir vor. Aber das kenn ich ja. Es verunsichert einfach viele Leute, weil sie mit klaren Aufteilungen besser umgehen können. Ein binäres Weltbild. Richtig oder falsch, gut oder böse, gesund oder krank, rechts oder links, Android oder iOS, Mann oder Frau, für Non-Binäres ist da kein Platz. Fernando ist eigentlich anders, glaube ich. Sein Horizont ist so weit wie das Meer um uns herum, aber trotzdem verunsichere ich ihn.

Und eigentlich bin ich ja selber verunsichert.

Total, um ehrlich zu sein. Seit ein paar Tagen teilen wir jetzt jede Nacht dieses nicht gerade sehr breite Bett und da kommt es manchmal ganz zufällig zu Berühr

Die Tür des kleinen Badezimmers klappte auf und mit einem Schwall aus Wasserdampf und Duschgel-Duft kam Fernando heraus, das Handtuch um seine Hüften gewunden. Ein bisschen zu hastig schlug Mo das Tagebuch zu.

»Hey, was schreibst du?« Fernando grinste. »Was über mich?«

»Nur ein bisschen Tagebuch.« Mo schob die Kladde unters Bett und wuchtete stattdessen das Heptalogon, das neben dem Bett lag, hoch aufs Kopfkissen und schlug es auf. »Und ich glaube, dass auch Iskander zwischendurch eine Art Tagebuch geführt hat. Jedenfalls gibt es in seinem Zauberbuch immer wieder Randnotizen, die nichts mit Magie zu tun haben. Das ist mir neulich mal aufgefallen. Sie klingen eher persönlich. Vielleicht aber auch nicht, seine Lingua franca ist manchmal so altertümlich, dass ich nicht ganz sicher bin.« Mo setzte sich auf. »Hier, hör dir das an: ›*Constantinopola mai più, non andar a veder mi, e se andar, vardar in su, sia impalà da Muffeti.*‹ Wie würdest du das übersetzen?«

»Ganz einfach«, sagte Fernando auf Französisch. »Es heißt: *Konstantinopel, ich werde dich nicht wiedersehen. Und wenn doch* … warte.« Er setzte sich aufs Bett und sein Duft stieg in Mos Nase. »*Und wenn doch, glaubt mir, werde ich vom Muffeti … aufgespießt.* Was ist ein Muffeti?«

»Vielleicht ein Mufti«, meinte Mo. »Ein islamischer Geistlicher. Oder eine Art Richter, glaub ich, also beides zusammen. Möglicherweise hatte er in Konstantinopel Ärger mit dem Gesetz.« Mo grinste. »So wie wir in Toronto.«

»Wo liegt eigentlich Konstantinopel?«, fragte Fernando.

»In der Türkei«, sagte Mo. »Heute heißt es Istanbul. Zu Iskanders Lebzeit war es die Hauptstadt des osmanischen Sultans. Meinst du, er wurde verfolgt, weil er Magier war, und hat sich dann nach Nürnberg ins Exil begeben?«

»Kann sein«, meinte Fernando. »Kann aber auch tausend andere Gründe haben. Vielleicht hat er den Sultan beleidigt. Oder er hatte was mit der Tochter vom Mufti.« Fernando lachte.

»Oder mit dem Sohn«, warf Mo ein.

Fernandos Lachen brach ab, er warf Mo einen unsicheren Blick zu. Sie saßen Schulter an Schulter, Mo in Shorts und Fernando mit seinem Handtuch, und Mo erwartete, dass Fernando ein Stück abrücken würde. Doch das tat er nicht.

Stattdessen schaute er starr geradeaus an die Kabinenwand, wie um den Blickkontakt mit Mo zu vermeiden.

»Ist es eigentlich so«, begann er, »dass du auf Männer stehst?«

»Warum denken das nur alle?«, erwiderte Mo. »Ich stehe auf kein bestimmtes Geschlecht. Ich stehe auf Menschen, die ich attraktiv finde. Das ist eine Frage der Ausstrahlung. Nicht der Sexualorgane.«

»Ich bisschen beneide ich dich, ehrlich gesagt.« Fernando hatte geflüstert. »Du lebst einfach das, was du fühlst. Ohne dich darum zu kümmern, was die Leute sagen.«

»Na ja, es kann trotzdem anstrengend sein«, meinte Mo. »Für viele Leute sind Enbies immer noch die totalen Exot:innen. Jedenfalls in den meisten Gesellschaften. Aber das war nicht immer so. Zum Beispiel bei den Native Americans. Wusstest du, dass die Navajos fünf verschiedene Geschlechter kennen? In vielen indigenen Kulturen sind non-binäre Menschen ganz selbstverständlich. Oder waren es zumindest, bevor die Europäer:innen kamen und mit dem Missionieren loslegten. Two-Spirits nennen sie sie. Menschen, in denen zwei Geister vereint sind. Früher waren sie bei den Stämmen hoch geachtet, weil es hieß, sie würden einen vollkommenen Urzustand der Menschheit repräsentieren. Eine Zeit, bevor alles in zwei unterschiedliche Geschlechter aufgespalten worden ist.«

Mo redete zu viel. Vielleicht vor Aufregung und um die Situation zu überspielen, die eindeutig zu prickelnd für weitschweifige Referate über indigene Kulturen war.

»Und ...«, setzte Fernando nochmals an, »und ... hattest du schon Sex mit Männern und Frauen?«

Bilder flackerten durch Mos Kopf. Die Sache mit Jannis auf dem Jungsklo; sie hatten danach bis zum Abi kein Wort mehr miteinander gesprochen. Oder die Fummelei mit Lena in der Garage ihrer Eltern; sie wären fast ein Pärchen geworden. Oder die Begegnung mit dem Typen im Pornokino, schnell und anonym, irgendwie geil und gleichzeitig abtörnend.

»Vielleicht wird Sex auch überschätzt«, meinte Mo. »Klar, alle wollen es unbedingt. Aber ich würde zur Not drauf verzichten, wenn ich dafür Teil der Gilde sein könnte.«

Fernando sah ihn überrascht an. »Warum solltest du auf Sex verzichten?«

»Na, weil es doch für Magier:innen verboten ist.«

»Hast du das im Heptalogon gelesen?« Fernando lachte. »Das gilt schon lange nicht mehr.« Er wurde wieder ernst. »Trotzdem hatte ich noch nie eine Beziehung«, sagte er leise. »Es hat sich einfach noch nie ergeben. Ständig reisen wir herum, lernen Hunderte Leute kennen, aber niemanden lang genug, um sich ernsthaft zu verlieben.«

»Verlieben kann sehr schnell gehen«, wandte Mo ein.

»Ja, das stimmt.« Fernando schaute versonnen zu Boden. »Ich hab mal ein Mädchen getroffen, Alissa. Ich glaube, sie fand mich auch toll. Aber, na ja, sie hat mein Geheimnis entdeckt und wir mussten ... das Übliche.«

»Lass mich raten: Ihr habt ihr Gedächtnis gelöscht.«

Fernando nickte. »Sie hat keinerlei Erinnerung mehr an mich. Aber ich denke noch oft an sie.«

Mo musste grinsen. »Hast du an sie gedacht, während du dir letzte Nacht einen runtergeholt hast?«

Fernando fuhr vor Schreck zusammen, seine Wangen wurden feuerrot.

»Oh shit, das tut mir ...«, stammelte er. »Ich hab gedacht, du schläfst!«

»Das muss dir nicht peinlich sein. Ich fand es irgendwie ... ganz schön.«

»Bitte?«

»Es hatte so was Intimes. Vertrautes. Dass du dich neben mir gut entspannen kannst. Das – ja, fand ich schön.«

»Oh shit«, wiederholte Fernando bloß. »Shit ...«

Statt einer Antwort knipste Mo das Licht aus und lehnte den Kopf an Fernandos Schulter. Fernandos Haut glühte an Mos Wange und sein Körper zitterte, aber er rückte noch immer nicht ab. Eine Ewigkeit saßen sie nur so da, bis Mo sich traute, eine Hand auf Fernandos Oberschenkel zu legen. Mos Finger wanderten aufwärts, bis sie an den Stoff des Handtuchs stießen. Fernando rührte sich nicht, sein Atem wurde schneller, schließlich drehte er den Kopf zu Mo und sie küssten sich. Erst vorsichtig, fast scheu, dann wild und gierig, bis sie irgendwann auf die Matratze sanken und erst das Heptalogon auf den Boden fiel, dann Mos Shorts und Fernandos Handtuch. Sich Haut an Haut zu spüren war magischer als alle Magie. Als hätten sie hundert Arme und Münder und Hände, umschlangen und erkundeten sie einander, keuchten und schwitzten, erstarrten und verharrten, und dass es vorbei war, wurde Mo erst bewusst, als Fernando aufsprang und wieder in die Dusche lief.

Als er herauskam, hatte er wieder das Handtuch umgewunden. Mo sah seinen scheuen Blick im Schein der Positionslichter des Schiffes, die durchs Fenster in die dunkle Kabine flackerten.

Er zögerte, dann setzte er sich wieder aufs Bett.

»Das war schön«, flüsterte er. »Aber ich glaube, ich ... bin das nicht.«

Kurz meinte Mo, das Schiff würde plötzlich schwanken oder das Bett, doch es war nur Mo selbst, es war Mos Herz, das durch den ganzen Körper zu trudeln schien, an einem Abgrund bodenloser Leere entlang.

Doch Mos Herz stürzte nicht hinein.

Mo fing sich selbst auf.

Zu oft hatte Mo auf eine Zurückweisung damit reagiert, den Kontakt abzubrechen. Weil es ja auch einfach zu schmerzlich war. Doch das hier fand Mo zu kostbar.

»Es tut mir leid«, sagte Fernando, »wenn ich dich … ich wollte dich nicht …«

»Du musst nichts erklären«, sagte Mo. »Weder mir noch dir. Darf ich dich einfach in den Arm nehmen?«

»Ja.«

So kuschelten sie sich aneinander. Es tat weh, dass alles so kompliziert sein musste. Und es tat gut, dass das egal war, zumindest für den Moment.

Weihrauchschwaden erfüllten die Luft. Fatma mochte den herben Geruch. Und den monotonen lateinischen Gesang. Es war nicht richtig zu erkennen, was die beiden Männer da veranstalteten, sie knieten mit dem Rücken zu ihr vor einem hohen, schreinartigen Gebilde.

Fatma hielt es eh für Hokuspokus, trotzdem half es ihr merkwürdigerweise, sich zu entspannen und die Gedanken fließen zu lassen. Rechts kniete der Mann, der an diesem Morgen eben erst eingetroffen war und der mit ihr bis jetzt noch kein Wort geredet hatte: Edmond Kardinal Williamson, Präfekt der Inquisition, Sihams Vorgesetzter. Unter dem mit Goldbrokat verzierten weiten Überwurf war kaum mehr zu erkennen als ein kleiner kahler Kopf mit lichtem weißem Haarkranz. Auf dem Kopf saß ein kleines scharlachrotes Käppchen. Mit beiden Händen reckte er einen goldenen Kelch in die Höhe. Links von ihm kniete Juan, der Priester, den Fatma als Sihams Handlanger kennengelernt hatte.

Siham selbst ging nie zu diesem christlichen Gottesdienst, so wenig wie umgekehrt der Priester jemals an Fatmas und Sihams Gebeten teilgenommen hätte. Trotzdem existierten beide Religionen friedlich nebeneinander in dieser weitläufigen Villa, die inmitten eines weitläufigen Gartens lag, umgeben von hohen Mauern. Sie befand sich in der Altstadt von Ávila in Kastilien, Spanien, und war der geheime Sitz der geheimen Inquisition. Dieser fast schon liebliche Ort hätte auf den ersten Blick als ein Hort der Toleranz erscheinen mögen, doch Fatma hatte schnell begriffen, dass die Christen und Muslime in diesem Haus nicht aus gegenseitiger Achtung und Wertschätzung zusammenlebten. Vielmehr war dieses ungewöhnliche Arrangement ein Zweckbündnis. Geschlossen, so kam es ihr vor, aus der schieren Verzweiflung darüber, dass die moderne Welt mit ihrer Vielfalt und ihren Freiheiten so übermächtig schien, dass man sie besser gemeinsam bekämpfte. Bevor man irgendwann einmal wieder einander bekämpfen würde, Christentum und Islam – so wie zu jener Zeit, aus der die mächtigen Mauern rund um das Städtchen stammten. Damals hatte es noch kein Spanien gegeben, sondern stattdessen die christlichen Königreiche Kastilien und León, Navarra und Aragón, die gegen das muslimische Kalifat von Córdoba zu Felde gezogen waren.

Vor vier Tagen war Fatma mit Siham hier eingetroffen. Fatma hatte nicht die geringste Absicht, in die Inquisition einzutreten, und das hatte sie Siham wissen lassen. Ihre einzige Motivation war, an die Informationen über Iskander von Constantinopel zu gelangen, die Siham ihr bei ihrem überfallartigen Besuch in Köln in Aussicht gestellt hatte. Für den Moment hatten beide Frauen dasselbe Ziel, nämlich die Zerstörung des Heptalogons. Ihre gemeinsame Reise von Köln nach Ávila war genauso ein reines Zweckbündnis auf Zeit wie dieser ganze Club hier.

Siham aber schien unerschütterlich davon überzeugt, Fatma bekehren zu können. Sie weihte sie in etliche Geheimnisse ein –

zum Beispiel, dass die Klingen der Dolche, die Siham benutzte, mit einer magischen Tinktur benetzt waren. In wessen Blut dieses Gift geriet, war einem qualvollen Tod geweiht und konnte höchstens noch auf magische Weise geheilt werden, allerdings nicht durch eigene Hand. Und sie zeigte ihr die silbernen Kettennetze, die aussahen wie aus der Zeit der römischen Gladiatoren. Juan hatte damals eines davon im Kölner U-Bahn-Tunnel benutzen wollen, bevor Meister Fong aufgetaucht war. Die Netze bestanden tatsächlich aus Silber und waren ebenfalls magische Artefakte: Ein Magier, der sich in einem solchen Netz verfing, verlor für den Augenblick all seine Zauberkraft. Es erschien Fatma sehr inkonsequent, Magie mit magischen Mitteln zu bekämpfen. Aber vielleicht sollte man bei solchen Leuten gar nicht erst mit Logik kommen.

Juan war einen Tag nach ihnen eingetroffen. Er hatte die Spur von Mo und Fernando in Toronto verloren und war daraufhin ins Hauptquartier der Inquisition zurückgekehrt. Da seit Tagen keine Handysignale der beiden zu orten waren, vermutete man sie auf See. Aus den abgehörten Handygesprächen innerhalb der Gilde hatten sie geschlossen, dass sich die Nürnberger Chronik in Litauen befinden musste. Zunächst blieb abzuwarten, wo und wann Mo und Fernando wieder auftauchen würden. Leider hatte sich Siham bislang geweigert, ihr angebliches Wissen über Iskander mit Fatma zu teilen. Das wollte sie erst tun, wenn Kardinal Williamson von einer Reise nach Delhi zurück sei – also heute.

Fatma ließ weiter das monotone Gemurmel der beiden Männer über sich hinwegperlen. In der Bank vor ihr knieten zwei Nonnen und zwei junge Männer, die Köpfe in Demut gesenkt. Die beiden Nonnen waren für den Haushalt zuständig, die beiden Männer für Technik und allerlei Hausmeisterjobs. Schöne, klassische Aufteilung.

Was Fatma ärgerte: Ein Teil von ihr genoss es, hier zu sein. Das milde Wetter, der Garten, die himmlische Ruhe, die klösterliche Einfachheit. Seit sie Branzé verlassen hatte, war sie auf der Suche nach Stille gewesen, um sich neu auf sich selbst zu besinnen. Die Stille war hier. Ausgerechnet.

Kardinal Williamson erhob sich und verteilte kleine runde Esspapierplättchen auf die ausgestreckten Zungen der beiden Nonnen und der beiden Haustechniker. Nur einmal huschte sein Blick kurz über Fatma hinweg. Eisblaue Augen aus einem beeindruckend zerklüfteten Gesicht. Der Mann hatte eine starke Aura. Vielleicht sogar mit einem Hauch von Magie, Fatma konnte es nicht richtig deuten. Es folgte noch etwas Gemurmel und Gesang, dann war die Messe aus.

Fatma verließ die kleine Kapelle, die sich als Anbau an die Villa schmiegte, und trat in den Garten hinaus, wo Siham auf der niedrigen Mauer des Springbrunnens hockte.

»Hast du ihn schon kennengelernt?«, fragte sie. »Unseren Präfekten?« Fatma meinte, einen ironischen Unterton herauszuhören.

»Hauptsächlich seinen Rücken.«

Siham lachte.

»Ja, wie bei einem Vorbeter«, sagte sie. »Diese alte Variante von ihrem Ritus ist näher an unserer Religion dran als die moderne. Aber das sollten wir ihnen lieber nicht sagen.« Sie kicherte, als wären Fatma und sie zwei Freundinnen, die in einer Schulhofecke harmlose Witze über einen Lehrer machen.

»Es fällt mir immer noch schwer, den Sinn von alldem hier zu verstehen«, sagte Fatma ernst. »Wenn du so sehr für die Religion brennst und für den Kampf gegen die liberale Welt, warum bist du hier und nicht irgendwo im bewaffneten Dschihad?«

»Welcher Dschihad, Schwester?« Siham gab ein Schnauben von sich. »Den gibt es längst nicht mehr. Wenn ich an Nine Eleven denke, an 2001, das war Dschihad. Der Angriff auf das World Trade Center war ein Meisterwerk. Eigentlich sogar ein Kunstwerk. Die Leute von Al-Qaida waren wahrhaft gelehrte, kultivierte Kämpfer. Aber Osama bin Laden ist tot, und die, die sich heute auf Dschihad berufen, sind einfach nur Idioten. Taliban, Hamas, Boko Haram ... alles ungebildete Proleten. Hooligans, nichts weiter. Stell dir vor, denen würde ein Zauberbuch wie das Heptalogon in die Hände fallen – und sie wären entgegen aller Wahrscheinlichkeit nicht viel zu dämlich, um es für ihre Ziele zu benutzen. Würden sie es vernichten? Oder würden sie versuchen, seine Macht für ihre persönlichen Ziele zu missbrauchen?«

Fatma zuckte mit den Achseln. Für sie waren alle Terroristen gleichermaßen verachtungswürdig, denn sie morden nicht nur, sondern beriefen sich dabei auch noch auf Gott und den Propheten, womit sie den Islam aufs Höchste beleidigten. Allerdings sah Fatma keinen Sinn darin, jetzt mit Siham darüber zu diskutieren, also schwieg sie dazu.

»Was wir hier tun«, fuhr Siham fort, »ist der Versuch, das Unheilige in dieser Welt zu eliminieren. Und vielleicht können Christen das einfach besser.«

»Was können sie besser?«, fragte Fatma und lachte trocken. »Dinge eliminieren?«

Wie auf Kommando öffnete sich das kleine Portal der Kapelle und Kardinal Williamson kam in den Garten heraus, gefolgt von Juan. Die beiden Männer hatten ihre Gewänder abgelegt. Juan steckte in einer eleganten schwarzen Weste und Edmond Williamson trug eine scharlachrote Soutane, ein goldenes Kreuz hing sichtbar schwer an einer Halskette herab. Die Männer kamen auf sie zu und blieben in gewissem Abstand stehen. Der Kardinal deutete eine Verbeugung an und musterte Fatma aus seinen eisblauen Augen.

»Sie sind die junge Dame, die mir angekündigt wurde?« Der Mann sprach Deutsch mit starkem amerikanischem Akzent. »Siham ist der Meinung, dass Sie uns dabei helfen können, dieses unselige Zauberbuch zu finden und zu zerstören. Beziehungsweise zunächst das Rätsel des Conjugums zu lösen, an welches dieses Buch gebunden ist.«

»Ich hoffe, wir können uns gegenseitig helfen«, antwortete Fatma. »Siham hat mir erzählt, dass die Inquisition über einige Informationen verfügt, die der Magischen Gilde bisher verborgen geblieben sind.«

»In der Tat. Wollen wir uns setzen?«

Er deutete auf eine steinerne Tischgruppe inmitten von Rosenstöcken. Dort nahmen die beiden Frauen und er Platz, während Juan sich diskret zurückzog, nicht ohne einen kurzen, missbilligenden Seitenblick auf Fatma.

Williamson zog ein Handy aus seiner Soutane hervor und tippte darauf herum, dann sah er Fatma an und fragte: »Sie selbst sind von dem Fluch des Heptalogons getroffen, nicht wahr? Das klebt gewissermaßen an Ihnen, solange das Conjugum nicht vernichtet wird.«

»An mir und meinen ...«, antwortete Fatma, »also an zwei weiteren Personen.«

»Jason Nowak und Mo Hamann, richtig?« Der Kardinal sah auf sein Handy. Vermutlich standen dort seine Notizen. »Und dieser Mo hat das Buch bei sich?«

»Sie sind gut informiert«, sagte Fatma und warf Siham einen Blick zu.

»Aber sollte diesem Mo etwas zustoßen«, sagte Williamson, »und diesem Jason ebenfalls, dann würde – nur um es richtig zu verstehen –, dann würde das Heptalogon zu Ihnen kommen, Fatma. Richtig?«

Fatma erschrak. Sie war in die Falle getappt. Die Inquisition wollte Mo und Jason töten und Fatma als Köder für das Buch benutzen!

Siham schien sich darüber zu amüsieren, so wie sie sie ansah –

oder: nein! Siham amüsierte sich nicht, sie saugte sich mit ihren Blicken an Fatmas Augen fest, um in Fatmas Kopf einzudringen und Gedanken darin zu lesen. Sie musste rasch an etwas völlig Banales denken ... zum Beispiel an ... orthopädische Schuheinlagen. An den Wetterbericht. An Tofusalat mit Sesam ... Doch andererseits ... Sie hatten in Toronto bereits die Chance gehabt, Mo zu töten, und hatten es nicht getan. Fatma löste sich von Sihams Blick und sah in die eisblauen Augen des Kardinals, sie funkelten vergnügt. Vielleicht hatten Siham und er lediglich herausfinden wollen, wie viel ihr an den beiden lag, an Mo und Jason. Oder ihr einfach nur Angst machen.

Beides hatten sie erreicht.

Um das zu überspielen, sagte sie zu dem Kardinal: »Siham wollte mir bisher nicht verraten, welche Informationen Sie über Iskander von Constantinopel haben. Den Magier, der 1536 in Nürnberg das Heptalogon geschrieben hat.«

»Siham überlässt es mir zu entscheiden, ob wir Ihnen vertrauen können«, antwortete der Mann. »Ich spüre, dass Sie noch nicht bereit sind, eine Inquisitorin zu werden. Aber ich spüre auch Ihr Potenzial. So oder so, für den Augenblick können Sie uns helfen, dieser Chronik habhaft zu werden. Und damit verhindern, dass es weitere Tote geben muss.« Er beugte sich vor. »Haben Sie verstanden? Wenn Sie mit uns kooperieren, dann muss vielleicht nicht noch jemand wegen dieses Buches sterben. Bedauerlicherweise hat es bereits Carl Fong das Leben gekostet. Soweit wir herausgefunden haben, sind Mo und der Zauberschüler Fernando auf dem Weg nach Kaunas in Litauen, weil sie die Chronik inzwischen dort vermuten. Wir könnten versuchen, die beiden zu orten, damit Juan sich an ihre Fersen heftet, wie er und Siham es mit Fong gemacht haben. Oder aber wir können darauf verzichten, weil Sie uns helfen, anderweitig an die nötigen Informationen zu kommen.«

»Wie sollte diese Hilfe aussehen?«

»Nehmen Sie Kontakt zu Ihrem Freund Mo auf. Bitten Sie ihn, dass er sich bei Ihnen meldet, sobald er die Chronik hat. Und wenn er sich Ihnen anvertraut, müssen Sie herausfinden, welche Geheimnisse das Buch birgt. Was wir ...«

»Mo ist kein *Er*«, unterbrach Fatma den Mann. Sie wunderte sich über sich selbst, denn Mo war Hunderte Kilometer weit fort, und das spielte hier gar keine Rolle. Aber es fühlte sich richtig an, das klarzustellen. »Mo nutzt keine Pronomen«, fügte sie an.

Der Kardinal hüstelte kurz, ging aber nicht darauf ein, sondern fuhr fort: »Was wir suchen, sind Hinweise auf einen Gegenstand. Eine Kiste vielleicht. Es könnte auch ein Schrank sein. Womöglich ein Sarkophag. Irgendetwas, wo ein Mann hineinpasst.«

»Sie sprechen von dem gesuchten Conjugum?«, fragte Fatma. »Wie kommen Sie darauf, dass es ein Gegenstand von dieser Größe sein muss?« Sie lehnte sich zurück und versuchte, das selbstsichere Lächeln des Kardinals zu kontern. »Vielleicht ist das ein guter Moment, mir zu erklären, was genau Sie eigentlich über Iskander von Constantinopel wissen.«

Williamson tauschte einen Blick mit Siham, dann nickte er und sagte: »Wir besitzen eine Akte über Iskander. Ihm wurde im Jahr 1537 in Köln der Prozess gemacht. Durch die Inquisition. Er war der Hexerei angeklagt, zusammen mit seiner heimlichen Geliebten. Einer Nonne namens Agnes von Schlebusch.«

»Das mit Agnes ist mir bekannt«, sagte Fatma. »Aus den Chroniken der Gilde. War das schon alles, was Sie über Iskander wissen? Ihre Leute haben diese arme Agnes auf dem Scheiterhaufen verbrannt.«

»So war es damals üblich.« Williamson nickte.

»Und was wurde aus ihm?«, fragte Siham. »Aus Iskander? Wurde er auch verbrannt?«

»Nein, das ist es ja gerade.« Williamson lehnte sich zurück und sagte: »Laut unseren Akten wurde er nicht hingerichtet, weil er nicht hingerichtet werden *konnte*.«

»Nicht *konnte*? Ich verstehe nicht. War er zu mächtig? Oder hatte er mächtige Freunde? Oder ist er am Ende unsterblich?« Das Letzte hatte Fatma natürlich als Witz gemeint.

Aber Williamson lachte nicht. Er sagte: »Der zuständige Inquisitor – ein gewisser Richold von Opladen – hat in seinem Protokoll niedergelegt, dass Iskander kein Mensch sei. Sondern höchstwahrscheinlich ein Dämon. Und Dämonen kann man in der Tat nicht töten.«

»Ernsthaft? Ein Dämon?«

»Richold gibt zu Protokoll, dass er gemeinsam mit einem Kollegen diesen Dämonen gebannt habe. *Dorthinein, wo er herausgekommen war*, so heißt es im Protokoll.«

»Moment«, sagte Fatma. »Das würde heißen, Iskander steckt bis heute in einer Kiste oder einem Sarg oder einem Schrank … und lebt noch immer?«

Williamson zuckte mit den Schultern. »Dämonen lieben Schränke«, sagte er. »Aber ich tippe eher auf eine Truhe. Einen großen, altertümlichen Koffer. Es muss etwas sein, was er mit sich führte. Bevor er nach Köln kam, hat er sich nachweislich in Nürnberg aufgehalten, ein Jahr zuvor, 1536. Wenn er in jener Chronik erwähnt wird, dann dürfte dort auch etwas über diese Kiste stehen, da bin ich mir sicher. Die Gildenmagier haben ja dieselbe Schlussfolgerung gezogen. Wenn wir genau wissen, wonach wir suchen müssen, also wie diese Truhe – oder was auch immer – beschaffen ist, dann werden wir sie auch irgendwo finden.«

»Und diese Truhe«, fragte Fatma, »über die, wie wir alle hoffen, die Chronik irgendeine Auskunft geben soll, die wäre dann das besagte Conjugum?«

»Nicht ganz«, sagte Siham, die dem Gespräch bislang schweigend beigewohnt hatte. »Nicht die Kiste, sondern Iskander selbst ist das Conjugum.«

Jason schlenderte über den weitläufigen Hof der alten Wikingerfestung. An einem Futtertrog drängten sich mampfend und wiederkäuend Schafe mit pinker Wolle. Hinter einem Bretterverschlag erkannte er die Forscherin Mathild, die gerade eine Art Schraubverschluss am Bauch einer Kuh öffnete und ihre Gummihandschuhhand hineinschob. Nebenan in einer stählernen Voliere verfütterte Snorre eine sich windende grüne Schlange an einen zweiköpfigen Raubvogel. Die beiden Köpfe schnellten abwechselnd vor und rissen das Reptil mit ihren scharfen Schnäbeln gnadenlos auseinander. Jason schüttelte sich und wandte sich ab, wobei sein Blick auf den alten Bentley fiel, der mitten auf dem Hof parkte.

Die Tierversuche des Pfades ekelten ihn und er versuchte möglichst gar nicht daran zu denken, was genau Tyra mit den Überresten seiner Mutter anstellen wollte. Nur das Ergebnis zählte. Den Weg dahin musste er irgendwie verdrängen. Wobei er eigentlich einleuchtend fand, was Liz auf ihrer Fahrt hierher über die Verbindung von Magie und Technik gesagt hatte. Dass es da Nachholbedarf gab.

Er näherte sich dem Bentley. Soweit er wusste, benutzten die Schwarzmagier und ihr Gefolge den Wagen, um Besorgungen zu machen. Jason zog beiläufig am Türgriff. Zu seiner Überraschung war das Auto nicht abgeschlossen. Er öffnete die Tür und setzte sich auf den Fahrersitz, ließ die Finger über das Lenkrad gleiten und dachte über den richtigen Zauber nach. Liz hatte ja erzählt, dass es zwar Forschungen zur Verschmelzung von Technik und Magie gegeben hatte, dass die aber nicht weiterverfolgt worden waren. Dabei war es doch eigentlich total einfach: Der Motor braucht eine Zündung, um mit der Verbrennung des Kraftstoffs zu beginnen. Darum heißt es ja Zündschlüssel, Zündschloss und so weiter. Du steckst den Schlüssel ein und drehst ihn, damit wird ein Impuls ausgelöst, der an der Zündkerze des Motors einen Funken entstehen lässt. Es musste doch möglich sein, mit einem Zauberspruch genau diesen Funken an der richtigen Stelle zu erzeugen, weil: Wer Blitze und Feuerbälle schleudern kann, der kann ja wohl auch so was. Oder nein, anders. Er legte zwei Finger auf das Schloss unterhalb des Lenkrads und versuchte, sich in den Mechanismus einzufühlen. Vielleicht konnte man ja ganz einfach mit dem Anóixis-Zauber die Zündung auslösen. Oder vielleicht ...

»Hey, Jason, planst du deine Flucht?«

Thore stand plötzlich neben ihm und sah höhnisch auf ihn herab.

»Vor was sollte ich fliehen?«, fragte Jason gelassen. »Etwa vor dir?«

Thore zog seine Augenbrauen zusammen und sagte: »Ich bin ja kein Magier, aber ich diene Tyra schon seit fast zehn Jahren. Und ich hab hier einige Leute kommen und gehen sehen, ob magisch begabt oder nicht. Und ich kann erkennen, ob jemand sich mit Haut und Haaren dem Pfad der Neun verschrieben hat. Oder ob er nur mit halbem Herzen hier ist.« Er funkelte Jason an. »Oder vielleicht sogar nur zum Schein.«

»Mit Haut und Haaren, ja?« Jason stieg aus dem Auto aus. Er und Thore waren etwa gleich groß und sie standen fast Stirn an Stirn. Jason in Hoodie und Jogginghose, Thore in der ledernen, mit Eisenplatten verstärkten Rüstung eines Wikingerkriegers, eine Hand wie stets auf dem Schwertknauf ruhend. Ihre Blicke bohrten sich ineinander.

Über ihre Köpfe dröhnte eine Maschine von Loganair, eines der kleinen Propellerflugzeuge, die zweimal am Tag auf dem nahe gelegenen Sumburgh Airport landeten oder von dort starteten, was Jason zwischendurch daran erinnerte, dass er doch nicht im Mittelalter lebte.

»Und Tyra?«, fragte Jason.

»Was – und Tyra?«, fragte Thore zurück.

»Die hat gar keine Haare«, sagte Jason.

Thores Blicke wollten ihn erdolchen. Doch dann entspannten sich seine Gesichtszüge, sein Mund verzog sich zu einem Grinsen und er begann glucksend zu lachen.

»Okay, Mann, das ist lustig«, sagte er und haute Jason mit seiner Kriegerpranke auf die Schulter. Dann klimperte er mit dem Autoschlüssel, den er in der anderen Hand hielt. »Jetzt geh zur Seite, ich muss nach Lerwick fahren.«

Jason machte Platz und Thore stieg ein, wobei er das Schwert umständlich neben dem Fahrersitz platzieren musste. So ein Krieger hat es auch nicht leicht, dachte Jason.

»Was machst du in Lerwick?«, fragte er.

»Ich hole Yuki am Hafen ab«, sagte Thore. »Und deine Mutter.« Wieder ließ er das glucksende Lachen hören. »Freu dich schon mal aufs Wiedersehen mit Mami.«

Thore zog die Fahrertür zu und ließ den Wagen an.

Jason sah ihm nach, wie er vom Hof fuhr. Seit er sich mit dem Experiment einverstanden erklärt hatte, durfte Jason sich frei in der Festung bewegen. Es war ihm aber verboten, sie zu verlassen. Eigentlich nicht viel anders als während des Sommers auf Branzé. Er sah den Wagen den Hügel hinauffahren und hinter der Kuppe verschwinden.

Er musste schlucken.

Vor drei Tagen hatten Yuki und Mapunda die Burg Richtung Festland verlassen. Mapunda sollte nach Usbekistan reisen, zu einer alten Burg in Chorasan, wo der Pfad einst sein Hauptquartier gehabt hatte. Denn eine Kontaktperson der Schwarzmagier hatte dort einen Jungen angetroffen, der sich magisch von den Ruinen angezogen fühlte, so hieß es im Bericht des Magiologen. Womöglich ein neuer Schüler für den Pfad – Mapunda sollte den Jungen treffen und ihn eventuell herbringen.

Yuki hingegen sollte das Grab von Jasons Mutter aufsuchen. Immer wieder musste Jason sich seitdem unfreiwillig ausmalen, wie Yuki sich im Schutze der Nacht, vielleicht zusätzlich durch einen Unsichtbarkeitszauber verborgen, auf den Friedhof schleicht und den Sarg seiner Mutter ausgräbt. Er schüttelte sich und zündete sich eine Zigarette an. Der Rauchgeschmack vertrieb für eine Weile den starken Malzgeruch aus seiner Nase, der heute wieder über den Hof und durch die Gebäude der Festung waberte. Es wurde Bier gebraut, und zwar in erstaunlichen Mengen. In drei Tagen würden die hier das Julfest feiern. Die Wintersonnwende. Also die Tatsache, dass nach der längsten Nacht des Jahres ganz allmählich die Tage wieder anfangen würden länger zu werden. Wenn er das richtig verstanden hatte. Es war ein altes nordisches Fest, das sie hier bei Helheim Genetics pflegten, während jenseits der verwitterten Mauern Weihnachten gefeiert wurde.

Weihnachten.

Eigentlich der passende Zeitpunkt für ein Wiedersehen mit der eigenen Mutter.

Jason kratzte sich an der linken Schulter. Die Wunden, die seine Fesseln aus rauem Strick an seinen Handgelenken verursacht hatten, waren längst verheilt. Doch an dieser Stelle juckte ihn nach wie vor etwas. Er rauchte die Zigarette auf, ging ins Haus und stieg die Treppe hoch in das Gemach, das er sich mit Liz teilte. Liz hockte auf dem Boden und beugte sich über einen großen Zinnteller. In der Hand hielt sie einen Stoffbeutel, den sie jetzt ausschüttete. Eine Handvoll kleiner Stäbchen fielen auf den Teller. Jason erkannte, dass auf den Stäbchen fremdartige Schriftzeichen eingeritzt waren.

»Was ist das?« Er verzog das Gesicht. »Etwa Knochen?«

»Nein, einfach nur Holz.« Sie sah zu ihm hoch. »Tyra unterrichtet mich jetzt in Runenmagie. Die alte nordische Zauberei ist voller Dinge, die die Gilde nicht kennt. Setz dich.«

»Das sind Runen?«, fragte Jason, hockte sich zu ihr und wollte eines der Teile anfassen.

»Nicht«, sagte Liz. »Es hat eine Bedeutung, wie sie fallen. Wie sie sich berühren, ob sie neben- oder übereinander liegen.«

Jason zog die Hand wieder ein. Liz hob den Teller hoch und inspizierte ihn, als hätte da gerade einer ein exotisches Essen angerichtet.

Jason ließ sich ihr gegenüber im Schneidersitz nieder. »Und was sagen sie dir?«

»Weiß nicht genau, ich habe ja gerade erst angefangen, es zu lernen.« Liz nahm eines der Stäbchen hoch. Das Zeichen sah aus wie ein missglücktes P. »Das ist die Rune Thurisaz. In den altnordischen Vorstellungen steht sie für die Kräfte des Chaos, die gegen die Ordnung der Götter kämpfen. Aber wenn du lernst, ihre Kräfte zu durchdringen, kannst du mit ihrer Hilfe nicht nur Altes zerstören, sondern auch etwas ganz Neues erschaffen.«

»Was wäre denn was Altes? Irgendwelche Gegenstände?«

»Ich glaube, es geht eher um Strukturen. Um Ordnung, wie gesagt.«

»Was soll das sein – Ordnung?«

»Tja, bin mir nicht sicher. Eine Familie vielleicht. Eine Firma. Ein Land. Den Kapitalismus ... was weiß ich? Es kommt drauf an, was du draus machst. Diese nordische Magie ist ganz anders als die Gildenmagie, wie wir sie kennen. Nicht so rational, sondern viel intuitiver.« Sie legte das Stäbchen zurück auf den Teller und hob stattdessen eines auf, das vorhin halb auf der Thurisaz-Rune gelegen hatte. Es trug ein Zeichen in Form eines schlichten Häkchens, vielleicht sollte es auch ein Pfeil sein.

»Das ist die Rune Kenaz«, sagte Liz. »Sie wird der Göttin Freya zugeordnet, der Herrin des Waldes. Wilde Jägerin, leidenschaftliche Liebhaberin.« Sie sah ihn an, kurz trafen sich ihre Blicke, Liz grinste. »Ihr passiver Aspekt ist das Herdfeuer«, fuhr sie fort. »Ihre aktiven Eigenschaften sind Wachstum, Fruchtbarkeit, Verwandlung.«

Liz platzierte das Stäbchen wieder in seiner ursprünglichen Position auf dem Teller, sodass es halb auf der Thurisaz-Rune lag. Dann lehnte sie sich zurück, stützte sich mit den Ellbogen auf und fragte: »Was denkst du, was die Konstellation bedeuten könnte?«

Jason lachte. »Klingt wie eine Fangfrage.«

»Stimmt.« Liz lachte auch, richtete sich wieder auf und setzte sich direkt neben Jason. »Ich glaube, Kenaz und Thurisaz wollen uns sagen, dass wir zusammen unsere Leidenschaft ausleben sollen. Du und ich. Dass wir gemeinsam große Kraft entfesseln und etwas Neues schaffen können.«

Jason runzelte die Stirn. »Darf ich sie denn jetzt mal anfassen?«, fragte er.

Sie nickte. Er nahm drei, vier von den Holzstäbchen in die Hand und schloss die Finger darüber, dann schüttelte er sie. Ganz entfernt meinte er, ein leises Vibrieren wahrzunehmen, so wie wenn du mit der Hand eine Fliege gefangen hast und die brummt jetzt in deiner Faust. Aber ganz schwach, ganz weit weg irgendwie.

Jason legte sie zurück und sagte: »Ich schnall nicht, wie man damit zaubern soll.«

»Man zaubert nicht direkt damit«, antwortete Liz und nahm Thurisaz und Kenaz wieder in die Hand. »Sie dienen eher dazu, einen Zauber zu verstärken. So wie ich das verstehe, können sie dir helfen, deinen Geist zu klären. Deine innere Haltung zu finden und zu festigen. Die Arbeit mit den Runen ist vor allem so was wie Meditation, glaube ich.«

»Das ist echt nicht mein Ding«, brummte Jason. »Stundenlang rumsitzen und in sich selbst reinhören, das hab ich im Knast genug gemacht.«

»Meditieren kann man auf viele Weise«, erwiderte sie. »Auch körperliche Arbeit kann Meditation sein. Holzhacken, zum Beispiel. Oder ... Sex.«

Sie stupste ihn an.

Er rückte ein Stück weg.

»Ich werde nicht schlau aus dir«, sagte sie. »Den ganzen Sommer über konntest du deine Augen nicht von meinen Brüsten lassen. Und jetzt sind wir hier, du und ich, ich bin bereit für dich und du ... zierst dich.«

»Ich ...« Jason musste sich räuspern, sein Mund war plötzlich ganz trocken. »Ich steh immer noch mindestens so sehr auf dich wie an dem Tag, an dem ich dich zum ersten Mal gesehen hab. Aber es ... ich fühle mich einfach wie ein bekackter Verräter.«

Liz seufzte. »Aziza hat dich echt ganz schön in ihren Klauen.«

Jason wich ihrem Blick aus und schaute auf den Teller mit den Holzstäbchen.

Aziza hatte ihn nicht in ihren Klauen, ganz bestimmt nicht. Er dachte gar nicht an sie, wenn er das Wort *Verrat* dachte. Er sah Mo vor sich. Und Fatma.

Soweit er sich zurückerinnern konnte, war er von allen Leuten, die er für echte, treue Freunde hielt, früher oder später verarscht worden. Nur von den beiden nicht.

»Damals im Sommer hab ich mich gefragt, warum die Großmeisterin so einen Asi wie dich nach Branzé bringt«, sagte Liz leise und nahm seine Hand. »Ich hab nicht geschnallt, wie sensibel und empathisch du in Wahrheit bist.«

Sie küsste die Spitze seines Zeigefingers. »Bitte verzeih.«

»Es gibt nichts zu verzeihen«, sagte er und zog die Hand weg. Erst danach merkte er, dass es sich schön angefühlt hatte.

»Hast du es ihnen eigentlich schon gesagt?«, fragte er. »Ich meine Aziza und die Gilde. Wissen die, dass du ...«

»Nein. Es herrscht Funkstille. Ich habe eine seltsame Nachricht von Jolka bekommen, dass ich meine SIM-Karte wegschmeißen und nur im äußersten Notfall Kontakt aufnehmen soll. Anscheinend denken die auf Branzé, dass sie von jemandem gehackt worden sind. Kommt mir natürlich entgegen.« Liz zuckte mit den Schultern. »Irgendwann werden sie es rauskriegen. Aber das spielt keine Rolle mehr für mich.« Sie beugte sich vor und küsste ihn auf den Mund. Behutsam. Dann sammelte sie die Runenstäbchen ein und ließ sie wieder in dem Stoffbeutel verschwinden, nahm den Zinnteller und sagte: »Ich muss jetzt zu Tyra. Wir sehen uns später.«

Jason erhob sich langsam, mit dem Geschmack ihrer Lippen auf seinen.

Er öffnete ein Fenster, lehnte sich hinaus und rauchte eine Zigarette.

Nach einer Weile hörte er das tiefe Brummen des Bentley. Der Wagen kam in der weiten Kehre den Hügel herab und rollte auf den Hof. Thore und Yuki stiegen aus. Thore öffnete den Kofferraum und holte einen Rucksack hervor, den er Yuki gab. Dann griff er noch einmal hinein und wuchtete einen großen Metallkoffer aus dem Auto.

Jason erschauderte. Er spürte den Impuls, hinunterzulaufen, ihm den Koffer aus den Händen zu reißen, ihn zu öffnen und hineinzusehen. Gleichzeitig wollte er nur noch abhauen und sich irgendwo in einem Loch verkriechen, am liebsten unter dem Bett in seinem Kinderzimmer.

Stattdessen blieb er einfach stehen und sah zu, wie Thore den Koffer rüber zum Labortrakt schleppte. Yuki schulterte ihren Rucksack und folgte ihm, dann verschwanden beide in dem Gebäude.

Es war der komplette Horror.

Aber nicht nur.

Da war auch noch was anderes.

Denn seit seine Mutter gestorben war, hatte es niemanden mehr gegeben, der sich je ernsthaft für Jason interessiert hätte, abgesehen von der Staatsanwaltschaft. Doch für die Leute hier, für Tyra und Co. – und vor allem für Liz –, war er anscheinend megawichtig. Er musste sich eingestehen, dass ihm das gefiel.

Im Gewimmel des Antwerpener Hafens wurde eine kleine Hand in die Höhe gereckt.

Mo stupste Fernando an. »Hey, da ist sie.«

Jolka winkte und kam auf die beiden zu, sie umarmten sich zu dritt.

»Wie schön, dass du uns abholst«, sagte Fernando. »Aber erzähl, was ist denn eigentlich los?«

»Nicht hier«, antwortete Jolka. »Da drüben ist ein Café, da können wir reden.«

»Okay«, sagte Mo und setzte vorsichtig einen Fuß vor den anderen.

Der Kopf wusste zwar, dass sie soeben die *Achilles* verlassen und wieder festen Boden unter den Füßen hatten, trotzdem versuchten die Beine immer noch unbewusst, das Schwanken des Schiffes auszugleichen, Mo watschelte wie eine Ente. In wenigen Tagen war Weihnachten, doch die Festlandluft fühlte sich mild an, viel milder als in Kanada. Sie schulterten ihr Gepäck und folgten Jolka vorbei an Kränen und Containerstapeln zu einem Café – eigentlich war es eher ein Container, der einen Imbiss beherbergte.

Vor zwei Tagen, als sie endlich wieder Handyempfang gehabt hatten, war eine kryptische SMS eingegangen, ein Wust aus Buchstaben und Zahlen. Doch Fernando hatte darin einen alten Code der Gilde erkannt und es war ihm gelungen, die Nachricht zu entziffern.

Ich erwarte euch in Antwerpen, hatte Jolka geschrieben. Nehmt die SIM-Karten aus euren Handys und werft sie über Bord.

Keine weitere Erklärung. Aber es hatte dringend geklungen, darum hatten Mo und Fernando sofort gehorcht.

In einem großen Campingpavillon vor dem Imbiss standen zwei Plastiktische mit Stühlen. Obwohl es noch früh am Morgen war, sammelte sich Frittengeruch unter der Plane des Pavillons. An einem der Tische saßen drei Hafenarbeiter mit orangen Warnwesten über ihren gefütterten Jacken, ihre Helme auf dem Schoß, tranken Kaffee aus Pappbechern und rauchten.

Jolka stellte sich auf Zehenspitzen an die Theke des Imbiss-Containers und ließ sich ebenfalls drei Kaffee reichen, dann nahmen sie an dem freien Plastiktisch Platz.

»Willkommen zurück in der Alten Welt. Hattet ihr eine angenehme Überfahrt?« Jolka lächelte die beiden an. »Bei so einer langen Schiffstour verbringt man ja viel Zeit zusammen.«

Den beiden schoss augenblicklich Röte ins Gesicht. Jedenfalls sah Mo es bei Fernando und spürte es auch bei sich selbst. Seit diesem Abend, an dem sie miteinander Sex gehabt hatten, hatte es keine Berührung mehr zwischen ihnen gegeben und sie hatten mit keiner Silbe darüber gesprochen. Fernando vielleicht aus Scham, Mo eher deshalb, weil es gar keine passenden Worte dafür gab.

»Ja, es war ganz schön, find ich«, sagte Mo schließlich und sah Fernando dabei an.

»Ich hab euch vermisst«, sagte Jolka. »Es ist immer so einsam auf der Burg, wenn ihr alle in der Welt unterwegs seid. Das ist ja oft der Fall, aber diesmal war es anders, weil …« Ihr Lächeln erstarb kurz und sie sagte traurig: »Sonst kamt ihr ja immer alle irgendwann heil wieder zurück. Aber Meister Fong wird nie wieder fröhlich vor dem Tor stehen.« Sie atmete durch, dann kam das Lächeln wieder. »Umso mehr freue ich mich, dass ihr wohlauf seid.« Sie zog zwei kleine Briefumschläge aus ihrer Jacke und legte sie auf den Tisch.

»Um es kurz zu machen«, sagte sie, »wir sind gehackt worden. Als ich das begriffen hatte, musste ich euch sofort warnen. Darum solltet ihr offline gehen und mich hier treffen.«

»Gehackt?«, fragte Mo. »Wer? Und wie hast du es gemerkt?«

»Erst mal hab ich leider gar nichts gemerkt«, gab Jolka zu. »Aber wir haben uns natürlich gefragt, warum die Inquisition Meister Fong im Haus von Vladas Navardauskas in Toronto aufspüren konnte. Und wer euch dort in die Falle gelockt hat. Denn dass die Polizei genau in dem Augenblick auftauchte, als ihr im Haus wart, kann ja kaum Zufall gewesen sein.«

»Du denkst, es war die Inquisition?«, fragte Fernando.

»Ich denke es nicht, ich weiß es. Denn inzwischen konnte ich es zurückverfolgen. Die Inquisition hat anscheinend schon seit Monaten unsere Kommunikation überwacht. Und mithilfe eurer Handys konnten sie euch jederzeit orten. So sind sie dem Meister und euch auf die Spur gekommen.« Jolka machte ein zerknirschtes Gesicht. »An einer völlig unbedeutenden Stelle unseres Systems sind sie mit einem uralten Passwort reingekommen, das vermutlich Siham noch kannte. Aus der Zeit, als sie bei uns in Branzé gewesen ist. Jedenfalls haben wir auf Branzé alles komplett neu gesichert.« Sie schob ihnen die Umschläge über den Tisch zu. »Da drin sind eure neuen SIM-Karten. Und jeweils ein Zettel mit eurer neuen Nummer.«

Fernando öffnete seinen Umschlag und dann sein Handy.

Mo nahm den Umschlag nachdenklich an sich und fragte: »Muss ich die neue Nummer geheim halten?«

»Du solltest sie zumindest nicht an Siham weitergeben«, sagte Jolka und lachte.

»Sehr witzig«, meinte Mo. »Ich dachte eher an meine Freund:innen. Und an meine Mutter. Bei der muss ich mich dringend melden. Wegen Weihnachten und so.«

»Ich halte es für ziemlich unwahrscheinlich, dass deine Mutter von der Inquisition überwacht wird«, meinte Jolka. »Aber ausschließen kann man es nicht. Also halte bitte Augen und Ohren auf, ob du irgendwas Verdächtiges bemerkst, wenn du sie an Weihnachten besuchst.«

Hm, Weihnachten. Mo hatte das Thema zwar selbst angesprochen, trotzdem wurde Mo erst in diesem Moment bewusst, dass sie sich ziemlich bald trennen würden. Jedenfalls fürs Erste.

»Gibt es schon einen Termin, wann wir nach Litauen fahren?«, fragte Mo.

»Frau Navardauskas ist auf Reisen und wird am 7. Januar wieder zu Hause in Kaunas sein«, berichtete Jolka. »Ich habe gestern noch mit ihr telefoniert. Ich habe mich als Kunstexpertin ausgegeben und den Besuch meiner beiden jungen Assistent:innen angekündigt.« Sie zwinkerte Mo und Fernando zu. »Die Dame hat das Buch tatsächlich von ihrem Vater geschenkt bekommen, erzählte sie mir. Darum möchte sie die Chronik verständlicherweise nicht an uns verkaufen. Sie ist aber bereit, sie euch zu zeigen, und ihr dürft Fotos machen.«

»Wird sie nicht Verdacht schöpfen?«, überlegte Mo. »Ihr Vater kauft dieses antike Buch und schenkt es ihr. Wenig später wird er ermordet und kurz darauf ruft eine Kunstexpertin an« – Mo zeichnete mit den Fingern zwei Gänsefüßchen in die Luft – »und fragt nach dem Buch.«

»Darüber habe ich auch schon nachgedacht«, sagte Jolka. »Aber ich bin sicher, dass du mit deinem Talent für Illusionszauber eine Lösung finden wirst.«

»Und zur Not bleibt uns der Amnésis-Zauber«, fügte Fernando hinzu.

Mo verzog das Gesicht.

Der Vergessenszauber war der gruseligste von allen. Gruseliger als irgendwelche Verwandlungs- oder Beherrschungszauber. Denn selbst wer vielleicht mit Pech als Mensch in einen Frosch verwandelt wird, hat immerhin noch eine Erinnerung daran, wie es war, ein Mensch zu sein, und kann mit Glück zurückverwandelt werden. Doch für Leute, die die Erinnerung verlieren, gibt es kein Zurück mehr, niemals wieder. Der Gedanke bedrückte Mo. Vor allem natürlich, weil er Mo daran erinnerte, nur auf Zeit als Schüler:in bei der Gilde zu sein. Irgendwann würden sie die Chronik gesichtet und das Rätsel des Iskander gelöst, das Conjugum gefunden und den Fluch des Heptalogons zerstört haben. Und womöglich würde Mo dann selbst mit diesem Amnésis-Zauber belegt werden – und alles über Zauberei vergessen. Und die Gilde, und Branzé ... und Fernando.

»Das heißt also«, sagte Mo, »dass wir bis Anfang Januar nichts weiter unternehmen können?«

Jolka nickte. »Ihr habt sozusagen Weihnachtsferien.«

»Das klingt gut«, meinte Fernando und sah Mo an. »Weihnachten auf Branzé ist toll. Na ja, es wird ohne Fong und Ava nicht dasselbe sein. Aber trotzdem. Sancho und Natsumi stellen einen riesengroßen Baum auf. Und manchmal haben wir sogar Schnee. Dann können wir Schlitten fahren.«

»Klingt eigentlich gut ...« Mo rang mit sich. »Aber ich sollte Weihnachten zu Hause verbringen.« Zu Hause – was für ein seltsamer Ausdruck. »Also, ich muss mich dringend mal in meiner WG blicken lassen. Und bei meiner Mutter.«

Also leerten sie ihre Kaffeebecher und brachen zum Bahnhof auf. Gemeinsam nahmen sie einen Zug bis Brüssel, wo sie sich trennten. Für Jolka und Fernando ging es Richtung Paris weiter, für Mo nach Köln. Die Umarmung, mit der sich die beiden verabschiedeten, war lang.

Trotzdem mochte Mo sich nichts einreden. Fernando war nicht in Mo verliebt, das war klar. Und Mo wusste ja selbst auch nicht, ob das eigentlich Verliebtheit war oder nur gute Freundschaft oder irgendwas dazwischen. Es war eh Quatsch, das irgendwie definieren zu wollen.

Der Thalys nach Köln war rappelvoll. Bepackte Menschen in dicken Mänteln, schwere Koffer, überquellende Geschenktüten, *driving home for Christmas*. Inmitten der Masse und Enge fühlte Mo sich plötzlich einsam.

Köln empfing Mo, wie Köln eben kurz vor Weihnachten so ist – zu laut und glitzernd, schmutzig und zu warm. Mo hatte es irgendwie auch vermisst.

Auch Biene hatte Mo vermisst. Mos Mitbewohnerin machte große Augen, als Mo plötzlich im Flur stand, den Rucksack neben der Tür an die Wand lehnte und sich dann in der Küche auf die Eckbank plumpsen ließ.

Biene drückte Mo an sich und sagte: »Warum hast du nicht geschrieben, dass du kommst? Dann hätte ich ein bisschen sauber gemacht.« Sie grinste. »Du bist nämlich seit sechs Monaten mit dem Putzplan im Rückstand. Ich hab dir zuletzt x-mal gewhatsappt, ohne dass die Nachrichten bei dir angekommen sind. Hast du 'ne neue Handynummer? Hättest mir ruhig Bescheid sagen können. Was ist das denn für ein abenteuerlicher Job, für den du dein Studium schleifen lässt und um die Welt jettest? Ich bin ja so dermaßen froh, dass du wieder da bist, ich hab schon mit meiner Bachelorarbeit angefangen und ich brauch dich total dringend als Sparringspartner:in für ein paar Formulierungen, mit denen ich nicht so glücklich bin, da könnten wir uns doch mal ein bisschen die Bälle hin- und herspielen, also falls du überhaupt Zeit hast, ich weiß ja gar nicht, wie jetzt so deine Pläne sind, jetzt erzähl doch mal, du sagst ja gar nichts?«

Mo lächelte. Es war eigentlich ganz praktisch, dass Biene in einer Tour durchquatschte, so konnte Mo sich in Ruhe was überlegen.

Als sie sich nun zurücklehnte, begann Mo zu erzählen. Biene hing an Mos Lippen, aber Mo hörte sich selbst kaum zu. Irgendwie war es plötzlich frustrierend. Diese ausgedachten Geschichten. Egal, ob es darum ging, sich mit einem Illusionszauber aus einer haarsträubenden Situation zu retten oder einfach nur der Mitbewohnerin nichts von Inquisition und schwarzer Magie, von einem Mord in Kanada und der nächtlichen Schlacht um eine veritable Burg zu erzählen.

Mo war es gewohnt, dass die Menschen gebannt lauschten, aber Biene schien diesmal ganz besonders verzaubert von der Geschichte.

Ihre Augen schimmerten feucht, als sie fragte: »Und ... werdet ihr euch wiedersehen?«

»Hä, wer?«

»Na, du und Fernando.«

Mo hüstelte. Offenbar ohne es selbst zu merken, hatte Mo ein paar mehr Details aus der Realität eingeflochten als nötig. Plötzlich spürte Mo eine große Sehnsucht danach, irgendeiner Person all das zu erzählen, was sie erlebt hatten, die ganze wahre Version. Aber bitte, ohne anschließend direkt den Vergessenszauber bei dieser Person anwenden zu müssen.

»Ja, bestimmt«, sagte Mo. »Im Januar reisen wir zusammen nach Litauen.«

»Das wird sicher toll«, sagte Biene. »Ich freu mich für dich. Ich kann mich nicht erinnern, dass ich dich mal so glücklich gesehen habe.«

»Oh.« Mo hielt betroffen inne. »Echt jetzt?«

»Ja, wirklich.« Biene nahm Mos Hand. »Aber sag – bleibst du hier wohnen oder willst du das Zimmer kündigen? Ich fände es schade, wenn du auszieht. Versteh mich nicht falsch – ich freu mich für dich, wenn du in deinem Traumjob aufgehst.«

Was genau hatte Mo ihr eigentlich gerade alles erzählt? Der Nachteil an dieser überbordenden Fantasie war leider manchmal, sich hinterher nicht mehr an alle Details erinnern zu können.

»Ich weiß noch nicht«, murmelte Mo. »Vor allem weiß ich noch nicht, ob dieser Job wirklich was auf Dauer ist. Also für mich schon, ich möchte das wahnsinnig gern machen. Aber es ist noch nicht klar, ob sie mich langfristig nehmen.«

»Ach so«, sagte Biene, »klar, du hast erst mal Probezeit. Logisch.«

Logisch. Klar. Probezeit. So hatte Mo das noch nie gesehen. Die Zeit, bis sie den Fluch brechen und das Buch zerstören würden, könnte doch wirklich etwas in der Art sein. Mo hatte noch immer Gelegenheit zu beweisen, auf Dauer ein würdiges Mitglied der Gilde werden zu können.

»Genau, Probezeit.« Mo nickte. »Fühlt sich irgendwie komisch an, weißt du? Ich bin nicht wirklich hier, aber auch nicht so richtig dort. Ich bin irgendwo dazwischen.«

»Warst du doch schon immer«, sagte Biene. »Irgendwo und irgendwer dazwischen. Und alles zugleich.« Sie beugte sich vor und küsste Mo auf die Wange. »Dafür lieben wir dich. Du bist die Vielfalt, die uns atmen lässt.«

»Danke, Süße.« Mo legte den Kopf an ihre Schulter. Biene neigte zum Überschwang, aber es war wirklich schön, so etwas gesagt zu kriegen.

Mum sagte auch schöne Sachen, aber auf schweigsamere Art. Sie war eine echte Münsterländer Bauerntochter und brauchte nicht viele Worte. Die Weihnachtstage verbrachten Mo und sie hauptsächlich damit, Serien zu bingen und gute Hausmannskost zu genießen, für die Mos Mutter sogar einen Onlinekurs absolviert hatte: veganer Schinken auf Bauernbrot, Grünkohl mit veganer Wurst, veganer Festtagsbraten. Liebe ging bei Mum nicht nur durch den Magen, sondern durch etliche Töpfe und Pfannen und Auflaufformen und Mo malte sich insgeheim aus, ihr eines Tages Branzé zu zeigen und sie mit Claude bekannt zu machen. Was natürlich vollkommen ausgeschlossen war.

Zum ersten Mal im Leben bewohnte Fatma keine Dachkammer. Ihre Zelle – sie nannte es nur deshalb so, weil die Zimmer in Klöstern *Zelle* hießen, es hatte nichts mit einem Gefängnis zu tun, auch wenn man das hier hätte denken können –, ihre Zelle also war allenfalls zehn Quadratmeter groß, aber die Deckenhöhe betrug mindestens vier Meter. Die weiß getünchten Wände blickten nackt auf sie herab. Vollkommen rein und unbefleckt.

Sie lag auf dem Bett und setzte sich dieser Unbeflecktheit aus. Eine Hand unter dem Kopf und die andere Hand unter dem Kleid. In Deutschland hatte ihre Jungfräulichkeit etwas beinah Skandalöses an sich gehabt. Sie war sich vorgekommen, als rühre sie an ein Tabu, indem sie mit niemandem Sex hatte. Aber hier im Zentrum der Inquisition gehörte die Enthaltsamkeit zu den Grundprinzipien. Auf irritierende Weise fand sie das erregend. Und fast noch irritierender war, dass sie dabei manchmal an Mo dachte. Natürlich war Masturbation verboten. *Haram*. Beziehungsweise im Zweifel eher *makruh*, unerwünscht, sofern sie davor schützte, ein noch größeres Übel zu begehen, *Zina*. Unzucht.

Sie zog die Hand hervor, nahm das Handy und rief noch mal bei Mo an. Vielleicht schon zum hundertsten Mal.

Dieser Anschluss ist vorübergehend nicht erreichbar. Bitte rufen Sie später wieder an.

Als ahnte Mo bereits, dass sie sich nicht von sich aus meldete, sondern in einem fremden Auftrag handelte. Fatma ging davon aus, dass die Inquisition das Gespräch mithören würde, auch ohne ihr das zu sagen, darum hatte sie sich ein paar seltsame Formulierungen zurechtgelegt. Und zwar derart seltsam, dass Mo stutzig werden und dann hoffentlich begreifen würde, dass sie nicht frei sprechen konnte. Aber das war wohl unnötig gewesen, denn Mos Telefon war die ganze Zeit aus. Oder es war kaputt, vielleicht hatte Mo es auch verloren, was auch immer.

Sie legte ihr Handy weg und schob die Hand wieder unter das Kleid, als es klopfte.

Wie ertappt fuhr sie hoch, setzte sich auf und legte die Hände in den Schoß. »Herein!«

Siham trat ein. »As-salamu alaikum, Schwester.«

»Wa-aleikum assalam.« Fatma hielt das Handy hoch. »Noch immer keine Verbindung.«

Sie nahm ihren eigenen Duft wahr, der von ihren Fingern ausging, und hoffte, Siham würde das nicht riechen. Wobei das im Grunde egal war, sie konnte schließlich Gedanken lesen. Schnell füllte sie ihren Kopf mit anderem: Riesenrad, Kartoffelgratin, Reform des Personengesellschaftsrechts ...

Aber Siham sagte nur: »Vergiss es, du erreichst ihn nicht mehr. Anscheinend hat Jolka inzwischen bemerkt, dass wir die Gilde überwachen. Sie haben sich komplett abgeschirmt, mit neuer Software, sicher auch neuen Handys oder zumindest neuen SIM-Karten. Fraglich, wann unsere Leute es schaffen, sie ein zweites Mal zu hacken. Oder ob überhaupt.«

»Und jetzt?«

»Das will ich mit dir besprechen. Seine Eminenz hat einen Auftrag für uns.«

»Seine Eminenz«, äffte Fatma nach. »Du kuschst richtig vor diesem Christenmacker. Ist Gehorsam irgendwie ein Fetisch für dich? Assassinin?« Es sollte spöttisch klingen, aber Siham ging nicht auf die Ironie ein.

Völlig ernst sagte sie: »Als Assassinin stehe ich in der Tradition von Raschid ad Din Sinan, dem Alten vom Berge. Und mein Gehorsam ist kein Fetisch. Im Gegenteil: Hingabe macht frei von den Fetischen dieser Welt. Ob diese Fetische nun Geld und Macht heißen, oder Alkohol, Drogen, Sex ... Oder dieser Zwang zur ständigen Selbstoptimierung. Dieser Götzendienst am eigenen Körper, der eigenen Instastory. Das ist doch Sklaverei. Wirklich frei sind wir nur, wenn wir in einem großen Ganzen aufgehen. Wenn wir frei werden von uns selbst.«

»Puh«, machte Fatma.

»Und was den Kardinal betrifft«, sagte Siham. »Schon im Mittelalter haben sich die Assassinen manchmal mit den Kreuzrittern verbündet, wenn es ihren Zielen diente. Ich tue nichts anderes.«

»Und die Kirche spielt da einfach mit?«, fragte Fatma.

»Kardinal Williamson ist schon vor Jahren aus der Kirche rausgeflogen«, sagte Siham. »Genau wie Juan. Die Inquisition ist seit Langem kein Teil der offiziellen Kirche mehr. Williamson erkennt seinerseits den Papst nicht an, er nennt ihn immer nur den *Jesuiten-Trottel*.«

»Na dann. Und was ist das für ein Auftrag, den Williamson für uns hat?«

»Akten wälzen. Genau der richtige Job für eine Juristin wie dich. Er schickt uns nach Toulouse. Dort lagert ein großer Teil des Archivs der Inquisition. Solange wir nicht an die Nürnberger Chronik herankommen, sollen wir nach anderen Hinweisen auf das Conjugum suchen. Vielleicht gibt es irgendwo noch weitere

Aufzeichnungen von dem Prozess gegen Iskander im Jahr 1537. Oder darüber, was danach geschah.«

»Und wo diese Truhe geblieben ist.«

»Genau. Wir reisen morgen ab. Das ist gut, denn dann müssen wir nicht hier sein, wenn die Christen ihr Weihnachtsfest feiern.«

»Und wenn wir dort nichts finden?«, fragte Fatma.

»Wir gehen zweigleisig vor«, sagte Siham. »Seine Eminenz sendet Juan nach Litauen. Wir kennen immerhin den Namen der Frau, die das Buch mutmaßlich hat. Inschallah findet er sie, bevor deine beiden Freunde auftauchen.«

Wie immer legte Siham eine Spur Herablassung in den Klang von *deine Freunde*.

»Sie werden der Frau doch nichts tun?«, fragte Fatma. »Oder Mo und Fernando? Kardinal Williamson hat gesagt, er wolle nicht, dass noch jemand wegen dieser Sache sterben muss.«

»Wenn die Frau klüger ist als ihr Vater und sich nicht auf einen Kampf einlässt, dann wird ihr nichts geschehen«, meinte Siham. »Und du kannst ja dafür beten, dass Juan sein Werk schon getan hat, bevor deine Freunde überhaupt auftauchen.«

Beten.

Fatma beschloss, dafür zu beten, dass sie rechtzeitig abhauen und den Kontakt zu Mo wieder herstellen konnte – aber erst, nachdem sie mit Sihams Hilfe die entscheidende Information über das Conjugum an sich gebracht haben würde.

Dunkelheit herrschte in der hohen Eingangshalle. Dass sie über und über mit frischem Tannengrün geschmückt war, konnte Jason nicht sehen, sondern nur riechen. Und dass sie voller Menschen war, konnte er bloß hören. Flüstern, Atmen, Rascheln.

Dann die Stimme von Tyra: »In dieser Julnacht stellen wir uns vor, wie es wäre, wenn das Licht für alle Zeit verlöschen würde. Doch die Dunkelheit wird nicht siegen. Die Sonne kehrt zurück und ein neuer Frühling wird Einzug halten.«

Es klackte, wie wenn ein Stück Metall gegen einen Stein geschlagen wird. Noch mal und noch mal, dann blitzte ein Funke auf. Und noch einer. Und dann entflammte die Mischung aus zerstoßenem Laub und Holzfasern in einer kleinen Schale, die Thore in der Hand hielt. Eine Flamme züngelte empor, an der Tyra eine dicke rote Kerze entzündete. Yuki entzündete ihre Kerze daran und gab die Flamme weiter, bis sie auch bei Jason ankam, der ebenfalls eine Kerze in der Hand hielt. Warmes Licht erfüllte die ganze Halle.

»So wie dieses Feuer unsere Nacht erhellt«, sagte Tyra, »wird das Licht der Magie neue Hoffnung in die Welt der Menschen tragen. Die alten Götter sind tot, aber unser Verstand ist lebendig. Wir haben die Macht, das Leben neu zu erschaffen.«

Einer der Krieger begann eine Trommel zu schlagen und erhob seine Stimme zu einem eintönigen, kehligen Gesang. Dann setzte ein zweiter ein, dann ein dritter und so entspann sich ein Lied, erst tragend, dann schneller, lauter, wilder, immer mehr Leute stimmten mit ein. Sie sangen in der altnordischen Sprache, die viele hier beherrschten, die anderen summten einfach mit und begannen sich im Takt zu bewegen. Auch Jason merkte, wie es ihn ergriff, die Trommeln fuhren durch seinen Körper, der Rhythmus ergriff Besitz von ihm, er konnte sich nicht dagegen wehren, es gefiel ihm. Liz strahlte ihn an, ergriff seine Hand und zog ihn mit. Die ganze Menge zog mit, es waren alle Bewohner der Festung versammelt, an die dreißig Leute, Magierinnen, Krieger, Wissenschaftlerinnen, Knechte und Mägde, sie bildeten eine Art Prozession und zogen hinüber in den Saal, wo auf einer langen Tafel das Festmahl bereitet war. Tyra persönlich schlug das Fass an und füllte die ersten Trinkhörner. Das Bier schmeckte köstlich, auch das frisch gebackene Brot, der Braten, das Kraut, mehr Bier, der Kuchen, noch mehr Bier, sie aßen und tranken und tanzten und tranken und tranken und tanzten, die Musik kam irgendwann aus der Partyanlage, Metal-Klänge, das überraschte Jason nicht, aber dazwischen gab es auch was, das wie Wikinger-Rap klang – krasse Mischung. Man trank und tanzte, knutschte und fummelte und alles verschwamm. Jason gab sich dem Rausch hin, er war schon ewig nicht mehr richtig betrunken gewesen. Es war grandios. Irgendwann fand er sich draußen wieder, Zigarette in der Hand, schaute zum Himmel hoch und staunte, welches Farbenspiel der Alkohol seinen Sinnen vorspielte. Schlieren aus Regenbogenfarben zogen sich wie gigantische Gardinen über den nächtlichen Horizont. Als hätte er gekifft. Es konnten aber auch Polarlichter sein, fiel ihm ein.

Wie von allein setzten sich seine Füße in Bewegung. Er überquerte den Hof und betrat die große Halle, die das Labor beherbergte. Ohne Licht anzumachen, stieg er die Treppe ins Kellergewölbe runter. Er passierte die Stahltür, hinter der Gorm seine untote Existenz fristete, und blieb vor einer weiteren Tür stehen.

Seit die Überreste seiner Mutter dort drinnen waren, hatte er sich nicht mehr hier runtergetraut. In nüchternem Zustand wäre er auch niemals hergekommen. Und er sollte es auch nicht. Tyra hatte es zwar nicht verboten, aber sie hatte ihm doch davon abgeraten. Er sollte seine Erinnerung an seine Mutter nicht dadurch trüben, dass er sie zwischendurch *besuchte*. Sondern sie erst sehen, wenn ihr Körper wieder völlig hergestellt wäre.

Jason legte eine Hand auf den kalten Stahl der Tür.

Er spürte, dass dahinter etwas Magisches vor sich ging. Es zog ihn aber nicht an, sondern schien ihn eher abzustoßen.

»Hier bist du.« Plötzlich stand Liz neben ihm. »Hätte ich mir denken können, dass ich dich hier finde. Willst du reingehen?«

Er schüttelte den Kopf. »Auf keinen Fall.«

Sie fasste seine Hand.

»Tyra hat dir eine krasse Bürde auferlegt«, sagte sie sehr sanft. »Es ist sicher schwer auszuhalten für dich.«

»Oder gar nicht auszuhalten«, murmelte er.

»In den alten Zeiten konnten sich die Menschen an höhere Mächte wenden, wenn sie meinten, dass sie das Leben nicht mehr aushalten«, sagte sie. »Aber du hast Tyra gehört. Die alten Götter sind tot.«

»Ja, unser Verstand, bla, bla. Aber mein Verstand reicht für so was nicht, fürchte ich.«

»Ist nicht schlimm«, sagte sie. »Wenn es dir hilft, kannst du meinen Verstand mitbenutzen.« Sie strich ihm mit der anderen Hand über die Wange. »Wenn es in allen Himmeln keine Götter mehr gibt, dann müssen wir die Götter füreinander sein.«

Sie küsste ihn.

Er wehrte sich nicht.

Sie schlang die Arme um ihn und er drückte sie an sich, ihren warmen Körper, ihren Verstand, ihr Leben, als könnte er mit ihr verschmelzen. Und das tat er wirklich. Sie öffnete seine Hose und er rutschte mit dem Rücken an der glatten Wand hinunter bis auf den kalten Boden. Egal, ihm war heiß. Sie streifte ihr Kleid hoch und setzte sich auf ihn, vergrub ihre Hände in seinen Haaren, küsste seinen Hals. Er umklammerte ihren Hintern und presste sie an sich. Sie ließ von seinem Hals ab und küsste ihn wieder auf den Mund, es kam ihm vor, als wolle sie seine Seele aussagen und ihm gleichzeitig ihre eigene einhauchen, vielleicht war das irgendein mächtiger Zauber, aber eher nicht, es war eher einfach nur Sex, und vielleicht war ja Sex, dachte Jason, am Ende die mächtigste Form von Magie.

10

Die Kirche des Erzengels Michael sah nicht aus, wie Mo sich Kirchen typischerweise vorstellte. Sie hatte weder ein langes Mittelschiff noch spitze Türme, vielmehr war sie ein riesiger Klotz und wurde von einer imposanten Kuppel gekrönt. Mo und Fernando gingen über den weiten Vorplatz auf das von wuchtigen Säulen gesäumte Portal zu. Haufen aus Schneematsch lagen rechts und links und unter ihren Stiefeln knirschte Streusalz.

Am Abend zuvor war Fernando aus Branzé nach Köln gekommen und hatte – ganz platonisch – bei Mo in der WG übernachtet, bevor sie am Morgen zum Flughafen aufgebrochen und nach Vilnius geflogen waren. Von der litauischen Hauptstadt aus waren sie mit dem Zug hierher nach Kaunas gereist, wo sie von Neringa Navardauskas erwartet wurden, der Tochter des in Toronto ermordeten Käufers der Nürnberger Gildenchronik. Sie hatte diese Kirche als Treffpunkt ausgewählt. Vielleicht war sie fromm und glaubte an die Schutzkraft heiligen Bodens. Oder wollte zumindest durch ein Treffen an einem öffentlichen Ort das Risiko minimieren, dass man sie entführte oder ausraubte oder dergleichen; schließlich war ihr Vater unter mysteriösen Umständen ermordet worden, da hatte sie allen Grund, misstrauisch zu sein.

Mo und Fernando betraten die Kirche, ließen den trübgrauen Januarnachmittag hinter sich und tauchten in ein Meer aus Farben ein. Die großen bunten Fenster und die überreiche Bemalung der Wände und der hohen Deckengewölbe ließen ahnen, wie sich die Gläubigen früherer Zeit den Himmel vorgestellt haben mochten.

Menschen waren kaum zu sehen. Nur hier und da saßen einzelne Leute wie verloren in den mit kunstvollen Schnitzereien verzierten Bänken. Für einen Moment blieben Mo und Fernando im Mittelgang stehen, bis sie in einer der hinteren Bankreihen eine Frau um die fünfzig entdeckten. Sie hatte graues Haar und trug einen langen Wollmantel.

»Das muss sie sein«, sagte Fernando und wollte zu ihr gehen, doch Mo hielt ihn plötzlich fest.

Aus einer Nische war ein Mann hervorgetreten, ein Priester mit schwarzem Anzug und Römerkragen. Kein Zweifel. Es war der Kerl von damals, der Begleiter von Siham. Auch wenn er diesmal keine Flecktarnjacke trug. Er blickte sich um, dann fixierte er Neringa Navardauskas und ging mit gefalteten Händen auf sie zu, ohne Mo und Fernando zu bemerken. »Der gehört zur Inquisition«, flüsterte Mo. »Sein Name ist Juan, wenn ich mich richtig erinnere. Er und Siham haben uns damals im U-Bahn-Tunnel angegriffen. Fatma, Jason und mich. Kurz bevor Meister Fong uns gerettet hat.«

»Bist du sicher? Dann will er das Buch! Wir müssen eingreifen.« Er legte Mo eine Hand auf die Schulter und flüsterte: »Aóratos.«

Augenblicklich wurden sie unsichtbar.

Hoffte Mo jedenfalls. Aber es schien so, denn als sie ein paar Schritte gingen, hob ein Mann, der in einer Bank ganz in der Nähe saß, ruckartig den Kopf, sah sich verwirrt um und rieb sich die Augen. Fernando zeigte auf seine Füße und auf den Boden, dann bückte er sich und zog seine Winterstiefel aus, die für den Marmorboden viel zu laut waren, wenn man unsichtbar durch diese Kirche laufen wollte. Mo tat es ihm gleich und mit den Stiefeln in ihren Händen erreichten sie auf leisen Socken die grauhaarige Frau fast gleichzeitig mit dem Priester, der von der anderen Seite kam und sich neben sie setzte.

»Sind Sie Mrs Navardauskas?«, fragte Juan auf Englisch.

Sie nickte und musterte den Priester mit Verwunderung.

»Sind Sie Mo? Oder Fernando?«, sagte sie. »Ich gestehe, ich hatte Sie mir jünger vorgestellt. Und ich hatte nicht mit einem Priester gerechnet.«

Juan sagte: »Die Priesterkleidung ist eine Tarnung. Ich arbeite für Interpol und komme, um das Buch sicherzustellen. Ist es da drin?«

Er deutete auf eine große blaue Einkaufstasche mit dem Logo eines schwedischen Möbelhauses, die vor der Frau auf dem Boden stand.

Neringa Navardauskas griff nach der Tüte, wie um den Inhalt zu beschützen.

»Das habe ich mit Ihrer Vorgesetzten anders besprochen«, widersprach sie.

»Schade«, brummte Juan und zog eine Pistole aus seiner Jacke hervor, die er auf Neringa richtete, ohne dabei den Arm auszustrecken. Für niemand anderen in der Kirche war die Waffe zu sehen. Außer für die beiden Unsichtbaren natürlich.

Mo sah Fernando fragend an. Der formte lautlos fünf Silben mit den Lippen. Mo verstand.

Beide hoben gleichzeitig den Arm, deuteten mit ihren Händen auf den Priester und sagten synchron: »Adynásia!«

Augenblicklich erschlaffte der Mann, sank in sich zusammen und fiel in einen tiefen, todesähnlichen Schlaf. Die Waffe rutschte aus seiner Hand und landete polternd auf dem Boden. In den vorderen Reihen drehten sich einige Köpfe kurz zu ihnen um und wandten sich wieder ab. Niemand hatte gesehen, woher das Getöse stammte.

»Mataios aóratos«, sagte Fernando leise.

Die Frau klappte den Mund auf, als sie ihn und Mo erblickte.

»Was zur ...«

»Das ist eine lange Geschichte«, sagte Mo. »Wollen wir uns woanders hinsetzen? Dann erklären wir Ihnen alles.«

»Wo kommt ihr beiden plötzlich her? Warum tragt ihr eure Schuhe in den Händen statt an den Füßen?«

»Kommen Sie.« Fernando stieg wieder in die Stiefel, dann ging er zur letzten Bankreihe. Die Frau zögerte einen Moment und starrte auf den schlafenden Mann neben sich. Dann nahm sie ihre große blaue Tasche hoch und folgte Fernando kopfschüttelnd. Mo hob rasch die Pistole vom Boden auf, steckte sie ein und lief hinterher. Sie setzten sich so, dass sie den betäubten Priester im Blick halten konnten, und Mo zog sich ebenfalls die Stiefel wieder an.

»Was wird hier gespielt?«, fragte Neringa Navardauskas.

»Wir sind Fernando und Mo«, sagte Mo. »Dieser Priester ist ein Betrüger.«

»Und was seid ihr? Eine Jolka Petrowa hat mich angerufen und mir zwei junge Kunstsachverständige angekündigt. Aber ich habe ihr kein Wort geglaubt. Und ich wollte diesem Treffen gar nicht zustimmen.«

»Warum sind Sie dennoch gekommen?«, fragte Fernando.

»Ich war neugierig. Was wisst ihr über den Mord an meinem Vater? Und was hat es mit dem Priester da drüben auf sich? Ist er der Mörder? Oder seid ihr es? Und wie um alles in der Welt habt ihr ihn in diesen ... Zustand versetzt?« Sie beugte sich zu den beiden vor und flüsterte: »Seid ihr Zauberer oder so etwas?«

Fernando sah Mo auffordernd an. Aber Mo spürte einen ungeheuren Widerwillen dagegen, diese Frau jetzt mit einer magischen Illusion hinters Licht zu führen. Sie verdiente es, die Wahrheit zu erfahren, fand Mo.

»Die Mörderin Ihres Vaters heißt Siham«, sagte Mo und spürte Fernandos Ellenbogen unsanft in der Seite. »Sie bezeichnet sich selbst als Assassinin und arbeitet für eine radikale Untergrundorganisation. Diese Organisation beruft sich auf die katholische

Inquisition, ihr Ziel ist die Bekämpfung aller Arten von Magie. Der Typ da gehört zu ihr.«

Fernando stieß wieder mit dem Ellenbogen zu, diesmal fester. Ja, es war gegen die Absprache, aber wie unmenschlich wäre es, dieser Frau, die um ihren Vater trauerte, irgendein Märchen aufzutischen?

Sie sah Mo an und schwieg. Eine ganze Weile lang. Dann sagte sie: »Ich sollte euch auslachen oder anschreien und dieses Treffen sofort beenden, weil ihr meinen toten Vater mit so einer Schauergeschichte verhöhnt.«

»Aber das tun Sie offenbar nicht, Mrs Navardauskas?«, fragte Mo.

»Ich will ein paar Antworten«, sagte sie. »Übrigens könnt ihr mich einfach Neringa nennen.« Sie griff in die große blaue Tasche und zog einen steinalten Folianten heraus; ein dickes, großformatiges Buch, das sie auf ihren Schoß legte. »Bevor ich euch etwas darüber erzähle, muss ich es wissen: Seid ihr Zauberer?«

»Ja«, sagte Mo. »Jedenfalls beinahe. Aua.« Zum dritten Mal traf Fernandos Ellbogen Mos Seite. »Wir gehören zur Magischen Gilde. Fernando ist ein Zauberschüler und ich bin eine Art ... Gaststudent:in, wenn man so will.«

Neringas Gesicht zeigte keine Spur von Erstaunen.

»Das habe ich mir fast gedacht«, sagte sie. »Es ist völlig unglaublich, aber es erklärt all das.« Sie strich mit der Hand über den riesigen Buchdeckel. »Mein Vater hat antike Bücher gesammelt. Seine große Leidenschaft waren Grimoires aus dem späten Mittelalter und der frühen Neuzeit.«

»Zauberbücher«, sagte Mo.

Sie nickte. »Es hat ihn fasziniert, weil er darin eine Parallele zu unserer Gegenwart sah.«

»Was meinte er damit?«, fragte Fernando.

»Es war eine Zeit großer Umbrüche«, sagte Neringa. »Mit der

Renaissance haben Vernunft und Wissenschaft Einzug ins Leben der Menschen gehalten. Viele aber haben diese Veränderungen zutiefst verunsichert. Die Kirche war dekadent und korrupt und bot keinen Halt mehr. Darum gab es großes Interesse an mystischen und okkulten Praktiken. Aber da ihr ja angeblich Kunstexperten seid, muss ich euch nicht erklären, was die Renaissance ist.« Sie zwinkerte den beiden zu. »Bei manchen dieser alten Grimoires merkt man gleich, dass die Verfasser Scharlatane waren, die sich von ihren gutgläubigen Zeitgenossen für billige Zaubertricks bezahlen ließen. Bei anderen hat man den Eindruck, dass die Schreiber damals wirklich an Magie glaubten und alles versucht haben, um Dämonen zu beschwören oder Blei in Gold zu verwandeln. Mein Vater war besessen von dem Gedanken, eines Tages ein *echtes* Zauberbuch von einem *wirklichen* Magier zu entdecken. Ich hielt das für kindisch.« Sie lächelte traurig und schaute für einen Moment zur hohen Kuppel empor, als sähe sie ihn dort irgendwo.

Mo warf einen Seitenblick auf Juan. Er hing schlafend in der Bank, als wäre er einfach beim Beten eingenickt.

»Mein Vater hat in den Neunzigerjahren in der IT-Branche ein Vermögen gemacht, bevor er sich ganz auf sein Hobby konzentrierte«, fuhr Neringa fort. »Fast schon obsessiv. Er hat rund um den ganzen Globus solche Bücher aufgestöbert und für seine Sammlung gekauft. Mit der Zeit hat er sich selbst ein paar alte Sprachen beigebracht und gelernt, wie man diese Schriften entziffert. Manchmal, wenn ich ihn in Toronto besucht habe, hab ich ihm über die Schulter geschaut. Es ist ja wirklich faszinierend, auch wenn für mich diese Grimoires vor allem etwas Schrulliges an sich haben. Bei meinem letzten Besuch zeigte er mir dieses hier, das er gerade neu erstanden hatte.« Mit dem Fingerknöchel klopfte sie auf den Buchdeckel. »Es ist anders als alle anderen in seiner Sammlung. Kein Zauberbuch im klassischen Sinn, mit astrologischen Berechnungen oder Möchtegern-Zauberformeln oder Rezepten für angeblich magische Tränke. Es scheint vielmehr eine Art Chronik zu sein. Sie geht über fast sechshundert Jahre. Und sie behandelt die Vorgänge in einem *Haus der Magischen Gilde* zu Nürnberg, wenn ich das richtig verstanden habe. Es liest sich – das sagte jedenfalls mein Vater – absolut realistisch. So als ob es Magie tatsächlich geben würde.« Wieder beugte sie sich vor und senkte die Stimme noch tiefer. »Hatte er recht? Existiert Magie wirklich? Was ihr vorhin mit diesem Priester gemacht habt – war das Zauberei?«

»Ja«, sagte Mo bloß.

»Puh«, machte Neringa. »Mein Vater hatte wohl so eine Vorahnung. Darum hat er mich bedrängt, dass ich das Buch mit nach Hause nehme, mit nach Litauen. Ich habe seine Worte damals nicht ernst genommen, alte Leute werden ja manchmal wunderlich. Aber seine Ahnung war offenbar richtig. Hätte ich das gewusst, hätte ich nicht das Buch, sondern ihn selbst mitgenommen.« Sie seufzte tief. »Aber das ist ja nun nicht mehr zu ändern.« Sie sah die beiden ernst an. »Diese Siham, die meinen Vater getötet hat – verstehe ich das richtig, dass sie eure Feindin ist?«

»Na ja, das ist schwer zu …«, begann Mo.

Aber Fernando antwortete bloß: »Ja, ist sie.«

»Werdet ihr sie finden und zur Rechenschaft ziehen?«

»Nun, das …«, wollte Mo wieder ansetzen.

»Ja«, sagte Fernando. »Das werden wir.«

Diesmal wunderte sich Mo über Fernandos Auskunftsfreude. Aber seine Strategie schien zielführend zu sein, denn Neringa nickte nur und schob das Buch zu ihnen herüber.

»Gut«, sagte sie. »Ihr dürft es euch ansehen. Wie versprochen.«

Mo schlug das Buch auf. Seine Seiten knatterten leise wie die des Heptalogon. Der erste Eintrag stammte aus dem Jahr 1126. Mo blätterte vor bis in die 1530er-Jahre.

»Kannst du es lesen?«, fragte Neringa. »Du bist aus Deutschland, nicht wahr? Ich höre es an deinem Akzent. Ich kann selbst ein wenig Deutsch, aber dieses hier ist so altertümlich, dass ich kaum etwas davon verstehe.«

»Ich kann auch nicht alles entziffern«, sagte Mo. »Aber einiges schon. Moment … hier. 1536. Das ist interessant.«

Fernando holte sein Handy aus der Jackentasche. »Darf ich ein paar Fotos machen?«

»Ja, das ist okay für mich«, antwortete Neringa.

Fernando knipste mehrere Bilder von der Doppelseite, die Mo aufgeschlagen hatte.

»Was ist das für eine Auflistung?«, fragte er.

»Kommt mir vor wie ein Beschluss, den der örtliche Gildenvorstand gefasst hat«, sagte Mo. »Da wurde ein Streit geschlichtet. Unser Iskander hat in Nürnberg anscheinend Ärger gehabt. Oder Ärger *gemacht*.« Mo blätterte um, damit Fernando auch die folgenden Seiten ablichten konnte. Danach folgte schon das Jahr 1538 und es kam nichts mehr über Iskander. Mo klappte das Buch zu und ließ es in der blauen Tüte verschwinden, die Neringa mit beiden Händen offen hielt.

Fernando überprüfte seine Fotos, nickte zufrieden und steckte das Handy ein. »Vielen Dank, Neringa, Sie haben uns wirklich sehr geholfen.«

»Gern geschehen«, sagte Neringa. »Aber was wird jetzt mit dem?« Sie nickte zu dem Inquisitor hinüber, der noch immer schlief. Gerade blieb ein Pärchen, offenbar Touristen, neben ihnen stehen. Sie grinsten und tuschelten, dann hielten sie zusammen ein Handy an einem Selfiestick in die Höhe und machten ein Foto von sich und dem schlummernden Kleriker.

»Irgendwie ist er auf meine Spur gekommen. Vielleicht weiß er sogar, wo ich wohne, und wird mir ein zweites Mal auflauern.«

»Stimmt«, sagte Fernando. »Mo, gib mir die Pistole.«

Mo erschrak. »Du willst ihn doch nicht erschießen.«

»Unsinn.« Fernando beugte sich zu der großen blauen Tasche, in der die Chronik ruhte, und griff hinein, schloss die Augen und sagte: »Duplis ginesthai.«

Als er sich aufrichtete, hielt er das perfekte Duplikat der Einkaufstasche in Händen, während das Original noch immer neben Neringa auf der Bank stand und das Buch enthielt. Fernando streckte Mo die geöffnete Tasche hin.

»Wirf die Knarre rein«, sagte er.

Mo tat es. Fernando nahm zwei Gesangbücher, die auf der Ablage der Bank ruhten, und legte sie zu der Waffe in die Tasche. Dann griff er abermals hinein und sagte: »Konia.«

Mo erkannte den Zauber. Er ließ beliebige Gegenstände zu Staub zerfallen. Neugierig blinzelte Neringa in die Tasche und auch Mo warf einen Blick hinein. Von den beiden Büchern und der Pistole war nur ein Häuflein undefinierbarer Brösel übrig geblieben.

»Das lassen wir ihm als Andenken hier«, sagte Fernando. »Er wird denken, dass wir die Chronik vernichtet haben. Und darum wird er von Ihnen ablassen, Neringa, weil bei Ihnen scheinbar nichts mehr zu holen ist.«

»Na, da wird er Siham was zu erzählen haben«, meinte Mo, grinste und stand auf. Auch Fernando erhob sich, die nachgemachte Tasche in seiner Hand.

Neringa sagte: »Ich hoffe, ihr und eure Freunde werdet diese Siham für den Mord an meinem Vater zur Rechenschaft ziehen. Meldet euch bitte, wenn es Neuigkeiten gibt. Ihr habt ja meine Nummer.«

»Apropos«, sagte Fernando und hob die rechte Hand.

»Nein, tu es nicht«, rief Mo.

»Was soll er nicht tun?«, fragte Neringa.

Fernando fixierte sie und sagte: »Amnésia.«

Neringa kniff die Augen zusammen und schüttelte den Kopf,

rieb sich die Schläfen und blinzelte, dann sah sie die beiden fragend an.

»Ähm … kann ich etwas für Sie tun?« Sie rieb sich mit den Handballen über die Augen. »Kennen wir uns?«

»Nein, ein Missverständnis«, sagte Fernando. »Wir haben Sie wohl mit jemandem verwechselt. Entschuldigen Sie.«

»Schon gut«, murmelte sie. Dann fiel ihr Blick auf die große blaue Tasche zu ihren Füßen. Vermutlich fragte sie sich, wozu sie die ausgerechnet in eine Kirche mitgenommen hatte und was sie überhaupt hier wollte.

Fernando ging rasch zu dem schlafenden Juan und legte das Duplikat der Tasche neben ihn. Dann kam er zurück und zog Mo Richtung Ausgang.

»War das wirklich nötig?«, schimpfte Mo. »Jetzt geht sie verwirrt nach Hause und weiß wieder rein gar nichts über den Mord an ihrem Vater.«

»Na und?«

Sie verließen die Kirche und traten wieder hinaus ins graue Nachmittagslicht.

»Es ist grausam, ihr die Erinnerung zu nehmen«, rief Mo. »Hätten wir ihr nicht vertrauen können?«

»Wenn Leute zu viel über uns wissen, kann es erst recht grausam werden«, entgegnete Fernando. Mo spürte seinen unterdrückten Zorn. »Du weißt eben nie genau, wem du vertrauen kannst. Klar, manche Leute unterstützen uns, so wie Charles Chow in Toronto, aber andere wollen uns leider lieber töten. Wie Tyra und der Pfad. Oder Siham und ihr Pack.« Er blieb stehen und funkelte Mo an. »Und, Scheiße, ja, es ist grausam. Das musst du mir ja nicht erzählen.«

Da fiel es Mo ein.

Alissa. Das Mädchen, das Fernando liebte. Zugleich fühlte Mo einen Stich, weil Fernando für Mo niemals das empfinden würde, was er für Alissa empfand. Jedenfalls noch nicht. Vielleicht würde Fernando Mo eines Tages ebenso vermissen – nachdem er Mos Gedächtnis gelöscht haben würde ...?

Mo schüttelte sich.

»Lass uns zum Hostel gehen«, sagte Fernando und klang nun versöhnlicher. »Wir sollten uns in Ruhe die Fotos von der Chronik ansehen.«

Sie liefen zurück zum Hostel, in dem sie für diese Nacht ein Zimmer gebucht hatten. Fernando überspielte die Handyfotos auf Mos Laptop, sodass Mo sie dort vergrößern konnte.

Schît-Spruch ueber den strît dez Mag. Faustus wider den Mag. Iskander vun Constantinopel, las Mo und vertiefte sich in die Erläuterungen der Auseinandersetzungen zwischen zwei Männern vor knapp fünfhundert Jahren.

So wie Mo es verstand, konnten in der damaligen Zeit Mitglieder der Magischen Gilde in jedem beliebigen Gildenhaus eine Zeitlang Kost und Logie erhalten. So auch ein gewisser Meister Faustus, der sich am Johannistag im Jahre des Herrn 1536 in Nürnberg einfand. In seinem Gepäck führte er unter anderem eine grüne Phiole mit, von der der Chronist sogar eine Skizze angefertigt hatte. Die Zeichnung zeigte eine dickbauchige Flasche, vermutlich aus Glas. Diese Phiole, die Meister Faustus nach eigenen Angaben von einem reisenden Händler aus dem Orient erworben hatte, war offenbar der Gegenstand des Streits. Denn nur einen Tag nach Meister Faustus wurde ein Magier namens Iskander von Constantinopel im Gildenhaus vorstellig und behauptete, der eigentliche Besitzer der Phiole zu sein. Auch von diesem Neuankömmling gab es eine Federzeichnung, ein Porträt aus sparsamen Strichen, das einen Mann mit Spitzbart und verschmitztem Lächeln unter dem ausladenden Federhut zeigte.

Iskander behauptete nun also, man habe ihm diese Phiole geraubt und Faustus habe sie zu Unrecht an sich gebracht. Nach längerer Verhandlung erzielte das Schiedsgericht folgende Einigung: Meister Iskander solle dem Meister Faustus, der wohl ein neues Zauberbuch benötigte, eine Abschrift des Heptalogons anfertigen. Dafür würde Iskander im Gegenzug die Phiole zurückerhalten.

Fernando stand mit verschränkten Armen hinter Mo und lauschte Mos Übersetzung.

Jetzt lachte er und sagte: »Ich hab immer schon gewusst, dass es eine Strafarbeit sein muss, das ganze Heptalogon zu kopieren. Aber was hat es mit dieser Phiole auf sich? Sie – oder ihr Inhalt – muss für beide Männer von großem Wert gewesen sein. Ich wette, dass sie das Conjugum ist.«

»Die Wette gewinnst du«, sagte Mo. »Was ich mich aber auch frage: Dieser Meister Faustus, mit dem sich Iskander hier angelegt hat – ist das womöglich *der* Faust?«

»Wer ist *der* Faust?«

»Na, Goethes Faust.«

»Nie gehört. Wer soll das sein?«

»Egal, ist jetzt nicht wichtig.« Mo rief das nächste Foto auf. »Hier kommen zwei Nachträge zum Schiedsspruch. Der erste ist auf den Martinstag 1536 datiert, also November, wenn ich mich nicht irre. Da heißt es … warte kurz … ha! Iskander ist durchgebrannt.«

»Wie, durchgebrannt?«

»Abgehauen«, sagte Mo. »Bei Nacht und Nebel. Er hat die Phiole mitgenommen. Und das fast fertige Heptalogon, das er eigentlich für diesen Meister Faustus angefertigt hatte. Dann heißt es hier noch, dass der Schiedsspruch aufgehoben wird und Iskander wegen Missachtung des Gerichts aus der Gilde ausgestoßen … bla, bla … ach.« Mo stutzte.

»Was?«

»Der zweite Nachtrag stammt von Pfingsten 1537. Hier schreibt der Chronist, dass man Kunde aus Köln bekommen habe: Demnach hatte Iskander in Köln eine Liebschaft mit einer Nonne, die er angeblich zu schwarzer Magie verführt hat. Beide wurden verhaftet und vor einem Inquisitionsgericht angeklagt. Die Nonne wurde hingerichtet, das Schicksal Iskanders ist unbekannt.«

»Okay«, meinte Fernando, »das mit der Nonne wussten wir ja schon. Es stimmt mit den Hinweisen aus der Chronik des Kölner Gildenhauses überein, die Fox im Archiv gefunden hat.«

»Richtig«, sagte Mo. »Agnes von Schlebusch, Iskanders Geliebte. Aber hilft uns das weiter?« Mo seufzte. »Wir haben absolut keinen Hinweis darauf, was aus Iskander geworden ist.«

»Immerhin wissen wir jetzt, wonach wir suchen müssen«, sagte Fernando, »denn wir kennen endlich das Conjugum.« Er beugte sich vor, sodass Mo für einen Sekundenbruchteil mit einem Kuss rechnete. Doch Fernando tippte bloß auf den Touchscreen von Mos Laptop, rief das vorherige Foto wieder auf und vergrößerte es, bis die Zeichnung von der Phiole den ganzen Bildschirm ausfüllte.

»Toll«, brummte Mo. »Die könnte überall sein. Wenn sie nicht schon vor Hunderten von Jahren zerbrochen ist.«

»Ist sie nicht«, entgegnete Fernando. »Sonst gäbe es ja den Fluch nicht mehr.«

Seit Tagen wälzten sie Akten. Das klang nach einer Redensart, aber es entsprach dem, was Fatma und Siham auch körperlich taten. Sie wuchteten gigantische Stapel von Büchern und Kladden, Berge aus Aktenordnern und riesige, mit bröseligen Schnüren zusammengehaltene Papierbündel aus fünf Jahrhunderten hin und her, auf der Suche nach der Nadel im Heuhaufen. Fatma konnte kaum noch sagen, ob es zwei oder drei Wochen her war, dass sie und Siham in der südfranzösischen Stadt Toulouse angekommen waren. Ihr Kontaktmann war ein gewisser Abbé Philippe, ein alter Mönch, der für sie ein kleines Apartment angemietet und ihnen den geheimen Zugang zum Archiv gezeigt hatte. Jeden Morgen nach Gebet und Frühstück liefen sie ein paar Straßenzüge zum Jakobinerkonvent, einem wuchtigen mittelalterlichen Klostergebäude mit einer noch wuchtigeren Kirche. Es war der ehemalige Hauptsitz des Dominikanerordens, wo sie durch einen langen Geheimgang unterhalb des Schreins mit den Gebeinen des Heiligen Thomas von Aquin den ausgedehnten Gewölbekeller erreichten, in dem Zigtausende von Akten lagerten. Dort saßen sie stundenlang an zwei alten Tischen, beugten sich über die Unterlagen und atmeten den Staub der Jahrhunderte, während sie nebenher ihre Erkenntnisse auf dem iPad festhielten. Gingen mittags für eine Stunde nach draußen, um zu beten, etwas zu essen und ihre Trinkflaschen aufzufüllen, und kehrten dann für weitere vier Stunden zurück ins Gewölbe.

Fatma hatte immer gedacht, die Verfolgung angeblicher Hexen sei vor allem aus dem Aberglauben unaufgeklärter Zeiten zu verstehen. Aber je mehr sie die *Prothocolle* las, in denen Frauen dazu *condemniert* wurden, als Hexe mit *fewer* zum *thode* gebracht zu werden – also zum Scheiterhaufen verurteilt wurden –, desto klarer trat der tiefe Frauenhass jener Richter und Hexenkommissare zutage, denen der Aberglaube nur als Vorwand diente.

Siham stöhnte auf und sagte: »Ich werde einfach nicht schlau aus dieser unlogischen Stadt.«

»Ich auch nicht«, sagte Fatma. »Dabei hab ich sogar da gelebt.«

Seit zwei Tagen konzentrierten sie sich auf Akten mit Bezug zu Köln. Schließlich war dort Iskander verschwunden und fünfhundert Jahre später das Heptalogon aufgetaucht.

»Ständig dieser Unterschied zwischen der Reichsstadt Köln und dem Erzstift Köln, und mal ist der Rat der Stadt zuständig und mal das Hohe Weltliche Gericht und mal das Geistliche Gericht … Alles geht durcheinander und dann taucht immer wieder dieser Kunibert auf.«

»Ja, ist mir auch schon aufgefallen«, sagte Fatma. Ob freiwillig oder nicht – ihr Forscherinnendrang war sofort wieder entflammt. »Aber dieser Kunibert ist kein Mann, sondern ein Turm. Ein Teil der Stadtmauer, der anscheinend als Gefängnis gedient hat und teilweise auch als Archiv.« Sie stand auf und ging zu Siham hinüber. »Zeig mal, was hast du da?«

Siham deutete auf eine uralte ledergebundene Kladde, wo sie eine handschriftlich verzeichnete Liste aufgeschlagen hatte. Sie trug die Jahreszahl 1562.

»Das ist ein Inventarverzeichnis«, rief Fatma. »Ich glaub, du hast was Wichtiges gefunden.« Sie holte ihren Stuhl herüber, setzte sich neben Siham und vertiefte sich in die Liste. »Scheint eine Art Asservatenkammer zu sein, deren Inhalt hier aufgeführt wird.«

»Was für eine Kammer?«

»Asservate sind beschlagnahmte Gegenstände«, erklärte Fatma. »Zum Beispiel Sachen, die bei polizeilichen Durchsuchungen gefunden werden und als Beweismittel dienen. Waffen, Drogen, Falschgeld, solche Dinge. Und das hier ist wohl eine Sammlung von Dingen, die die Inquisition in Köln angesammelt hat.« Sie fuhr mit dem Finger über die verschnörkelten Buchstaben. »Ein Kupferkessel, ein Papyrus, ein Tintenfass, eine grüne Phiole, ein ovaler Spiegel, ein Zirkel, eine Öllampe, ein Teleskop… lauter Gegenstände aus irgendwelchen Ketzer- und Hexenprozessen, würde ich sagen.«

Siham strahlte Fatma an. Fatma hatte die junge Inquisitorin noch nie so offen und freundlich gesehen.

»Ich hab gewusst, dass du uns helfen kannst«, sagte Siham. »Du bist ein großes Talent.«

»Na ja.« Fatma wehrte sich innerlich dagegen, dass sie sich von

Sihams Lob geschmeichelt fühlte. »Aber hier steht nichts von einer Truhe. Oder einem Sarg. Oder irgendeiner anderen Sache, in die dieser Iskander hineinpassen könnte.«

»Aber wir sind auf der richtigen Spur«, entgegnete Siham. »Vielleicht irrt sich Williamson in Bezug auf die Größe. Es hieß ja, Iskander sei *dorthinein* gebannt worden, wo er *herausgekommen* war. Es könnte genauso gut dieser Spiegel sein, der hier erwähnt ist. Oder die Öllampe. Wie bei Aladin.« Sie lachte. »Lass uns für heute Feierabend machen und essen gehen.«

»Stimmt«, sagte Fatma. »Ich hab auch echt Hunger.«

Siham fotografierte die Liste mit dem iPad, dann machten sie sich auf den Rückweg durch den Geheimgang und zurück ans Tageslicht, das an diesem Januartag allerdings längst verloschen war.

Da sie in den Gewölben des Archivs keinen Handyempfang hatten, checkten sie draußen als Erstes ihre Nachrichten. Fatma las Grüße ihrer Mutter und von einem ihrer Brüder. Natürlich kein Zeichen von Mo.

Siham sagte erstaunt: »Oh, Juan hat mich angerufen. Ich ruf ihn rasch zurück.«

Sie schlugen den Weg zu einem algerischen Restaurant ein, wo sie bisher fast jeden Abend eingekehrt waren. Siham erreichte Juan, der ihr offenkundig unerfreuliche Nachrichten überbrachte, denn ihre Miene verfinsterte sich zusehends.

»Was ist passiert?«, fragte Fatma, nachdem das Telefonat beendet war.

Sie hatten das Restaurant erreicht und blieben vor der Tür stehen.

»Deine Freunde waren schneller«, sagte Siham. »Sie haben Juan außer Gefecht gesetzt und die Chronik des Nürnberger Gildenhauses zerstört. Ganz sicher nicht, ohne vorher die entscheidenden Informationen gesichert zu haben. Vielleicht haben sie die

Seiten herausgerissen oder fotografiert, was auch immer, sie sind jedenfalls im Vorteil. Und damit kommen wir wieder zu unserem ursprünglichen Plan zurück, Schwester.«

»Wie denkst du dir das?«, fragte Fatma. »Ich habe oft genug versucht, Mo zu erreichen. Keine Chance.«

»Schreib ihm«, sagte Siham.

»Mo ist kein *ihm*«, erwiderte Fatma. »Außerdem hab ich nicht mal die Adresse«, erwiderte Fatma. »Oder habt ihr die etwa?«

»Mit ein bisschen Aufwand würden wir sie wohl herausfinden«, sagte Siham. »Aber viel einfacher ist, wenn du einen Brief nach Branzé schickst. Der wird diese ... *Person* ... schon erreichen, egal wo sie sich herumtreibt. Schreib ihr, dass du sie dringend sprechen musst und sie sich bei dir melden soll. Oder er. Oder wie auch immer es heißen soll.« Siham zog verächtlich die Nase hoch.

Genau diese Verachtung war gut, fand Fatma. Sie half ihr, sich nicht von Siham einlullen und am Ende vereinnahmen zu lassen.

Sie gingen essen und anschließend zu ihrem nahe gelegenen Apartment. Siham zückte den Hausschlüssel, als Fatma sagte: »Ich geh noch rasch zum Zeitungsladen da drüben. Ich kaufe eine Postkarte und eine Briefmarke. Dann kann ich direkt an Mo schreiben und hab es hinter mir.«

»Gute Idee, Schwester«, lobte Siham und verschwand im Haus.

Fatma blieb erst einmal an Ort und Stelle stehen, atmete durch und genoss das Gefühl, für einen Moment allein zu sein, ohne Siham. Eigentlich konnte sie abhauen. Jetzt sofort. Sie hatte ihr Portemonnaie dabei, Ausweis und Kreditkarte, sie konnte zum Bahnhof, in den erstbesten Zug und weg. Schließlich waren Mo und Fernando offenbar erfolgreich gewesen, was die Chronik betraf. Es konnte aber auch sein, dass sie keine richtig brauchbaren Informationen gefunden hatten und dass es darum wichtig war, hier weiterzusuchen und womöglich doch noch eindeutige Hinweise auf das Schicksal Iskanders – und damit des Conjugums – zu finden.

Sie überquerte die Straße und betrat die Papeterie. Hier gab es neben Schreibwaren, Postkarten, Briefmarken und Zigaretten auch das, was Fatma vor allem benötigte: Prepaid-Handykarten. Sie musste ja weiterhin davon ausgehen, dass die Inquisition ihr Telefon überwachte. Zumindest die Nummer, die ihnen bekannt war. Wenn sie mit Mo sprechen wollte, ohne dabei abgehört zu werden, brauchte sie dazu eine zweite Handynummer, die niemand kannte. Sie musste nur noch einen Weg finden, Mo diese Nummer unbemerkt zukommen zu lassen.

Fatma wählte eine Ansichtskarte mit dem Motiv des ehemaligen Dominikanerklosters, dazu kaufte sie die entsprechende Briefmarke und eine Handykarte, die sie rasch in ihrem rechten Strumpf versteckte. Dann ging sie hinüber zu einem Stehtisch, um eine kurze Nachricht für Mo auf die Karte zu schreiben und natürlich die Nummer der Prepaidkarte. Sie nahm einen Kugelschreiber aus der schweren Halterung auf dem Tisch und wollte gerade ansetzen, als das kleine Glöckchen der Ladentür bimmelte.

Siham kam herein.

»Ich dachte, ich leiste dir lieber noch etwas Gesellschaft«, sagte sie.

Fatma sah sie von der Seite an und brummte: »Du bist der krasseste Kontrollfreak, der mir je begegnet ist.«

»Das ist ja wohl das Mindeste, was man von der Inquisition erwarten darf«, gab Siham gelassen zurück und lehnte sich an den Tisch. »Hübsche Karte. Was für eine Anrede verwendest du eigentlich?«

»Versteh ich nicht«, sagte Fatma, »was meinst du damit?«

»Na, welches Geschlecht? Schreibst du *Lieber* Mo oder *Liebe* Mo? Oder *Liebes*? Wie funktioniert das bei solchen Leuten?«

»Das sind nicht *solche Leute,* sondern einfach nicht-binäre

Menschen, das Normalste der Welt«, sagte Fatma und wunderte sich, wie selbstsicher ihre Erwiderung klang. Dabei hatte sie sich bisher mit queeren Menschen eigentlich meist schwergetan. Bis sie Mo begegnet war. Beziehungsweise Siham, deren Abscheu gegen jede Art von Uneindeutigkeit und Vielschichtigkeit an Paranoia grenzte.

»Wenn du es genau wissen willst«, sagte Fatma, »ich schreibe *Hallo*.«

»Du magst Mo, nicht wahr?«, fragte Siham. »Ich spüre es. Aber sag ehrlich – findest du das nicht völlig widernatürlich? Gegen die Natur, gegen Gott?«

»Nein, wieso? Ich hab sogar mal was von einem offen schwul lebenden Imam gehört«, antwortete Fatma. Sie verschwieg, dass sie das anfangs selbst für eine Gotteslästerung gehalten hatte. Aber aus Neugier war sie dem Mann bei Instagram gefolgt und hatte oft erlebt, dass ihr bei seinen Predigten das Herz aufging. Natürlich zog der schwule Imam viel Hass auf sich, das schien beinah unausweichlich. Aber dieser Hass konnte nicht das sein, was Gott von den Menschen erwartete, oder?

Wie viel Spaltung verträgt eine Religion, ohne auseinanderzubrechen?

Wie viel Spaltung verträgt eine einzelne Seele?

Fatma spürte, dass es ihr nicht guttat, hier zu sein. Bei Siham. Bei der Inquisition. Denn in ihrem tiefsten Innern gab es ja tatsächlich auch diese Sehnsucht nach Eindeutigkeit, nach Einheit, Eins-Werden; die Sehnsucht, im großen Ganzen aufzugehen. Selbstauflösung – *Er*-lösung, was auch immer; das war eine Versuchung für Fatma. Und wenn sie länger bei Siham bliebe, das wusste sie, würde sie entweder der Versuchung erliegen oder sie würde dagegen rebellieren und dabei sich selbst verlieren. Sie musste einfach dringend mit Mo über all das sprechen. Und außerdem ... einfach mal wieder Mos Stimme hören. Sie versuchte, diese Gedanken aus ihrem Kopf zu verbannen. Siham durfte das auf keinen Fall mitbekommen. Biene Maja, Lohnsteuerjahresausgleich, Johannisbeergelee ... Fatma füllte ihren Geist mit völlig harmlosen, unzusammenhängenden Bildern, dann konzentrierte sie sich nur noch auf die Postkarte.

Siham ging wie selbstverständlich um den Tisch herum und schaute ihr ungeniert über die Schulter, während Fatma sich aufs Höchste konzentrierte und schließlich ihre Nachricht an Mo schrieb.

Dann grinste Siham breit und sagte: »Das ist ja wirklich putzig, wie ihr beiden miteinander kommuniziert.«

Fatma zog die Augenbrauen hoch, sagte aber nichts. Klebte stattdessen die Briefmarke auf und warf die Karte in den Postkasten draußen gleich vor der Tür des Ladens.

Jason presste sein Ohr gegen die Stahltür. Wie gestern. Und vorgestern. Und an jedem anderen der zwanzig Tage, die seit dem Julfest vergangen waren. Von drinnen kam kein Laut. Was sollte da auch zu hören sein? Ein Knirschen der zusammenwachsenden Knochen? Ein Schmatzen und Rascheln von Muskeln, Organen, Sehnen, Nervenbahnen, Adern, die sich verdichteten, um das Gerippe herumschlangen, neues Gewebe bildeten und zu pulsieren begannen?

Irgendwie fühlte er sich verpflichtet, hier zu sein. Als Kind hatte er nicht gut genug auf seine Mutter aufgepasst. Da konnte er ihr doch wenigstens jetzt beistehen. Also besuchte er sie gegen Tyras Rat jeden Tag. Stand ein paar Minuten vor dieser Tür und glotzte den Stahl an. Und rang mit sich, ob er einen Blick in den Raum werfen sollte. Jeden Tag mit demselben Ende: Er ließ es bleiben und ging.

Heute aber nicht. Heute war etwas anders. Als ob sie ihn bräuchte. Gerade jetzt. Er legte die Hand auf die Türklinke, zögerte, drückte sie nach unten. Die Tür öffnete sich einen Spalt. Sie war gar nicht abgeschlossen! Panisch drückte er sie wieder fest zu und floh beinah. Lief durch den Gang und die Treppe hinauf und war richtig außer Puste, als wäre er vor einem Monster abgehauen. Oben im Eingangsbereich des Forschungsgebäudes herrschte Trubel, alle liefen hinaus auf den Hof.

Jason hielt Snorre, einen der Biologen, an und fragte: »Was ist los?«

»Meister Mapunda kommt zurück«, sagte Snorre. »Er hat den neuen Schüler mitgebracht.« Snorre strich seinen weißen Laborkittel glatt, als sei es ihm wichtig, einen guten Eindruck zu machen. »Seit Jahren hat der Pfad keinen neuen Schüler mehr aufgenommen. Also, abgesehen von Liz natürlich … und dir … irgendwie.« Snorre lächelte verlegen. »Komm mit, wir wollen uns den Burschen mal ansehen.«

Stirnrunzelnd folgte Jason den anderen nach draußen. Snorres Gestotter war erklärlich, denn keiner hier hatte so richtig eine Ahnung, was eigentlich Jasons und Liz' Rolle beim Pfad sein sollte. Okay, bei Liz schien es ziemlich klar, sie hatte sich dem Pfad offiziell angeschlossen und würde, sobald sie Nekromantie und Dämonologie beherrsche, auch hier den Rang einer Meisterin bekleiden. Nur Jason war und blieb der Fremdkörper.

Wie schon sein ganzes Leben lang.

Der Bentley rollte auf den Hof, am Steuer wie immer Thore. Die hinteren Türen öffneten sich. Auf der einen Seite stieg Mapunda aus, seinen Hut in der Hand, mit dem er fröhlich in die Runde grüßte, bevor er ihn aufsetzte. Auf der anderen Seite faltete sich die lange Gestalt eines Jungen aus dem Auto heraus. Er richtete sich auf und sah sich neugierig um. Sein langes schwarzes Haar und seine hohen Wangenknochen gaben ihm eine besondere

Ausstrahlung, in seinem Blick lag große Selbstsicherheit. Konnte einem jedenfalls so vorkommen. Kannte Jason aus dem Knast, wenn da ein Neuer einfuhr. Da machst du erst mal auf hart, klar, du wirst ja von allen abgecheckt. Und dann, allein auf Zelle, heulst du die erste Nacht komplett durch.

Mapunda hatte sich vorgestern von Chorasan aus per Video gemeldet und seinen neuen Schüler vorgestellt: Hassan, siebzehn Jahre, aus Afghanistan. Ein Schwert der Taliban hatte seinen Vater getötet und eine Kampfdrohne der US-Air-Force seine Mutter. Auf der Flucht hatte es ihn nach Usbekistan verschlagen, wo er in die Nähe der Burgruinen geraten war, von denen er sich magisch angezogen fühlte. Der Ruf der Essenz halt, Jason kannte das ja.

Großmeisterin Tyra und Meisterin Yuki kamen aus dem Wohnhaus der Festung, um Hassan zu begrüßen.

»Willkommen auf Hjaltland, junger Schüler!« Tyra breitete die Arme aus.

Die Bewohner von Helheim Genetics bildeten einen Halbkreis und schienen gespannt auf etwas zu warten. Als würde dieser Hassan gleich ein Kunststück vorführen oder so was.

Und tatsächlich sagte jetzt Yuki: »Lass uns eine Kostprobe von deinem Können sehen, Hassan.«

Mapunda legte dem Jungen eine Hand auf die Schulter, wozu er sich bei der Körperlänge des Jungen fast strecken musste, und erklärte: »Hassan ist sehr talentiert. Seine Initialfähigkeit ist der Pyrros pyrobol.«

Erstauntes Gemurmel erhob sich ringsum.

»Faszinierend«, sagte Tyra. Ihr Blick fuhr die Reihe der Umstehenden ab und blieb an Jason hängen. »Sag mal, ist das nicht dein Lieblingszauber, Jason? Pyrros pyrobol?«

Jason zuckte mit den Schultern. Doch dann beschlich ihn eine Ahnung, was Tyra im Sinn hatte.

Die Großmeisterin ging auf Hassan zu und sagte: »Lass uns sehen, was du kannst.« Dann zeigte sie auf Jason. »Greif ihn an.«

»Moment mal«, rief Jason, »was soll das? Der Junge hatte eine lange Reise, ist gerade erst angekommen, hat noch nicht mal sein Gepäck aus dem Auto geholt.«

»Na und?«, fragte Tyra.

Hassan sah erst sie fragend an, dann Jason, dann wieder Tyra.

Sie gab ihm einen Klaps auf den Hintern und sagte: »Na los. Greif ihn an.«

Hassan schien zu zögern. Doch dann, ganz lässig aus dem Handgelenk, schleuderte er eine Feuerkugel in Jasons Richtung.

»Katáphraktos!«, rief Jason und der flammende Ball zerplatzte an der magischen Schutzhülle.

Die Umstehenden waren zur Seite gesprungen, ein Raunen erfüllte den Hof. Hassan hatte nicht mal die Worte *Pyrros pyrobol* benutzen müssen. Klar, es war seine Initialfähigkeit. Er konnte das einfach so. Genau wie Jason den Anóixis-Zauber beherrscht hatte, ohne zu wissen, wie er heißt oder dass es sich überhaupt um einen Zauber handelte.

»Gut, mein Junge!«, rief Tyra. »Weiter.«

Hassan machte einen, zwei Schritte auf Jason zu und verschoss eine zweite Feuerkugel.

»Katáphraktos!« Wieder zerschellte die Kugel an Jasons Schutz.

»Warum wehrst du dich nicht, Jason?«, rief jemand.

»Weil er sich doch noch gar nicht verteidigen kann«, gab Jason zurück. »Oder, Hassan? Beherrschst du irgendeinen Zauber außer diesem?«

Statt einer Antwort schleuderte der Junge ihm einen dritten Feuerball entgegen.

»Katáphraktos!«

Es schien Hassan keinerlei Mühe zu bereiten. Jason erinnerte sich an die Schmerzen in seinem Arm, als er, noch völlig unerfahren, diesen Zauber anfangs ein paarmal hintereinander angewandt hatte. Hassan war wohl ein Naturtalent.

»Vielleicht hat Jason einfach Angst«, höhnte Thore. »Bist du ein Feigling oder warum kämpfst du nicht?«

»Idiot«, brummte Jason. »Du hast mich schon kämpfen sehen. Denk an Gorm.«

»Tu ich oft«, zischte Thore, trat in den Halbkreis und zog sein Schwert. »Gorm war ein guter Freund von mir.«

»Was soll das werden?«, fragte Jason, da schoss der nächste Feuerball auf ihn zu. »Katáphraktos!«

Die Flammen loderten auf und im nächsten Augenblick warf sich Jason zur Seite, weil Thore mit dem Schwert nach ihm schlug. Der Katáphraktos-Zauber wehrte magische Angriffe ab, aber keine rein physischen Schläge. Thores Schwertklinge fuhr genau an der Stelle in den eisigen Boden, an der Jason gerade noch gestanden hatte. Schon war Jason wieder auf den Beinen und warf sich zur anderen Seite, um Thores nächstem Hieb auszuweichen. Den Feuerball, der jetzt auf ihn zuflog, spürte er mehr, als dass er ihn aus dem Augenwinkel sah. Wut ergriff Besitz von ihm, ja Hass. Auf Tyra.

Er rollte sich ab und rief: »Anástrephai!«

Die flammende Kugel schoss in einem Halbkreis um ihn herum und direkt zurück auf Hassan zu. Jason sah, wie der Junge entgeistert die Augen aufriss und auszuweichen versuchte, doch der Feuerball streifte seinen Oberarm und Hassan brach mit einem Schmerzensschrei zusammen.

Thore hatte innegehalten und wie alle Menschen auf dem Hof den Kopf zu dem Jungen gedreht, und bevor er sich wieder Jason zuwenden konnte, hatte der sich mit einer schnellen Drehung noch halb am Boden liegend auf Thore zubewegt und trat den Krieger mit voller Wucht in die Eier. Während Thore sich krümmte, sprang Jason auf die Füße, packte Thores Arm und verdrehte ihm das Handgelenk so weit, bis das Schwert scheppernd zu Boden fiel.

Es roch nach verbranntem Fleisch. Mapunda war in die Knie gegangen und hielt Hassans Kopf, während Yuki hinzueilte und ihre Hände auf die Brandwunde an Hassans Oberarm legte.

»Atraumatós«, sagte sie ruhig. »Atraumatós.«

Hassan stöhnte auf. Dann wechselten seine Gesichtszüge von schmerzverzerrt zu völlig verständnislos. Yuki und Mapunda standen auf und zogen den Jungen wieder auf die Füße.

»Respekt, mein Freund«, lobte Tyra. »Für heute hast du schon eine wichtige Lektion gelernt.« An Mapunda gewandt sagte sie: »Zeig ihm seine Kammer und lass das Gepäck hochtragen. Für den Rest des Tages soll er sich ausruhen.«

Sie wollte sich abwenden, doch Jason baute sich vor ihr auf und rief: »Was sollte das, Tyra? Wozu war das nötig, he?«

Sie zuckte mit den Achseln. »Es war gar nicht nötig«, meinte sie.

»Warum hast du es dann gemacht?«

»Warum nicht?«

»Und was soll das bitte für eine Lektion sein, die Hassan gelernt hat?«

»Sich im Zweifel nur auf sich selbst zu verlassen«, sagte Tyra. »Klingt sicher hart in den Ohren von Gutmenschen. Aber das ist der Preis vollkommener Freiheit.«

Jason wollte etwas erwidern, doch ihm fiel nichts ein.

»Aha«, knurrte er und wandte sich ab.

Kurz blickte er dabei hoch zum Fenster seines Gemachs im ersten Stock des Wohnhauses, wo er Liz' Gesicht hinter der Scheibe erkannte.

»Na komm, du hast dich gut geschlagen«, sagte Mapunda zu Hassan, griff ihm unter den rechten Arm und busgierte ihn zum Haus.

Der Junge schaute völlig verstört drein und ließ sich widerstandslos in die Eingangshalle führen.

Thore hob sein Schwert auf, schob es zurück in die Scheide und funkelte Jason zornig an.

»Es gefällt mir, wie sehr ihr beiden euch hasst«, sagte Tyra leichthin. »Das ist genau die Leidenschaft, die wir für unsere kühnen Projekte brauchen.«

»Seit wann versteht der da was von Leidenschaft?«, zischte Thore mit Blick auf Jason. »Er findet ja nicht mal alleine den Weg zur nächstgelegenen Möse.«

Da klinkte etwas in Jason aus. Er hob die Faust, um Thore mindestens die Nase zu brechen, wenn nicht gleich das ganze Gesicht, doch um ein Haar hätte er sich dabei selbst aufgespießt, weil Thore mit einer derart schnellen Bewegung das Schwert wieder gezogen hatte. Im nächsten Augenblick war es ihm, als würde er gegen eine Glasscheibe prallen, und Thores Schwertspitze knallte von der anderen Seite ebenfalls gegen diese unsichtbare Wand. Beide starrten Tyra an, die die Hände erhoben und offenbar irgendeinen Zauber gewirkt hatte, den Jason noch nicht kannte.

»Jetzt aber genug herumgealbert«, sagte sie mit fröhlichem Tadel in der Stimme und nahm die Hände wieder herunter. Dann sah sie Thore an und sagte: »Vielen Dank, du kannst wieder auf deinen Posten gehen.«

»Aber ...« Thore zögerte, dann schluckte er seine Erwiderung runter und steckte das Schwert weg, warf Jason noch einen hasserfüllten Blick zu und trollte sich.

»What the fuck«, murmelte Jason.

»Ja, das ist eine berechtigte Frage«, sagte Tyra lächelnd. »Komm, wir gehen ein paar Schritte.«

Sie schlenderten über den Hof in Richtung der eingefallenen, von Gräsern bewachsenen Außenmauer. Der Wind wehte Wellenrauschen und Meeresgeruch herauf.

»Ich sagte dir ja schon, dass du starke Gefühle brauchst, um deiner Mutter zu neuem Leben zu verhelfen«, begann die Großmeisterin. »Eigentlich hast du einen rohen, ganz unverstellten Zugang zu deinen Impulsen. Mir scheint jedoch, die Monate auf Branzé bei Aziza und ihren Gildenknechten haben dich ein wenig gezähmt. Hier auf Hjaltland bist du frei, einfach alles rauszulassen. So wie vorhin mit Thore. Das war richtig archaisch.«

»Ich hatte dich so verstanden, dass es um Liebe geht, nicht um Hass«, brummte Jason. »Also – was du über mich und meine Mutter gesagt hast.«

»Hass ist die Schwester der Liebe, beide wohnen ganz nah beisammen«, sagte Tyra. »Manche halten sie für ein und dasselbe, es kommt nur auf die Perspektive an. Ich glaube, Iskander von Constantinopel hat viel über diese Dinge nachgedacht. Was er aufgeschrieben hat, inspiriert mich sehr. Wusstest du eigentlich, dass er unsterblich ist?«

»Wer – Iskander?«

»Ja. Der Autor deines Heptalogons.«

»Es ist nicht meines.«

»Sollte es aber sein«, meinte sie. »Dein süßer Freund Mo läuft damit durch die Gegend, ich weiß. Er hütet es wie seinen Augapfel. Aber ich glaube kaum, dass er versteht, was er da in Händen hält. Ich finde, *du* solltest es besitzen, nicht er.«

Jason versuchte sich Mo vor sein inneres Auge zu rufen. Es war nur zwei Monate her, dass sie sich in Paris getrennt hatten, trotzdem erschien es ihm wie eine Ewigkeit. Er hätte gern gewusst, ob Mo und Fernando inzwischen gemeinsam mit Meister Fong die Chronik aus Nürnberg gefunden und Hinweise auf das Conjugum entdeckt hatten.

»Was weißt du über Iskander?«, fragte er.

»Die Aufzeichnungen des Pfades aus jener Zeit sind vage, aber manches deutet darauf hin, dass er einer von uns gewesen sein könnte. Oder der Schwarzen Magie zumindest nahestand. Und was er über die Grenzen zwischen Tod und Leben schreibt, klingt jedenfalls nicht nach den Erfahrungen eines Sterblichen. Ich glaube, es handelt sich bei Iskander nicht um einen Menschen. Sondern um einen Dämon. Vielleicht auch einen Vampir, etwas in der Art.«

Jason musste grinsen. »So was gibt es?«

»Inzwischen solltest du wissen, dass sehr viel mehr existiert, als wir Menschen uns in unserem beschränkten Kopf vorstellen können. Der Pfad der Neun lehrt uns, mit dem Unwahrscheinlichsten zu rechnen.«

»Wenn du die geheimen hinteren Seiten des Heptalogons gelesen hast«, sagte Jason, »weißt du dann auch, was genau dieses Conjugum ist? Das Teil, das den Fluch aufrechterhält, mit dem Mo, Fatma und ich an das Buch gefesselt sind?«

»Nein«, sagte sie. »Ich erzählte ja, dass wir nur wenige Augenblicke hatten, um einen Blick hineinzuwerfen. Interessanter fand ich seine Ausführungen über Leben und Tod.«

»Okay«, meinte Jason. »Aber ... warte mal. Wenn er doch unsterblich ist – wieso hat er dann darüber geforscht, wie man Untote erwecken und ihnen ihre Seele wiedergeben kann?«

»Das hat er nicht direkt«, entgegnete Tyra. »Ihm ging es wohl eher um das Gegenteil. Er suchte einen Weg, um zu sterben.«

»Was? Warum?«

Tyra zuckte mit den Schultern. »Vielleicht war ihm das ewige Leben zu öde geworden, was weiß ich. Jedenfalls kam er zu der Überzeugung, dass die Liebe die Kraft ist, um ihm die Tür zum Tod zu öffnen. Nichts macht so verletzlich wie die Liebe, das war seine Grundannahme.«

»Ich dachte ...«

»Das ist es ja gerade. Verstehst du nicht? Die Liebe funktioniert in beide Richtungen. Sie gibt dir die Kraft, das Leben durch den

Tod zu überwinden, und zugleich die Macht, das Leben dem Tod zu entreißen. Sie macht dich verletzlich und zugleich allmächtig. Beides auf einmal.«

Jason starrte aufs Meer hinaus, wo graue Wellen die grauen Wolken hinter den Horizont zu jagen schienen. Was für ein Geschwurbel.

»Also ich fasse mal zusammen«, sagte er und drehte sich wieder zu Tyra. »Hass ist Liebe, Tod ist Leben, alles ist irgendwie dasselbe.«

»Willkommen beim Pfad der Neun«, sagte sie und boxte ihm grinsend gegen die Schulter, dann wandte sie sich ab.

Doch nach ein paar Schritten drehte sie sich noch mal zu ihm zurück und sagte: »Deine Mutter entwickelt sich übrigens prächtig. Man kann schon viel von ihrem Gesicht erkennen. Du wirst staunen. Gib uns noch ein paar Wochen, dann ist es so weit.«

Damit ging sie zurück zum Hof.

Jason sah ihr nach und nestelte eine Zigarette aus der Packung in seiner Hosentasche. Aber der Wind hier an der Außenmauer war so heftig, dass er sie nicht anzünden konnte. Also stapfte er ebenfalls wieder zum Hof zurück, betrat das Wohnhaus und stieg hoch in sein und Liz' Gemach.

»Hey, du.« Sie begrüßte ihn mit einem Kuss. »Bester Kampfmagier. Ich bin echt beeindruckt, was du inzwischen draufhast. Worüber habt ihr noch gesprochen, Tyra und du?«

»Ach.« Er winkte ab. »Über alles. Echt alles, irgendwie.«

Dann fielen ihm die Worte von Thore wieder ein. Er fasste Liz eine Spur zu fest am Arm und fragte: »Was meint Thore damit, wenn er sagt, dass ich nicht mal alleine den Weg zur nächstgelegenen Möse finde?«

Liz musste lachen.

»Was ist so witzig?« Er packte fester zu. »Was erzählst du den anderen über uns?«

»Ich? Nichts. Aber die Leute sind ja nicht blöd. Sie haben schon geschnallt, dass es anfangs etwas komplizierter mit uns war. Hier ist man einfach nicht so keusch wie auf Branzé, alles wird lockerer gesehen. Und inzwischen findest du den Weg ja.«

Jason ließ ihren Arm los und fasste ihr stattdessen ansatzlos zwischen die Beine. Tatsächlich hatte er, seit sie in der Julnacht zum ersten Mal miteinander geschlafen hatten, jede Zurückhaltung aufgegeben. Er war einfach verrückt nach ihr und sie nach ihm und das lebten sie aus wie ein ganz normales frisch verliebtes Pärchen.

Sie küsste ihn wieder und fasste seinen Kopf mit beiden Händen. »Ich mag es, wenn du so fordernd bist«, sagte sie und drückte ihren Unterleib gegen seine Hand. »Seit wann beherrschst du eigentlich den Anástrephai-Zauber? Hast du dir bei mir abgeguckt, wie man Feuerbälle umleitet?«

»Ich beherrsche ihn leider nicht, wie du gesehen hast.«

»Ich hab gesehen, dass du diesem Hassan seine eigene Flammenkugel um die Ohren gehauen hast.«

»Ja. Aber das war gar nicht meine Absicht. Ich wollte Tyra treffen.«

Er riss sich von Liz los, holte die Zigarette wieder hervor und zündete sie an.

Liz knurrte: »Es nervt übrigens total, dass du hier drin rauchst.«

»Ich dachte, wir sollen unsere Leidenschaften ausleben«, knurrte er zurück. Er nahm zwei, drei tiefe Züge, blies den Rauch aus und sagte: »Ich wollte diesen Jungen nicht verletzen.«

»Er hat dich immerhin angegriffen.«

»Er wusste doch überhaupt nicht, was hier passiert. Genauso wenig wie ich, ehrlich gesagt.«

Er wandte sich ab. Sie umfasste ihn von hinten, legte ihren Kopf an seinen Nacken und sagte: »Du haderst immer noch mit dem Pfad. Was fehlt dir, um dich von der Gilde lösen zu können?«

»Hm.«

»Vielleicht hilft es, dass wir es ihnen endlich sagen«, schlug sie vor. »Aziza und den anderen, meine ich.«

»Wie denn?«, erwiderte Jason. »Du hast doch deine SIM-Karte weggeworfen und sollst dich nicht melden.«

»Jedenfalls nicht per Handy«, sagte Liz. »Aber hiermit schon.« Sie deutete auf den Schreibtisch, wo zwischen ihren beiden Zauberbüchern etliche Zettel mit Notizen verteilt waren, daneben lag ein Stapel sauberes, leeres Papier.

»Wir schreiben denen einen Brief? Nach Branzé?«

»Ja. Oder *zwei* Briefe. Das wäre doch authentisch. Ich schreibe meine Gedanken auf und du schreibst deine Gedanken auf. Ganz ehrlich und frei. Dass wir jetzt hier sind, ist doch nicht in erster Linie eine Entscheidung *gegen* Aziza und die Gilde. Sondern *für* Tyra und den Pfad. Für Freiheit, für neue Möglichkeiten. Für deine Mutter. Und für uns … dich und mich.«

»Puh.«

Jason drückte seine Zigarette im Aschenbecher aus und warf sich auf Bett, verschränkte die Hände hinter dem Kopf und glotzte die Decke an. Kratzte seine linke Schulter, die immer noch juckte.

Liz setzte sich an den Schreibtisch, nahm ein Blatt und begann zu schreiben. Nach nicht mal fünf Minuten war sie fertig.

»Lass mal sehen«, bat Jason.

»Nein, erst musst du deinen Brief schreiben.« Sie faltete das Blatt zusammen und schob es unter ihr Heptalogon.

Dann nahm sie ein paar Blätter und einen Stift und reichte alles an Jason. Der drehte sich auf den Bauch, legte die Blätter vor sich hin und begann am Ende des Stiftes zu kauen.

Im Knast hatte er mal bei einer Gruppe mitgemacht, da ging es auch ums Briefeschreiben. Er war hauptsächlich aus dem Grund hingegangen, weil er mal für eine Stunde aus der Zelle rauswollte. Und weil es Kekse gab. Der Sozialarbeiter hatte ihnen geraten, einfach anzufangen. Ohne groß nachzudenken. Den Anfang kannst du ja später immer noch wegschmeißen und einfach nur den Mittelteil und den Schluss nehmen. Macht gar nichts. Bloß ohne Anfang kommst du gar nicht zum Mittelteil.

Also fing Jason an. Dass es ihm eine Ehre gewesen war, für ein paar Monate auf Branzé zu leben. Nee, Bullshit. Dass es schön gewesen war auf Branzé. Dass es ihm gutgetan hatte. Dass Loulou hoffentlich wohlauf sei, dass er den Mantikor vermisse. Und Sancho und alle. Aziza. Dass er es verstehe, falls sie ihn jetzt alle verachteten wegen seines Verrates. Aber manchmal im Leben musst du scheißbrutale Entscheidungen treffen. Vor allem, wenn du so eine Chance kriegst. Die man nur ein Mal kriegt. Die vielleicht nur einer auf der Welt kriegt. Und weil du mit der Frau zusammen sein willst, die du liebst ... Er zögerte, strich das letzte Wort durch und schrieb: *toll findest*. Auch wenn du nicht immer verstehst, was sie tut und warum.

Jason war richtig erschöpft, als er den Stift aus der Hand legte. Liz warf sich zu ihm aufs Bett. »Darf ich's lesen?«

»Hm – na gut.«

Sie überflog seine Zeilen, wobei ihre Augen immer mehr zu leuchten begannen.

»Ich dich auch!«, rief sie und schmiegte sich an ihn. »Ich ... finde dich auch toll.«

Für einen Moment hielten sie sich einfach nur aneinander fest. Dann fielen sie übereinander her, rissen sich gegenseitig die Kleider vom Leib, kamen fast gleichzeitig und blieben wohlig nasswarm aufeinander liegen. Bis Liz Jason sanft von sich herunterschob.

»Ich muss pinkeln«, sagte sie, rappelte sich auf und ging zum Klo.

Jason drehte sich und spürte das knisternde Papier seines Briefes auf der Haut. Er setzte sich auf und las den Brief noch einmal.

Dann stand er auf, ging zum Schreibtisch und zog neugierig den Brief von Liz unter dem Zauberbuch hervor. Sie hatte ja gesagt, er dürfe ihn lesen, nachdem sie seinen gelesen hatte.

Er überflog ihn, dann las er ihn noch mal langsam von vorn bis hinten, schüttelte ungläubig den Kopf.

Verehrte Großmeisterin Aziza,
ich habe nicht viel Zeit und schreibe dir rasch diese Zeilen, damit du beruhigt bist. Jason und ich haben uns zum Schein dem Pfad angeschlossen, um mehr über die Pläne von Tyra und ihren Leuten herauszufinden. Sie arbeiten an krassen Sachen, von denen ich dir demnächst berichten werde. Mach dir keine Sorgen, wenn du längere Zeit nichts von uns hörst.
Grüße die anderen von uns und passt alle auf euch auf.
Die Essenz sei euch allzeit gewogen,
herzlich
Liz

Nichts passte zusammen. Beziehungsweise doch. Oder nein. Liz kam aus dem Bad, sah ihn mit dem Brief da stehen und schaute ihn ernst an. Einen Augenblick lang hielt er es für denkbar, dass es so war, wie sie schrieb. Dass sie in Wahrheit der Gilde treu war und ihm all das nur vorgespielt hatte, damit es noch echter wirkte und Tyra keinen Verdacht schöpfte.

Bullshit.

Bullshit, Bullshit, Bullshit!

»Sorry, ich wollte mit dir drüber reden und nicht, dass du es unkommentiert liest«, sagte sie leise. »Ich wollte eigentlich was Ähnliches schreiben wie du. Aber plötzlich ist mir klar geworden, dass wir es ihnen noch nicht sagen können. Irgendwann ja, aber jetzt noch nicht, wir brauchen Zeit, sonst kommen sie uns dazwischen. Wenn Aziza das mit deiner Mutter erfährt, wird sie irgendeinen Weg finden, unsere Pläne zu durchkreuzen. Sie ist wirklich mächtig. Vertrau mir.«

Sie nahm Jasons Brief und faltete ihn zusammen und schob ihn zwischen die Seiten des Buches.

»Fuck«, stieß Jason aus. »Ich hab noch nie im Leben so was Gutes geschrieben, und du … du … Warum hast du das denn überhaupt vorgeschlagen? Das mit dem Brief?«

»Du hast ihn nicht umsonst geschrieben«, sagte sie und kam auf ihn zu. »Du hast ihn für mich geschrieben.« Sie legte eine Hand auf ihre Brust. »Über mich hat nämlich noch nie jemand so etwas Wundervolles geschrieben. Das ist für immer in meinem Herzen. Und ich weiß jetzt, dass du dich wirklich für den Pfad entschieden hast. Nein – dass du dich für *mich* entschieden hast. Dafür war es wichtig.«

11

Vor lauter Vorfreude rannte Mo fast den ganzen steilen, teilweise vereisten Pfad bis zum Tor der verschneiten Burg und Fernando hatte Mühe hinterherzukommen. Mit ausgebreiteten Armen lief Mo über die Zugbrücke und fiel Sancho um den Hals, der dort schon gewartet hatte. Dann Natsumi, die herbeieilte, dann Claude, der aus der Tür des Großen Saales trat, dann Fox und schließlich Aziza, die gerade durchs innere Tor kam. Nie zuvor im Leben hatte Mo so sehr das Gefühl gehabt, nach Hause zu kommen, wie in diesem Moment.

Mo sah sich um. Die Schäden von der Schlacht zwei Monate zuvor waren ausgebessert. Und Loulou schien es gut zu gehen – der Mantikor hob seinen riesigen Löwenkopf über die Stalltür und betrachtete neugierig die Wiedersehensfeier im Hof. Fernando wurde ebenfalls freudig empfangen, auch wenn er nur wenige Tage fort gewesen war, dann kam auch Jolka an der Burg an. Sie hatte die beiden mit dem VW-Bus am Bahnhof abgeholt.

Bevor Mo das Gepäck in den Turm trug, wollte Mo auch Ava begrüßen. Aziza und Fernando schlossen sich an. Zu dritt begaben sie sich zum Friedhof auf der Rückseite der Burg, direkt am Abhang. Da Winter herrschte, war noch kein Gras auf dem Grab gewachsen. Mo sah den nackten Erdhügel und daneben eine schmale granitene Stele, auf der senkrecht Schriftzeichen eingraviert waren, chinesische vermutlich.

»Ist das für Meister Fong?«, fragte Mo. »Ist sein Leichnam hier?«

»Noch nicht«, sagte Aziza. »Jolka und Fox arbeiten an den Formalitäten. Gar nicht so einfach. Aber die Polizei gibt seinen Körper hoffentlich bald frei, dann wird er in Toronto eingeäschert und seine Urne wird an dieser Stelle beigesetzt werden.« Sie streckte beide Hände aus und Mo ergriff sie. »Mo, da ist eine Frage, auf die du schon viel zu lange wartest.« Mo zuckte zusammen und wagte kaum weiterzuatmen. »Es gibt sicherlich passendere Momente und Orte, um dich das zu fragen – vielleicht aber auch nicht. Vielleicht ist es hier und jetzt bei diesen Gräbern genau richtig, wie damals bei Liz.«

Mo hielt noch immer die Luft an und fürchtete schon, gleich ohnmächtig zu werden, wenn Aziza es weiter in die Länge zog.

Doch die fuhr nun feierlich fort: »Möchtest du, Mo Hamann, offiziell Schüler:in der Magischen Gilde werden?«

»Ja!«, japste Mo mit letzter Luft und atmete tief ein. »Ja, von Herzen gern.«

»Gut, ich freu mich«, sagte Aziza. »Du kannst mich jetzt loslassen, Mo.«

»Ach so.« Mo ließ von Azizas Händen ab, lachte und fiel dann Fernando um den Hals. »Jetzt sind wir Kolleg:innen.«

»Ja, das sind wir.« Fernando strahlte. Bestimmt freute er sich wirklich darüber, dass Mo endlich ein richtiges Mitglied der Gilde war. Ein bisschen schien er außerdem erleichtert zu sein, dass es jetzt ein richtiges Wort für ihre Beziehung gab. Kolleg:innen.

Aziza drückte den Schalthebel ihres Rollstuhls, um sich in Bewegung zu setzen. »Dann lasst es uns den anderen sagen. Und heute Abend feiern wir.«

Sie verließen den Friedhof und kehrten zum Burgtor zurück, wo ihnen Jolka über die Zugbrücke entgegenkam.

»Wohin?«, fragte Aziza.

»Ins Dorf. Die Poststation hat angerufen, sie haben zwei Briefe für uns.«

»Kann das nicht bis morgen warten?«

»Bist du nicht neugierig?«, fragte Jolka zurück. »Ich schon.«

Sie bog auf den schmalen Pfad ein und verschwand talwärts.

»Der örtliche Briefträger kommt leider nie zur Burg herauf«, erklärte Aziza. »Wenn wir Post kriegen, rufen sie uns an, so wie gerade. Wobei das eigentlich so gut wie nie passiert.« Sie zupfte sich nachdenklich am Ohr.

Mo schnappte sich den großen Rucksack und schleppte ihn in den Donjon, die Wendeltreppe hoch zum ersten Stock, in die Kammer, die Mo vor zwei Monaten verlassen hatte, um mit Fernando nach Toronto zu fliegen. Dieses Gemach war so viel vertrauter als das WG-Zimmer in Köln oder das alte Kinderzimmer bei Mum im Münsterland. Hier passte einfach alles. Nie zuvor war Mo sich bei einer Sache so sicher gewesen.

Claude suchte den geeigneten Champagner aus, damit sie nachher auf Mos Ernennung anstoßen konnten, dann begann er mit den Vorbereitungen fürs Diner. Ohne Mos Hilfe, denn Aziza bat Mo und Fernando ins Studierzimmer, um über die jüngsten Erkenntnisse zu sprechen. Sie hatten der Großmeisterin schon aus Kaunas die Fotos von den fraglichen Einträgen der Chronik gemailt und berieten nun darüber, was es mit der Phiole auf sich haben könnte.

»So ein Fläschchen allein ist auf keinen Fall das gesuchte Conjugum«, war Aziza sich sicher. »Für ein paar Monate würde das vielleicht halten, aber nicht auf Jahre und Jahrhunderte. Aber vielleicht geht es gar nicht um die Phiole selbst, sondern um etwas, das darin versteckt ist?«

Es klopfte und Jolka trat ein. »Darf ich?«

Aziza nickte. Jolka setzte sich zu ihnen an den großen Tisch, in der Hand eine Postkarte und einen Brief.

»Der ist für dich«, sagte sie und reichte Aziza den versiegelten Umschlag. Die Postkarte gab sie Mo. »Für dich.«

»Was? Für mich?«

Verdutzt betrachtete Mo die Karte, deren Vorderansicht ein mächtiges Kirchengebäude zeigte. *Toulouse – Le Couvent des Jacobins*, stand darauf. Mo drehte sie um und spürte einen Hüpfer direkt in der Brust. »Die ist von Fatma! Ich fass es nicht!«

»Und der Brief wurde in Lerwick abgestempelt«, sagte Aziza. »Auf den Shetlands. Sicher von Liz und Jason.«

Mit dem Fingernagel riss sie den Umschlag auf, faltete den kurzen Brief auseinander und las ihn erst stumm, dann noch einmal laut.

»Ganz schön mutig«, meinte Fernando.

»In der Tat«, murmelte Aziza. Dann wiederholte sie halblaut den entscheidenden Satz aus dem Brief: *»Jason und ich haben uns zum Schein dem Pfad angeschlossen.«* Und runzelte die Stirn. »Nun, ich hoffe, dass es den beiden stets gelingt, zwischen Schein und Wirklichkeit zu unterscheiden.« Sie wandte sich Mo zu. »Wie schön, dass Fatma sich meldet. Was schreibt sie denn?«

»Ich werde absolut nicht schlau daraus«, sagte Mo und las Fatmas Nachricht vor:

Hallo Mo,
ich hoffe, es geht dir gut, und ich erreiche dich auf Branzé. Oder vielleicht besuchst du gerade deinen Freund Cydnyc? Jedenfalls ist mir noch was zu Iskander von Constantinopel eingefallen, darum würde ich gern mit dir reden. Aber ich erreiche dich nicht. Hast du eine neue Handynummer?
+Ruf mal baldig zeitig mich bitte zum Austausch unserer Nummern an.
Danke und Gruß
Fatma
PS: Hier noch mal mein aktueller Kontakt …

»Und dann kommt ihre Handynummer und ihre Mailadresse«, schloss Mo. »Total strange.«

»Inwiefern?«, fragte Aziza.

»Wer ist Cydnyc?«, fragte Fernando.

»Niemand«, antwortete Mo, »das ist es ja. An dem Abend, an dem wir uns kennengelernt haben, war da eine Polizeikontrolle, die … egal, unwichtig. Ich habe zur Ablenkung die Illusion eines grünen Gnoms beschworen und den habe ich Cydnyc genannt.« Mo drehte die Karte hin und her. »Irgendetwas will sie mir sagen, aber auf verschlüsselte Weise, da bin ich mir sicher. Dass sie Cydnyc erwähnt, ist garantiert als Hinweis gemeint, dass diese Nachricht nicht ist, was sie zu sein scheint. Es gibt irgendeine zweite Bedeutung – aber welche?«

»Am einfachsten wäre, wenn du sie anrufst«, meinte Jolka. »Dann wird sie es dir sagen.«

»Aber genau das soll ich nicht«, entgegnete Mo. »Glaub ich jedenfalls. Sonst hätte sie das nicht so komisch ausgedrückt. Vor allem dieser eine Satz, den sie auch noch unterstrichen hat. Und was soll das Kreuz vor dem ersten Wort bedeuten?«

»Das ist ein Pluszeichen«, sagte Fernando. »Darf ich?« Er nahm die Karte aus Mos Hand und betrachtete sie genau. »Das Pluszeichen benutzt man ja auch bei internationalen Telefonvorwahlen.«

»Aber ja«, rief Mo, nahm die Karte zurück und begann, die Buchstaben der Wörter zu zählen, die auf das Pluszeichen folgten. »Plus – drei – drei … hey, das ist die Vorwahl von Frankreich! Und dann sechs – sechs – vier …«

»Das ist eine französische Handyvorwahl«, bestätigte Jolka. »Wie aufregend! Alles passt zusammen.«

Mo decodierte die restlichen Ziffern, holte Tinte und Feder aus dem Regal und notierte die gesamte Nummer.

»Aber warum ist sie eigentlich in Frankreich?«, fragte Fernando. »Wollte sie nicht nach Hause zu ihrer Familie? Oder zumindest ihr Studium fortsetzen.«

»Hm, Toulouse.« Aziza nahm die Postkarte hoch und betrachtete die Vorderansicht.

»Dieses Klostergebäude war einst der Sitz des Dominikanerordens«, erklärte sie. »Die meisten Inquisitoren waren Dominikaner.«

Mo sah sie entgeistert an. »Du glaubst, die Inquisition hat Fatma entführt? Und sie gezwungen, mit mir Kontakt aufzunehmen?«

»Würde zu Siham passen«, knurrte Aziza.

»Oder könnte Fatma sich denen freiwillig angeschlossen haben?«, überlegte Fernando.

»Niemals!«, riefen Mo und Aziza wie aus einem Mund.

Mo hatte schon das Handy gezückt, doch Jolka legte eine Hand auf Mos.

»Nicht damit«, sagte sie. »Fatma benutzt ja auch nicht ihre richtige Nummer. Lass uns sichergehen und in der Stadt irgendein Billighandy kaufen. Die Inquisition darf kein zweites Mal in unser System eindringen.«

»Okay.« Mo seufzte. Die Sehnsucht, Fatmas Stimme zu hören, war groß, aber das konnte auch noch einen Tag warten. Bis vor wenigen Minuten hatte Mo schließlich gedacht, dass der Abschied von Fatma damals in Paris endgültig gewesen sei und sie niemals wieder voneinander hören würden.

Die Inventarliste der Asservatenkammer des Kunibert-Turms aus dem Jahr 1562 blieb der einzige halbwegs brauchbare Fund im Archiv. Nach fünf weiteren Tagen in Toulouse beschloss Siham, dass sie nach Ávila zurückkehren sollten, um auf ein Lebenszeichen von Mo zu warten. Sie konnte nicht wissen, dass Fatma längst eines empfangen hatte.

Jeden Abend, wenn Fatma im Badezimmer des kleinen Apartments verschwunden war, hatte sie die andere SIM-Karte ins Handy eingelegt. Und irgendwann war da diese SMS gewesen. Mo hatte tatsächlich die Andeutung auf der Postkarte verstanden und die Nummer entziffert!

Bin da, melde dich, lautete Mos Nachricht.

Fatma zählte am Tag der Abreise die Stunden, bis sie endlich die Villa in Ávila erreichten. Während Siham sich zu einer Unterredung mit dem Kardinal zurückzog, suchte Fatma den entferntesten Winkel des großen Gartens und wechselte die SIM-Karten ihres Handys, bevor sie die Nummer wählte, von der die SMS stammte.

Mo hatte das »Billighandy« Tag und Nacht bei sich, beim Essen, beim Zähneputzen, beim Zaubertraining, um unter keinen Umständen Fatmas Anruf zu verpassen. Als es an diesem Abend tatsächlich klingelte, war Mo gerade damit beschäftigt, Claude beim Tischdecken im Saal zu helfen. Doch das konnte warten. Mo lief auf den Hof hinaus, um besseren Empfang zu haben.

»Hallo?«

»Mo – maschallah!«

»Fatma – wow, du bist es. Hammer!« Mo wunderte sich fast selbst darüber, wie sehr Fatma Mo gefehlt hatte. »Wo bist du? Warum diese Geheimniskrämerei?«

»Wir haben nicht viel Zeit«, sagte Fatma, presste sich an die Gartenmauer und berichtete so knapp wie möglich von Sihams Auftauchen in Köln und dass Fatma sie begleitet hatte, um mehr über Iskander herauszufinden. Und was die Inquisition bislang über den mutmaßlichen Dämon wusste. »Und du?«, fragte Fatma. »Habt ihr die Chronik lesen können? Ihr habt Juan jedenfalls ganz schön eins ausgewischt.«

Mo lachte und berichtete, was sie in der Chronik über den Streit zwischen Iskander und Meister Faustus um die grüne Phiole gelesen hatten.

»Etwa *der* Faust?«, fragte Fatma.

»Weiß ich auch nicht«, sagte Mo. »Aber wie passt das zusammen? Wenn dieser Kardinal behauptet, Iskander sei ein Dämon und der Kölner Hexenrichter habe ihn – wie sagst du? – *dorthinein gebannt, wo er herausgekommen war*, dann kann ja die grüne Phiole nichts damit zu tun haben. Außer ...« Mo musste lachen. »Außer unser Iskander von Constantinopel ist am Ende ein Flaschengeist. Witzig. Aber das ist natürlich Blödsinn.«

»Nein, das ist kein Blödsinn«, sagte Aziza. Sie war plötzlich hinter Mo aufgetaucht, Mo hätte vor Schreck fast das Handy fallen lassen.

Fatma hörte bloß, dass Mo nicht allein war. »Was ist?«, fragte sie.

Im selben Moment bemerkte sie das knirschende Geräusch von Schritten auf dem Kiesweg. Jemand näherte sich.

Mo sagte: »Aziza ist bei mir. Sie will dir kurz Hallo sagen.«

»Geht nicht, muss aufhören. Melde mich!«

Ohne auf eine Antwort zu warten, fummelte Fatma die SIM-Karte aus dem Handy und schob sie in den Strumpf, als Juan vor ihr auftauchte. Fatma zog langsam den Finger aus dem Strumpf, verharrte in ihrer gebückten Haltung und sah den Priester von unten her an.

»Alles in Ordnung hier bei Ihnen?«, fragte Juan. »Ich hörte Sie mit jemandem sprechen.«

»Gott«, sagte Fatma.

»Gott?«

»Ich wollte gerade beten.« Fatma ging in die Knie. »Ich denke, Sie wissen, was ein Gebet ist, Juan?«

Unwillkürlich griff er sich an seinen weißen Priesterkragen. »Machen Sie sich über mich lustig?«

»An Ihnen finde ich gar nichts lustig«, entgegnete Fatma. »Und jetzt lassen Sie mich bitte beten.«

Damit ging sie in die Knie und beugte sich vornüber, presste die Stirn auf den Boden und verharrte so, bis der Mann sich endlich verzog.

In ihrer Brust wummerte ein schlechtes Gewissen. Das Gebet als Notlüge zu gebrauchen und so leichtfertig über Gott zu reden, konnte eigentlich nur eine schwere Sünde sein. Andererseits kam es ihr vor, als würde der Allmächtige Allerbarmer, hätte er ein Gesicht – hatte er natürlich nicht, aber wenn rein theoretisch doch –, ihr freundlich zuzwinkern. Sie schloss die Augen und rief sich die Inventarliste von 1562 ins Gedächtnis. Eine grüne Phiole. Kein Zweifel.

»Sie ist weg«, sagte Mo, ließ das Handy sinken und sah Aziza an. »Wenn du das öfter machst, so plötzlich aus dem Nichts aufzutauchen, krieg ich eines Tages einen Herzinfarkt.«

»Entschuldige«, sagte sie. »Ich muss das Teleportieren mit dem Petesthai-Zauber von Zeit zu Zeit üben, sonst roste ich ein. Geht es ihr gut? Fatma?«

»Glaub schon, einigermaßen.« Mo wiederholte für Aziza knapp, was Fatma am Telefon berichtet hatte. »Und du hältst es also für möglich, dass Iskander ein Flaschengeist ist?«

»Ja. Ein Dschinn, um genau zu sein. Alles würde zusammenpassen: dass die Inquisition ihn nicht töten konnte, dass sie ihn für unsterblich halten und dass diese Phiole das Conjugum ist. Beziehungsweise er selbst. In der Chronik wurde ja berichtet, er sei einen Tag nach diesem Meister Faustus in Nürnberg angekommen. Vermutlich stimmt das nicht, sondern Faustus hat ihn in der Nacht nach seiner Ankunft aus der Phiole befreit. Und die Kölner Inquisitoren haben ihn später wieder hineingezwungen. Dort hockt er nun bis auf den heutigen Tag.«

»Uh.« Mo verzog das Gesicht. »Ganz schön eng.«

»Dschinnen macht das angeblich nichts aus«, sagte Aziza. »Die sind Zigtausende Jahre alt, ein Nickerchen von ein paar Hundert Jahren vertragen die ganz gut. Also – zumindest, wenn man den alten Schriften glauben kann. Denn seit Generationen hat keine Magierin und kein Magier mehr einen Dschinn zu Gesicht bekommen. Aber das können wir ja ändern.« Sie sah Mo entschlossen an. »Wir müssen diese Phiole finden.«

»Und dann?«

»Dann«, sie lächelte, »lassen wir den Geist aus der Flasche.«

Liz war schon seit mindestens einer Stunde auf den Beinen, während Jason wie immer das Frühstück ausgelassen und bis zum allerletzten Moment gepennt hatte. Jetzt eilte er durch die kühle Morgenluft über den Hof, um rechtzeitig zum Unterricht zu kommen. Thore trainierte mit einem der anderen Krieger, das Klirren ihrer Schwerter zerhäckselte den Rest von Schlaf in Jasons Kopf. Beide Männer trugen dick gepolsterte Trainingsrüstungen. Als Thore die Deckung des anderen überwand und ihn oberhalb der Hüfte traf, blinkte der Fitnesstracker an dessen Handgelenk auf.

»Du bist tot«, lachte Thore.

»Unsinn«, rief der andere.

Thore ließ sein Schwert sinken und zog mit der freien Hand sein Handy hervor. »Hier, schau, du bist eindeutig tot. Zum dritten

Mal heute Morgen.« Dabei sah er aber gar nicht den Typen an, mit dem er trainierte, sondern Jason. »Du bist so was von tot«, setzte er nach und grinste Jason an.

Jason ignorierte den Krieger, betrat die Halle mit den Laboren und nickte zur Begrüßung kurz Snorre und Mathild zu, die sich über eine Reihe flacher Glasschälchen beugten und mit ihren Pipetten darin herumtupften. Er marschierte quer durch die Halle und zur hinteren Treppe, um ins Kellergewölbe hinabzusteigen. Es war eine Art Zickzackzeitreise – auf dem Hof herrschte Mittelalter, hier in der Halle Science-Fiction und dort unten das gruselige Best-of beider Welten. Er ging an der Zellentür vorbei, hinter der Gorm sein untotes Nicht-Leben fristete, und an der Tür, hinter der Tyras schwarzmagische Genetiker den neuen Leib seiner Mutter heranzüchteten. Wie jeden Morgen zögerte er kurz und ging dann etwas schneller weiter. Seit dem Tag seines unfreiwilligen Duells mit Hassan hatte er sein Ohr nicht mehr an diese Tür gelegt und auch nicht mehr das Verlangen gespürt, nach der Klinke zu greifen. Stattdessen fuhr er mit der Hand an der gegenüberliegenden Felswand vorbei, wobei er immer an sein erstes Mal mit Liz denken musste, genau an dieser Stelle. Schließlich erreichte er am Ende dieses Ganges den großen Raum mit Gewölbedecke, der ihn mit den vielen vollgestopften Regalen an das Studierzimmer auf Branzé erinnerte. Da waren Bücher und Bündel von Schriftrollen, Sammlungen getrockneter Pflanzen, große Glasbehälter mit in Flüssigkeit eingelegten Insekten und Amphibien, Tiegel und Töpfe, Reagenzgläser aller Größen, Landkarten und Globen. Daneben gab es magische Artefakte, die Jason allerdings noch nie in Aktion gesehen hatte: einen zerbeulten Eisenhelm, der angeblich als Tarnkappe fungierte, ein paar Amulette mit nicht näher bekannten Kräften und sogar ein kleiner Teppich, von dem es hieß, er könne fliegen. Die Erinnerung an Branzé versetzte ihm jedes Mal einen kleinen Stich, aber er schob sie rasch beiseite.

Das Gewölbe war groß und bot Platz für mehrere Tische. An einem hockte Hassan, der neue Schüler, seinem Lehrer Meister Mapunda gegenüber und versuchte, einen Tonkrug in einen Stein zu verwandeln. An einem anderen saß Liz vor einer verschlossenen Holzkiste, während Tyra etwas in den Regalen suchte.

»Morgen«, murmelte Jason und hockte sich neben Liz. »Und sorry.«

»Schwarzmagier bitten nicht um Entschuldigung«, entgegnete die Großmeisterin und zog ein dickes Buch aus dem Regal, das sie jetzt vor Jason hinlegte, bevor sie ebenfalls Platz nahm.

»Ist das ein Heptalogon?«, fragte er. »Ich hab schon eines.«

»So eines nicht«, widersprach Tyra. »Streng genommen ist es auch keins. Sondern ein Ennealogon. *Ennea* heißt neun. Wir nennen das Buch so, weil wir im Gegensatz zur Gilde nicht sieben, sondern neun magische Künste praktizieren, wie du weißt.«

»Die verbotene achte und neunte Kunst«, murmelte Jason wie ein gelehriger Schüler. »Nekromantie und Dämonologie. Diese Dinge, über die Iskander von Constantinopel in dem Exemplar geschrieben hat, das wir gefunden haben?«

»Nein«, sagte Tyra, »euer Buch ist kein Ennealogon. Es enthält nur die Formeln der sieben«, sie malte mit den Fingern Gänsefüßchen in die Luft, »*offiziellen* Künste. Dafür hätten wir Iskanders Buch nicht gebraucht, denn während die Gilde viele Ennealogon-Ausgaben vor sechshundert Jahren verbannt hat, haben wir einige gerettet und aufgehoben. Nein, Iskanders Buch ist ungleich wertvoller, weil er darin seine Erkenntnisse über Liebe und Tod notiert hat, von denen ich euch erzählt habe. Darum wird es bei unserem heutigen Unterricht aber nicht gehen.«

»Sondern?«, fragte Liz und schlug das Buch auf.

»Wir beginnen, den Erweckungszauber zu trainieren«, sagte Tyra. »Es wird höchste Zeit, Jason, dass du ihn lernst, um demnächst deiner Mutter gegenüberzutreten. Und du, Liz, musst ihn ebenfalls beherrschen, um eine vollwertige Meisterin des Pfades der Neun zu werden. Stopp.« Sie tippte auf die Seite, die Liz gerade aufgeblättert hatte. »Hier.«

Jason beugte sich über das Buch. Die griechischen Buchstaben beherrschte er inzwischen wie im Schlaf. »Kínesis thanásimos«, las er. Kam ihm irgendwie bekannt vor.

Und als ihm plötzlich einfiel, wo und wann er die beiden Wörter schon mal gehört hatte, lief ihm ein Schauer über den Rücken. Mit diesem Zauberspruch hatte Yuki damals die toten Krieger zu sich gerufen, als sie sich nach der Schlacht von Branzé zurückzogen.

Am anderen Ende des Gewölbes hörten sie Hassan rufen: »Prágma ginesthai!«

Tyra öffnete die Holzkiste und zog an etwas, das erst wie ein Wurm aussah, aber der Schwanz einer dicken toten Ratte war. So eine, wie Thore sie damals bei ihrer ersten Begegnung im Archäologischen Institut auf seiner Schulter getragen hatte.

Tyra legte den Kadaver auf den Tisch und sagte: »Lasst es uns gleich ausprobieren. Entscheidend ist, dass ihr euch in den Organismus hineindenkt. Knochen, Sehnen, Muskeln. Nervenbahnen. Das Rückenmark.« Sie deutete auf den Nacken der toten Ratte, die etwas zusammengekrümmt wie ein Embryo dalag, die kleine Schnauze halb geöffnet, die Schneidezähnchen guckten hervor. »Das gilt natürlich für Wirbeltiere. Wie zum Beispiel Menschen. Oder eben Ratten. Wenn ihr wollt, dass sie aufsteht, dürft ihr euch nicht auf ihre Pfoten konzentrieren, das wäre zu vordergründig. Sendet den Zauber ins Rückenmark. Versucht es.«

Liz stupste Jason an.

»Du zuerst.«

»Okay.« Er hielt eine Hand über den Kadaver, konzentrierte sich und sagte: »Kínesis thanásimos!«

Nichts geschah.

»Gleich noch einmal«, sagte Tyra.

»Prágma ginesthai«, rief Hassan wieder.

»Kínesis thanásimos!«, sagte Jason und zuckte unwillkürlich zurück, als sich die Ohren der Ratte bewegten.

Eine Hinterpfote trat in die Luft, dann zuckte das Tier und rollte sich auf den Rücken, wurde starr wie eine Wachsfigur und lag reglos da.

»Hervorragend«, lobte Tyra. »Ein guter Anfang.«

Am anderen Ende fluchte Hassan.

»Gleich noch einmal«, sagte Mapunda aufmunternd.

Jason schaute hinüber. Hassan hatte den Tonkrug in eine zähflüssige Masse verwandelt, die vom Tisch hinabtropfte. Liz folgte seinem Blick.

»Auf Branzé haben wir auch alle unsere Ausbildung mit diesem Verwandlungszauber begonnen«, sagte sie. »Die gute alte Krug-und-Stein-Nummer. Irgendwie überrascht es mich, dass ihr es genauso macht.«

»Was wundert dich daran?«, fragte Tyra. »Wir haben dieselbe Tradition. Es liegt erst siebenhundert Jahre zurück, dass sich die Gilde von uns abgespalten hat. Die Traditionen der Magierausbildung sind viel älter. Warum grinst du, Jason?«

»Sorry«, sagte Jason. »Ich fand die Formulierung witzig, weil: Die Gilde sagt ja, dass der Pfad die Abspaltung ist, nicht umgedreht.«

»Jeder sieht sich eben selbst als das Original an.« Tyra zuckte mit den Achseln. »Letztlich resultiert diese Spaltung aus der absoluten Intoleranz der Gildenzauberer. Aziza – wie schon alle ihre Vorgänger seit dem vierzehnten Jahrhundert – lehnt uns ab, weil wir einfach freier und fortschrittlicher mit der Magie umgehen. Weil wir unsere Gefühle nicht zähmen, als wäre die Magie ein niedliches Haustier. Die Essenz ist eine Urgewalt des Kosmos. Sie ist dazu da, entfesselt zu werden. Und darum« – sie legte eine

Hand auf Jasons Arm – »kann ich dir geben, was Aziza dir niemals geben könnte.«

Wieder fluchte Hassan. Jason warf ihm einen Blick zu. Hassan fing ihn auf und erwiderte ihn voller Abneigung.

Ungezähmte Gefühle, dachte Jason.

»Darf ich es mal versuchen?«, fragte Liz und hielt eine Hand über die tote Ratte.

Tyra nickte.

»Kínesis thanásimos!«, rief Liz.

Der Nager öffnete ein Auge. Bewegte die kleinen Ohren. Der Schwanz wand sich hin und her, dann drehte sich die Ratte blitzschnell, kam auf die Pfoten und setzte zum Sprung an, sodass Jason ausweichen musste. Sie machte einen großen Satz vom Tisch herunter und blieb dann reglos auf dem Steinboden liegen.

»Exzellent!« Tyra klatschte in die Hände. Dann bückte sie sich und hob den Kadaver auf, den das untote Leben so rasch wieder verlassen hatte, wie es in ihn hineingefahren war. Sie legte die Ratte zurück auf den Tisch und sah Jason an.

»Und bitte«, sagte sie.

Jason blendete Hassan und alles andere im Gewölbe aus und konzentrierte sich auf das tote Gewebe dieser Ratte.

Und noch ein Versuch. Und noch einer. Es klappte mal besser und mal schlechter. Die Ratte sprang in die Luft, flitzte durch den Raum, versuchte sogar, Tyra zu beißen, fiel aber jedes Mal nach wenigen Augenblicken in ihre leblose Starre zurück. Einmal sprang sie auf den Boden, stieß sich von den Hinterpfoten ab und klatschte mit voller Wucht gegen die Wand aus rohem Fels. Als wollte sie sich selbst den winzigen Schädel zertrümmern, um dieses unselige Treiben endlich zu beenden.

»Boah!« Jason stöhnte auf und lehnte sich erschöpft in seinem Stuhl zurück. »Können wir eine Pause machen?« Er fummelte seine Zigaretten aus der Hosentasche.

»Gut«, sagte Tyra. »Zehn Minuten.«

Jason stand dankbar auf und ging Richtung Tür, die Kippenpackung in der Hand. Hassans Blicke folgten ihm. Diesmal nicht feindlich, sondern schmachtend.

Jason blieb kurz stehen. »Rauchst du?«, fragte er. »Ich geb dir eine ab, wenn du willst.«

Hassan sah Mapunda an.

»Ja, du kannst eine Pause machen«, sagte der Meister. »Hast du dir verdient.« Auf dem Tisch zwischen ihnen lag ein großer runder Kieselstein.

Hassan folgte Jason durch den langen Gang, vorbei an der Tür von Jasons Mutter und an der Tür von Gorms Verlies, die Treppe hinauf und auf den Hof hinaus. Jason hielt ihm die geöffnete Packung hin. Hassan fischte eine Zigarette heraus, ließ sich Feuer geben und zog hastig.

»Das tut gut«, hauchte der Junge. »Hab nicht gewusst, dass man hier rauchen darf.«

»Hier darf man eigentlich alles«, brummte Jason. »Oder auch das Gegenteil von allem, ich werd nicht schlau draus.« Er zündete seine eigene Zigarette an, nahm einen Zug und fragte: »Wie geht es deinem Oberarm?«

»Gut«, sagte Hassan. »Da ist nichts mehr. Der Zauber hat sie völlig geheilt.«

»Tut mir trotzdem leid. Ich hatte nicht die Absicht, dich zu verletzen.«

»Du musst dich nicht entschuldigen. Meister Mapunda sagt, dass die Gelegenheit kommt, wo ich es dir heimzahlen werde.«

Jason lachte. »So, so. Dann sollte ich mich wohl vor dir hüten. Schade eigentlich.«

»Wieso ist das schade?« Hassan sah ihn verständnislos an.

»Na, wir sind beide Schüler. Wir könnten ja versuchen, uns gegenseitig zu vertrauen.«

Hassan sah ihn an, als hätte Jason was unglaublich Bescheuertes gesagt. Es erinnerte Jason an den Knast.

»Der Meister sagt, dass man niemals einem anderen Menschen voll und ganz vertrauen kann«, erklärte Hassan.

»Seltsame Pädagogik«, murmelte Jason.

»Was ist Pädagogik?«, fragte Hassan.

»Das ist …« Jason stockte. Dieses Wort hatte er noch nie im Leben in den Mund genommen und eigentlich bis zu dieser Sekunde auch nie gedacht, dass ihm mal solche Sachen durch den Kopf gehen würden. Er zog an seiner Kippe, blies den Rauch aus und brummte: »Vergiss es.«

Hassan zuckte mit den Schultern.

Aber Jasons Kopf hörte nicht auf zu arbeiten. Ständig dachte er nach, das hatte schon in Branzé angefangen und wurde immer krasser statt weniger. Er wollte die Bemerkung eigentlich runterschlucken, sprach sie dann aber doch aus: »Ist ja irgendwie paradox: Wenn der Meister sagt, dass du niemandem vertrauen sollst, wie kannst du ihm das denn überhaupt glauben? Es könnte ja dann auch das Gegenteil stimmen.«

Hassans Gesicht nahm den Ausdruck kompletter Ratlosigkeit an.

Jasons vermutlich auch. Er klang ja wie … wie Mo oder Fatma oder so … aber nicht mehr wie er selber. Oder doch? Er schnippte die aufgerauchte Kippe weg und zündete sich direkt eine neue an.

»Auch noch eine?« Er hielt Hassan die offene Packung hin.

Hassan zögerte, dann meinte er: »Ich glaub, ich geh lieber wieder zurück zum Unterricht.«

Damit verschwand er in der Halle.

Jason rauchte und ging zum Bentley hinüber, fuhr mit der Hand über den schwarzen Lack und stellte sich vor, wie er den Wagen mit dem Anóixis-Zauber starten und mit einer Variante des Kínesis-Spruchs zum Fahren bringen würde. Unter seinen Fingerspitzen schien das Auto ihm zu antworten, fast als seien sie inzwischen so was wie Freunde. Der Bentley freute sich auf eine Spritztour.

Am Abend, während Jason sich fürs Bett auszog, erzählte er Liz davon.

»Wenn ich wirklich langfristig beim Pfad bleibe, werde ich ganz neue Technikzauber entwickeln«, sagte er und betrachtete sie.

Liz lag schon im Bett, nackt und bäuchlings, brütete über dem Ennealogon, dem Zauberbuch mit den neun Künsten der Schwarzen Magie, und sagte: »Ich halte mich lieber an organische Materie. Das ist so dermaßen faszinierend.«

»So was von«, sagte Jason und meinte ihren Nacken, ihren Rücken, ihren Hintern.

»Tyra hält es für möglich, dass man die CRISPR/Cas9-Technik mit dem Zóon-ginesthai-Zauber kombinieren und damit die Keimbahnen des Menschen dauerhaft verändern kann«, sprach Liz weiter. »Wir könnten Menschen züchten, die hundert Kilometer in der Stunde laufen. Oder unter Wasser atmen. Es gibt Millionen von Möglichkeiten.«

»Krass«, murmelte Jason, legte sich neben sie und griff nach ihrem Po.

Sie drehte sich um und seine Hand wanderte über ihren Bauch zu ihren Brüsten.

»Nicht so fest«, knurrte sie.

Er ließ von ihr ab. »Ich dachte, du magst es so.«

»Normalerweise schon. Aber ...« Sie legte die Stirn in Falten. »Irgendwie tun meine Brustwarzen weh. Alles fühlt sich so angespannt an, als ob ich meine Tage kriege. Dabei ...«

»Dabei – was?«

»Dabei kriege ich sie nicht«, murmelte sie.

Jason fuhr hoch. »What the ... du bist schwanger!« Er beugte sich zu ihr hinab. »Oder? Sag schon, bist du's?«

»Mann, ich weiß es nicht genau!«, schimpfte sie laut. Dann setzte sie leise hinzu: »Ich glaub schon.«

»Das ist ...«, begann Jason. Ja, was eigentlich.

Schrecklich. Und schön. Und verrückt. Jenseits von allem, was Jason sich vorstellen konnte.

Ihm war klar, dass er sie jetzt küssen musste. Also küsste er sie. Sie durchschaute ihn.

»Macht dir das Angst?«, flüsterte sie.

Eine Ohrfeige seines Vaters klatschte in sein Gesicht.

»Ich hab Angst, dass ich ein beschissener Vater werde«, flüsterte er zurück.

»Ich hab auch ein bisschen Angst«, flüsterte sie. »Schwanger sein ist gruselig.«

Sie schob das Zauberbuch zur Seite und pustete die Kerze neben dem Bett aus, schmiegte sich an ihn und zog die breite, dicke Decke über sie beide.

»Wir müssen es Tyra sagen«, flüsterte sie in die Dunkelheit.

»Wieso? Was geht die das an? Es ist unser Baby, nicht ihres.«

»Ich fürchte, sie sieht das anders. Wir haben uns dem Pfad verschrieben, du und ich. Und das würde auch unser Kind mit einschließen. Ein Magierbaby. So etwas hat es seit vielen Jahrhunderten nicht gegeben.«

»Magierbaby«, wiederholte Jason. Irgendwas an dem Wort klang bedrohlich. Spontan fiel ihm das Sexverbot ein, dass anscheinend früher in der Gilde geherrscht hatte. »Aber die Zauberfähigkeit ist gar nicht erblich«, sagte er. »Es wird bestimmt einfach ein ganz normales Kind.«

»Und wenn nicht?«, fragte sie.

»Vielleicht ...« Er strich mit der Hand über ihren Bauch. »Vielleicht sollten wir einfach Schluss machen mit dem ganzen Zauberzeug.«

»Wie meinst du das?«

»Wir könnten doch abhauen«, sagte er. »Irgendwo ein normales Leben anfangen, als Familie. Ohne Pfad, ohne Gilde und all das.« Er fuhr mit der Hand durch ihr Haar, küsste sie, konnte es plötzlich vor sich sehen – er, Liz, das Kind, ein Häuschen im Grünen. »Ich hatte nie eine richtige Familie. Du erst recht nicht. Wäre es nicht toll, es mal auszuprobieren?«

Liz schwieg eine ganze Weile. Dann beugte sie sich über ihn, küsste ihn zurück und sagte: »Der Pfad ist unsere Familie. Eine richtige Großfamilie. Stell dir mal vor, unser Kind könnte hier aufwachsen, auf Hjaltland. Vollkommen frei, sich zu entfalten. Anstatt in Kindergärten und Schulen zu einem normierten Durchschnittsmenschen geformt zu werden.« Sie kuschelte sich in seinen Arm und fügte leise hinzu: »Außerdem ist der Pfad eine Einbahnstraße. Er führt nur vorwärts. Es gibt kein Zurück.«

Spontan wollte Jason widersprechen, aber ihm fiel keine gute Antwort ein.

Irgendwann spürte er Liz' gleichmäßigen Atem an seinem Hals. Sie war eingeschlafen. Jason lag wach und starrte in die Dunkelheit.

Okay, der Pfad war eine Einbahnstraße.

Aber Jason, der früher ja ab und zu mal ohne Führerschein mit fremden Autos rumgecruist war und dabei sowieso auf jede Verkehrsregel geschissen hatte, wusste natürlich, dass das nichts hieß, weil: Du kannst auch gegen die Einbahnstraße fahren.

Aber du musst abgezockt genug sein. Und schnell und wendig.

Jason fragte sich, ob der alte Bentley da draußen auf dem Hof rein theoretisch das Zeug dazu hatte.

Und ob Liz mit ihm käme.

Rein theoretisch.

12

Ein Karnevalsabend in Köln. Ich liebe es. Und ich hasse es. Draußen vor dem Fenster tanzen sie im Licht der Straßenlaternen, lachen, singen, knutschen, Männer mit Lippenstift und Frauen mit Bärten, im Karneval darf jede:r alles sein. Schade, dass sie dazu anscheinend die Erlaubnis ihres Kalenders brauchen.

Ich bin gestern mit Biene durch die Kneipen gezogen, hab einen getroffen, der vielleicht Kolja heißt oder auch nicht, er konnte gut küssen und das ist für den Moment schön gewesen.

Ich bin jetzt seit drei Wochen wieder in der Stadt, wohne ganz normal in meiner WG und versuche, an irgendwelche Informationen darüber zu kommen, was nach dem Jahr 1562 mit den Dingen auf der Liste passiert ist, die Fatma im Archiv der Inquisition in Toulouse gefunden hat. Vor allem mit dem kleinen Fläschchen, in dem vielleicht wirklich ein leibhaftiger Dschinn steckt, der seit fünfhundert Jahren auf uns wartet. Ab und zu telefonieren Fatma und ich heimlich. Das heißt: Wir telefonieren erst ganz offen zum Schein, damit die Stasi-Inquisition was zum Lauschen hat, und danach heimlich über mein Billig-Handy und ihre geheime SIM-Karte.

Gerade arbeite ich mich durch ein paar Bücher über die Napoleonischen Kriege. Schon 1794 hat die französische Revolutionsarmee Köln besetzt und darum hat die Kirche die meisten ihrer Schätze in Sicherheit gebracht, an verschiedenen Orten fern der Stadt, darunter vermutlich auch unseren Iskander in seiner Phiole.

Draußen zieht eine feiernde Truppe vorüber, sie haben eine riesige Trommel dabei, klingt auch fast wie eine Revolutionsarmee. Ich frage mich, ob Fernando Karneval mag. So als Brasilianer. Vermutlich auch wieder nur ein Klischee. Leider konnte er nicht mit mir kommen. Aziza wollte, dass er auf Branzé die Stellung hält. Sie selbst hat sich nach Paris begeben, in ihre Stadtwohnung in dem Hochhaus, wo wir sie kennengelernt haben. Sie sagte, sie müsse ein paar Bücher konsultieren, die sie aus Sicherheitsgründen nicht in der Bibliothek auf Branzé verwahren könne. Worum es dabei geht, wollte sie mir nicht verraten.

Mo klappte das Notizbuch zu und schaute auf die Uhr. Auf dem Schreibtisch lagen Mos Smartphone und das Billig-Handy einträchtig nebeneinander, wie zwei Stiefgeschwister in einer glücklichen Patchworkfamilie.

Punkt acht Uhr begann das Smartphone zu vibrieren. Mo ging dran.

»Hey, Fatma.«

»As-salamu alaikum.«

»Wie geht's dir?«

»Hervorragend, danke. Wirklich gut. Hast du irgendwas Neues darüber gefunden, was mit dem Spiegel geschehen sein könnte?«

»Nein«, sagte Mo. »Keine konkreten Hinweise. Aber ich bin sehr sicher, dass dieser Zauberspiegel tatsächlich das gesuchte Conjugum ist. Wir bleiben dran.«

»Ja, machen wir«, bestätigte Fatma. »Dann melde ich mich morgen wieder, ja?«

»Ja, ist gut. Bis dann.«

»Wiederhören.«

Was für ein Mummenschanz, dachte Mo, klappte das Notizbuch wieder auf und schrieb direkt unter den letzten Absatz von vorhin: Was für ein Mummenschanz!

So ein wundervoll altertümliches Wort!

Mo klappte das Buch wieder zu und wartete. Nach wenigen Augenblicken brummte das Billig-Handy.

»Hey, Mo.« Ihre Stimme klang leiser und gleichzeitig echter.

»Hey, Fatma. Und wie geht es dir wirklich?«

»Ich weiß es eigentlich gar nicht. Also – ich bin hier mitten in einer mir feindlich gesinnten Organisation und sollte im Grunde Tag und Nacht Angst haben. Aber das Leben hier ist so gleichförmig und geregelt, jeder hat seine Aufgabe, die Nonnen kochen und putzen und waschen für uns, ich muss mich um nichts kümmern und fast nichts selber entscheiden – ich hab fast Angst, dass ich mich dran gewöhne.«

»Ein Grund mehr, dieses Rätsel bald zu lösen«, meinte Mo.

»Hast du denn irgendwas gefunden?«

»Hm, weiß nicht.« Mo kramte in den Notizzetteln vor sich auf dem Tisch. »Ein Teil der Schätze des Erzbistums ist 1794 in Frankfurt gelandet, zum Beispiel der Schrein mit den Gebeinen der Heiligen Drei Könige. Der ist zwar 1803 nach Köln zurückgekehrt, aber insgesamt sechzehn Kisten aus dem Domschatz sind bei einem gewissen … warte mal … bei einem Geistlichen namens Molinari geblieben, mit dem Auftrag, das Zeug zu verkaufen, weil die Kölner Kirche unter der französischen Herrschaft knapp bei Kasse war. Es gibt allerdings keinen Hinweis, dass unsere Phiole in einer der Kisten …«

»Warte, warte«, sagte Fatma. »Wie war der Name? Molinari? Ich erinnere mich, dass der mir irgendwo in den Aktenbergen von Toulouse begegnet ist. Ich hab das auf dem iPad, ich suche das kurz raus.«

Mo hörte eine Weile nichts außer Fatmas Atem. Es klang, als laufe sie. Vielleicht aber verbarg sie sich irgendwo und war einfach aufgeregt, dass man sie erwischen könnte.

»Hier«, sagte sie. »Ein deutscher Inquisitor, ein Monsignore Maternus von Manfort, wurde 1807 nach Frankfurt gesandt zu einem – hier steht es! – Stefan Franz Molinari, um eine Kiste mit magischen Artefakten aus dem Besitz der Inquisition sicherzustellen, unter anderen … Bingo! Eine grüne Phiole.«

»Hammer«, rief Mo, »dann haben wir ja doch eine Spur! Was wurde daraus?«

»Tja«, machte Fatma, »dummerweise habe ich das nicht weiterverfolgt, weil ich die Phiole nicht relevant fand. Das war ja, bevor du mir davon erzählt hast. Sicher gibt es irgendwo in den Akten einen Bericht von diesem Maternus oder einen Brief oder was weiß ich, aber dazu muss ich nochmals nach Toulouse. Und zwar am besten allein. Ich muss Siham irgendwie dazu kriegen, dass sie mir das erlaubt. Ohne dass sie Verdacht schöpft. Sie dringt nämlich immer wieder in meine Gedanken ein. Ich muss wirklich aufpassen, dass ich nicht verrate, wie sehr ich dauernd an dich denke.« Eine kurze Pause entstand und Mo holte Luft, um was zu sagen, da schob sie nach: »Also weil ... na, weil wir doch das Conjugum suchen, meine ich.«

»Natürlich«, antwortete Mo schnell und spürte gleichzeitig so ein Kribbeln, das eigentlich eher zu Fernando hätte gehören sollen.

»Ich muss Schluss machen«, sagte sie. »Bis morgen.«

Fatma sah sich um. Sie stand wieder in ihrer einsamen Lieblingsecke im Garten und war offenbar unbehelligt. Trotzdem zitterten ihre Finger leicht, als sie die SIM-Karte herausnahm und wie immer in den Strumpf schob, dann die andere Karte einlegte, das Handy neu startete und in den Speisesaal ging, der von den anderen hier *Refektorium* genannt wurde.

Die Nonnen trugen bereits die Suppe auf und Fatma erntete tadelnde Blicke von Siham.

»Entschuldige, ich habe noch mit Mo telefoniert.« Fatma hockte sich neben sie auf die hölzerne Bank an dem grob behauenen Tisch.

»Schon gut«, brummte Siham und musterte Fatma. »Gibt es wenigstens was Neues über diesen mysteriösen Spiegel?«

»Leider nein«, sagte Fatma und spürte, wie Siham sie scannte.

Also von außen, Siham sah Fatma mit bohrenden Blicken an und Fatma konnte nie ganz sicher sein, ob Siham jetzt tatsächlich in ihren Geist eindrang oder ob sie sich das einbildete, es fühlte sich jedoch eindeutig so an. Und in Fatmas Kopf war Mo. Sie schaffte es nicht, Mos Präsenz zu verdrängen. Siham durfte nicht auf die Phiole stoßen!

Da fiel Fatma etwas ein. Wenn sie Mo schon nicht vor Siham verstecken konnte, müsste sie die Inquisitorin einfach auf eine falsche Fährte locken. Mit unkeuschen Gedanken. Sie stellte sich vor, wie Mo in ihrem Bett läge und sie würde Mo Stück für Stück ausziehen, das Top, den kurzen Rock, den Slip … Plötzlich wandte Siham sich ruckartig ab. Ihr Kopf war für einen Moment feuerrot, dann streifte sie Fatma noch mit einem kurzen Blick voller Abscheu, bevor sie sich auf ihre Suppe konzentrierte.

Fatma lächelte zufrieden und löffelte ebenfalls ihre Suppe. Falsche Fährte. Völlig falsch, natürlich. Reine Fantasie, strategisch.

Klar, Fatma.

Nach dem Essen wurde an den Kardinal berichtet.

»Es häufen sich übereinstimmende Berichte, dass in der Nähe von Sakkara ein alter Mann wiederholt Gegenstände verwandelt oder verschwinden lässt«, sagte Juan.

»Ägypten«, murmelte Siham. »Unter anderen Umständen wären Aziza und ihre Leute längst zur Stelle, aber sie sind ja mit anderem beschäftigt. Ich kümmere mich darum.«

»Gut.« Kardinal Williamson nickte.

Das war Fatmas Chance. Sie räusperte sich und sofort waren alle Augen auf sie gerichtet.

»Also ich«, begann sie, »muss eigentlich noch mal nach Toulouse fahren, um im Archiv nach Hinweisen auf den Zauberspiegel zu suchen. Ich bin sicher, dass wir etwas Entscheidendes übersehen haben. Eigentlich wollte ich dich fragen, ob wir nicht gemeinsam fahren wollen.« Sie sah Siham an. »Aber der Fall in Ägypten klingt dringend. Und ich denke, dass ich mich mithilfe von Abbé Philippe auch so in Toulouse zurechtfinden würde.«

Siham hob die Augenbrauen. »Du willst allein nach Toulouse? Ohne mich?«

»Du vertraust mir noch immer nicht?«, fragte Fatma zurück.

Siham wandte sich an Williamson und sagte: »Toulouse kann warten, bis ich aus Sakkara zurück bin.«

Aber der Kardinal schüttelte den Kopf. »Nein. Seit die Gilde den Inhalt der Chronik kennt, sind sie uns einen Schritt voraus. Darum ist Eile geboten. Gleichwohl sollten Sie, Siham, unverzüglich den Fall in Sakkara untersuchen. Und Sie, Fatma, fahren nach Toulouse.«

Fatma hatte Mühe, ein triumphierendes Grinsen zu unterdrücken.

»Juan wird Sie nach Toulouse begleiten«, fügte Williamson hinzu.

Die Enttäuschung zu verbergen, fiel Fatma noch schwerer. Auch Juan machte nicht gerade einen Hehl daraus, wie wenig er von der Entscheidung hielt.

Nur Siham lächelte. »Dann gute Reise euch beiden.«

Die Tage auf Hjaltland wurden länger und die Burg bereitete sich auf das Ende des Winters vor: Knechte und Mägde schmückten die Mauern und Türme für das kommende Fest der Tag-und-Nacht-Gleiche, natürlich wurde auch wieder sehr viel Bier gebraut. Thore und seine Krieger hatten derweil eine elektrische Schleifmaschine aufgebaut, an der sie ihre Schwerter schärften. Es wirkte fast zärtlich, wie sie ihre tödlichen Klingen an dem rotierenden Stein rieben, sie dann blank polierten und mit kostbarem Öl einpinselten. Mathild und eine andere Biologin waren unterdessen damit beschäftigt, Hochbeete anzulegen, wo sie *Mandragora* einsäten: die legendäre, als Zauberwurzel bekannte Alraune, allerdings mit genetisch veränderten Eigenschaften – das in der Pflanze enthaltene Atropin, so erklärte es Mathild einmal beim Mittagessen, würde angeblich künstlich gezüchtete Muskelzellen für das Gewebe von Därmen dazu anregen, sich zu bewegen. Also ... falls Jason das richtig verstand. Jedenfalls wurde überall gebastelt, renoviert, gegärtnert, um den Frühling willkommen zu heißen.

Jason lebte nun fast drei Monate auf der alten Festung und es war eine komische Vorstellung, irgendjemand könnte diese Inseln nicht *Hjaltland*, sondern *Shetlands* nennen und moderne Wikingerkrieger und mit Gentechnik experimentierende Schwarzmagier vielleicht sogar seltsam finden.

Doch je mehr Helheim Genetics für ihn zum Alltag geworden war, desto fremder wurde es ihm innerlich. Als hätte ein wachsender Teil von ihm diesen Ort schon längst verlassen.

Es war ein vertrautes Gefühl. Er kannte das aus dem Knast.

Von dort abzuhauen war allerdings einfacher gewesen als von hier, vermutete er. Nicht nur rein technisch. Denn im Knast hatte er niemanden zurückgelassen. Hier aber wären es gleich drei Leute: Liz. Und seine Mutter. Und sein Baby.

Er schob die Fluchtgedanken also beiseite, wann immer sie kamen, und konzentrierte sich stattdessen einfach auf das Zusammensein mit Liz. Und natürlich auf die Ausbildung. Inzwischen beherrschte er den Kínesis-thanásimos-Zauber richtig gut, er konnte die tote Ratte nach Belieben tanzen und kleine Kunststücke vollführen lassen, er hatte auch mit einer toten Katze trainiert. Mit jeder Übung wuchs zwar sein Widerwille, aber den ließ er sich nicht anmerken.

An einem Vormittag im März führte Tyra Jason in Gorms Zelle. Der Raum kam Jason wie eine Mischung aus Labor und

Krankenzimmer vor. Der Körper des Kriegers lag auf einem metallenen Tisch, Schläuche und Kabel verbanden ihn mit einem Tropf und verschiedenen Geräten, eine Sauerstoffmaske pumpte Luft in seine Lungen. Snorre stand davor und schien irgendetwas auf seinem iPad zu notieren. Er blickte kaum auf, als Jason mit der Großmeisterin den Raum betrat.

Unter der niedrigen Decke hingen etliche gebundene Büschel von Lavendel, die wohl den Verwesungsgeruch übertünchen sollten; aber es stank gar nicht mehr faulig, sondern roch eher nach Chemikalien. Die tödliche Wunde, die Jason dem Krieger mit seinem Axthieb beigebracht hatte, schien verheilt. Gelblich-ledrige Haut überzog Gorms Brustkorb bis zum Hals hinauf. Auf einem kleinen Monitor wurden irgendwelche Werte angezeigt, Herzschlag, Blutdruck, irgendwas mit CO_2 und solche Sachen, und als Jason näher heranging, bemerkte er, dass der Tote tatsächlich atmete. Dafür klaffte auf seiner Stirn eine hässliche, schlecht verheilte Platzwunde, die neu sein musste. Jedenfalls konnte Jason sich nicht erinnern, dass sie ihm bei seiner letzten Begegnung mit Gorm aufgefallen war.

»Ihr habt ihn wirklich zu neuem Leben erweckt«, flüsterte Jason.

»Eher zu einem gewissen Funktionieren«, widersprach Tyra.

Sie gab Snorre ein Zeichen, worauf dieser sein iPad sinken ließ und mehrmals auf den Überwachungsmonitor tippte. Es klang, als würde Gorm rülpsen, vielleicht japste er stattdessen nach Luft, das war schwer zu sagen. Dann entfernte Snorre eine Plastikklammer von Gorms Finger, zog das Schlauchende von dem Infusionsgerät aus dem Zugang in Gorms Armbeuge und nahm dem Toten schließlich das Sauerstoffgerät fort. Anschließend nickte er der Großmeisterin kurz zu, verließ die Zelle und schloss die Tür hinter sich.

Jason betrachtete den Körper vor sich auf dem Tisch. Gorm

hatte das Atmen eingestellt und seine Geschichtsfarbe schien innerhalb weniger Augenblicke fahl zu werden.

Jason warf Tyra einen zweifelnden Blick zu und kratzte sich an seiner immer wieder juckenden Schulter.

»Nur zu«, sagte sie. »Du kannst nicht viel falsch machen.«

Jason war sich da nicht so sicher, wenn er die klaffende Wunde auf Gorms Stirn ansah.

Aber er stellte sich in Position und streckte die rechte Hand aus, konzentrierte sich auf Gorms Rückenmark und befahl mit fester Stimme: »Kínesis thánasimos!«

Wie eine ferngesteuerte Puppe klappte Gorm die Augenlider hoch, richtete sich ruckartig auf und starrte zwischen Tyra und Jason hindurch zur Wand.

»Beeindruckend«, flüsterte Tyra.

Jason war selbst beeindruckt. Und erschrocken. Er hatte diesen Toten aufgeweckt. Vielleicht hatte es auch bloß deswegen so einfach geklappt, weil Gorms Körper bis gerade noch an diese ganzen Geräte angeschlossen gewesen war.

Im nächsten Augenblick sprang Gorm vom Tisch herab und Jason machte sich darauf gefasst, von ihm angegriffen zu werden. Er schwankte noch, ob er ausweichen oder zum Gegenangriff übergehen sollte, doch Gorm schien weder von Jason noch von Tyra irgendeine Notiz zu nehmen. Er fixierte die Felswand direkt vor sich, dann senkte er den Kopf wie ein Stier in der Arena und nahm Anlauf, um seinen Schädel dagegenzuschlagen, wie Jason es schon bei der Ratte beobachtet hatte. Doch im allerletzten Moment blieb Gorm in der Luft hängen.

»Krato soi!« Tyras Ruf hallte von den Wänden wider. Sie hatte beide Hände erhoben und die Finger wie Krallen gekrümmt.

Gorm taumelte wie an unsichtbaren Fäden gezogen ein Stück zurück. Tyra ließ ihn kurz in dieser Position verharren, dann dirigierte sie ihn mit fließenden Handbewegungen zurück auf den metallenen Tisch, wo Gorm sich widerstandslos niederlegte und die Augen schloss. Offenbar war das nicht die erste Beschwörung des toten Körpers, dachte Jason mit Blick auf die Platzwunde an Gorms Stirn. Vielleicht hatte Tyra den Toten schon ein paarmal tanzen lassen, bevor Jason selbst an der Reihe gewesen war. Er beugte sich ein Stück über Gorm und betrachtete die geschundene Stirn des Kriegers näher. Wie schon bei der Ratte war auch hier ziemlich deutlich geworden, dass die Toten anscheinend lieber tot bleiben wollten.

Er richtete sich wieder auf und spürte plötzlich eine ganz erstaunliche Klarheit in seinem Innern, kühl und frisch fühlte sie sich an.

»Keine Sorge«, sagte Tyra, »mit deiner Mutter wird es ganz anders laufen.«

»Ja, absolut«, murmelte Jason. »Ich weiß.«

Tyra nickte zufrieden. »Das ist genau das Selbstbewusstsein, dass einen Magier auf dem Pfade der Neun auszeichnet.«

»Sind wir hier fertig?«

»Ja.«

Ohne sich noch einmal zu Gorm umzudrehen, verließ Tyra den Raum. Jason folgte ihr nach draußen, während Snorre mit seinem iPad wieder übernahm.

Draußen im Gang blieb Tyra stehen, nickte zur verschlossenen Nachbarkammer und sagte: »Es ist bald so weit. In drei Wochen rundet sich der erste Frühlingsvollmond. Erfahrungsgemäß eine ideale Nacht für diese Art von Magie. Fühlst du dich bereit?«

»Ich kann es kaum erwarten«, sagte er.

»Ich glaube, ich habe hier was!« Juans Stimme drang dumpf durch die Regalreihen, die Fatma von dem Priester trennten.

Er war natürlich in erster Linie als ihr Bewacher in Toulouse, aber da sie ohnehin etliche Stunden am Tag in den Gewölben des Geheimarchivs unter dem Jakobinerkonvent zusammen verbrachten, konnte er sich auch nützlich machen. Er hielt Fatma einen uralten Brief hin.

»Ich kann die Schrift kaum lesen. Aber steht da ganz unten nicht der Name, den wir suchen?«

Fatma beugte sich über das Papier. »Maternus von Manfort. Ja, das ist er.«

Fatma zog sich einen Stuhl heran, nahm die Lupe, die griffbereit dalag, und betrachtete den Brief, verfasst am 8. September 1807 zu Frankfurt am Main und adressiert an einen Großinquisitor namens Egbert von Wiesdorf in Köln.

»Können Sie das etwa entziffern?«, fragte Juan zweifelnd.

»Ich bin ein wenig aus der Übung«, sagte Fatma, »aber ich versuche es.«

Was nicht ganz stimmte. Sie war zwar aus der Übung, aber sie merkte, dass sie nichts verlernt hatte. Stumm überflog sie den Brief. Maternus schrieb an seinen Vorgesetzten:

Eurem hochwürdigsten Auftrage gemäß habe ich den Mitbruder Molinari zu Frankfurt aufgesucht und bei ihm jene fragliche Kiste für 200 Gulden erstehen können, um sie itzo ins Heilige Rom zu schaffen.

Ihr wisst, hochwürdigste Eminenz, wie sehr in unseren durch den verfluchten Napolium verkehrten Landen jede sittliche Ordnung zuschanden ist und wie viel zügelloses Volk allerorten sein Unwesen treibt.

Mitten im Spessart, unweit eines Wirtshauses, fiel unsere Kutsche unter die Räuber. In seiner unergründlichen Weisheit fügte der Herr, dass ich nur leicht verwundet wurde. Allein – meine Fracht hatten sie fortgeschleppt.

»Können Sie das wirklich lesen?«, wiederholte Juan.

»Kurrentschrift«, antwortete Fatma. »Acht Jahre Geschichts-AG. Ich war auf einem sehr traditionsbewussten Gymnasium. Und jetzt möchte ich mich bitte konzentrieren.«

Juan hockte sich auf den Stuhl ihr gegenüber und verstummte. Fatma las weiter:

Man brachte mich nach Frankfurt zurück, wo ich nach meiner Genesung sofort begann, Nachforschungen anzustellen. Lange Zeit ohne Erfolg, bis der Herr mir erneut sein Erbarmen erwies und es fügte, dass ich von einer Kampagne der Truppen des erlauchtigsten Fürstprimas Karl Theodor erfuhr, die auf Räuberjagd tief in den Spessart vorgedrungen und ebendort eine gottlose Bande vom Leben zum Tode gebracht haben sollen. Ihr Versteck aber, eine Höhle unterhalb der Mühle Sandlohr, habe man ausgeräuchert und hernach zugemauert.

Mit wenig Hoffnung, dort noch irgendetwas zu finden, machte ich mich dennoch auf den Weg dorthin, und siehe: Der Müllermeister wusste zu berichten, dass die Soldaten des Fürstprimas alles Raubgut aus der Höhle fortgeschafft hätten bis auf eines, eine Kiste nämlich, die sie ihres Inhalts wegen für verflucht hielten. Und manchmal, so der Müllermeister weiter, vermeine man in einsamen Vollmondnächten verschmachtende Rufe von tief unter der Erde zu hören, die von einem in der verfluchten Kiste eingesperrten Unhold zu rühren scheinen.

Darob beschloss ich also, die Dinge ruhen zu lassen, und kehrte nach Frankfurt zurück, um Euch, hochwürdigste Eminenz, diesen Bericht zu erstatten, den Ihr nun in Händen haltet.

*Mit Bitte um Euren bischöflichen Segen verbleibe ich hochachtungsvoll in Christo verbunden
Ihr ergebenster
Msgr. Maternus v. Manfort*

»Leider bringt es uns nicht wirklich voran«, log Fatma und legte die Lupe zur Seite. Ihre Hand zitterte leicht. Selbst wenn diese Mühle schon lange nicht mehr existieren sollte, müsste sich doch diese Höhle finden lassen. Und darin Iskander in seiner Flasche.

Juan musterte sie und sagte nüchtern: »Sie lügen. Aber das macht nichts. Ich beherrsche multiple Techniken, um Sie zum Sprechen zu bringen.«

»Ein anderes Mal vielleicht«, erwiderte Fatma, stand auf und streckte die rechte Hand aus. »Amnésis!«, rief sie. »Adynásia.«

Juan zuckte, als wolle er aufstehen, doch dann sackte er in sich zusammen.

Rasch faltete Fatma das Papier zusammen, steckte den Brief ein und wollte zum Ausgang laufen.

Da ertönte Juans grollendes Lachen hinter ihr. Entgeistert fuhr sie herum.

Juan stand breitbeinig neben dem Tisch und hielt in der rechten Hand eine Pistole, mit der er auf sie zielte. »Die kleine schauspielerische Einlage konnte ich mir nicht verkneifen«, sagte er.

Mit der anderen Hand öffnete er seinen Kragen und zog an einer silbernen Kette ein schweres silbernes Kreuz heraus. »Ein Talisman«, sagte Juan. »Er schützt mich vor jeder Art von Schadzaubern. Es enttäuscht mich ehrlich gesagt, dass Sie dachten, ich würde denselben Fehler machen wie in Kaunas.« Er winkte ihr mit dem Lauf seiner Pistole. »Und jetzt kommen Sie bitte zurück und geben mir diesen Brief. Ganz langsam.«

Fatma ging zögernd auf ihn zu und zog den Brief des Maternus von Manfort wieder hervor. Vorsichtig streckte sie den Arm aus, um ihm das Papier zu überreichen. Juan ließ das Kreuz los und griff mit der linken Hand nach dem zusammengefalteten Dokument. Kurz berührten sich ihre Fingerspitzen. Fatma schloss die Augen und ließ alles beiseite, was Aziza ihr beigebracht hatte, um das Fühlen ihrer ungeschützten Hände zu kontrollieren. Binnen Sekundenbruchteilen flutete Juans Leben über sie hinweg. Sie zuckte unwillkürlich zurück, und als sie die Augen wieder öffnete, spürte sie Tränen darin.

»Es tut mir schrecklich leid«, flüsterte sie.

»Wovon…« Der Priester sah sie irritiert an. »Wovon reden Sie?«

»Davon, was dieser Mann Ihnen angetan hat«, flüsterte Fatma. »Wie alt waren Sie, als es begann? Vielleicht neun oder zehn Jahre?«

Juan starrte sie an.

»Es tut mir so schrecklich leid«, wiederholte sie. »Sie konnten doch nichts dafür. Es ist nicht Ihre Schuld. Er hätte das niemals tun dürfen.«

Die Lippen des Priesters begannen zu beben. Ein Zittern ergriff seinen ganzen Körper, er schien sich wie in einem Krampf zu winden, ließ die Pistole fallen, riss sich das Kreuz vom Hals und schluchzte laut.

Ohne nachzudenken, nahm Fatma den Mann in den Arm.

»Du musst dieses Leben nicht führen«, flüsterte sie. »Du kannst dich jederzeit neu entscheiden.« Ein bisschen war es, als sage sie das auch zu sich selbst. »Amnésis. Und Adynásia.«

Sanft legte sie seinen Kopf auf dem Tisch ab und wartete eine Weile, ob er tatsächlich schlief. Dann nahm sie den Brief und Juans Waffe, steckte beides ein und eilte durch die unterirdischen Gänge zurück zum Ausgang.

Der Abend dämmerte, als Jason und Liz nach einem langen Trainingstag in den Gewölben der Festung auf den Hof hinaustraten. Sie sahen noch den Rand der Sonne blutrot im Ozean versinken. Vor dem violetten Himmel stieg ein Flugzeug auf und entfernte sich.

»Ich hab so Hunger«, stöhnte Jason.

Liz stöhnte auch. »Red bitte nicht vom Essen. Sonst muss ich wieder kotzen.«

Er legte ganz vorsichtig eine Hand auf ihren Bauch, an dem er inzwischen schon eine ganz leichte Wölbung zu erahnen meinte.

Kurz sah er dem Flugzeug hinterher, dann sagte er leise: »Ich wüsste gern – also, sollte ich jemals den Pfad verlassen und doch noch zur Gilde zurückkehren und wir würden uns dann aus irgendeinem Grund später mal gegenüberstehen – ich frage mich, ob du mich im Zweifel töten würdest.«

Sie sah ihn an und brummte: »Ich hoffe, dass ich das nicht muss. Weil du mich vorher tötest.«

»Das würde ich nie«, protestierte er.

»Dann solltest du besser nicht den Pfad verlassen«, sagte sie. »Sonst würdest du außerdem die Geburt unseres Babys verpassen. Alle freuen sich so darauf.«

»Du hast es Tyra gesagt?«

»Ja.« Liz strahlte ihn an. »Sie ist ganz aus dem Häuschen. Sie meint, es wäre vielleicht möglich, ihm eine magische Begabung einzupflanzen. Es wäre eine Revolution!«

Jason spürte die Wärme von Liz' Bauch an seiner Handfläche. Er bezweifelte, dass das Baby irgendwas eingepflanzt kriegen wollte.

»Erinnerst du dich an die Runen?«, fragte Liz. »Die uns sagten, dass wir etwas Neues erschaffen sollen?« Sie legte ihre Hand auf Jasons, die immer noch auf ihrem Bauch ruhte. »Ich glaube, die Runen haben das Baby gemeint.«

»Ich erinnere mich vor allem daran«, erwiderte er, »dass du dir wünschst, unser Kind soll ganz frei aufwachsen. Und nicht, dass es Tyras Versuchskaninchen wird.«

»Das …«, begann sie und brach ab.

Jason nahm sie in die Arme und flüsterte: »Wir können immer noch abhauen.«

»Nein«, antwortete sie bestimmt. »Ich bleibe hier. Ich habe mich entschieden. Und du bleibst auch hier.« Sie küsste ihn. »Weil du mich liebst.« Noch ein Kuss, dann lächelte sie. »Und weil du eh nicht weißt, wie du von hier wegkommen sollst.«

Er lächelte zurück und schaute über ihre Schulter hinweg zu, wie sich der kleine Punkt, der das Flugzeug war, im violetten Himmel verlor.

Seine Maschine ging morgen um 7:33 Uhr.

Atemlos erreichte Fatma das kleine Apartment und begann sofort zu packen. Sie hatte gefunden, wonach sie all die Wochen gesucht hatte, und konnte endlich abhauen. Doch das ersehnte Gefühl der Erleichterung stellte sich nicht ein. Es konnte noch immer jede Menge schiefgehen. Mitten im Packen hielt sie inne und faltete den Brief auseinander. Sie legte die geheime SIM-Karte ins Handy, machte mehrere Fotos von dem Brief und schickte sie an Mo. Mit einer fast schon automatischen Bewegung wollte sie die beiden Karten wieder tauschen – doch die offizielle SIM-Karte war ab jetzt eine Gefahr; sie würde der Inquisition helfen, sie zu orten. Darum warf sie sie in den Müll. Und anschließend, um sicherzugehen, nahm sie die Streichholzpackung, die auf dem Bord über dem Gasherd lag, und zündete den Brief an. Mühle, Sandlohr, Spessart, das behielt sie im Kopf. Sie ließ das brennende Papier in den Spülstein fallen, wo es sich rasch in Asche verwandelte.

Dann stopfte sie die restlichen Sachen in den Rucksack und wollte schon zum Ausgang laufen, als sie erschrocken innehielt. Ein Schlüssel drehte sich von außen im Türschloss. Abbé Philippe war während ihres Aufenthaltes noch nie hierhergekommen und würde das ganz sicher auch nicht ohne Ankündigung tun.

Und er war es auch nicht. Sondern Siham.

Sie trat ein, schloss die Tür hinter sich und verschränkte die Arme. »Du willst verreisen, Schwester?«

»Schon zurück aus Ägypten?«, fragte Fatma. »Warst du erfolgreich?«

»Du offensichtlich auch«, erwiderte Siham. »Oder warum willst du uns verlassen?«

»Ich war im Gegenteil völlig erfolglos«, erwiderte Fatma und versuchte, an vollkommen harmlose Dinge zu denken. »Ich gebe es auf. Wenn jemals ein Hinweis auf den Zauberspiegel existierte, ist er vor langer Zeit verloren gegangen.«

Siham schnupperte in die Luft. »Hast du etwa geraucht?«

Erdbeeren, Luftballons, Teilchenbeschleuniger ... Fatma durfte nicht an den verbrannten Brief denken. Und nicht an Juans Pistole, die sie vorhin einfach zwischen die schmutzigen Unterhosen im Reisegepäck geschoben hatte.

»Also, vielen Dank für eure Gastfreundschaft«, sagte sie. »Und schade, dass wir einander nicht wie erhofft helfen konnten.« Sie schulterte den Rucksack und wollte sich an Siham vorbeischieben. »As-salamu alaikum.«

»Warte.« Siham legte eine Hand an den Türrahmen und versperrte ihr den Weg. »Wo ist eigentlich Juan?«

»Der muss noch was aufräumen. Unten im Archiv.«

Siham öffnete ihren Mantel. Darunter trug sie wie so oft ein schwarzes Kleid und darüber einen breiten Gürtel, in dem drei ihrer Dolche steckten.

Fatma fühlte sich komplett durchschaut. Sie war einfach eine schlechte Lügnerin. Niemand musste Gedanken lesen können, um das zu bemerken.

»Selbst wenn ich dir jedes Wort glauben würde«, zischte Siham, »könnte ich dich trotzdem nicht einfach gehen lassen. Du bist in die Geheimnisse der Inquisition eingeweiht.«

»Willst du mich töten oder was?«, fragte Fatma. Es hatte höhnisch klingen sollen, doch sie merkte, dass ihre Stimme plötzlich zitterte. Zu den Geheimnissen der Inquisition gehörte, wie ihr schmerzlich einfiel, dass die Klingen von Sihams Dolchen mit tödlichem Gift imprägniert waren, das nur magisch bekämpft werden konnte.

In Sihams Blick erkannte Fatma, dass die Frage rein rhetorisch war. Sihams Hand fuhr zum Gürtel. Instinktiv riss Fatma den Rucksack von der Schulter, um ihn schützend vor sich zu halten, da blitzte der blanke Stahl auf und schnappte nach ihr, sie wirbelte den Rucksack herum und traf Sihams Hand samt Waffe, der Dolch fiel zu Boden. Und erst, als Fatma ihr eigenes Blut an der Klinge sah, spürte sie auch die Wunde unterhalb des Schlüsselbeins und das Blut, das jetzt warm in ihren BH rann. In Panik presste sie den Rucksack wie einen Schutzschild vor sich, während ihr Blick auf den kleinen Küchentisch fiel. Blitzschnell machte sie einen Satz dorthin, kippte den Tisch nach vorne um und ging dahinter in Deckung, als Sihams zweiter Dolch mit lautem Knall in die Resopalplatte einschlug, die Spitze schaute auf Fatmas Seite heraus. Fatma hob kurz den Kopf und die rechte Hand. »Adyná…«

»Mataois Adynásia!«, konterte Siham und wehrte den Ohnmachtszauber mühelos ab.

Fatma ging wieder in Deckung, während Siham, den dritten Dolch wurfbereit erhoben, langsam um den Tisch herumkam. Es gab einen Zauber zum Entwaffnen. Apeiru… oder so, er fiel Fatma nicht ein. Die Schnittwunde oberhalb ihrer Brust begann höllisch zu pochen. Sie drehte sich mit dem hochkant stehenden Tisch, die

Tischplatte quietschte auf den Bodenfliesen. Mit der anderen Hand öffnete sie den Rucksack, fuhr hinein und zog Juans Pistole heraus. Noch bevor sie damit anlegen konnte, rief Siham: »Apheíresis!«

Klar, das war das Zauberwort. Die Waffe wurde von unsichtbaren Kräften aus Fatmas Hand gerissen und flog quer durch die kleine Wohnküche. Schon wieder hatte Siham vorausgesehen, was Fatma vorgehabt hatte. Egal was sie tat – die Assassinin war ihr immer eine halbe Sekunde voraus.

»Du bist so dumm, mein Angebot fortzuwerfen!«, zischte Siham. »Mit der Inquisition habe ich dir eine ganze Welt eröffnet, in der du so hättest sein können, wie du wirklich bist. In deiner alten Welt wärst du niemals glücklich geworden.« Sie bewegte sich jetzt wieder in die andere Richtung und Fatma spiegelte die Bewegung, indem sie sich und den schützenden Tisch mit ihr drehte.

»In deiner alten Welt wärst du immer nur die Frau mit dem Kopftuch gewesen. Du wärst immer die gewesen, die anders ist. Aber das erspare ich dir jetzt.«

Siham stand nun wieder zwischen Fatma und der Wohnungstür. Aber der Weg zum Fenster war frei. Das Apartment lag im ersten Stock, man konnte den Sprung wagen. Oder doch lieber kämpfen. Sie ballte die Hand zur Faust. »Pyrros pyr…«

»Katáphraktos!«, rief Siham – sie hatte es schon wieder vorausgesehen.

Fatma starrte zum Fenster, blendete den Schmerz ihrer Verwundung aus und versuchte sich in aller Deutlichkeit vorzustellen, wie sie hinüberhechten, das Fenster aufreißen und hinausspringen würde. Siham folgte ihrem Blick.

»Ich lasse mich nicht als *anders* definieren!«, rief Fatma. »Ich bin ein Teil von meiner Stadt, von meinem Land, ganz egal zu wem ich bete und ob überhaupt, oder was ich mit meinen Haaren mache und wie ich zur Magie stehe!« Wieder dachte sie so fest wie möglich an das Fenster, dann setzte sie hinzu: »Als *anders* definieren mich nur Rassisten. Und du.« Dann sprang sie auf. Und während Sihams Dolch mit lautem Klirren die Fensterschreibe durchschlug, hatte Fatma sich zur anderen Seite geworfen, rollte sich über die Schulter ab, kam auf die Füße und griff die Assassinin von der Seite an – umfasste mit dem einen Arm Sihams Nacken und griff mit der anderen Hand in ihre Kniekehle, brachte sie zu Fall und klemmte sie unter sich ein.

Sihams Blick war pures Erstaunen. »Woher …«

»Acht Jahre … Ringen-AG«, keuchte Fatma und drückte Siham auf den Boden. »Ich war … auf einem sehr traditionsbewussten … Gymnasium … Adynásia!«

»Adynásia«, flüsterte Jason und verharrte noch einige Atemzüge lang, bevor er seinen Arm sanft unter Liz' Kopf hervorzog und lautlos aufstand. Sie lag da, wie sie eingeschlafen war, Jason erkannte keinen Unterschied. Er hoffte einfach, dass der Zauber wirkte.

Er zog sich an, öffnete den Schrank und nahm Liz' Portemonnaie. Darin fand er hundert Pfund und achtzig Euro, besser als nichts. Er steckte das Geld ein und seine Zigaretten und seinen magisch hergestellten Reisepass, zögerte und beäugte seinen Rucksack. Nichts war wichtig, alles konnte hinderlich sein. Kurz umfasste er die kleine silberne Engelfigur unter seinem T-Shirt. Dann beugte er sich zu Liz vor und küsste sie auf die Stirn.

Als er aus dem Haus auf den Hof hinaustrat, war am Horizont das schwache Rosa eines neuen Tages zu sehen. Björn, einer der Krieger, der im Hof Wache hielt, nickte ihm zu und gähnte. Jason nickte zurück, überquerte gemächlich den Hof und betrat das Laborgebäude. Er huschte die Stufen hinab und durch den langen

Gang, vorbei an Gorm und an seiner Mutter, bis zur Tür am Ende, hinter der das große Gewölbe mit den Bücherregalen und Studiertischen lag. Die Tür war offen und er schlich hinein, suchte das Regal nach dem Eisenhelm ab, der angeblich als Tarnkappe fungierte, fand ihn und zog ihn heraus. Das Teil war unscheinbar, doch als Jason es in Händen hielt, spürte er die hohe Dichte der Essenz, die darin gespeichert sein musste. Der Helm war sein Ticket nach draußen. Den Unsichtbarkeitszauber beherrschte er nicht, schon gar nicht, um ihn lang genug aufrechtzuerhalten. Doch die Tarnkappe würde ihn vor allen Augen verbergen.

Er verließ das Gewölbe, schlich den Gang entlang und wartete, lauschte in die Stille, schluckte. Schluckte noch einmal und öffnete dann endlich die Tür, vor der er so viele Male mit klopfendem Herzen gestanden hatte. Automatisch sprang das Licht an.

Der Raum sah genauso aus wie Gorms Zelle nebenan, auch hier Geräte, ein Metalltisch, ein Körper – erst im zweiten Moment erkannte Jason seine Mutter.

Sie war es eindeutig.

Und zugleich auch nicht.

Die Haut, die Haare, die Gesichtszüge kamen ihm künstlich vor.

Sie war es nicht. Weil: Sie sah genauso aus wie an dem Nachmittag, an dem er sie leblos auf dem Sofa gefunden hatte. All die Jahre, die seither vergangen waren, existierten für sie nicht.

Er existierte für sie nicht. Nicht als der, der er inzwischen war.

Und *sie* existierte auch nicht.

Sie war tot und sollte es bleiben.

Jason ging rückwärts aus dem Raum hinaus. Stand jetzt genau an der Stelle, wo Liz und er es zum ersten Mal getan hatten, in der Julnacht, fast drei Monate zuvor.

Wenn es in allen Himmeln keine Götter mehr gibt, hatte Liz damals gesagt, dann müssen wir die Götter füreinander sein.

Er ballte die rechte Hand zur Faust und schloss die Augen. »Pyrros pyrobol!« Er spürte die Kraft durch den Arm strömen und die Flammen aus den Handknöcheln schießen. »Pyrros pyrobol!« Irgendwo schrillte ein Alarm los. »Pyrros pyrobol! Pyrros pyrobol!«

Er spürte die gewaltige Hitze und öffnete die Augen. Der Raum war ein einziger Feuerofen. Ein Krematorium für seine Mutter. Endgültig letzte Ruhe ohne Wiederkehr. Er warf die Tür zu und hörte durch den Stahl hindurch das Fauchen der Flammen. Von oben näherten sich Stimmen und Schritte.

Er setzte den zerbeulten Helm auf und murmelte: »Kryptomoi.«

Dann ging er Richtung Treppe. Björn stürmte an ihm vorbei und Snorre und eine junge Biologin, deren Namen er immer vergaß, niemand bemerkte ihn. Die Tarnkappe funktionierte. Auf der Treppe kam ihm Yuki entgegen. Sie verharrte einen Augenblick, als spüre sie seine Gegenwart. Ihr Gesicht war keine halbe Armeslänge von seinem entfernt. Dann schüttelte sie den Kopf und lief weiter die Stufen hinab.

Kryptomoi. Jason war innerlich absolut leer. Niemand würde seine magische Aura spüren. Vielleicht nie wieder, dachte er, und das wär dann halt auch egal.

Er trat ins Freie. In der Morgendämmerung liefen die Bewohner von Helheim Genetics aufgeregt durcheinander.

»Sichert das Tor!«, brüllte jemand.

»Findet Jason!« Tyra kreischte fast. »Spürt ihn auf und bringt ihn mir!«

Jason ging unsichtbar zu dem alten Bentley hinüber, zwischendurch immer wieder irgendjemandem ausweichend. In dem Durcheinander auf dem Hof bemerkte niemand, wie sich die Fahrertür öffnete. Jason legte zwei Finger auf das Zündschloss und flüsterte: »Anóixis.« Dann zeigte er auf das Gaspedal. »Kínesis.«

Der Wagen heulte auf und Jason trat zwei Schritte zurück.

Alle auf dem Hof fuhren herum und starrten den Wagen an, der jetzt ganz von selbst mit quietschenden Reifen auf das Tor zuschoss, das eigentlich eher ein Gatter war.

»Kínesis«, sagte Jason und vollführte eine weite Bewegung mit der Hand.

Da tauchte Hassan auf. »Pyrros py...«, brüllte er, als Tyra seinen Arm zur Seite schlug.

»Ich will ihn lebend!«, schrie sie. »Holt ihn.«

Der Bentley durchbrach das Gatter und brauste den Hügel hinauf. Ein paar von den Kriegern liefen zur Koppel, zu den Pferden. Jason schlenderte in die entgegengesetzte Richtung, schwang sich über ein niedriges Mauerstück und lief dann an der Klippe entlang Richtung Sonnenaufgang.

Liz hatte er auf dem Hof nicht gesehen. Das machte es einfacher.

Er hoffte darauf, dass sie ihn am Hafen suchen würden. Zumindest hatte er den Bentley in Richtung Lerwick geschickt, auch wenn Jason keine Ahnung hatte, wie lange der Zauber anhielt, der das Auto antrieb. Sumburgh Airport hingegen war nur rund drei Meilen entfernt. Er lief ein Stück nach Süden, bis er die kleine Bucht sah, die er sich als Wegmarke ausgesucht hatte, dann wandte er sich wieder nach Osten, weg vom Meer.

Plötzlich schien die Luft eine Delle zu bekommen, als würde sich eine große Linse vor ihm öffnen, die den weiten Raum verzerrte, und im nächsten Moment materialisierten sich Meister Mapunda und Thore genau in seinem Weg.

Ohne stehen zu bleiben, ballte Jason die Hand zur Faust. »Pyrros pyrobol!«

»Katáphraktos!«, rief Mapunda und Jasons Feuerball zerplatzte an der Schutzblase, die den Meister und den Krieger einhüllte.

Mapundas Arm schnellte vor: »Mataios aóratos!«

Jason spürte, wie er sichtbar wurde.

»Keraunós!«, rief Mapunda.

»Anástrephai!« Damit wollte Jason den Blitz aus Mapundas Hand zurückschleudern, aber die Magie des Meisters war zu stark, es gelang Jason nur mit Mühe, den Blitz zur Seite zu lenken, und ein fieser Stromschlag durchzuckte ihn. Für einen Moment war er gelähmt, seine Beine knickten weg.

Die beiden kamen langsam auf ihn zu. Er versuchte, erneut die Faust zu ballen, doch seine Gliedmaßen gehorchten nicht.

»Dein kleiner Ausflug endet hier«, zischte Thore und zog sein Schwert.

Da heulte in der Nähe ein Motor auf. Über eine kleine Hügelkuppe kam der Bentley angeschossen. Mapunda wirbelte herum, doch bevor er ausweichen konnte, erfasste ihn der Wagen und schleuderte ihn durch die Luft. Im selben Augenblick war Thore über Jason und holte mit dem Schwert aus. Doch da kehrte das Leben in Jasons Glieder zurück. Neben ihm lag die eiserne Tarnkappe im Gras, er riss sie hoch und parierte Thores Schlag in letzter Not. Dann kam er wieder auf die Beine.

»Apheíresis!«, schrie er dem Krieger entgegen, dessen Schwert daraufhin ein paar Schritte weit fortgeschleudert wurde. Beide jagten hinterher. Jason erreichte es mit einem Hechtsprung als Erster und packte im Fallen den Griff, rollte sich herum und starrte in die weit aufgerissenen Augen von Thore, der in sein eigenes Schwert gerannt war. Der Krieger blickte fassungslos auf den Stahl, der ihn durchbohrt hatte, dann kippte er zur Seite um.

»Grüß Gorm von mir«, knurrte Jason. Er sprang auf die Füße und wandte sich um.

Meister Mapunda lag nicht weit von ihm entfernt auf dem Rücken. Sein Blick verlor sich glasig im Morgenhimmel, der dieselbe Farbe hatte wie das Blut, das aus Mapundas Mund quoll. Der Bentley war stehen geblieben und hatte von selbst die Fahrertür geöffnet, als wolle er Jason zu einer kleinen Spritztour einladen.

Das nahm Jason dankend an. Er stieg ein, startete den Wagen und steuerte ihn über die sanften Hügel, bis der kleine Flughafen in Sichtweite kam. Vor dem Gitterzaun hielt er an und stieg aus, tätschelte dem Wagen zum Dank den Kotflügel und setzte die Tarnkappe wieder auf. Dann kletterte er über den Zaun und lief zum Rollfeld, wo gerade eine Handvoll Reisender über eine offene Gangway die wartende Turboprop-Maschine bestieg. Er passte den richtigen Augenblick ab und huschte unsichtbar hinein, bevor der Flugbegleiter die Tür schloss. Dann verkroch er sich unsichtbar auf einem freien Platz und konzentrierte sich auf seinen Atem. Nach dem Sprint über das Rollfeld war er etwas außer Puste, aber das durfte natürlich keiner hören.

Erst als die Motoren starteten und alles übertönten, konnte er sich entspannen.

Doch als er sich zurücklehnte und sich einfach nur den Kräften des startenden Flugzeugs hingeben wollte, fiel ihm etwas Beunruhigendes auf: Er war sich absolut sicher gewesen, dass der Kryptomoi-Zauber noch angehalten hatte, als Mapunda und Thore aufgetaucht waren. Trotzdem hatten sie ihn gefunden.

Mo studierte zum x-ten Mal die ziemlich amateurhaft designte Website.

Historische Mühle Sandlohr.

Besichtigung täglich 10–18 Uhr, montags geschlossen.

Es war Mittwoch, kurz nach neun. Und noch immer keine neue Nachricht von Fatma. Gestern Nachmittag hatte sie Fotos von einem Brief dieses Maternus von Manfort geschickt und eine Stunde später die Nachricht hinterhergesandt, sie sei auf der

Flucht und wolle sich bald wieder melden. Mo hatte sich die Zeit des ungewissen Wartens damit vertrieben, mithilfe von Tabellen aus dem Internet den in altertümlicher Schrift verfassten Brief Buchstabe für Buchstabe und Wort für Wort zu entziffern. Dann hatte Mo es nicht mehr ausgehalten und entgegen ihrer Vereinbarung, sie niemals anzurufen, trotzdem Fatmas Nummer gewählt. Doch ohne Erfolg, Fatma hatte anscheinend die SIM-Karte wieder herausgenommen.

Anschließend hatte Mo nach der im Brief erwähnten Mühle gegoogelt, die besagte Website gefunden und wäre am liebsten sofort dorthin aufgebrochen, ins hessisch-bayerische Niemandsland, wo die alte Mühle mitten im Spessart lag, jener verwunschenen Gegend, die Mo eigentlich nur aus zwei uralten Filmen mit Liselotte Pulver kannte. Mos Oma war ein großer Fan, Mo verband damit verregnete Herbstnachmittage mit Keksen und Kakao auf dem Sofa vor Omas DVD-Player.

Dass der Spessart tatsächlich zur Napoleonischen Zeit für seine Räuberbanden gefürchtet gewesen war, hatte Mo nicht gewusst, es aber auf der Website der alten Mühle gelesen. An Schlaf war in dieser Nacht jedenfalls nicht zu denken gewesen – an irgendwas anderes auch nicht, und als es hell wurde, kannte Mo die ganze Website auswendig, einschließlich der Datenschutzerklärung.

Einen Versuch war es wert. Also tippte Mo die Nummer aus dem Impressum ins Handy und lauschte gespannt dem Tuten in der Leitung.

Tatsächlich meldete sich eine raue Männerstimme: »Kelber!«

»Guten Morgen, mein Name ist Mo, ich bin für ein Projekt im Rahmen meines Studiums auf der Suche nach einer kleinen grünen Phiole. Wir haben einen über zweihundert Jahre alten Brief gefunden, demzufolge sich diese Phiole in einer Kiste befand, die um das Jahr 1807 herum geraubt und in einer Höhle unterhalb der Mühle versteckt worden ist.«

Am anderen Ende herrschte Stille.

Mo fürchtete schon, Kelber hätte einfach das Telefon weggelegt, weil er sich über den vermeintlichen Scherzanruf ärgerte.

Doch schließlich fragte der Alte: »Ruft ihr jetzt für jedes Stück einzeln an?«

»Bitte?«

»Ja, weil sich doch vorhin Ihre Freundin gemeldet und nach dem Spiegel gefragt hat.«

»Meine – wer?«

»Na, Ihre Freundin. Oder gehört sie etwa nicht zu Ihrer Gruppe? Eine Frau ... jetzt hab ich den Namen vergessen. Klang türkisch. Oder arabisch. Also, wenn jetzt alle halbe Stunde jemand bei mir anruft und nach einem Gegenstand aus dieser Kiste fragt, dann ...«

»Sie wissen also von der Kiste?«, fragte Mo aufgeregt.

»Hab ich doch der Dame vorhin alles schon erzählt.« Der Mann wurde ungeduldig. »Sprecht euch demnächst besser ab.«

»Machen wir«, sagte Mo. »Aber bitte, Sie würden mir sehr helfen, wenn Sie es noch mal kurz wiederholen.«

»Junge, diese Kiste, das ist nur Krempel, verstehen Sie? Wie ich Ihrer Kollegin oder Freundin auch schon gesagt habe. Diese Kiste ist bei Kanalarbeiten aufgetaucht, damals in den Siebzigern. Meine Mutter hat versucht, den ganzen Trödel zu verkaufen, interessierte aber niemanden. Und dann hat die fast vierzig Jahre auf dem Speicher gestanden, also die Kiste, meine ich, nicht meine Mutter, haha, also, die stand da die ganze Zeit, bis wir angefangen haben, die Mühle zu einem kleinen Museum umzubauen. Ehrenamtlich, privat, alles in Eigenarbeit, keinen Pfennig Zuschuss vom Staat gekriegt.«

Mo hibbelte auf dem Stuhl herum und musste sich mächtig zusammenreißen, dem Mann nicht dazwischenzufahren. Was war mit der Phiole?

»Und die Vitrine hat der Freund vom Cousin meiner Frau, der ist nämlich Glaser, die hat er extra für uns gemacht.«

»Welche Vitrine?« Mo pegelte mühsam die Stimme runter.

»Na, die mit dem Schild: *Räuberschatz aus der Sandlohr-Höhle*. Da steht das doch alles drin, der Trödel, in der Vitrine: der Spiegel, nach dem Ihre Freundin gefragt hat. Und dieses Fläschchen, von dem Sie sprechen. Und der Kupferkessel und das Tintenfass und der Zirkel und die Öllampe ... also, ich hoffe doch, dass jetzt nicht wegen jedem einzelnen Stück einer von Ihnen hier anruft.«

»Ähm – das hoffe ich allerdings auch«, sagte Mo aufrichtig.

In der Leitung tutete es. Ein zweiter Anruf kam rein.

Fatma!

»Und wie ich Ihrer Freundin sagte«, fuhr der Mann fort, »können Sie jederzeit vorbeikommen und alles besichtigen, wir freuen uns über Spenden.«

»Machen wir«, sagte Mo hastig. »Tausend Dank und bis bald!« Mo drückte den Anruf weg und nahm den anderen an.

»Hey«, sagte Fatma. Ihre Stimme klang dünn.

»Mensch, Fatma«, rief Mo, »ich hab mir solche Sorgen gemacht! Wieso sagst du nicht Bescheid, dass du längst mit Herrn Kelber gesprochen hast? Ich hab die ganze Zeit gedacht ...«

»Warte, Mo. Ich hab mit niemandem gesprochen. Wirklich mit niemandem.« Sie klang unsagbar kläglich, aber darauf konnte Mo gerade irgendwie nicht eingehen.

»Der Mann von dieser Mühle sagte, dass vorhin eine Frau mit arabischem Namen angerufen hat, ich dachte natürlich, dass du das gewesen ... Mist!«

»Siham!«, riefen sie beide gleichzeitig.

»Aber sie kann gar nichts von der Mühle wissen«, sagte Fatma nach einer kurzen Pause, »ich habe den Brief vernichtet, bevor ich abgehauen bin.« Sie stöhnte.

»Was ist denn los mit dir?«, fragte Mo. »Du klingst, als hättest du die ganze Nacht Party gemacht. Wo bist du eigentlich?«

»Marseille. Ich weiß selber nicht, wieso gerade hier. Ich habe mit Siham gekämpft. Gestern Nachmittag. Dann bin ich weg, zum Bahnhof und in den erstbesten Zug, nur raus aus der Stadt. Aber ich konnte nicht weiter, ich musste mich irgendwie verarzten, ich …«

»Bist du verletzt oder was?«

»Siham hat mich mit einem Dolch erwischt. Ich hab versucht, es magisch zu heilen, aber das ging nicht.« Mo konnte hören, wie sie sich zu einem kurzen Lachen zwang. »Verrückt, oder? Ich kann mich nicht selber heilen, das wusste ich gar nicht.«

»Mensch, Fatma, geh zum Arzt! Worauf wartest du? Lass die Wunde versorgen.« Mo war aufgesprungen und lief im Zimmer hin und her.

»Das geht nicht, Mo.« In stockenden Sätzen schilderte sie die tödliche Wirkung von Sihams Waffengift. »Ich hab mich notdürftig versorgt, hab mir Verbandszeug besorgt, es geht fürs Erste. Aber binnen zwölf Stunden musst du mich heilen, sonst ist es zu spät. Ich komme jetzt zu dir nach Köln. Hörst du? Du musst mich heilen!«

»Das kann ich gar …«, setzte Mo an. »Ich hab das eigentlich nie … Aber klar, ich schaff das.«

»Genau«, sagte sie. Jetzt konnte Mo ihr schwaches Lächeln förmlich hören. »Ich nehme nachher einen Zug nach Straßburg, von dort komme ich weiter nach Mannheim und dann über Frankfurt nach Köln.«

»Nein, ich komme dir entgegen«, widersprach Mo. »Lass uns in Frankfurt treffen. Dann sind wir schon ziemlich nah an dieser Mühle, wo die Phiole ist. Unser Conjugum.« Mo blieb mitten im Hin-und-her-Laufen stehen. »Meinst du, Siham und ihre Leute sind auch schon auf dem Weg? Wie hat sie bloß davon erfahren?«

»Verstehe ich auch nicht. Ich habe den Brief verbrannt. Vielleicht hat Juan im Archiv eine Kopie gefunden, oder ...«

»Was hat du mit der Asche gemacht?«

»Mit der Asche? Nichts.«

Mo dachte an den Augenblick mit Fernando in Meister Fongs Hotelzimmer in Toronto. »Kennst du den Anastrokaúsimos-Zauber?«

»Ja«, sagte Fatma, »aber nur aus der Theorie. Der Zauber, mit dem man Asche zurückverwandelt. Denkst du, dass Siham ihn beherrscht? Sie kann nicht mehr allzu viele Zauber, glaube ich.«

»Na, wenn ich bei der Inquisition wäre, würde ich den ganz sicher pflegen«, meinte Mo.

»Dann müssen wir uns echt beeilen«, sagte Fatma. »Ich wünschte, Jason wäre bei uns. Und Liz und die anderen. Das Gute ist, dass Siham offenbar immer noch denkt, es ginge hier um einen Spiegel. Von der Phiole ahnt sie nichts.«

»Das verschafft uns erst mal Luft«, meinte Mo. »Ich fahre sofort zum Bahnhof und informiere von unterwegs Aziza.«

»Okay, gut. Inschallah sehen wir uns heute Abend in Frankfurt. Und – Mo?«

»Ja?«

»Ich freu mich wahnsinnig darauf, dich zu sehen.«

»Ich mich auch auf dich.«

Jason rückte seinen Tarnkappenhelm zurecht, schob sich unsichtbar durch die Passkontrolle und versuchte sich im Gewirr der Rolltreppen zu orientieren. Wieder in Paris.

Zu den vielen Fähigkeiten aus seinem früheren Job gehörte die Kunst, einmal besuchte Straßen und Hausnummern nie wieder zu vergessen. Da er bis jetzt erfolgreich als blinder Passagier gereist war, besaß er immer noch das ganze Geld, das er im Morgengrauen aus Liz' Portemonnaie genommen hatte. In einer unbeobachteten Ecke setzte er die Tarnkappe ab und schlenderte dann in Richtung Ausgang. Für den Moment irritierte es ihn, dass er nicht mehr um die Leute herumtänzeln musste, damit sie nicht mit ihm, dem Unsichtbaren, zusammenstießen. Sie sahen ihn und wichen ihm aus. Etwas weiter als nötig vielleicht, aber okay, er war ungewaschen, hatte eingetrocknete Spritzer vom Blut Thore Ragnarsons am Pulli und hielt einen zerbeulten Eisenhelm unter den Arm geklemmt. Der vorderste Taxifahrer, den er ansprach, reagierte entsprechend skeptisch, aber als Jason mit den achtzig Euro wedelte, änderte der Typ seine Meinung. Jason stieg ein und nannte Azizas Adresse.

Klar ging er davon aus, dass sie auf Branzé war und nicht hier in der Stadt, aber egal, er würde in die Wohnung reinkommen und von dort irgendeine Möglichkeit finden, sie zu kontaktieren.

Doch je näher er dem anonymen Hochhausblock kam, desto stärker wurde das Gefühl: Aziza war hier, sie war in der Stadt, sie erwartete ihn.

Sie öffnete die Tür, als er aus dem Aufzug kam, und er erinnerte sich ganz deutlich an den Augenblick ihrer ersten Begegnung, die jetzt neun Monate zurücklag.

»Mann, bin ich froh, dich zu sehen«, entfuhr es ihm. »Dass du hier bist und nicht auf der Burg.«

»Na ja, ich hatte so eine Ahnung«, sagte sie und streckte die Arme nach ihm aus. »Komm her, Großer.«

Er umarmte sie vorsichtig, dann folgte er ihr in die Wohnung und legte den Helm am Rand des Wohnzimmertisches ab. Der Tisch war fast vollständig von aufgeschlagenen Büchern bedeckt, dazwischen jede Menge Notizzettel.

»Ein Mitbringsel vom Pfad der Neun?«, fragte Aziza mit Blick auf den Helm. »Und wo ist Liz?«

Jason ließ sich auf das Sofa plumpsen. Und dann berichtete er bei Kaffee und vielen Zigaretten, was er erlebt hatte, seit sie Ende November Branzé verlassen hatten. Nur eine einzige Sache ließ er aus – Liz' Schwangerschaft.

Aziza hatte geduldig zugehört, ohne ihn zu unterbrechen, und ihn mitfühlend angesehen.

Schließlich sagte sie: »Du hast wahrlich einen weiten Weg hinter dir. Vor allem innerlich. Ich kann deinen Konflikt nachfühlen und deinen Schmerz.« Sie schaute kurz an die Decke und murmelte: »Was für eine Ironie. Erst verlieren wir Siham an die Inquisition, weil ihr die Magie viel zu frei und uneindeutig ist. Und dann verlieren wir Liz an den Pfad, weil ihr unser Verständnis der Magie zu unfrei und eindeutig war.«

Jason wusste nicht, ob er verstand, was sie meinte. Er sagte: »Vielleicht ist sie noch nicht ganz verloren. Also Liz.«

»Nein, vielleicht noch nicht.« Aziza blickte ihn wieder an. »Ein Teil von uns ist sicher noch in ihr. Vor allem ein Teil von dir.«

Jason stutzte. »Hast du in meinen Gedanken gelesen? Oder woher weißt du, dass sie ein Baby bekommt?«

»Oh«, machte Aziza. »Nein, wusste ich nicht.« Sie schaute ihn fragend an. »Und du bist …?«

»Ja. Ich bin der Vater.«

»Puh, das ist eine … nun ja, eine schöne Nachricht.« Sie lächelte Jason an. »Ein Baby ist immer eine schöne Nachricht. Jeder neue Mensch hat das Potenzial, die Welt zu einem besseren Ort zu machen. Also, ich gratuliere dir, Großer.«

Jason versuchte, ihr Lächeln zu erwidern. »Danke.«

»Vielleicht werden sich deine und Liz' Wege wieder kreuzen.« Aziza seufzte tief. Aber dann, völlig unvermittelt, lachte sie auf und rief: »Ich sollte wirklich aufhören, so salbungsvoll daherzureden, wie man es von einer weisen alten Magierin vielleicht erwartet. Und vielleicht sollte ich überhaupt damit aufhören, so passiv zu sein. Vielleicht hat die Gilde viel zu lange darauf gesetzt, die Dinge einfach nur im Gleichgewicht zu halten, anstatt sich weiterzuentwickeln und Neues zu schaffen. Hör zu.« Sie beugte sich vor. »Mo und Fatma haben das Rätsel des Conjugums fast vollständig gelöst. Sie treffen sich heute Abend in Frankfurt und begeben sich dann zu einer alten Mühle im Spessart, wo sie die Phiole des Iskander von Constantinopel sicherstellen werden. Ich weiß, du hast viel durchgemacht und brauchst eigentlich Erholung. Aber falls du ihnen helfen willst ...«

»Fatma?«, fragte Jason. »Die war doch komplett ausgestiegen.«

»Manche kommen eben wieder zurück. So wie du.« Sie lächelte, dann erzählte sie in Kürze von Mos Abenteuern in Kanada und Litauen und was Mo ihr über Fatmas Erlebnisse berichtet hatte. »Wenn du dich beeilst, kannst du heute Abend zu ihnen stoßen. Willst du?«

»Aber so was von!«, rief Jason.

»Gut.« Sie nickte, als hätte sie nichts anderes erwartet. Im nächsten Moment hielt sie ein Portemonnaie in der Hand, öffnete es und nahm ein paar Geldscheine heraus, die sie ihm hinüberschob. »Falls die Zeit reicht, kauf dir am Bahnhof ein paar frische Klamotten. Und nimm den hier mit, den kannst du sicher gebrauchen.« Sie nickte zu dem zerbeulten Eisenhelm. »Ich habe noch einen Rucksack hier, den gebe ich dir mit, das ist ein wenig unauffälliger. Und ich informiere Mo, dass du kommst.«

»Danke«, sagte Jason und steckte das Geld ein. Dann stand er auf und wollte sich verabschieden, als ihm die allernächstliegende Frage einfiel: »Warum kommst du eigentlich nicht mit? Wenn Fernando Branzé bewacht, bist du doch frei, uns zu begleiten. Wer weiß, wie gefährlich dieser Iskander in Wirklichkeit ist?«

»Ich komme nach«, sagte sie. »Ich muss noch ein paar Dinge nachlesen.« Sie deutete auf das Bücherwirrwarr auf ihrem Tisch.

Jason sah etwas genauer hin, dann stutzte er.

»Das ist … ein Ennealogon, oder?« Er zeigte auf einen dicken Wälzer. »Ein Zauberbuch mit allen neun Künsten! So eines habe ich bei Helheim Genetics benutzt. Tyra sagte, die Gilde hätte alle zerstört, die sie in die Finger kriegen konnte …«

»Nicht alle, wie du siehst. Man muss ja wissen, womit sich der Feind beschäftigt. Und ich will mich für den Augenblick wappnen, in dem wir Iskander gegenüberstehen.«

»Okay. Das heißt, du wirst zu uns stoßen? Wann?«

»Erwartet mein Kommen bei …«, begann sie salbungsvoll, dann lachte sie über sich selbst und meinte: »Ich komm rechtzeitig. Und jetzt zisch ab, Großer.«

Das tat er. Nahm ein Taxi zum Bahnhof, kaufte sich neue Klamotten und saß wenig später in einem Zug, der, wenn er es richtig geschnallt hatte, in weniger als zwei Stunden Straßburg erreichen würde. Von dort bräuchte er weitere zwei Stunden bis Frankfurt und wäre noch vor acht Uhr dort.

Zum ersten Mal seit er am Tag zuvor auf Hjaltland seinen Entschluss zur Flucht gefasst hatte, konnte er sich entspannen. Er lehnte sich gegen den Rucksack und versuchte ein wenig zu dösen. Doch mit der Entspannung kamen leider auch die Gefühle, für die er bisher gar keine Aufmerksamkeit gehabt hatte. Gesichter tauchten auf. Thore. Mapunda. Seine Mutter. Er hatte an diesem Morgen drei Menschen getötet. Na, okay. Thore war in sein eigenes Schwert gestürzt. Und den Meister hatte nicht Jason umgelegt, sondern der Bentley. Und seine Mutter war natürlich schon lange tot gewesen. Er hatte bloß dafür gesorgt, dass sie ihren Frieden behielt, bevor Tyra den natürlichen Lauf der Welt manipulieren und umdrehen konnte.

Gegen seinen Willen versuchte er sich auszumalen, was Liz gerade tat. Und ob sie ihn hasste. Oder noch liebte, trotz seines Verrats an ihrem Verrat. Für Tyra war das alles dasselbe, Liebe und Hass, Tod und Leben. Er glaubte nicht, dass Liz das wirklich auch so sah.

Als er in Straßburg den Zug verließ und nach dem richtigen Bahnsteig für die Weiterreise suchte, dachte er kurz, er würde ihre Gegenwart spüren.

Nee, Bullshit.

Er sah sich im Gewimmel des Bahnhofs um. Feierabendverkehr, überall Menschen mit umgehängten Laptoptaschen, die irgendwo herkamen und irgendwo hineilten. Liz war nicht hier.

Trotzdem spürte er eine Gegenwart.

Das Gefühl wurde stärker, es wurde dringlich, er folgte ihm, ließ seinem Instinkt freien Lauf, bahnte sich einen Weg durch das Gewimmel der hohen, hellen Eingangshalle bis zu einer breiten Infotafel, die er umrundete. Auf der Rückseite sah er sie zusammengekauert sitzen, die linke Hand auf die rechte Brust gepresst.

Fatma war leichenblass und zitterte, Schweiß stand auf ihrer käseweißen Stirn. Als sie ihn sah, schüttelte sie ungläubig den Kopf.

»Bist du es wirklich? Ich hab dich gefühlt, aber ich dachte, das muss Einbildung sein.«

»Dachte ich auch kurz.« Er hockte sich neben sie. »Was tust du hier? Wie siehst du überhaupt aus?«

Sie ergriff seine Hand. »Du musst mich heilen! Schnell!«

Jetzt sah er, dass ihr Kleid blutdurchtränkt war.

»Ich weiß nicht ... Liz hat das mal mit mir geübt, aber nur einmal.«

»Egal«, sagte sie. »Bring mich irgendwohin, wo wir für uns sind. Meinetwegen aufs Klo.«

Er stand auf und zog sie hoch, nahm ihren Rucksack, hakte sie unter und bugsierte sie zur nächsten Toilette. Sie schlossen sich in einer Kabine ein.

Fatma knöpfte das Kleid auf und hob den rechten Arm. »Hilf mir«, sagte sie.

Jason zögerte, doch dann zupfte er am Bund des Ärmels, sodass sie den Arm herausziehen konnte. Jetzt sah er den klaffenden Schnitt über ihrer Brust, die Ränder waren feuerrot und geschwollen, es sah nach einer Entzündung aus.

»Scheiße«, murmelte er, »ich hab noch nie ernsthaft etwas geheilt. Oder jemanden. Ich …« Er schluckte. »Ich kann eigentlich nur zerstören und … töten.«

»Nein, Jason, das stimmt nicht.« Sie nahm seine Hand, legte sie auf die Wunde und drückte ihre eigene Handfläche auf seinen Handrücken.

Er schloss die Augen und konzentrierte sich auf das, was er vor einem halben Jahr gelernt hatte.

»Atraumatós«, flüsterte er. »Atraumatós.«

Unter seinen Fingern sammelten sich die weißen Blutkörperchen wie eine kleine Armee, es prickelte richtig und ein Teil seiner Kraft ging aus seinem Körper in Fatmas über. Ihr Gesicht entspannte sich. Sie seufzte tief, ließ seine Hand los und riss ein Stück Klopapier ab, mit dem sie sich den Schweiß von der Stirn wischte.

»Maschallah, das fühlt sich unglaublich an«, sagte sie. »Ich kannte das bis jetzt nur andersherum. O Gott, tut das gut.«

»Oh là là«, machte jemand aus der Nachbarkabine.

Jason und Fatma mussten ein Lachen unterdrücken. Dann nahm er seine Hand von ihr und betrachtete fasziniert die reine Haut ohne jeden Kratzer.

»Danke«, flüsterte sie. »Bei nächster Gelegenheit revanchiere ich mich.«

»Die Gelegenheit kann warten«, meinte er.

»Ja«, sagte sie. »Apropos – wartest du kurz draußen? Ich zieh mich schnell um.« Sie öffnete ihren Rucksack und zog ein frisches Kleid hervor.

Jason verließ die Kabine. Die Tür nebenan öffnete sich ebenfalls und ein Typ kam heraus, er grinste Jason breit an, während der sich die Hände wusch. Kurz darauf war Fatma fertig. Sie machte sich schnell am Waschbecken frisch, dann schulterte sie ihren Rucksack und die beiden liefen los, um den Zug nach Frankfurt zu erwischen.

13

In Frankfurt tigerte Mo am Bahnsteig auf und ab. Die versinkende Sonne stand genau über den Gleisen und flutete die ganze Halle mit tieforangem Licht. Die sich zigfach kreuzenden Schienen schimmerten wie Arterien. Der Zug, der sich jetzt näherte, schien direkt aus dem glühenden Ball herauszukommen. Dann spürte Mo die beiden. Aziza hatte gemeldet, dass Jason unterwegs war, und auch rasch geschildert, was mit ihm und Liz während der letzten Monate geschehen war. Dann hatte Fatma aus dem Zug angerufen und erzählt, dass sich die beiden getroffen hatten. Als der Zug endlich hielt, sprangen Fatma und Jason aus der Tür und fielen Mo um den Hals. Alle drei drückten sich aneinander und standen, wie in eine magische Blase gehüllt, mitten auf dem Bahnsteig, während die Masse der Reisenden ihre Rollkoffer um sie herum schob.

Schließlich löste sich Mo und sagte: »Da wäre noch ein kleines Problem. Zur Mühle Sandlohr fährt kein Bus und nichts.«

»Dann machen wir uns halt irgendein Auto klar«, meinte Jason. »Am besten so 'ne richtig geile Zuhälterkarre.«

»Was für eine Karre?« Fatma hob die Augenbrauen.

»Das hier ist doch ein Bahnhofsviertel«, sagte Jason. »Und im Bahnhofsviertel gibt es Zuhälter und die haben Karren. Kommt.«

Sie verließen das Bahnhofsgebäude, überquerten eine breite Kreuzung und gingen eine Straße entlang, bis Jason vor einem tiefergelegten Ungetüm in Babyblau stehen blieb.

»Porsche 911 GTS«, sagte Jason. »Genau meine Kragenweite.«

»Ja, aber nicht meine«, erwiderte Fatma. »Der hat nur zwei Sitze. Wer von uns soll zurückbleiben?«

»What the ... keiner, natürlich. War blöd von mir. Dann eben den Benz da drüben.«

Er lief zur anderen Straßenseite zu einem protzigen schwarzen SUV. Mo und Fatma folgten ihm und Mo brummte: »Der reinste Klimakiller.«

»Wir können ihn gern anschließend komplett zu Schrott fahren«, meinte Jason fröhlich. »Als Beitrag zum Klimaschutz. Aber erst erfüllen wir unsere Mission.« Er legte eine Hand auf die Fahrertür. »Anóixis.« Die Tür klappte auf. »Mo, du kannst deinen Rucksack in den Kofferraum schmeißen.«

»Auf keinen Fall«, sagte Mo. »Da ist unser Heptalogon drin. Wisst ihr was? Ich glaube fast, es freut sich, dass wir drei wieder zusammen sind.«

Eine halbe Stunde später rauschten sie über die Autobahn dahin.

»Ich kann es immer noch nicht fassen«, murmelte Fatma.

»Was?«, rief Mo von hinten gegen den Fahrtlärm an.

Jason saß am Steuer und jagte den Wagen mit zweihundertzehn in die anbrechende Nacht hinein.

»Ich kann es immer noch nicht fassen«, wiederholte Fatma etwas lauter und drehte sich auf dem Beifahrersitz zu Mo nach hinten um, »dass Liz sich allen Ernstes dem Pfad der Neun angeschlossen hat.«

»Wir dürfen sie noch nicht aufgeben«, sagte Jason und kratzte sich mit der rechten Hand an der linken Schulter. »Ich hole sie zurück, irgendwann. Sie und unser Baby. Und wenn ich dabei draufgehe.«

»Apropos draufgehen«, brummte Fatma und drehte sich zu Jason. »Ich bin da vielleicht etwas spießig, aber mir wäre wohler, wenn du bei dieser Geschwindigkeit beide Hände ans Lenkrad nehmen würdest.«

»Ja, gleich«, sagte Jason, kratzte sich weiter und bewegte mit der anderen Hand das Lenkrad leicht, sodass sie elegant durch die Kurve schossen.

»Mann, was hast du denn da eigentlich an der Schulter?«, fragte sie.

»Weiß nicht. Ist wie ein Pickel unter der Haut. Und juckt.«

»Seit wann hast du das?«

»Seit Monaten. Es fing an, als wir gerade bei Helheim Genetics waren.«

»Mensch, Jason«, rief Mo. »Du hast doch gesagt, du hättest dich so gewundert, dass Mapunda und Thore dich sofort gefunden haben, obwohl du den Kryptomoi-Zauber gut beherrschst.«

»Ja, und?«

»Was, wenn sie dich gar nicht mit Magie aufgestöbert haben? Sondern mit Technik?«

»Hä?«

»Die haben dich gechipt.«

»What the ...«

»Beide Hände!«, rief Fatma.

»Ja, ist ja gut.« Jason ließ von seiner Schulter ab, fasste das Lenkrad mit beiden Händen und nahm Gas weg.

Je langsamer der Wagen wurde, desto besser konnte Fatmas Hirn arbeiten. »Wenn das stimmt«, sagte sie, »dann weiß Tyra jetzt in diesem Augenblick genau, wo wir sind.«

»Fuck«, machte Jason.

»Aber echt«, sagte Mo.

»Da kommt ein Rastplatz«, sagte Fatma. »Fahr raus, wir sehen es uns an.«

»Jetzt?«

»Klar, jetzt«, gab Fatma zurück. »Wenn es nicht schon zu spät ist. Womöglich sind sie uns auf den Fersen, ohne dass wir sie spüren können. Tyra beherrscht den Kryptomoi ja auch, bestimmt sogar besser als du. Vielleicht sind sie schon die ganze Zeit hinter uns?«

Jason betätigte den Blinker, bog ab und bremste runter. Sie passierten endlose Reihen von Lastwagen, in deren Fahrerkabinen hinter zugezogenen Vorhängen Licht brannte oder Minifernseher flimmerten. Jason hielt in der allerletzten Parkbucht. Fatma stieg aus, ging um das Auto herum und öffnete die Fahrertür. »Lass mal sehen.«

Jason zog den Pulli über den Kopf, darunter trug er ein Muskelshirt. »Hier, genau hier.«

Fatma strich mit der Fingerkuppe über die Stelle. Da war eindeutig etwas Hartes unter seiner Haut, nicht größer als ein Stecknadelkopf.

»Wie holen wir das raus, ohne dir allzu sehr wehzutun?«, grübelte sie.

»Schneid es einfach raus und heil mich hinterher«, brummte Jason.

»Das bring ich nicht«, wehrte sie ab. »Gern heile ich dich, aber aufschneiden kann ich dich nicht, da kipp ich um.«

»Gab es für so was keine AG an deinem traditionsbewussten Gymnasium?« Mo grinste, stieg ebenfalls aus und legte eine Hand auf Jasons Schulter. »Sbennýo«, sagte er schlicht. »Jetzt juckt es zwar vielleicht noch, aber es sendet nicht mehr. Rausholen können wir es später.«

»Du bist genial, Altes«, sagte Jason. »Weißt du das?«

»Ja, weiß ich.«

Mo und Fatma stiegen wieder ein, Jason zog den Pulli über und gab Gas. Nach einer halben Stunde verließen sie die Autobahn und folgten der Landstraße. Irgendwann ließen sie alle Häuser und Straßenlaternen hinter sich und fuhren in enger werdenden Kehren, mal bergauf und dann wieder bergab, in dichtesten, schwärzesten Wald hinein.

Mo verfolgte die Route auf dem Handy und gab dann und wann ein Kommando. »Jetzt gleich links, dann muss es schon kommen.«

Wenig später öffnete sich eine Lichtung und sie hielten auf einem kleinen Parkplatz an. Die Scheinwerfer beleuchteten ein riesiges Mühlrad von mindestens fünf Metern Durchmesser. Es bedeckte die Seitenwand des Gebäudes bis unter die Dachkante. Die Mühle selbst war ein Fachwerkhaus mit spitzem Giebel, nach hinten ein Stück in den Hang hinein gebaut. Seitlich neben dem Mühlrad schoss ein kleiner, kräftiger Bach aus dem Hang hervor, prasselte in einen Graben und plätscherte talwärts weiter. Über dem Mühlrad endete eine hölzerne Rinne, die vom oberen Bachlauf herkam und durch einen eisernen Riegel verschlossen war. Mit einem Hebel im Innern der Mühle konnte man die Schleuse öffnen und das riesige Rad dadurch in Bewegung setzen; Mo hatte auf der Homepage ein kleines Video davon gesehen. Das geschah natürlich nur tagsüber als Vorführung für die Besucher:innen, jetzt aber lag die Mühle dunkel und verlassen da, von Hans Kelber keine Spur und auch sonst stand kein weiteres Auto auf dem unbefestigten Parkplatz. Aber frische Reifenspuren gab es da zu sehen. Sie stiegen aus. Jetzt, wo die Scheinwerfer verloschen waren, lag die Mühle im Licht des noch nicht ganz vollen Mondes da. Drinnen war alles dunkel.

Auch Jason betrachtete die Reifenspuren. »Ob Siham und Juan schon vor uns hier waren?«, überlegte er.

»Das kann auch von irgendwelchen Touris stammen«, meinte Mo. »Oder von dem Besitzer.«

»Oder wir sind einfach zu spät«, brummte Jason.

»In dem Fall gibt es kein zu spät«, widersprach Fatma. Ihre

Stimme klang dumpf. »Siham weiß, dass wir kommen. Falls sie vor uns angekommen sind, warten die hier irgendwo.«

»Eine Falle?«, fragte Mo.

»Finden wir es heraus«, sagte Jason. »Ich schlag vor, dass wir reingehen und uns umsehen, du und ich.« Er meinte Mo. »Und du passt draußen auf und deckst unseren Rückzug.« Das galt Fatma.

»Nein«, sagte sie, »ihr haltet nicht eure Köpfe für mich hin. Ich geh mit rein.«

»Trotzdem sollte jemand draußen aufpassen«, entgegnete Jason. »Auch für den Fall, dass Tyra und … und der Rest auftaucht.«

Niemand sagte Liz' Namen, aber alle wussten, dass sie gemeint war.

»Ähm, Jason?«, machte Mo. »Hast du nicht gesagt, dass Aziza auch kommen will?«

»Ja.«

»Und wann?«

»Rechtzeitig – so hat sie es gesagt.«

»Wenn ihr mich fragt«, meinte Mo, »wäre das genau jetzt. Wobei ich gern wüsste, wie sie das überhaupt anstellen will, so ohne Auto.«

»Tja, sie macht es gern spannend«, meinte Jason. Er öffnete den Kofferraum und holte den zerbeulten Helm aus seinem Rucksack, den er Mo zuwarf.

Mo fing ihn auf und fühlte eine feine Vibration in dem Metall. Dieser Helm musste magisch sein. »Was ist das?«

»Eine Tarnkappe. Setz sie auf, während du uns den Rücken freihältst.«

Mo wollte protestieren, denn warum sollte Jason mit Fatma hineingehen und nicht stattdessen Mo? Aber eine Person musste ja schließlich Wache halten.

»Na gut«, brummte Mo. »Machen wir es so.«

Jason und Fatma näherten sich der Tür und Fatma berührte

vorsichtig die Klinke, schloss die Augen, dann flüsterte sie: »Fühlt sich nicht so an, als ob Siham kürzlich hier hindurchgegangen wäre.«

»Außer sie hatte Handschuhe an?«, meinte Jason zweifelnd.

»Wird sich zeigen«, antwortete sie. »Bring uns rein.«

Jason legte wortlos die Hand auf das Schloss, ließ die Verriegelung zurückschnappen und öffnete die Tür. Sie schlichen hinein. Das Mondlicht von draußen war zu schwach, um hier drinnen irgendetwas zu erkennen außer Schemen. Fatma hob eine Hand mit der Innenfläche nach oben und flüsterte: »Phos!«

Eine kleine Lichtkugel flammte in ihrer Hand auf und beleuchtete ein Gewirr aus großen und kleinen Zahnrädern, Bottichen, Holzröhren, Trichtern, Treppen. An den Wänden gab es große Tafeln mit Zeichnungen und Texten zur Geschichte der Mühle und zu ihrer Funktionsweise. Über sich sahen sie ein Zwischengeschoss mit einer Galerie. Perfekt, um sich dort oben zu verstecken, wenn man Feinde erwartet, überlegte Fatma. Sie wollte vorsichtig die Treppe hinaufsteigen, da stupste Jason sie an. Fatma folgte seinem Blick und entdeckte an einer Wand eine große Glasvitrine, deren vordere Scheibe eingeschlagen war. *Räuberschatz aus der Sandlohr-Höhle* stand auf einem Schild. Und in der Vitrine erkannte sie haargenau die Gegenstände, die in dem jahrhundertealten Dokument aus dem Archiv in Toulouse aufgeführt waren: Kupferkessel, Tintenfass, Zirkel, Öllampe und – Fatmas Herz machte einen Sprung – da stand sie. Die Phiole. Nicht größer als eine Coladose, aus undurchsichtigem grünem Glas, der Korken schien mit rotem Siegellack verschlossen zu sein. Nur der Spiegel fehlte.

Mo hatte sich den Helm aufgesetzt und ging ein paar Schritte hin und her, genau wie bei dem Telefonat mit Fatma an diesem Morgen. Einfach gar nichts tun war weder schön noch sinnvoll. Mo beäugte das Mühlrad, das nach unten in eine trocken liegende Schleife des Grabens ragte. Es brauchte keinen großen Schritt, um über diesen Graben hinwegzusteigen. Die Speichen des Rades hatten zusätzlich hölzerne Querstreben, darauf ließ es sich leicht nach oben klettern. Das Mühlrad bewegte sich leicht, doch Mo balancierte geschickt das eigene Gewicht aus. Von oben konnte Mo ein gutes Stück die Straße entlangblicken, auf der sie hergekommen waren. Und auf Augenhöhe befand sich ein kleines Fenster, durch dessen Scheibe Mo das kalte magische Licht des Phos-Zaubers im Innern der Mühle erkannte. Unten im Erdgeschoss standen Fatma und Jason gerade vor einer Vitrine. Fatma griff hinein und holte etwas heraus. Die Phiole! Im selben Moment sah Mo, dass sich weiter oben in der Mühle ein Schatten bewegte!

Fatma hörte Schritte und ein leises metallisches Klirren, drehte den Kopf nach oben und sah zwei silberne Kettennetze herabfallen.

»Jason, weg!«, rief sie und sprang zur Seite, die Phiole an sich gepresst, die Lichtkugel erlosch. Eines der Netze war auf dem Boden gelandet, das andere war genau auf Jason niedergegangen, der sich darin verhedderte wie ein gefangenes Tier.

Oben auf der Galerie blitzte eine Taschenlampe auf und Fatma blickte in das feixende Gesicht von Juan.

Jason zappelte im Netz, ballte die Hand zur Faust und schrie: »Pyrros pyrobol!« Nichts geschah. Die antimagische Wirkung der silbernen Kettenglieder war erstaunlich. Juan zog seine Pistole und zielte auf Fatma.

»Warte noch«, sagte eine Stimme. Das war Siham. Sie tauchte jetzt oben im Schein der Taschenlampe auf, trat ans Geländer und sah verächtlich auf Fatma herab. »Du bist ja gar nicht tot. Aber keine Sorge. Diesmal werde ich gründlicher sein.«

Sie zog einen Dolch aus ihrem Gürtel und holte aus. Da splitterte direkt neben ihr Glas.

Mit einem gewagten Manöver, das das Rad zu einer halben Drehung veranlasste, war Mo auf den Sims des Fensters gesprungen, hatte sich den Helm vom Kopf gerissen und damit das Fenster eingeschlagen.

»Apheíresis!«, schrie Mo und Sihams Dolch schepperte über die Holzbohlen.

»Hier, Mo, fang!« Fatma war auf die Beine gekommen und warf die Phiole im hohen Bogen durchs Fenster. Mo schnappte sie und fühlte augenblicklich die gewaltige Menge magischer Kraft, die in dem kleinen Fläschchen gebunden war. Kein Zweifel, das Conjugum!

Drinnen zog Siham einen zweiten Dolch aus ihrem Gürtel. Fatma schleuderte ihr ihre Faust entgegen. »Keraunós!« Der Blitz tauchte die Mühle für Sekundenbruchteile in gleißendes Licht.

»Katáphraktos!« Siham hatte eine Schutzblase geschaffen, doch Fatmas Angriff war so stark gewesen, dass Siham trotzdem ins Taumeln kam. Sie stieß gegen Juan, dessen Pistole losging, der Schuss schlug irgendwo ins Fachwerk ein.

Siham schrie: »Überlass sie mir! Schnapp dir den Kerl, bevor er sich aus dem Netz befreit.«

Juan steckte die Pistole weg, schwang sich über das Geländer der Galerie und warf sich direkt auf Jason, mit dem er zusammen zu Boden ging.

»Mo, bring das Teil in Sicherheit!«, schrie Fatma.

Doch Mo dachte nicht daran, einfach abzuhauen. Und war es nicht sowieso so, dass sie die Phiole zerstören mussten, um den Fluch zu lösen? Jetzt aber war keine Zeit zum Grübeln, Mo musste den anderen helfen. Mit dem Helm schlug Mo die restlichen Glassplitter aus dem Fensterrahmen, um anschließend hindurchzuschlüpfen – doch in dem Moment schwappte von unten eine Bugwelle aus reiner Essenz heran. Mo sah sich um und erkannte, wie sich auf dem Parkplatz zwei Frauen materialisierten: Die eine war Tyra, die andere Liz.

Bevor Mo reagieren konnte, streckte Tyra ihre rechte Hand wie eine Kralle aus und rief: »Krato soi!«

Mo wurde von unsichtbaren Kräften herumgewirbelt, verlor den Helm, der ins Innere der Mühle fiel und über den Boden kullerte.

»Wo ist Jason?«, rief Tyra. »Ist der da drin? Wenn du keinen Widerstand leistest, lasse ich dich leben.«

»Liz, wie konntest du!«, schrie Mo.

»Wir wollen dir nichts tun«, antwortete Liz. »Wir wollen nur Jason.«

»Den kriegt ihr nicht«, rief Mo und wollte irgendeinen Zauber wirken, Keraunós oder was anderes, aber Mos Hände waren wie aus Beton.

Liz lief zum Eingang der Mühle, während Tyra Mo fixierte. Sie machte eine Handbewegung zur Seite, worauf Mo das Gleichgewicht verlor, steif umfiel und auf dem Mühlrad landete. Das Gewicht versetzte dem Rad einen Schwung und Mo wurde wie ein nasser Sack nach vorn in den Graben gekippt.

Jason versuchte, sich irgendwie hochzustemmen, aber Juan saß rittlings auf seinem Rücken, hatte sich mit beiden Händen in das Kettennetz verkrallt und zog jetzt daran, um Jasons Hals einzuschnüren und ihn zu erdrosseln. Jason schnappte nach Luft. Vor seinen Augen flatterten hundert Seiten von hundert Zauberbüchern vorbei, doch ihm fiel kein Zauber ein, der ihn retten konnte. Dafür spürte er jetzt, *wer* ihn retten konnte. Es war nicht Fatma, denn die musste gerade einem Dolch von Siham ausweichen; nein, es war Liz, sie war hier!

»Keraunós!«, schrie sie und schoss von der Tür aus einen Blitz auf den Priester.

Juan wurde durch den Raum geschleudert und knallte gegen eine Wand, wo er unter Stromstößen zuckend zu Boden ging.

»Liz!«, rief Jason. »Ich hab gewusst …«

»Gar nichts weißt du!«, schrie sie. »Hatte ich nicht gesagt, dass du mich töten sollst, bevor ich dich töte?«

Sie ballte die Hand zur Faust.

»What the fuck!« Jason sprang auf und stolperte rückwärts, suchte Deckung vor ihr, riss sich dabei das verdammte Kettennetz vom Leib und blieb damit an irgendeinem komischen eisernen Hebel hängen, der widerwillig nachgab.

Draußen lag Mo bewegungsunfähig im Graben und hörte plötzlich irgendwo über sich ein metallisches Knirschen. Es klang wie in dem Video auf der Homepage der Mühle: Jemand hatte von innen mit dem eisernen Hebel das kleine Wehr geöffnet. Schon näherte sich lautes Wasserrauschen. Der Schieber hatte den Bach umgeleitet, das Wasser prasselte auf das Mühlrad, Mo hörte, wie es mit Ächzen und Quietschen in Schwung kam. Binnen Sekunden war Mo klatschnass. Raus hier, raus aus diesem Graben, denn wenn der sich erst mit Wasser füllte, würde Mo unter das Rad gezogen und von der Schaufel zerquetscht werden wie der Junge in diesem Buch, das Mo verrückterweise jetzt einfiel, obwohl es gar nicht passte und irgendwie doch ... Mos Glieder waren immer noch gelähmt von Tyras Beherrschungszauber, genau wie damals im U-Bahn-Tunnel. Sollte denn alles so enden, wie es begonnen hatte? Das Wasser schwappte über Mo zusammen und begann schmatzend an Mo zu saugen. Es saugte und zog Mo Richtung Mühlrad.

Fatma machte eine Faust: »Keraunós!« Sie wollte Liz nicht töten, aber Jason beschützen, doch egal, denn Liz schrie einfach: »Anástrephai!«, und der Blitz kam postwendend zu Fatma zurück. Fatma warf sich auf den Boden. Plötzlich war die Mühle von einem ohrenbetäubenden Rattern und Knarren und Knirschen und Ächzen erfüllt, überall drehten sich Zahnräder, liefen Förderbänder, malten dicke Mühlsteine, alles schien zum Leben erwacht, weil anscheinend irgendwer das Rad draußen in Bewegung gesetzt hatte.

»Was für ein Tag!«, jauchzte Siham, sprang von der Galerie auf eines der Zahnräder und von dort auf das nächste. »Fatma *und* Liz! Euch beide auf einen Streich!« Schon zückte sie einen weiteren Dolch.

Fatma sammelte sich zu einem neuen Keraunós-Zauber, dem letzten vielleicht, denn mehr würde sie nicht schaffen, sie hatte doch nie richtig Kampfzauber trainiert. Ihr Arm tat weh, wie sie das bisher nur von Jason kannte. Sie musste Siham treffen und dann Liz ... ja, was? Irgendwie besänftigen? Da kam hinten an der Wand Juan auf die Füße. Liz hatte ihn doch getötet! Aber sein Talisman hatte ihn offenbar schon wieder beschützt. Er zielte mit seiner Pistole direkt auf Fatma.

Mo paddelte, weg von dem Mühlrad, paddelte vergeblich, schluckte Wasser und Schlamm und fühlte die steinerne Einfassung des Grabens, sie war glitschig und bot nirgendwo Halt. Mo wurde unweigerlich unter das Rad gesogen, paddelte mit aller Verzweiflung und wurde sich erst jetzt bewusst, dass der Beherrschungszauber nachgelassen hatte, dass Arme und Beine ja wieder gehorchten! Da hörte Mo augenblicklich mit dem Paddeln auf und schob eine Hand in die Jackentasche, zog die Phiole heraus und stieß sie mit letzter Kraft gegen den Steinrand des Grabens. Mo fühlte, wie das Glas nachgab, fühlte die Splitter in den Fingern, fühlte eine gewaltige Ex-, nein, Implosion der Essenz und im nächsten Augenblick zwei kräftige fremde Hände am Handgelenk. Mo hörte eine donnernde fremde Stimme rufen: »Krýos!«

Die Hände zogen Mo aus dem Graben heraus und ins hohe Gras der Böschung.

»Pyrros pyrobol!« Das war Liz' Stimme. Und es war Liz' Feuerball. Diesmal überwand sie die Macht des Talismans. Bevor Juan abdrücken und Fatma erschießen konnte, wurde er von den Flammen eingehüllt, seine entsetzlichen Schreie verstummten schnell. In der plötzlichen Stille – mit einem Mal hatten all die Räder und Bänder und Mühlsteine angehalten – zischte Sihams Dolch durch die Luft. Sie hatte den winzigen Moment ausgenutzt, in dem Liz abgelenkt gewesen war. Aber ihr Dolch traf nicht Liz, denn wie aus dem Nichts flog Jason heran, der sich schützend vor seine Geliebte warf. Mit einem Aufschrei brach er zusammen, der Dolch steckte in seiner Brust. Die Flammen des Feuerballs, der Juan getötet hatte, leckten an der Wand hoch und griffen auf das Gebälk der Mühle über. Aber Fatma kümmerte das nicht – sie eilte zu Jason ... Nein! Sie musste erst Siham unschädlich machen.

Mo rappelte sich auf und sah als Erstes, dass das Mühlrad eingefroren war. Eine feine Eisschicht überzog die Schaufeln und Speichen, und das herabstürzende Wasser aus der hölzernen Rinne war zu einer bizarren Skulptur erstarrt, die im Mondlicht glitzerte.

Dann drehte Mo sich um und sah einen Mann vor sich. Der Mann trug Kleider aus der Renaissance. Das Gesicht kannte Mo von irgendwoher. Der Spitzbart, das verschmitzte Lächeln unter dem ausladenden Federhut, Mo kannte es von der Zeichnung in der Nürnberger Gildenchronik.

»Meister Iskander?«

Das fragte allerdings nicht Mo, sondern Tyra, die sich jetzt respektvoll näherte. »Iskander von Constantinopel, wenn ich nicht irre? Es ist mir eine große Ehre.«

»Mir nicht«, knurrte Iskander. »Der Einzige, dem hier Ehre gebührt, bist du, junger Freund.«

Er meinte Mo.

Kein Zweifel.

Mo stand auf und wollte dem Mann – dem Geist? Dämon? Dschinn? – die Hand schütteln. Doch etwas irritierte Mo. Es roch nach Feuer. Mo drehte sich um. Flammen loderten aus dem Dachstuhl der Mühle. Und ein durchdringender Schrei gellte aus dem Innern.

»Liz!«, rief Tyra, wandte sich um und lief zum Eingang der Mühle.

Siham hangelte sich artistisch durchs Gebälk, schwang sich wieder auf die Galerie, die schon halb in Flammen stand, und bückte sich nach einem Gegenstand. Fatma erkannte nicht, was das für ein Gegenstand war, aber sie wusste, dass sie doch noch die Kraft für diesen einen letzten Keraunós-Blitz hatte. Sie ballte die Faust. Da richtete Siham sich auf, stülpte sich den Eisenhelm über und – war verschwunden. Fatmas Blitz verlor sich im aufwallenden Feuer, das jetzt rasch auf den ganzen Dachstuhl überzugreifen drohte.

Ein schauerlicher Schrei gellte in Fatmas Ohren. Das war Liz. Sie hielt Jason im Schoß, krümmte sich über ihn und weinte hemmungslos. »Atraumatós!«, heulte sie und presste ihre Hände auf seine Brust. »Bleib bei mir, du Idiot, ich brauche dich. Dein Baby braucht dich! Atraumatós, verdammt!«

Fatma lief zu ihnen hin und kniete sich neben sie. Vorsichtig zog sie Sihams Dolch aus Jasons zitterndem Körper und legte ihre Hände auf die von Liz. Kurz trafen sich die Blicke der beiden Frauen. Jasons Augenlider flatterten. Er würde sterben, ahnte Fatma. Es lag nicht mal an Sihams Gift, sondern ihr Dolch hatte Jason direkt ins Herz getroffen.

»Beruhige dich, Liz.« Eine Hand legte sich auf Liz' Schulter. Fatma sah auf und erkannte Tyra. »Wir nehmen Jason mit nach Hjaltland.«

»Aber er stirbt«, schluchzte Liz.

»Du weißt, dass das für den Pfad keine Rolle spielt«, sagte Tyra sanft. »Mit der Hilfe eures Kindes erwecken wir ihn zu neuem Leben. Das ist doch perfekt! Noch besser als mit seiner Mutter!«

»Niemals!« Liz drehte sich zu ihr um mit einem Blick voller Abscheu. »Ohne mich!«

»Welch wunderliche Schar«, sagte jemand.

Fatma schaute auf und entdeckte einen Mann, gekleidet wie vor fünfhundert Jahren, mit Pluderhose, Umhang und Federhut.

»Iskander?«, entfuhr es ihr. Neben ihm stand Mo und nickte.

»Welch wunderliche Schar hier beisammen ist«, wiederholte der Mann und schaute sich staunend um. Dass die Mühle inzwischen lichterloh brannte, schien ihn nicht weiter zu kümmern.

»Sie sind ein Dschinn, richtig?« Fatma war aufgesprungen.

Iskander nickte.

»Heilen Sie ihn!« Sie zeigte auf Jason. »Ihre Magie ist mächtiger als die von uns allen hier. Schnell, bevor hier gleich alles zusammenbricht.«

Der Mann beäugte Jason, der stöhnend in Liz' Schoß lag. »Ich vermöchte es durchaus, den jungen Mann zu heilen, allein – es hülfe niemandem, dieweil wir uns ohnehin allesamt zu sterben anschicken.«

»Was?«, rief Fatma. »Wieso?«

Tyra richtete sich auf und sah Iskander zweifelnd an.

»Ich habe euch befreit, großer Meister«, sagte Mo. »Wieso wollt ihr uns dann töten?«

»Nicht nur euch«, widersprach Iskander, »sondern uns alle.«

»Aber Ihr seid jetzt frei, Meister«, beharrte Mo, »wieso also wollt Ihr sterben?«

»Ebendarum«, sagte der Dschinn. »Ich habe fünfhundert Jahre darauf gewartet.« Er schaute zufrieden in die Runde, während die Luft immer heißer wurde. Funken stoben ihnen um die Köpfe. »Nirgendwo fand ich je so viel Leidenschaft beisammen. So viel Liebe. Dies wird genügen, mich endlich zu erlösen. Euer aller Opfer wird es wert sein.«

»Ich wusste es!«, jubelte Tyra und klopfte Liz auf die Schulter, die davon gar keine Notiz nahm. »Meine Theorie stimmt!«

Doch das interessierte im Augenblick niemanden.

»Das ist Wahnsinn!«, schrie Fatma. »Los, Leute, alle raus hier!«

Da wandte sich Iskander mit einer sparsamen Geste zur Tür, die daraufhin mit Getöse ins Schloss fiel. Mo warf sich dagegen, aber es hatte keinen Zweck, sie war magisch verriegelt.

Tyra machte einen Schritt auf den Dschinn zu und sagte: »Ihr steht der mächtigsten lebenden Magierin gegenüber, Meister Iskander. Seid klug und lasst uns gemeinsam eine Welt neu erschaffen, anstatt mit dieser hier unterzugehen.«

»Mächtig?« Iskander runzelte die Stirn. Immer mehr Funken

regneten auf sie herab, die Flammen leckten an den Balken über ihren Köpfen. »Der Mächtigste von euch allen ist jener!« Er zeigte auf Mo. »Und er trägt als Einziger ein angemessenes Beinkleid.«

Mo trug eine Leggins unter dem Rock, was tatsächlich dem Stil des sechzehnten Jahrhunderts nahekam.

»Dann sterbt mal alle schön«, knurrte Tyra, beugte sich zu Liz und sagte: »Wir müssen weg. Komm.«

»Nein, ich bin fertig mit dir!«, schrie Liz. »Du widerst mich an, Tyra!«

»Tu es für dein Baby«, sagte Tyra, »damit es in Freiheit aufwächst.« Sie fasste Liz' Schulter und setzte an: »Petesth...«

Doch anstatt das Zauberwort zu vollenden, schrie sie gellend auf, denn plötzlich steckte die Klinge von Sihams Dolch in Tyras Handgelenk – und der Knauf in Fatmas Faust.

Fatma funkelte Tyra drohend an: »Liz gehört zu uns!«

Sie ließ den Dolch los und Tyra taumelte zurück, presste den verwundeten Arm an sich und zischte: »Wir sehen uns wieder. Petesthai!« Damit löste sie sich in Luft auf.

Liz ergriff Fatmas Hand. »Danke ... Schwester.«

Da krachte ein brennender Balken dicht neben ihnen zu Boden.

Mo packte den Dschinn am Kragen.

»Schluss damit, Meister!«, schrie Mo. »Ich bin mächtig, ja? Dann befehle ich Euch – rettet uns alle!«

»Du befiehlst mir, du Wicht?« Er stieß Mo von sich.

»Ich habe Euch aus Eurer Flasche befreit«, schrie Mo. »Habe ich nicht drei Wünsche frei?«

»Nein, nur einen. Den erfüllte ich dir, als ich dich unter dem Mühlrad hervorzog.«

Da machte Mo einen Schritt zurück und hob die Hände.

Krümmte die Finger wie Krallen und versuchte, über eine gedachte Verlängerung der Fingerkuppen unsichtbare Fäden um den Leib des Dschinn zu spinnen.

»Krato soi!«, rief Mo.

Iskander lachte. Ein weiterer Balken fiel herab, lodernd wie eine Fackel.

»Krato soi!«, rief Mo.

»Krato soi!«, kam ein Echo von draußen, von einer Stimme, die sie kannten.

Dann flog die Tür auf. Der Luftstoß sog einen Schwarm Funken nach draußen und die Funken wirbelten um Aziza herum. Da war sie, in ihrem Rollstuhl, und hielt die Hände ebenfalls wie Krallen erhoben. »Krato soi, Iskander! Du musst gehorchen!«

Iskander verzog das Gesicht und wandte sich widerwillig zu ihr um, verbeugte sich und zischte: »Was immer Ihr befehlt, Gebieterin.«

»Stoppe dieses Feuer!«, herrschte sie ihn an.

Iskander verdrehte die Augen, schnipste in die Luft und brummte: »Katalýo pyr!«

Augenblicklich erstarben die Flammen. Dichte Rauchschwaden stiegen aus dem halb verkohlten Gebälk und in der Mühle breitete sich wieder Dunkelheit aus.

»Etwas Licht wäre hilfreich«, meinte Aziza.

Iskander schnipste abermals und sagte: »Phos.«

Eine Lichtkugel erschien, größer als die von Fatma vorhin, und schwebte zur Decke.

»Nun heile ihn«, sagte Aziza. »Bitte.«

»Wie Ihr wünscht, Gebieterin.« Iskander seufzte gelangweilt, bückte sich zu Jason hinab und versetzte ihm einen lustlosen Stupser. »Atraumatós.«

Jason schlug die Augen auf, betastete ungläubig die Stelle, an der ihn Sihams Dolch verwundet hatte und die jetzt gänzlich unversehrt war. Mo lief zu ihm und half ihm zusammen mit Liz auf die Beine. Iskander lehnte sich gegen den Türpfosten, verschränkte die Arme und blickte drein, als warte er auf einen verspäteten Bus.

Aziza betätigte den Hebel ihres Rollstuhls und kam zu ihnen herein. »Wie schön, euch drei endlich wieder zusammen zu sehen. Und dich, Meisterin Elizabeth.«

Liz erhob sich langsam, verbeugte sich vor Aziza und flüsterte: »Ich bedaure so sehr, dass ich dich und die Gilde verraten habe, Großmeisterin. Ich wünschte mir sehnlichst, du könntest mir eines Tages vergeben.«

»Ja, vielleicht eines Tages«, erwiderte Aziza kühl. Dann schüttelte sie den Kopf wie über sich selbst. »Ach, komm her.« Sie streckte die Hände aus und Liz umarmte sie innig. Aziza sagte: »Ich bin so froh, dass du lebst, Liz. Für den Augenblick zählt nur das. Über alles andere sprechen wir an einem anderen Tag. Und einem anderen Ort.«

»Apropos Augenblick«, sagte Jason. »Jetzt schnall ich, was du unter *rechtzeitig* verstehst, Aziza.«

»Vorher hätte ich gar nicht so viel ausrichten können«, sagte Aziza. »Erst als du, Mo, mit dem Krato-soi-Zauber angefangen hast, war ich an der Reihe. Es braucht nämlich immer zwei Zauberkundige, um einen Dschinn zu beherrschen, wie ich vom Pfad gelernt habe.«

»Schwarze Magie?«, fragte Mo.

»Ich hab mir vorgenommen, etwas flexibler zu werden«, sagte Aziza. »Aber damit uns das nicht zu oft passiert, sollten wir jetzt, wo der Fluch besiegt ist, das Heptalogon des Iskander zerstören. Hast du es bei dir, Mo?«

»Ja, im Auto«, murmelte Mo betreten. »Stimmt, wir wollten es ja zerstören. Das hatte ich irgendwie ganz vergessen.«

»Zerstören?«, fragte Iskander. »Aber warum?«

»Na, weil du uns mit diesem Buch verflucht hast, Junge!«, antwortete Jason. »Seit wir es gefunden haben, hatten wir es am Arsch, Mann. Was sollte das eigentlich, he? Was hast du dir dabei gedacht?«

»Nun«, antwortete Iskander, »ohne diesen Fluch säße ich wohl auf ewig in meiner Phiole.«

»Das musst du uns genauer erzählen«, sagte Mo.

14

Endlich wieder zurück auf Branzé. Endlich wieder entspannt Tagebuch schreiben an meinem Lieblingsplatz, dem wackligen Tisch in Natsumis Garten, im Schatten des Inneren Tores der Burg. Nach unserem Abenteuer in der alten Mühle sind wir, also Fatma, Jason und ich, zusammen mit Aziza und Liz nach Branzé zurückgekehrt. Und mit Iskander. Er ist kein schlechter Typ. Nachdem Aziza und ich den Beherrschungszauber gelöst hatten, hat er mit einem beeindruckenden Anastrokaúsimos-Zauber die Mühle in ihren vorherigen Zustand zurückversetzt. Und als wir den Ort verließen, erinnerte nichts mehr an den Kampf, der dort stattgefunden hat.

Auf der Reise hat der Dschinn uns dann seine ganze erstaunliche Geschichte erzählt:

Iskander lebte schon seit über zehntausend Jahren, als er sich um das Jahr 1480 unserer Zeitrechnung am Hofe des Sultans in Constantinopel niederließ. Des langen Lebens überdrüssig, suchte er nach einer Möglichkeit, als Unsterblicher dennoch den Tod zu finden. Der einzige Weg, so ergaben seine Forschungen, wäre die Liebe – genauer gesagt: ein gebrochenes Herz. Doch er verliebte sich in die falsche Person, nämlich in einen der Prinzen. Es war also beinahe so, wie Fernando und ich spekuliert hatten. Der Sultan ließ Iskander durch zwei andere Magier in diese Phiole bannen. Das Fläschchen wurde anschließend auf dem Bazar verkauft, es wurde vererbt, verschenkt, geraubt, weiterverkauft und gelangte so in die Hände eines Magiers namens Johann Georg Faust, genannt Faustus, Meister der Gilde und heimlicher Anhänger des Pfades der Neun. Faustus erkannte, dass in der Phiole ein Dschinn steckte, und befreite ihn, um Iskander zu seinem Diener zu machen. Doch Iskander konnte mit der Phiole und mit dem Heptalogon, das er zwischenzeitlich geschrieben hatte, entkommen. In Köln fand er abermals die

Liebe – jene Agnes, der er nachträglich das Buch widmete – und wurde abermals in die Phiole gebannt, diesmal von zwei zauberkundigen Inquisitoren. Zuvor aber hatte er, um sich gewissermaßen abzusichern, einen Fluch auf das Buch gelegt, es sorgsam versteckt und sich selbst als Conjugum gewählt.

Denn er wusste: Sollte dereinst eine magiekundige Person das Buch finden, würde diese Person von dem Fluch getroffen werden und gezwungen sein, das Conjugum zu suchen. Und damit unweigerlich ihn, Iskander, zu befreien.

Eine geniale Art der Rückversicherung.

Wir konnten Iskander davon überzeugen, sich erst einmal ein bisschen in unserer Gegenwart umzuschauen. Er ist vom 21. Jahrhundert inzwischen so fasziniert, dass er seinen Todeswunsch einstweilen aufgeschoben hat. Ein paar Äonen mehr oder weniger würden für ihn keinen großen Unterschied machen, meinte er. Stattdessen hat er uns wie gesagt hierher nach Branzé begleitet und sich der Gilde angeschlossen – bzw. er war ja schon vor 500 Jahren Mitglied der Gilde.

Natürlich steht es ihm darum auch zu, das Heptalogon wieder in seinen Besitz zu nehmen, denn Aziza hat entschieden, dass wir es nun doch nicht zerstören werden. Ich habe sogar seine Erlaubnis, es abzuschreiben. Das klingt nach einem ätzenden Job, aber mir macht es wirklich Spaß. Fox hat mir einen dicken Stapel Pergament gegeben, auf das ich mit Feder und Tinte schreibe, bevor er es irgendwann in Leder einbinden wird.

Aber für heute schließe ich meine Notizen, denn ich will nachher Claude in der Küche helfen. Es ist Zeit für ein Festmahl. Wir feiern die Erinnerung an Meister Fong, dessen Urne gestern eingetroffen ist und den wir nachher würdig beisetzen werden.

Und anschließend werden wir uns im Studierzimmer zusammensetzen: Aziza und Iskander, Jason und Fatma, Liz und Fernando und ich, um zu beraten, was unsere nächsten Schritte sind. Zum einen müssen wir herausfinden, ob Siham den Kampf in der alten Mühle überlebt hat, und wenn ja, was sie nun als Nächstes plant. Zum anderen sind da die finsteren Pläne von Tyra und Helheim Genetics. Jason meint jedenf

Mo ließ den Stift sinken, klappte das Notizbuch zu und fuhr herum. »Warum schleichst du immer hinter mir vorbei, wenn ich dich in meinem Tagebuch erwähne?«

»Intuition, Mo«, sagte Jason. »Ich fühle dich einfach.«

Er beugte sich herab und gab Mo einen Kuss. Dann schnappte er sich das Buch und rannte lachend über den Hof Richtung Tor.

»What the fuck?«, rief Mo.

»Los, fang mich!«, jauchzte Jason.

Aber er kam nicht weit. Unmittelbar vor der Zugbrücke materialisierte sich Fatma wie aus dem Nichts und rief: »Zóon prágma ginesthai!«

Da schraubte sich Mos Tagebuch aus Jasons Armen hoch in die Luft, faltete sich auf und flatterte wie ein Vogel um das Tor herum.

»Da staunst du, Bruder.« Sie grinste.

»Aber echt, Schwester.«

Mo lief zu ihnen und streckte die Hand aus. Das Buch kam herabgeschwebt und landete in Mos geöffneter Hand. Heraus purzelte ein grüner Gnom, der sich geschickt vom Kopfsteinpflaster abstieß und in Jasons Arme sprang.

»Hallo, Cydnic, alter Freund. Lange nicht gesehen.«

Das Heptalogon der Magischen Gilde

Getreue Abschrift & Kommentierung
aller Sieben Künste

ausgeführt durch Mo Hamann
auf Branzé
für Fatma

Einführung in die Magie

Die Essenz ist eine Kraft, die den Kosmos durchwirkt. Wer für die Essenz sensibel ist, vermag sie in Schwingung zu versetzen und dadurch das magische Potenzial zu erwecken, das aller Materie innewohnt, sei sie organisch oder nicht.

In ihrem berühmten »Schalengleichnis« hat Meisterin Mirijam von Odessa vor langer Zeit die Wirkung der Essenz so beschrieben:

»Stell dir vor, in einer Schale voll Wasser schwimmt eine Weintraube. Und du willst nun diese Traube bewegen. Du darfst die Traube aber nicht berühren und nicht das Wasser. Was tust du? Du wirst die Schale bewegen. Gegen sie klopfen oder sie neigen oder hin- und herwiegen. Und die Traube wird sich bewegen.«

Die Essenz ist wie dieses Wasser. Alles ist mit allem verbunden, jedes Wort hat eine Wirkung, nichts ist jemals vergeblich.

Die Formeln der Magischen Künste (Auswahl)

Formel	Wirkung	Reichweite bzw. Dauer	Schwierigkeitsgrad
Morphomagie (Kunst der Verwandlung)			
Krýos!	Du lässt ein Lebewesen oder einen Gegenstand zu Eis erstarren.	auf zehn Schritte / bis zu einem Tag	mittel bis schwer je nach Größe
Kóanos!	Du bringst ein Objekt zum Schmelzen bzw. lässt es sich entzünden.	auf zehn Schritte / bis zu einem Tag	mittel bis schwer je nach Größe
Anóixis!	Du kannst Türen oder Schlösser öffnen. (Sofern sie nicht magisch verschlossen sind!)	Berührung mit der Hand	leicht
Kleithron!	Du verriegelst ein Schloss auf magische Weise.	Berührung mit der Hand	leicht
Prágma ginesthai!	Du verwandelst unbelebte Materie.	Handbreit Abstand / bis acht Wochen	je nach Größe und Materie
Duplis ginesthai!	Du duplizierst ein Objekt.	Handbreit Abstand / bis acht Wochen	je nach Größe und Materie
Zóon ginomai!	Du verwandelst dich in ein Tier oder eine andere Person.	maximal eine Stunde	hoch
Zóon ginesthai!	Du verwandelst eine andere Person in ein Tier.	Berührung mit der Hand / maximal eine Stunde	hoch

Zóon prágma ginesthai / Prágma zóon ginesthai!	Verwandelt Unbelebtes in Belebtes bzw. umgekehrt.	Berührung mit der Hand / maximal eine Stunde	hoch
Konia!	Du lässt ein unbelebtes Objekt zu Staub zerfallen.	Berührung mit der Hand / für immer	mittel
Metamórpho!	Du nimmst das Aussehen einer anderen Person an.	Dazu musst du die Person berühren.	sehr hoch
Aóratos!	Du wirst unsichtbar; und alle, die du dabei berührst, ebenfalls.		sehr hoch
Phos!	Du erschaffst eine Lichtkugel, die dir im Dunkeln leuchtet.	Das Licht erscheint in der Hand.	leicht
Sbenngo!	Du schaltest ein (elektrisches) Gerät aus.	Sichtweite	mittel
Sýndetos prágma!	Ein Zauber wird für seine Dauer an ein Objekt gebunden.	Berührung	hoch

Telemagie
(Kunst der Bewegung)

Petesthai!	Du kannst dich selbst und maximal eine weitere Person teleportieren.	Du musst die zweite Person berühren.	extrem hoch
Kínesis!	Du lässt ein Wesen oder ein Objekt schweben.	Blickkontakt	leicht

Telémos!	Du verzauberst einen Pfeil oder Armbrustbolzen oder ein Wurfmesser so, dass das Objekt in jedem Falle sein Ziel trifft.	Berührung mit der Hand	mittel
Diábeino!	Du kannst durch eine Wand oder eine geschlossene Tür gehen.	Berührung mit der Hand	hoch
Dýnamis!	Du erhöhst deine eigene Körperkraft.	maximal eine Stunde	sehr hoch
Báros!	Du sendest eine Druckwelle aus.	fünfzig Schritte	mittel
Teíxos!	Du erschaffst eine unsichtbare Schutzmauer gegen (nicht-magische) Angriffe.	fünf Schritte	mittel
Epipháno!	Du kannst ein Objekt oder auch ein Lebewesen, sofern du es jemals zuvor berührt hast, herbeizaubern.	hundert Schritte	leicht bei Dingen, schwer bei Lebewesen

Magorapeutik
(Kunst der Heilung)

Atraumatós!	Du kannst eine Wunde heilen.	Berührung mit der Hand	je nach Grad der Verwundung
Anósos!	Du kannst eine Erkrankung heilen.	Berührung mit der Hand	je nach Schwere
Apénthos!	Du kannst eine seelische Beeinträchtigung heilen.	Berührung mit der Hand	s. o.

Kratomagie
(Kunst der Beherrschung)

Krato soi!	Du zwingst einem anderen Wesen deinen Willen auf und bringst es dazu, Dinge zu sagen oder zu tun.	zwanzig Schritte	sehr hoch
Érchesthai!	Du rufst eine Person oder ein Tier zu dir.	hundert Schritte	hoch
Aisthánesthai xénos!	Du kannst dich der Sinneswahrnehmung einer Person oder eines Tieres bedienen.	mehrere Meilen, eine Stunde	sehr hoch
Dóxatos!	Du erzeugst vor den Augen der Anwesenden eine Illusion deiner Wahl.	max. hundert Schritte / höchstens zehn Minuten	leicht
Anáthema!	Du legst einen Bannkreis an, den niemand betreten oder verlassen kann.	mit Kreide auf den Boden zeichnen / bis zu einem Jahr	hoch

Stratomagie
(Kunst des Kampfes)

Keraunós!	Du verschießt mit der Hand einen schädlichen Blitz auf eine Person oder ein Objekt.	Blickkontakt, max. hundert Schritte	hoch
Pyrros pyrobol!	Du verschießt mit der Hand einen Feuerball auf eine Person oder ein Objekt.	Blickkontakt, max. hundert Schritte	leicht

Katáphraktos!	Du hüllst dich (und andere) in eine gegen Kampfzauber schützende Blase ein.	wenige Wimpernschläge lang	mittel
Adynásia!	Du raubst einer anderen Person die Sinne und lässt sie ohnmächtig werden.	Blickkontakt, mehrere Stunden	mittel
Apheíresis!	Du entwaffnest einen Gegner, die Waffe fällt einige Schritte entfernt zu Boden.	Blickkontakt, max. hundert Schritte	hoch

Gnostomagie
(Kunst der Erkenntnis)

Dianoía!	Du kannst die Gedanken einer anderen Person lesen.	Blickkontakt, max. Armlänge	hoch
Alloglótta!	Du kannst eine fremde Sprache sprechen und verstehen, lesen und schreiben.		mittel
Zóoglótta!	Du kannst mit einem Tier sprechen.	Blickkontakt	sehr hoch
Amnésis!	Du nimmst einer anderen Person die Erinnerung an ein bestimmtes Ereignis oder lässt sie eine andere Person völlig vergessen.	Blickkontakt, max. Armlänge	hoch

Antimagie
(Kunst der Umkehr)

Mataios [Wort des jeweiligen Zaubers]!	Du kannst einen Zauberspruch aufheben oder unwirksam werden lassen.	entspricht dem jeweiligen Zauber	mittel
Apothei!	Du kannst einen Kampfzauber abwehren.	entspricht dem jeweiligen Zauber	mittel
Anastrokausimos!	Du verwandelst die Asche eines verbrannten Objektes in seine ursprüngliche Form zurück.	Halte die Hand über die Asche.	mittel
Kryptomoi!	Du verbirgst deine magische Aura, damit andere magisch begabte Personen deine Anwesenheit nicht bemerken.	bis zu mehreren Stunden	sehr hoch
Anástrephai!	Du kannst einen Kampfzauber umkehren und auf seinen Urheber zurückwenden.	Blickkontakt	hoch

Wer spielt hier mit wem?

ALLE LIEFERBAREN TITEL, INFORMATIONEN UND SPECIALS FINDEN SIE ONLINE

Auch als eBook   www.dtv.de **dtv**

Wie überlebst du, wenn du nicht einmal dir selbst trauen kannst?

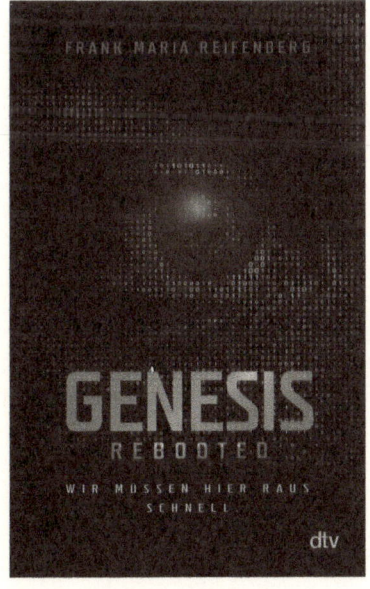

ALLE LIEFERBAREN TITEL, INFORMATIONEN UND SPECIALS FINDEN SIE ONLINE

Auch als eBook   www.dtv.de   **dtv**